신과 나눈 이야기

옮긴이 조경숙

1958년 부산에서 태어나 서울대 역사교육과를 졸업하고 영어와 일어를 우리말로 옮기는 일을 했습니다. 그동안 옮긴 책으로는《소설 사회학을 위하여》,《곰돌이 푸우는 아무도 못말려》,《내 영혼이 따뜻했던 날들》,《신과 나누는 우정》,《청소년을 위한 신과 나눈 이야기》,《우리는 신이다》,《사내 대탐험》,《끝없는 사랑》,《사랑의 기적》 등이 있습니다.

신과 나눈 이야기 2

닐 도날드 월쉬 지음 · **조경숙** 옮김

1판 1쇄 펴낸날 1997년 11월 1일 | **3판 16쇄 펴낸날** 2025년 1월 10일
펴낸이 이충호 | **펴낸곳** 아름드리미디어 | **등록번호** 제10-1227호 | **등록일자** 1995년 11월 6일
주소 03986 서울시 마포구 월드컵북로8길 25, 3F
대표전화 02-6353-3700 | **팩스** 02-6353-3702 | **홈페이지** www.gilbutkid.co.kr
편집 송지현 임하나 황설경 박소현 김지원 | **디자인** 김연수 송윤정
마케팅 호종민 신윤아 이가윤 최윤경 김연서 강경선 | **경영지원본부** 이현성 김혜윤 전예은
제조국명 대한민국 | ISBN 978-89-5582-516-9 03840

아름드리미디어는 길벗어린이㈜의 청소년·성인 단행본·그래픽노블 브랜드입니다.

신과 나눈 이야기

Conversations with God

book 2

아름드리미디어

서맨서,
타라-제넬,
니콜러스,
트래비스,
캐러스,
트리스탄,
데번,
더스틴,
딜런에게
이 책을 바친다.

너희는 언제나 내가 준 것보다
더 많은 것을 내게 선물해주었다.
나는 아직도
내가 원하던 아버지가 되지 못하고 있다.
하지만 기다려라.
우리는 아직 끝난 게 아니다.
이것은 진행 중인 일이다.

감사의 말

나는 언제나처럼 '감사의 말' 가장 앞머리에, 이 책을 포함해서 모든 것의 근원인 존재에게 감사하고 싶다. 나처럼 이 근원을 신이라 부르는 사람들도 있긴 하겠지만, 그것을 어떤 이름으로 부르는가는 중요하지 않다. 그것은 언제나 영원한 근원이었고, 근원이며, 앞으로도 영원히 그럴 것이다.

다음으로 나는 내가 멋진 부모를 가졌다는 사실에 감사한다. 두 분은 신이 준 내 생명과 내 삶의 여러 중요한 추억들의 통로가 되어주었다. 함께 묶어서 보면 우리 아버지와 어머니는 사실 끔찍한 관계였다. 주변에서 그들을 지켜본 모든 사람이 동의하는 건 아니지만, 두 분은 이 점에 대해서 명확히 깨닫고 계셨다. 두 분은 서로를 '기생충', '독소'라 불렀다. 어머니는 아버지더러 '기생충'이라 부르셨고, 아버지는 어머니더러 저항할 수 없는 '독소'라 부르셨다.

우리 어머니는 놀라운 분이셨다. 그녀는 끝없는 자비와 깊은 이해, 차분하면서도 한없는 용서, 온화한 지혜, 놀라운 인내를 가진 여성이었다. 특히 신심이 어찌나 지극했던지, 돌아가시기 직전 가톨릭식 미사를 집전했던 한 젊은 신참 신부는 미사를 마친 후 내게 와서 흥분된 떨리는 목소리로 속삭였다. "맙소사, 그녀가 되레 날 편안하게 해주었어요"라고.

그 말을 듣고도 내가 놀라지 않았다고 말하는 것이 아마 내가 어머니에게 바칠 수 있는 최고의 찬사이리라.

반면에 우리 아버지 알렉스로 말하면 어머니같이 기품 있는 온화함이라곤 거의 없었다. 아버지는 남을 거칠게 몰아세우는 편이셨다. 옆에서 보기에 무안할 만큼 다른 사람과 자주 마찰을 빚었고, 남에게 잔인하게 대하는 것처럼 보이는 경우도 종종 있었다. 특히 우리 어머니에게 그랬다고 말하는 사람들도 있다. 그렇다고 해서 내가 그를 심판하려는 것은 아니다. 아니 다른 어떤 것을 놓고도 나는 그분을 비판할 생각이 없다. 우리 어머니 역시 그를 심판하거나 비난하지 않았다. 오히려 어머니는 유언을 할 때조차 그를 칭찬하셨다. 그런 어머니의 자세가 나에게 얼마나 큰 도움이 되었는지는 상상하기도 힘들 정도다.

게다가 아버지에게는 어머니가 한번도 놓친 적이 없는 엄청나게 많은 장점들이 있었다. 그것은 불굴의 인간 정신에 대한 흔들림 없는 믿음과, 안 좋은 상황에 처해 있다면 그것에 불평하지 않고 스스로 주도할 때만 상황이 바뀔 수 있다는 명확한 신념 등이다. 아버지는 내가 하기로 마음먹은 일이면 무슨 일이든 해낼 수 있다고 내게 가르치셨다. 또 그는 당신 아내와 가족들이 마지막까지 의지할 수 있었고, 의지

했던 인물이었다. 그는 성실함의 절대 화신이었고, 한번도 기회주의 입장을 취하지 않았으며, 그토록 많은 사람들을 좌절시킨 세상에게서 '안 돼'라는 대답을 듣기를 거부했던 사람이다. 참으로 엄청난 역경에 직면해서도 그의 만트라mantra는 "그딴 건 아무것도 아냐"였다. 나는 이 만트라를 내 인생의 힘든 시기마다 사용했는데, 그건 항상 효과가 있었다.

그것을 보고도 내가 전혀 놀라지 않았다고 말하는 것이 아마 아버지에게 내가 바칠 수 있는 최고의 찬사이리라.

그 두 분 사이에서 나는 항상 자신을 믿고 남들을 조건 없이 사랑해보라는 도전과 부름을 받고 있는 걸 느끼곤 했다.

1권에서 나는 내 가족 중 다른 몇 사람들과 내 삶에 큰 영향을 끼친 친구들에게 감사의 말을 전했는데, 그런 마음은 지금도 변함이 없다. 덧붙여 나는 1권을 적고 나서 내게 놀라운 충격을 준 두 사람을 여기다 특별히 포함시키고 싶다.

레오 박사와 레타 부시 여사가 그들이다. 그들은 가족과 사랑하는 이들을 이타적으로 보살피고, 친구들을 배려하고, 도움이 필요한 사람들에게 친절을 베풀고, 모든 사람에게 관대히 대하고, 서로를 믿고 사랑하는 순간들에서 삶의 가장 풍요로운 보상을 찾아낼 수 있음을 내게 보여주었다. 나는 그들에게 깊은 감명과 가르침을 받았다.

또 나는 이 지면을 통해 일생 동안 내가 만났던 여러 스승들, 내가 그것을 듣는 것이 중요했음을 이제 알게 된 특정 메시지들을 내게 전해준 특별한 신의 천사들에게 감사한다. 그중 일부는 나와 직접 만났던 사람들이지만, 다른 일부는 간접으로, 나머지 일부는 워낙 멀어서 사실 그들은 나라는 사람이 있는지조차 모르는 바탕의 한 지점에서 나와 접촉했던 사람들이다. 그럼에도 여기 있는 내 영혼은 그들의 에너지를 받아들었다. 물론 그들 외에도 많은 철학자와 지도자, 여론 형성가, 작가 등등이 '신의 마음'에서 나온 지혜라는 보물을 오랜 세월에 걸쳐 집단의식으로 일궈내는 데 기여했다. 사실 이것이 《신과 나눈 이야기》의 출처다. 나는 이 2권을 적어가면서 이 책이 내가 지금껏 알아왔고, 들어왔고, 부딪혀왔고, 이해해왔던 그 모든 것의 정점이고, 내가 일생 동안 다양한 형태로 가져왔던 신과의 대화를 새로운 차원에서 접근하게 해주는 것임을 다시 한번 확인했다. 사실 영원한 진리를 다시 한번 되풀이하는 것 말고 이 우주에 새로운 사상이란 건 없다.

내 모든 스승에게 보내는 이 일반적인 감사에 덧붙여, 다음 몇몇 사람들에게는 특별히 따로 감사를 표현하고자 한다.

켄 키스 주니어: 뛰어난 통찰력으로 나 자신을 포함해서 수천 명

을 감동시킨 사람. 그는 이제 진정한 사자(使者)가 되어서 집으로 돌아왔다.

로버트 뮐러 박사: 세계 평화에 기여한 뮐러 박사의 업적은 우리 모두에게 축복이 되었고, 반세기 넘게 이 행성이 새로운 희망과 장엄한 전망으로 들떠 있게 해주었다.

돌리 파튼: 자신의 음악과 웃음과 인간성으로 한 나라를 축복했던 사람. 때로는 나 자신의 상처가 너무나 커서 더 이상 기뻐하지 못하리라고 확신할 때조차도 그는 자주 내 가슴에 기쁨을 가져다주곤 했다. 그에게는 그럴 수 있는 특별한 마법이 있었다.

테리 콜-위태커: 재치와 지혜와 통찰력과 삶에 대한 기쁨과 완벽한 솔직성으로 내게 본보기이자 기준자 역할을 했던 사람. 몇천 명의 사람들이 그녀 덕분에 충만해지고 활기를 되찾는 경험을 했다.

닐 다이아몬드: 영혼 깊은 곳에서 우러나는 예술을 했던 사람. 그러기에 그의 음악은 우리 세대의 영혼 깊은 곳을 흔들어주었다. 그의 재능과 그것을 남들과 함께 나눈 그 감정적 관대함은 참으로 놀라운 것이었다.

테아 알렉산더: 한계를 두지 않고, 남에게 상처 주지 않고, 동기를 감추지 않고, 질투나 욕구나 기대도 하지 않고, 감정을 표현할 수 있

다는 걸 책을 통해 보여줌으로써 나를 흔들어 깨어나게 한 사람. 그녀는 한없이 사랑하고 성(性)으로 자축하려는 우리의 가장 자연스러운 바람에 다시 한번 불을 붙여주었고, 그 바람을 다시 한번 경이롭고 아름답고 티없이 순결한 것으로 만들어주었다.

로버트 림머 : 테아 알렉산더와 똑같은 일을 했던 사람.

워렌 스판 : 삶의 특정 영역에서 탁월해지고 싶다면, 최고 기준을 설정한 다음 거기서 떨어져나오지 않아야 하며, 자신에게 가장 많이 요구해야 함을 나에게 가르쳐준 사람. 일급 스포츠 영웅이자, 전쟁 영웅이고, 아무리 힘들어도 흔들림 없이 자기 발전의 길로 나아갔던 인생 영웅.

지미 카터 : 국제정치는 정치 놀음이 아니라며, 그것은 가슴이 옳다고 말하는 것에서 나와야 한다고 용기 있게 주장했던 사람. 하지만 이 부패한 세상은 그가 만들어내는 그 같은 신선한 공기를 어떻게 써야 할지 몰랐다.

셜리 매클레인 : 지성과 연예가 서로 배타적이지 않음을 증명했고, 우리가 최소한의 공통분모보다 더 높이 올라갈 수 있음을 증명했던 사람. 그녀는 우리가 사소한 것들만이 아니라 중요한 것들에 대해서도, 가벼운 것들만이 아니라 무거운 것들에 대해서도, 얄팍한 것들만

이 아니라 심오한 것들에 대해서도 이야기를 나눌 수 있어야 한다고 주장한다. 그녀는 지금도 우리의 대화 수준을 끌어올리고, 따라서 우리의 의식을 끌어올리려 애쓰면서, 아이디어 시장에서 자신이 지닌 엄청난 영향력을 건설적으로 사용하고 있다.

오프라 윈프리: 셜리 매클레인과 똑같은 일을 하고 있는 사람.

스티븐 스필버그: 역시 같은 일을 하고 있는 사람.

조지 루커스: 역시 같은 일을 하고 있는 사람.

론 하워드: 역시 같은 일을 하고 있는 사람.

휴 다운스: 역시 같은 일을 하고 있는 사람.

진 로든버리: 아마도 진의 영혼은 지금 이 이야기를 듣고 웃고 있을 것이다…… 왜냐하면 그는 이런 과정의 상당 부분을 앞장서서 이끌었고, 모험을 했으며, 한계선까지 걸어나가 전에 아무도 들어가보지 못한 진리 속으로 들어갔던 사람이기 때문이다.

우리 모두가 그러하지만, 이런 사람들이 바로 보석 같은 사람들이다. 하지만 우리 중 일부와 달리 그들은 자신들의 보물을 널리 나눠주기로 선택했고, 자신들의 프라이버시와 사적인 세계를 잃을지도 모르는 온갖 위험을 무릅쓰면서까지 자신들의 참모습을 우리에게 나눠주기 위해 그것을 굉장한 방식으로 풀어헤쳐 보였다. 그들은 자신들이 준 선물을 다른 사람들이 받아들였는지 아닌지조차 몰랐지만, 그럼에도 그들은 그것들을 나눠주었다.

이 점에서 나는 그들에게 고맙다는 말을 하고 싶다. 내 삶이 여러분들 덕분에 더 풍부해졌다고.

머리말

이 책은 특이한 문서다.

이 책은 신이 보낸 메시지다. 이 책에서 신은 우리가 지금까지 거의 본 적도 상상해본 적도 없는 이 지구상의 사회, 성(性), 교육, 정치, 경제, 신학 혁명을 제안한다.

이 같은 제안이 나온 맥락은 이 행성의 거주자로서 우리 자신이 그런 바람을 표명해왔다는 사실에 있다. 우리는 지금껏 모두에게 더 나은 삶을 창조하고, 우리 의식을 높이며, 새로운 세계를 추구하는 쪽을 택한다고 말해왔다. 우리가 어떤 선택을 하든 신은 우리를 비난하지 않겠지만, 우리가 이렇게 하기로 선택한다면, 신은 기꺼이 우리에게 그 길을 보여줄 것이다. 하지만 신은 우리에게 자신의 제안을 받아들이라고 요구하지는 않을 것이다. 지금도 그렇고, 또 앞으로도 영원히.

나는 이 책에 담긴 이야기들이 단박에 나를 사로잡고 흔들어대고 도전케 하고 들뜨게 만든다는 사실을 알아차렸다. 이 이야기들은 광대한 포괄 범위와 휩쓸어버리는 힘으로 숨죽이게 만든다는 점에서 나를 사로잡는다. 또 이 이야기들은 몹시 혼란스런 상태에 있는 나 자신과 인류의 모습을 보여준다는 점에서 나를 흔들어댄다. 그리고 이전의 어느 누구도, 다른 무엇도 가져보지 못한 과감성을 나에게 준다는 점에서 이 이야기들은 도전적이다. 지금까지의 나 자신보다 더 나아지고 더 커지려는 과감함, 분노와 좀스런 질투와 성 기능 장애와 경제 불평등과 어리석은 교육과 사회 불평등과 정치 음모와 속임수와 권력 놀음이 두 번 다시 인간 체험의 일부가 되지 않는 세상을 만들 원천source이 되겠다는 과감함을. 그리고 이 이야기들은 이 모든 것이 가능하다는 희망을 준다는 점에서 나를 들뜨게 한다.

우리가 정말 그런 세상을 세울 수 있을까? 신은 그렇다고 말씀하신다. 그리고 그렇게 하는 데 필요한 것은 우리가 정말로 그렇게 하기로 선택하는 것뿐이라고.

이 책은 실제 있었던, 신과 나눈 이야기다. 이 책은 족히 5년여에 걸쳐 계속되었고, 지금 이 순간까지도 계속되고 있는 신과의 대화를 담은, 세 권의 시리즈 중 두 번째 책이다.

이 자료가 진짜로 신에게서 나온 것임을 여러분이 믿지 못할 수도 있다. 사실 나로서도 여러분이 꼭 믿기를 요구하지는 않는다. 내게 중요한 것은 이 자료 자체가 과연 가치 있고, 통찰력을 가져다주며, 깨달음을 일궈내고, 새로운 바람들을 자극하며, 지상에서의 우리 일상생활에 결실 있는 변화들을 촉진할 것인가 아닌가뿐이다. 신은 아신다, 뭔가가 바뀌어야 한다는 것을. 이제 우리는 지금까지 해오던 식으로 계속해나갈 수 없다.

《신과 나눈 이야기》 3부작은 이 시리즈의 1권이 1995년 5월에 세상에 모습을 드러냈을 때 시작되었다. 주로 개인적 관심사들을 다룬 그 책은 내 인생을 바꾸었다. 몇 주 지나지 않아 책은 엄청난 속도로 팔려나가기 시작했으며, 유통 범위도 놀랄 정도로 넓어져갔다. 그해 말경이 되자 1권의 월간 판매량은 1만 2천 부에 달했고, 그 수치는 계속 높아져갔다. 물론 책의 "저자"에 대해서는 거의 알려지지 않았다. 그 점이 또한 큰 호기심을 불러일으키고 강력한 힘을 발휘하도록 만들었다.

나는 내가 이 과정, 몇 천 몇 만 명의 사람들이 다시 한 번 위대한 진실들을 기억해가는 이 과정의 일부가 된 것에 깊이 감사한다. 그토록 많은 사람들이 그 책의 가치를 발견했다는 사실에 나 자신도 무척 기쁘고 행복하게 느낀다.

처음엔 내가 무척 겁먹었다는 사실을 여러분에게 알려주고 싶다. 다른 사람들에게는 내가 미쳐서 황당한 환상을 겪고 있는 것처럼 보일 일이 내게 일어났던 것이다. 그게 아니라면, 즉 사람들이 그 자료가 신이 불어넣어준 영감임을 믿는다면, 그들은 실제로 그 책의 충고들을 따르려고 할 것이다. 그렇다면 나는 왜 이 일을 두려워했을까? 이유는 간단하다. 나는 내가 적은 내용이 몽땅 틀릴 수 있다는 걸 알고 있었다.

그런데 편지들이 하나둘 도착하기 시작했다. 세계 도처에서 보낸 편지들이. 그제야 나는 알았다. 마음속 깊은 곳에서 알았다. 이 자료는 옳다! 이것이야말로 가장 알맞은 때에 세상이 분명하게 듣고자 했던 바로 그것이다!

(물론 "옳거나" "그른" 것은 아무것도 없다. 우리 존재의 상대적인 체험 안에서만 제외하고. 따라서 내가 말하고자 하는 뜻은, 이 지구 행성에서 우리가 되려 한다고 말하는 존재를 고려해볼 때, 그 책이 "옳다!"는 것이다.)

이제 그 뒤를 이어 2권이 나오게 되었다. 그런데 나는 다시 한 번 두려움에 빠져드는 자신을 느낀다. 이 책은 세계적인 의미를 가진 지구 물리학적이고 지정학적인 고찰들을 비롯해, 우리 삶의 더 큰 측면들에 대해서 다루고 있다. 그렇기에 일반 독자들로서는 이 책에 포함된 내용들을 수긍하기가 훨씬 더 어려울 수도 있다. 그리고 그 때문에 나는 두려워하고 있다. 나는 여러분이 여기서 읽는 내용을 좋아하지 않을까봐, 여러분이 그 내용 중 일부를 놓고 나를 "틀렸다"고 할까봐 겁이 난다. 또 나는 벌집을 들쑤시고, 소동을 일으키고, 파란을 일으키게 될까봐 겁이 난다. 그리고 다시 한 번 이 책에 적힌 모든 것이 틀릴 수도 있다는 사실에 겁먹고 있다.

마땅히 나는 이런 두려움을 품거나 하는 바보짓은 하지 말아야 할 것이다. 어쨌든 나는 나 자신의 첫 번째 책을 읽지 않았던가? 참 그렇지, 거기 있는 여러분도 그 책을 가지고 있고. 다시 정신이 돌아오는 듯하다. 여러분도 알다시피 이 원고를 세상에 내놓아서 사람들을 일깨우겠다는 게 내 목적은 아니다. 나는 단지 내 질문에 대한 대답으로 신이 내게 들려준 이야기들이 여러분에게 솔직하고 숨김없이 전달되길 바랄 뿐이다. 나는 신에게 그렇게 하겠노라고, 즉 이 이야기를 세상에 내놓겠노라고 약속했으며, 나는 그 약속을 어길 수 없다.

여러분 역시 약속을 어길 수 없다. 분명히 여러분은 여러분의 생각과 관념과 신념이 계속 도전받도록 하겠노라고 약속했다. 분명히 여러분은 계속해서 성장하겠노라고 굳게 약속했다. 그리고 그런 약속을 한 사람만이 이 책을 집어들 것이다.

그러니 우린 이 점에서 함께인 것 같다. 그리고 아무것도 두려워할 것은 없다. 우리는 있는 그대로의 우리고, 그 결과 우리가 하는 일을 한다. 우리가 해야 할 일은 오로지 그 사실에 충실하게 머무는 것뿐, 두려울 것은 아무것도 없다. 내가 지금 알고 있는 사실, 내가 줄곧 알고 있었으리라 짐작되는 사실은, 우리 즉 여러분과 나는 사자(使者)라는 것이다. 그렇지 않다면 나는 이 책을 쓰고 있지 않을 것이며, 여러분은 이 책을 읽고 있지 않을 것이다. 우리는 사자다. 그래서 우리에게는 할 일이 있다. 먼저, 우리는《신과 나눈 이야기》시리즈에서 우리가 받는 메시지를 더 명확하게 이해하도록 해야 한다. 두 번째로, 우리는 그 메시지가 제 역할을 할 수 있도록 그것을 우리 삶 속에 녹여내야 한다. 그리고 세 번째로, 우리는 그 메시지를 다른 사람들에게 전해야 한다. 우리 자신의 본보기라는 소박하면서도 멋진 방법을 활용해, 우리가 접촉하는 모든 이들에게 그 메시지의 진실을 전해야 한다.

여러분이 나와 함께 이 여행을 하기로 선택해서 정말 기쁘다. 여러분과 함께하기에 나로서는 이 여행이 훨씬 더 쉽고 훨씬 더 재미있다. 자, 이제 이 책 속으로 함께 걸어가보자. 1권과는 달리 때때로 그다지 편치 못한 느낌을 가질 때도 있을 것이다. 1권이 신의 포옹, 우리 어깨를 감싸 안는 듬직하면서도 따뜻한 포옹이었다면, 2권 역시 똑같은 신의 사랑이긴 하나, 그러면서도 우리 어깨를 부드럽게 잡아 흔드는 것이다. 깨어 일어나라는 외침, 다음 단계로 옮아가게 하는 도전 말이다.

여러분도 알다시피 다음 단계는 항상 있기 마련이다. 가장 빈곤한 체험이나 가장 모자란 체험이 아니라, 가장 풍요로운 최고의 체험을 위해 이 세상에 온 여러분의 영혼은 여러분이 쉬고 있는 걸 좋아하지 않는다. 선택은 여러분에게 달려 있지만, 여러분의 영혼은 결코 현실에 안주해 자기만족 상태에 빠지려 하지 않을 것이고, 당연히 무관심의 늪에 가라앉고 싶어하지 않을 것이다. 왜냐하면 여러분의 세계 속에는 바뀌어야 할 것이 너무 많고, 여러분 자신의 힘으로 창조해야 할 것들이 너무 많기 때문이다. 언제나 올라야 할 새로운 산과 개척해야 할 새로운 경계와 정복해야 할 새로운 두려움이 있다. 더 멋진 곳과 더 큰 개념, 더 위대한 비전은 언제나 있기 마련이기에.

그래서 이 책은 아마 1권보다는 편안하지 못할 것이다. 불안을 느끼거나 느낄 듯하면 그 불안 속에 그대로 머물러 있어라. 배가 흔들리기 시작하면 배를 꽉 잡아라. 그러고 나서 새로운 패러다임 안에서 살아라. 나아가 여러분 자신의 삶이라는 본보기와 경이로움으로 다른 사람들이 더 나은 삶을 창조할 수 있게 도와주면 더욱 좋을 것이다.

닐 도날드 월쉬

1997년 3월

오리건 주 애슐랜드

Conversations with God

1

와줘서 정말 고맙다. 여기 있어줘서 정말 고맙다.

여러분은 약속한 대로 정말로 이곳에 와줬다. 그렇게 하지 않을 수도 있었을 것이다. 그렇게 하지 않기로 결심할 수도 있었을 텐데, 그 대신 여러분은 정해진 시간, 정해진 장소에 이곳에 있는 쪽을 택했다. 이 책이 지금 여러분 손에 들어가 있는 걸로 봐서 말이다. 그래서 나는 여러분에게 고마워하고 있다.

그런데 여러분이 아무 의식 없이, 자신이 뭘 하고 있으며 왜 하고 있는지도 모르는 채로 이렇게 했다면, 내가 하는 이야기가 이상하게 들릴 터이니 약간 설명을 하는 게 순서일 듯 싶다.

먼저 나는 이 책이 딱 맞는 때에 여러분 인생에 도착했다는 사실을 일깨워주고 싶다. 아마 지금은 이 말이 이해되지 않을 것이다. 하지만 이 책이 여러분을 위해 쌓아놓은 체험들을 끝낼 때쯤이면, 여러분도 틀림없이 이 말을 이해하게 될 것이다. 모든 것은 완벽한 질서 속에서 일어난다. 그리고 여러분 삶에 이 책이 찾아온 것 역시 예외가 아니다.

여러분이 이 책에서 체험하게 되는 것은 아주 오랜 세월 동안 여러분이 찾아오고 갈구해오던 것들이다. 여러분이 이 책에서 체험하게 되는 것은 여러분 인생에서 가장 최근에 이루어질—일부 사람들에게는 생전 처음일 수도 있는—여러분과 신의 실제 만남이다.

이것은 하나의 만남**이다**. 그리고 그것은 진짜 실제 만남이다.

신은 이제부터 나를 통해 실제로 여러분과 이야기를 나눌 것이다. 2, 3년 전이라면 나도 이런 말을 하지 않았으리라. 그런데 내가 지금 이런 이야기를 하는 것은 나 자신이 이미 그런 대화를 나눴으며, 따라서 그런 일이 가능하다는 걸 알기 때문이다. 그것은 가능할 뿐 아니라 항상 일어나는 일이다. 지금 이 자리에서 이런 일이 일어나고 있듯이. 중요한 것은 지금 이 순간 이 책이 여러분 손에 있도록 만든 게 여러분이듯이, 여러분 역시 이런 일을 일어나게 하는 데 일조했다는 사실을 이해하는 것이다. 우리 모두가 우리 삶에서 일어나는 사건들을 창조하는 원인 제공자들이며, 우리 모두가 단 하나뿐인 위대한 창조주(神)와 함께 그런 사건들을 일으키는 개개 환경들을 만들어내는 공동 창조자들이다.

여러분 덕분에 내가 처음으로 신과 이야기를 나눈 건 1992~1993년의 일이다. 나는 화가 나서 왜 내 삶이 가히 투쟁과 실패의 기념비라 일컬을 정도가 되었느냐고 묻는 편지를 신에게 적고 있었다. 모든 것, 남녀 관계에서부터 직업, 자식들과의 관계, 건강에 이르기까지 정말 **모든 것에서** 나는 오로지 투쟁과 실패만을 경험하던 중이었다. 나는 편지에서 신에게 왜 그런지 알려달라고, 또 내 삶이 제대로 굴러가려면 무엇이 필요한지 알려달라고 요구했다.

그런데 놀랍게도 신이 그 편지에 대답을 해준 것이다.

그 대답이 어떤 방식, 어떤 내용으로 이루어졌는가는 1995년 5월에 출간된 《신과 나눈 이야기 1》에 나와 있다. 아마 여러분도 그 책에 대한 이야기를 듣거나 혹은 그 책을 읽기까지 했을지도 모른다. 만일 그렇다면 여러분은 더 이상 이 책의 서론격인 이 부분을 읽을 필요가 없다.

하지만 여러분이 첫 번째 책을 잘 모른다면, 나는 여러분에게 빠른 시일 안에 그 책을 만나보라고 권하고 싶다. 왜냐하면 1권은 이 모든 일이 어떻게 시작되었는지 보여줄 뿐 아니라, 이 책에서는 언급하지 않은 우리 개인 삶에 대한 많은 질문들, 즉 돈, 사랑, 성행위, 신(神), 건강, 질병, 음식, 인간관계, '옳은 일' 같은 우리 일상 체험의 여러 측면들에 훨씬 더 자세히 답하고 있기 때문이다.

내가 오늘날 신이 세상에 주길 원하는 한 가지 선물이 있다면, 그건 1권에 있는 내용들일 것이다. 늘상 그러하듯이(**"네가 청하기도 전에 내가 대답해주리라."**) 신은 이미 그렇게 해주셨다.

그래서 나는 여러분이 이 책을 읽고 난 후(혹은 이 책을 다 읽기 전이라도) 1권을 읽는 쪽을 선택하길 바란다. 그것은 완전히 선택의 문제다. 지금 이 순간 여러분을 이 책으로 데려온 것이 '순전한 선택pure choice'인 것과 꼭 마찬가지로(1권에서 설명되는 개념이다).

내가 뒤이은 내용에 대한 짧은 서문격으로 2권의 이 부분을 적은 것은 1996년 3월의 일이다. 1권에서처럼 그 내용이 '도착하는' 과정은 지극히 단순했다. 나는 그냥 빈 종이철에 아무 질문이나…… 대개는 맨 먼저 머리에 떠오르는 질문을 적었다. 그러면 그 질문을 적는 것과

거의 동시에 그에 대한 대답이 내 머릿속에 떠올랐다. 마치 누군가가 내 귀에 속삭이기라도 하듯이.

나는 받아쓰기를 하고 있었다!

안내문격인 이 몇 줄의 글을 제외하면, 이 책에 들어 있는 모든 자료는 1993년 봄부터 1년이 좀 더 되는 기간 동안 종이철에 옮겨진 글들이다. 이제 나는 이 책을 여러분에게 선물하고 싶다. 이 자료가 나에게서 나와서 나에게 주어졌듯이……

* * *

오늘은 1993년 부활절인 일요일이다. 나는 지시받은 대로 이곳에 있다. 연필을 손에 쥐고 종이철을 앞에 놓고 시작할 준비를 갖춘 채, 나는 여기에 있다.

먼저 여러분에게 신이 나더러 이곳에 있으라고 했다는 이야기를 해야 할 것이다. 우리는 만날 약속을 했다. 신과 나와 여러분이 함께 체험하고 있는 3부작의 두 번째 권인 2권을 오늘부터 시작하기 위해서.

그러나 나로서는 이 책이 무슨 이야기를 하게 될지, 아니 우리가 건드릴 주제들이 어떤 것인지조차 모른다. 그건 내 머릿속에 이 책을 어떤 식으로 꾸려갈지 아무런 계획이 없기 때문이다. 그런 게 있을 리 만무한 것이, 이 책이 어떤 식으로 진행될지 결정하는 건 내가 아니라 신이니 말이다.

1년 전 오늘인 1992년 부활절에 신은 나와 대화를 시작했다. 나도 내 말이 황당하게 들리리란 건 알고 있다. 하지만 그 일은 진짜로 일어났다. 그 긴 대화가 끝난 지는 얼마 되지 않았다. 나는 좀 쉬라는 지시를 받았다…… 그리고 오늘 이 대화로 다시 돌아오겠다는 "약속"도 받았다.

여러분 역시 그렇게 하기로 약속했으며, 지금 이 순간 여러분은 그 약속을 지키고 있다. 나는 이 책이 나만이 아니라, 나를 **매개로** 여러분을 향해서도 이야기하고 있음을 확실히 안다. 분명히 여러분은 아주 오랫동안 신과 '**신의 말**'을 찾아 헤맸을 것이다. 내가 그러했듯이.

오늘 우리는 함께 신을 찾아낼 것이다. 함께하는 이것이야말로 언제나 신을 찾아내는 최상의 방법이다. 우리는 따로 떨어져서는 절대신을 찾아내지 못할 것이다. 그건 양방향이란 뜻이다. 내 말은 **우리가** 서로 별개인 한 우리는 결코 신을 찾아내지 못하리란 것이다. 우리가 신에게서 떨어져 있지 않음을 깨닫는 첫 걸음은 우리가 서로 떨어져 있지 않음을 깨닫는 것이고, **우리** 모두가 '하나'임을 알고 깨달을 때까지는 우리와 신이 '하나'임을 알고 깨달을 수 없기 때문이다.

신은 지금까지 한번도 우리와 떨어져 있지 않았다. 우리와 신은 별개의 존재라는 건 단지 우리 **생각**일 뿐이다.

이것은 누구나 흔히 저지르는 실수다. 또 우리는 우리가 서로 별개의 존재라고 생각한다. 그래서 "신을 만나는" 가장 빠른 길은, 내가 발견한 바로는, 우리가 서로를 찾아내는 것, 서로에게서 숨는 짓을 그만두는 것, 그리고 물론 우리 자신에게서 숨는 짓을 그만두는 것이다.

숨는 걸 그만두는 가장 빠른 방법은 진리를 말하는 것이다. 모두에게 항상 말하는 것이다.

이제 진리를 말하기 시작하라. 그리고 결코 멈추지 마라. 먼저 자신에게 자신에 대한 진리를 말하는 것에서 시작하라. 그 다음엔 다른 사람에 대한 진리를 여러분 자신에게 말하고, 그러고 나서는 다른 사람에게 여러분 자신에 대한 진리를 말하라. 또 그 다음엔 다른 사람에게 그 사람 자신에 대한 진리를 말하고, 마지막으로 모든 이에게 모든 것에 대해 진리를 말하라.

이것이 '**진리를 말하는 다섯 단계**'다. 이것이 자유에 이르는 5중의 길이다. 그러면 진리가 여러분을 자유롭게 **할 것이다.**

이 책은 진리에 대해 말하는 책이다. 내 진리가 아니라 신의 진리에 대해.

우리, 즉 신과 나의 첫 대화는 정확히 한달 전에 끝났다. 내 생각엔 이번 책도 첫 번째 책과 똑같은 방식으로 진행될 듯싶다. 즉 나는 묻고 신은 대답하는 식으로. 자, 이제 내 이야길 멈추고 신에게 물어볼 때가 온 것 같다.

신이시여—앞으로 진행될 방식이 이런 식인 게 맞나요?

그렇다.

저도 그럴 거라고 생각했습니다.

네가 묻지 않더라도 내가 직접 제시할 몇몇 주제는 빼고. 너도 알다시피 나는 첫 번째 책에서는 거의 그렇게 하지 않았다.

그랬죠. 그런데 여기서는 왜 그런 식으로 바꾸는 겁니까?

이 책을 적는 건 내 요청에 따른 것이기 때문이다. 네가 앞에서 말했다시피, 나는 너더러 이곳에 있어달라고 부탁했다. 반면에 첫 번째 책은 너 스스로 시작한 프로젝트였다.

너는 첫 번째 책에 대해서는 나름의 일정을 가지고 있었다. 하지만 이 책에 대해서는 내 의지를 따르는 것 말고는 너는 아무런 일정도 지니고 있지 않다.

그래요, 맞는 말씀입니다.

닐, 그곳(1권을 말함-옮긴이)은 머물기에 아주 좋은 곳이다. 나는 너와 다른 사람들이 자주 그곳에 가보길 바란다.

하지만 전 당신의 의지가 곧 제 의지라고 생각했는데요. 당신의 의지가 제 의지와 같다면 어떻게 제가 당신의 의지를 따르지 않는 일이 있을 수 있습니까?

그건 미묘한 문제인데, 시작하기엔 그리 나쁜 지점이 아니다. 우리가 이 대화를 시작하기엔.

몇 걸음 뒤로 돌아가보자. 나는 한번도 내 의지가 곧 네 의지라고 말한 적이 없다.

아니요! 했습니다. 1권에서요. 당신은 제게 분명히 "네 의지가 곧 내 의지다"라고 말씀하셨습니다.

사실이다—하지만 그건 같은 게 아니다.

아니라고요? 절 놀리시는군요.

내가 "네 의지가 곧 내 의지"라고 할 때, 그건 내 의지가 곧 네 의지라는 것과 같은 뜻이 아니다. 만일 네가 항상 내 의지대로 행동한다면, 네가 깨침을 얻기 위해 할 일은 더 이상 없을 것이다. 그 과정은 끝날 것이며, 너는 이미 그곳에 있을 것이다.

내 의지 외에는 어떤 다른 일도 하지 않는 날이 올 때, 너는 깨달음의 경지에 이를 것이다. 만일 네가 지금까지 살아온 세월

내내 내 의지대로 살아왔다면, 너는 지금 이 순간 이 책에 말려들 필요가 거의 없을 것이다.

그러니 네가 내 의지에 따라 살아오지 않은 건 확실하다. 사실 너는 대개의 경우 내 의지가 무엇인지**조차 모른다**.

제가 모른다고요?

그렇다, 너는 모른다.

그럼 왜 당신은 당신의 의지가 무엇인지 제게 말해주시지 않는 겁니까?

나는 말해준다. 단지 네가 듣지 않을 뿐이다. 설사 네가 듣더라도, 너는 진심으로 귀 기울이지 않는다. 그리고 네가 귀 기울이더라도, 너는 네게 들리는 것을 믿지 않는다. 또 설사 네가 귀 기울여 듣는 것을 믿더라도, 너는 어쨌든 내 지시대로 따르지 않는다.

그러니 내 의지가 곧 네 의지라고 말하는 것은 확실히 정확하지 않다.

반면에 네 의지는 곧 내 의지**이다**. 첫째, 네 의지를 내가 알기 때문이고, 둘째, 네 의지를 내가 받아들이기 때문이며, 셋째, 그것을 내가 칭찬하기 때문이고, 넷째, 그것을 내가 사랑하기 때문이며, 다섯째, 그것을 내 것으로 삼고 **'내 것'이라 부르기** 때문이다.

이것은 네가 원하는 대로 할 수 있는 **자유**의지를 가졌다는 뜻이며, 내가 조건 없는 사랑으로 네 의지를 내 것으로 삼는다는 뜻이다.

이제 내 의지가 네 것이 되도록 하려면 너 역시 나처럼 해야 한다.

첫째, 너는 내 의지를 이해해야 하고, 둘째, 너는 그것을 받아들여야 하며, 셋째, 너는 그것을 찬양해야 하고, 넷째, 너는 그것을 사랑해야 하며, 마지막으로 너는 내 의지를 **너 자신의 것이라 불러야** 한다.

너희 인간 종족의 역사 전체에서 일관되게 이렇게 해온 사람은 정말 극소수에 지나지 않는다. 다른 한줌 정도의 사람들은 거의 항상 이렇게 했고, 그보다 많은 사람들은 자주 이렇게 했다. 그보다 더 많은 사람들은 때때로 이렇게 했으며, 사실상 모두 드물게 이렇게 했다. 비록 그중 일부는 그렇게 한 적이 전혀 없긴 하지만.

저는 어느 범주에 들어가나요?

그게 중요한가? 너는 **이제부터** 어느 범주에 포함되길 원하는가? 그게 더 적절한 질문이 아닐까?

그렇군요.

그렇다면 네 대답은 무엇이냐?

저는 첫 번째 범주에 들길 바랍니다. 항상 당신의 의지를 알고, 항상 그에 따라 행동했으면 하거든요.

그건 기특하고 칭찬받을 만한 일이긴 하나, 아마 불가능할 것이다.

왜요?

네가 자신을 그런 것으로 내세울 수 있으려면 그 전에 엄청 많이 성장해야 하기 때문이다. 하지만 네게 말하노니, 네가 그렇게 하기로 선택한다면, 지금 이 **순간에도** 너는 얼마든지 자신을 그렇게 내세울 **수 있으며**, 신성(神性)으로 옮겨갈 수 있다. 성장하는 데 그렇게 많은 시간이 필요한 건 아니다.

그렇다면 지금까지는 왜 그렇게 많은 시간이 걸렸습니까?

그러게. 왜 그랬느냐? 너는 뭘 기다리고 있느냐? 혹시 너를 붙들고 늘어지는 게 나라고 믿는 건 아니냐?

아닙니다. 저 자신을 붙들고 늘어지는 건 바로 저라는 걸 명확히 압니다.

좋다. 명확함이야말로 깨달음으로 가는 첫걸음이다.

저는 깨달음을 얻고 싶습니다. 어떻게 해야 그렇게 될 수 있습니까?

이 책을 계속 읽어라. 이것이 바로 내가 너를 데려가고 있는 지점이다.

Conversations with God 2

전 이 책이 어디로 가고 있는지 모르겠습니다. 어디서 시작해야 할지 모르겠어요.

시간을 잡도록 하자.

얼마나 많은 시간이 더 필요합니까? 이 책의 첫 장(章)에서 여기까지 오는 데 이미 다섯 달이나 걸렸습니다. 이 책을 읽는 사람들은 이 모든 내용이 중간에 끊기거나 하지 않고 똑같은 흐름으로 적혔을 거라고 생각할 텐데요. 그들은 이 책의 32번째 단락과 33번째 단락 사이에 20주라는 시간이 가로놓여 있다는 걸 깨닫지 못할 겁니다. 그들은 영감을 받는 순간들 사이의 간격이 때로는 반 년이나 된다는 걸 이해하지 못할 거라구요. 그런데도 우린 더 많은 시간을 가져야 합니까?

내 말뜻은 그게 아니다. 내 말뜻은 우리의 첫 주제, 시작할 지점으로 "시간"을 잡자는 것이다.

아, 그랬군요. 그런데 그 주제를 다루는 건 좋은데, 간단한 단락 하나를 완성하는 데 종종 몇 개월씩이나 걸리는 이유는 뭡니까? 당신은 왜 그렇게 긴 간격을 두고 찾아오십니까?

사랑스럽고 멋진 내 아들아, 나는 긴 간격을 두고 "찾아오지" 않았다. 내가 너와 함께 있지 않은 적은 한번도 없다. 문제는 네가 그것을 항상 알아차리는 건 아니라는 데 있을 뿐이지.

왜요? 당신이 항상 이곳에 있다면, 어째서 제가 알아차리지 못합니까?

네가 삶의 다른 일들에 사로잡혀 있기 때문이다. 자 봐라, 너는 지난 5개월 동안 상당히 바빴다.

그랬지요. 예, 그랬습니다. 많은 일들이 벌어졌지요.

그리고 너는 그 일들을 나보다 더 중요하게 여겼다.

그건 아닌 것 같은데요.

네가 어떻게 행동했는지 보여주마. 너는 자신의 물질 삶에

푹 빠져 있었다. 너는 네 영혼에 거의 주의를 기울이지 않았다.

무척 힘든 시기였어요.

그렇다. 그럴수록 더 그 과정 속에 네 영혼을 포함시켜야 했다. 내 도움을 받았더라면 요 몇 개월 동안이 훨씬 더 순탄하게 굴러갔을 것이다. 그래서 나와의 접촉을 잃지 말라고 내가 충고하지 않았더냐?

당신 곁에 있으려고 노력했지요. 하지만 나 자신의 드라마에 빠져서, 아니 당신 표현대로 사로잡혀서 그만 당신을 놓치고 만 것 같습니다. 어쨌든 그래서 당신을 위해 시간을 내지 못한 건 사실입니다. 명상도 하지 않았고 기도도 하지 않았습니다. 그리고 당연히 쓰지도 않았구요.

알고 있다. 우리 사이의 연결이 가장 필요할 때, 너희가 되레 거기에서 멀어지는 게 삶의 역설이다.

어떻게 하면 그렇게 하는 걸 그만둘 수 있습니까?

그렇게 하는 걸 그만두어라.

그건 제가 방금 했던 말이고요. 그런데 어떻게요?

네가 그렇게 하길 그만두면 그렇게 하는 걸 그만두게 된다.

그게 그렇게 간단치가 않습니다.

그건 간단하다.

저도 그러길 바랍니다만.

그렇다면 **진짜로** 그렇게 될 것이다. 왜냐하면 네 바람은 곧 내 명령이기에. 내 소중한 자여, 기억하라. 네 바람이 곧 내 바람이며, 네 의지가 곧 내 의지라는 걸.

예, 알았습니다. 그런데 저는 이 책이 내년 3월경에는 끝났으면 하는데, 지금이 벌써 10월입니다. 이 자료가 5개월의 공백을 갖는 일은 두 번 다시 없었으면 합니다.

그렇게 될 것이다.

좋습니다.

그렇지 않은 경우만 빼고.

맙소사, 우리가 이런 놀이를 꼭 해야 됩니까?

아니. 하지만 그게 바로 네가 삶을 꾸려갈 때 결정하는 방식이니, 난들 어쩔 수 없지 않느냐? 너는 계속해서 마음을 바꾸고 있다. 삶은 계속되는 창조 과정임을 잊지 마라. 너는 시시각각 네 현실을 창조하고 있다. 너는 오늘 내린 결정이 내일 내리는 결정과 다를 때가 자주 있다. 하지만 선각자들은 그렇지 않다. 여기에 모든 선각자들Masters의 비밀이 있다. **그들은 항상 같은 것을 선택한다.**

몇 번이고 되풀이해서요? 한 번으로 충분하지 않나요?

네 의지가 네 현실로 확실하게 드러날 때까지 몇 번이고 되풀이해서 선택하라.

그렇게 되기까지 몇 년씩 걸리는 사람도 있고, 몇 달씩 걸리는 사람들도 있다. 또 몇 주면 되는 사람들도 있다. 깨달음에 근접한 사람이라면 며칠이나 몇 시간, 혹은 몇 분밖에 걸리지 않을 것이다. 그러나 **선각자들에게** 창조는 **즉석에서** 이루어진다.

의지와 체험 사이의 간격이 줄어가는 것을 볼 때, 너는 자신이 깨달음의 길로 가는 중임을 알 것이다.

"너는 오늘 내린 결정이 내일 내리는 결정과 다를 때가 자주 있다"고 하셨는데, 그게 어떻다는 겁니까? 당신 말씀은 우리가 마음을 바꿔선 안 된다는 뜻입니까?

원한다면 언제든지 마음을 바꿔라. 하지만 마음이 한번 바꿀 때마다 우주 전체의 방향 역시 바뀐다는 사실을 잊지 마라.

네가 어떤 것에 대해 "마음을 정할" 때, 너는 그에 맞추어 우주를 작동시키고 있다. 너희가 이제서야 겨우 이해하기 시작한 복잡한 역학들로 이루어지는 그 과정 속에는, 너희의 이해 능력을 넘어서는 힘들, 너희가 상상할 수 있는 것보다 훨씬 더 미묘하고 복잡한 힘들이 개입된다.

이 힘들과 이 과정 모두가 소위 삶이라는 존재 전체를 구성하는 에너지들이 상호작용하여 짜낸 경이로운 옷감의 일부다.

그것들의 본질은 **나다**.

그렇다면 제가 마음을 바꾸면 그게 당신을 곤란하게 한다는 뜻입니까? 그런 건가요?

나에게는 어떤 것도 곤란하지 않다. 하지만 그렇게 하는 건 너 자신에게 아주 곤란한 상황을 만들 것이다. 그러니 어떤 일을 대할 때 한 가지 마음과 단 하나의 목적만을 가져라. 그리고 네가 그것을 현실로 만들어낼 때까지는 마음이 거기서 떠나지 않도록 하라. 초점을 맞추고, 중심을 잡고, 거기에 머물러라.

이것이 전심(專心)한다고 할 때의 의미다. 뭔가를 택할 때는 네 온힘과 네 온마음을 다해서 그것을 택하라. 겁먹지 마라. 계속 가라! 그것을 향해 계속 가라. 단호하게.

아니No란 말을 하지 마라.

바로 맞혔다.

하지만 **아니다**가 맞는 대답이면요? 우리가 원하는 것이 우리에게 도움이 되지 않으면 어떻게 하죠? 우리 자신의 선(善)을 위한 것이 아니고 우리에게 가장 이로운 게 아니면요? 그러면 당신은 그걸 우리에게 주시지 않을 거죠? 그렇죠?

틀렸다. 나는 너희가 불러내는 것이면 무엇이든 "줄" 것이다. 그것이 너희에게 "좋은" 것이든 "나쁜" 것이든 상관없이. 너는 최근에 네 삶을 살펴본 적이 있느냐?

하지만 저는 바라는 걸 항상 가질 순 없다고 배웠습니다. 그것이 우리의 최고선(善)을 위한 게 아니라면 신은 우리에게 주시지 않을 거라고요.

그건 사람들이 네가 어떤 결과를 놓고 실망하지 않기를 바랄 때 네게 해주는 말이다.

먼저, 우리 관계를 다시 한번 명확히 해보자. 나는 네게 아무것도 "주지" 않는다. 그것을 불러내는 건 너다. 나는 1권에서 네가 어떤 식으로 이렇게 하는지 꽤 자세히 설명했다.

둘째로, 나는 너희가 불러내는 것에 대해 판단하지 않는다. 나는 어떤 것을 "좋다"거나 "나쁘다"고 말하지 않는다. (너희도 그렇게 하지 않는 게 좋을 것이다.)

너희는 신의 형상대로 신과 닮은꼴로 만들어진, 창조하는 존재다. 너희는 선택하는 것 모두를 가질 수도 있지만, 원하는 걸 전혀 갖지 못할 수도 있다. 사실 너희가 충분히 그릇된 방식으로 원한다면 너희는 원하는 **어떤 것도** 갖지 못할 것이다.

저도 압니다. 그 점에 대해서도 1권에서 설명하셨습니다. 어떤 것을 원하는wanting 행동이 오히려 그것을 우리에게서 밀쳐낸다고 하셨지요.

그렇다. 그럼 너는 그 이유도 기억하고 있느냐?

생각에는 창조하는 힘이 있어서, 뭔가가 모자란다는wanting 생각이 우주를 향해 보내는 진술, 즉 진리 선언이 되기 때문이지요. 그러고 나면 우주는 그것을 우리 현실로 만들어내기 때문이고요.

맞다! 정확하다! 너는 배웠구나. 이해했어. 훌륭하다!

그렇다, 그것이 바로 우주가 작동하는 방식이다. 네가 뭔가를 "원한다want"고 말하는 순간, 우주는 "정말 그렇군"이라고 하면서 네게 바로 그 체험, 즉 **그것이 "모자라는**wanting**" 체험**을 준다!

"나는"이란 말 뒤에 오는 것이 무엇이든, 그것은 곧 네 창조 명령이다. 호리병 속의 요정인 '나는'은 오로지 복종하기 위해서만 존재한다.

나는 네가 불러내는 것을 만들어낸다! 그리고 네가 불러내는 건 네가 생각하고 느끼고 말하는 바 그대로다. 그것은 이처

럼 간단하다.

그렇다면 다시 한번 말씀해주십시오. 제가 선택한 현실을 창조하는 데 왜 그렇게 많은 시간이 필요합니까?

몇 가지 이유가 있다. 너는 네가 선택한 것을 가질 수 있다는 사실을 믿지 못한다. 또 너는 무엇을 선택해야 할지 모른다. 그리고 너는 계속해서 무엇이 네게 "최선"인지 알아내려 한다. 또 너는 네 모든 선택이 "좋은 것"이길 미리 보장받고 싶어한다. 게다가 너는 계속해서 마음을 바꾼다!

제가 이해할 수 있게 해주십시오. 어떤 게 제게 최선인지 알아내려 하면 안 되나요?

"최선"이란 건 오만가지 변수에 좌우되는 상대적인 용어다. 이건 선택을 대단히 어렵게 만든다. 어떤 판단을 내릴 때는 오직 한 가지만 고려하면 된다. 이것이 '내가 누구인지Who I Am'를 진술하는지, 이것이 '내가 되고자 선택하는 존재Who I Choose to Be'를 선언하는지만.

삶 전체가 그런 선언이 되어야 한다. 사실 삶의 모든 것이 그러하다. 너는 그런 선언을 **우연히** 할 수도 있고 네 **선택으로** 할 수도 있다.

선택으로 사는 삶은 의식하는 행동으로 사는 삶이다. 우연으로 사는 삶은 의식 없는 반응으로 사는 삶이다.

반응reaction이란 단어 그대로 너희가 이전에 취했던 행동이다. "다시 행동할re-act" 때(반응할 때-옮긴이), 너희는 들어오는 자료를 평가하고, 같거나 거의 비슷한 체험을 찾기 위해 너희의 기억은행을 뒤지고, 그런 다음 **이전에 했던 식으로 행동한다.** 이 모든 일을 하는 주체는 너희 영혼이 아닌 정신mind(마음으로도 번역-옮긴이)이다.

하지만 너희가 어떻게 해야 '지금 이 순간' 자신을 진실로 **순수하게 체험할 수** 있을지 알아보려 했다면, 너희 영혼은 너희더러 **자신의** "기억"을 찾아보게 시켰으리라. 이것이 너희가 그토록 자주 들어왔던 "자기 찾기soul searching"라는 체험이다. 하지만 이렇게 하려면 너희는 말 그대로 "정신이 **나가야**out of your mind" 한다.

무엇이 자신에게 "최선"인지 알아내려고 시간을 들이는spend 동안, 너희는 말 그대로 **시간을 소비하는**spend 짓을 하고 있다. 쓸데없이 자신의 시간을 소비하기보다는 절약하는 편이 나을 것이다.

정신이 나가면 엄청나게 시간을 절약할 수 있다. 너희 영혼은 과거의 만남들을 검토하고 분석하고 비판하는 일 없이 현재의 체험으로만 창조하기 때문에, 결정은 쉽게 이루어지고 선택은 빠르게 현실화된다.

이 점을 기억하라. 영혼은 창조하고 정신은 반응한다.

영혼은 자신의 지혜로—너희가 그것을 의식적으로 알아차리기도 전에—'지금 순간'에 겪는 체험이 신이 너희에게 보내준 체험임을 알고 있다. "미리 보내진pre-sent"(현재-옮긴이) 체험이라고 할 때의 의미가 바로 이것이다. 너희가 그것을 찾고 있는 동안에도 그것은 벌써 너희에게 가고 있다. 왜냐하면 너희가 청하기도 전에 내가 대답해주리라고 말했기에. 모든 '지금 순간'은 신이 주는 영광스러운 선물이다. 그것을 **선물**present이라 부르는 건 이 때문이다.

영혼은 '참된 자신 Who You Really Are**'에 대한 잘못된 생각을 치유하고, '참된 자신'에 걸맞은 체험을 너희에게 가져다주기 위해, 지금 필요한 완벽한 상황과 환경을 본능적으로 추구한다.**

영혼의 바람은 너희가 신에게 되돌아가게 하는 것, 너희에게 나(神)를 절실히 느끼게 하는 것이다.

영혼이 의도하는 바는 자신을 체험으로 알고, 따라서 나를 아는 것이다. 영혼은 너희와 내가 '하나'임을 이해하기 때문이다. 정신이 이 진리를 부정하고, 몸이 이 부정을 행동으로 옮긴다 할지라도.

그러므로 위대한 결정을 내려야 할 순간이라면 정신에서 벗어나, 대신 자기 찾기를 하라.

영혼은 정신이 생각해낼 수 없는 것을 알고 있다.

너희가 무엇이 자신에게 "최선"인지 알아내려고 애쓰면서 시간을 소비할 때, 그 선택은 조심스러울 것이고, 그 결정에는 영원한 시간이 걸릴 것이며, 그 여행은 기대의 바다 위에서 시작될 것이다.

그러니 조심하지 않으면 너희는 자신의 기대 속에 **빠지고 말** 것이다.

휘유! 굉장한 대답이군요. 그런데 어떻게 해야 제 영혼의 말을 들을 수 있습니까? 어떻게 해야 제가 듣고 있음을 알 수 있을까요?

영혼은 느낌feelings으로 말한다. 네 느낌에 귀를 기울이고, 네 느낌대로 따르며, 네 느낌을 존중하라.

왜 제게는 느낌을 존중하는 게 흡사 애당초 말썽을 일으킬 상황에 자신을 빠뜨리는 것처럼 여겨지는 걸까요?

너희가 성장은 "말썽"이고, 가만히 있는 건 "안정"이라고 이름 붙였기 때문이다.

하지만 너희에게 이르노니, 느낌은 결코 너희를 "말썽"에 빠뜨리지 않을 것이다. 너희의 느낌은 너희의 진실이기에.

만일 네가 절대 느낌을 따르지 않는 삶, 모든 느낌을 정신이라는 여과 장치로 걸러내는 삶을 살고 싶다면, 그렇게 하라. 정신이 하는 상황 분석에 따라 네 판단들을 내려라. 하지만 그런 책략에서는 기쁨도, '참된 자신'에 대한 축하도 구하지 마라.

잊지 마라, 참된 축하는 정신 나간mindless **짓임을.**

자신의 영혼에 귀 기울일 때, 너희는 무엇이 자신에게 "최선"인지 알 것이다. 자신에게 맞는 진실은 자신에게 가장 좋은 것일 수밖에 없기 때문이다.

자신에게 진실인 것만을 따라 행동할 때, 너희는 너희의 길을 따라 빠른 속도로 달리는 중이고, "과거의 진실"에 근거한 체험에 따라 반응하지 않고 "지금의 진실"에 근거한 체험을 창조할 때, 너희는 “새로운 자신”을 만들어내는 중이다.

네가 선택한 현실을 창조하는 데 왜 그렇게 많은 시간이 걸리느냐고? 그것은 네가 자신의 진실에 따라 살아오지 않았기 때문이다.

진리를 깨달아라, 그러면 진리가 너를 자유롭게 하리니.

그런데 일단 네 진실을 깨닫고 나면, **그걸 두고 마음을 자주 바꾸지** 않도록 하라. 이렇게 되는 건 네 정신이 무엇이 “최선”인지 알아내려고 애쓰기 때문이다. 그렇게 하는 걸 그만둬라! 정신에서 벗어나라. 네 감각으로 되돌아가라!Get back to your senses!

“분별력을 되찾아라Get back to your senses”고 할 때의 **의미**가 바로 이것이다. 이것은 네가 어떻게 **생각하는가가** 아니라 어떻게 **느끼는가로** 되돌아가는 것이다. 네 생각은 말 그대로 생각일 뿐이고, 정신의 구조물, 네 정신이 “만들어낸” 창조물일 뿐이다. 하지만 네 **감각**이라면—그것은 지금 이 순간 **실재하는** 것이다.

감각은 영혼의 언어이고, 네 영혼은 네 진실이다.

자, 이제 그 모든 게 아귀가 딱딱 들어맞지 않느냐?

당신 말씀은 부정적이고 파괴적인 느낌들까지도 표현해야 한다는 뜻인가요?

느낌은 부정적이지도 파괴적이지도 않다. 그건 그냥 진실일 뿐이다. 중요한 것은 너희가 자신의 진실을 어떻게 표현하는가이다.

너희가 자신의 진실을 사랑으로 표현할 때, 부정적이고 위험한 결과들은 거의 일어나지 않는다. 행여 그런 결과들이 일어난다면, 그것은 대개 다른 누군가가 부정적이거나 위험한 방식으로 너희의 진실을 체험하려 하기 때문이다. 그런 경우라면 너희로서는 그런 결말을 피할 방도가 별로 없을 것이다.

자신의 진실을 표현하지 **못하는 건** 분명히 그다지 적절한 일이 아니다. 그럼에도 사람들은 항상 이렇게 한다. 그들은 불쾌한 일을 일으키거나 그런 것에 직면할까봐 무척 두려워한다. 그래서 그들은 자신의 진실을 철저히 감춘다.

잊지 마라, 메시지를 얼마나 잘 받는가는 메시지를 얼마나 잘 보내는가만큼 중요하지 않다.

다른 사람이 네 진실을 얼마나 잘 받아들이는지는 네 책임이 아니다. 너는 단지 그것이 얼마나 잘 전달되는지만 보장할 수 있다. 여기서 얼마나 잘이라는 게 단지 얼마나 명확하게란 뜻만은 아니다. 거기에는 얼마나 사랑으로, 얼마나 자비롭게, 얼마나 예민하게, 얼마나 용기 있게, 얼마나 완벽하게란 뜻이 들어 있다.

여기에는 반(半)만의 진실이라든가 "잔혹한 진실", 혹은 "평이한 진실"조차 들어설 여지가 없다. 여기에 존재하는 건, 하늘이 너를 굽어살피사 진실과 진실 자체와 오직 진실뿐이다.

사랑과 자비라는 신성(神性)들을 들여오는 게 "하늘이 너를 굽어살피는" 대목이다. 왜냐하면 너희가 청한다면, 나는 언제나 너희가 이런 식으로 교류하게끔 도울 것이기에.

그렇다, 소위 가장 "부정적인" 느낌들까지 표현하라. 하지만 파괴적으로 하지는 마라.

부정적인 느낌들을 표현하지(즉 밀어내지) 않으면, 그것들을 사라지게 만들 수 없다. 그렇게 되면 **그 느낌들을 가두게 된다.** "갇힌" 부정은 몸을 해치고 영혼에 짐을 지운다.

하지만 어떤 사람에 대해 품고 있는 부정적인 생각들을 그 사람이 몽땅 듣는다면, 그런 생각들이 아무리 애정을 가지고 전달되더라도, 그건 그 사람과의 관계에 영향을 미칠 겁니다.

나는 네 부정적인 느낌들을 표현하라(밀어내라, 제거하라)고 했지, 어떻게 혹은 누구에게 하라고 말하지는 않았다.

모든 부정을 그런 느낌을 주는 사람과 함께해야 하는 건 아니다. 이런 느낌들을 그 사람에게 전달할 필요가 있을 때는, 그렇게 하지 않으면 네 순수성이 손상되거나 다른 사람이 거짓을 믿게 되는 경우뿐이다.

부정은, 설사 그 순간에는 그것이 네 진리처럼 보이더라도, 결코 궁극의 진리를 나타내는 표지가 아니다. 그것은 치유되지 않은 네 부분에서 생긴 것일 수 있다. 아니, 사실 **그것은 항상 그렇다.**

이 부정들을 밀어내고 그것들을 풀어놓는 게 그토록 중요한 이유가 여기에 있다. 그것들을 풀어놓을 때, 즉 그것들을 밖으로 밀어내어 네 앞에 놓을 때에야, 비로소 너는 자신이 정말로 그것들을 믿는지 판단할 수 있을 만큼 충분히 명확하게 그것들을 볼 수 있다.

어떤 추한 것이라도 일단 말로 표현되고 나면, 너는 그것이 더 이상 "진실"하게 느껴지지 않는다는 사실만을 발견할 것이다.

두려움에서 분노에 이르기까지 표현된 모든 느낌에서, 너는 그것들이 일단 표현되고 나면, 그것들은 더 이상 네가 **진실로** 어떻게 느끼는지를 드러내지 않는다는 사실만을 발견한다.

이런 식으로 느낌은 농간을 부릴 수 있다. 느낌은 영혼의 언어이긴 하지만, 그것이 네 마음이 만들어낸 어떤 모조품은 아닌지, 네가 과연 자신의 **참된 느낌**에 귀 기울이고 있는지 확인할 필요가 있다.

맙소사! 그래서 이젠 제 **느낌조차** 믿을 수 없게 됐군요. 전 그게 진리에 이르는 길이라고 생각했다구요! 당신이 제게 **가르쳐준** 게 바로 이거라고요.

사실이다. 나는 지금도 그렇게 말한다. 하지만 그건 지금 네가 이해하는 것보다 훨씬 더 복잡하니 잘 들어야 한다. 어떤 느낌들은 참된 느낌들, 즉 영혼에서 태어난 느낌들이지만, 어떤 느낌들은 모조(模造) 느낌들이다. 이것들은 너희 정신 속에서 만들어진 느낌들이다.

달리 말해 그것들은 전혀 "느낌"이 아니다. 그것들은 생각이다. 느낌으로 **변장한** 생각들.

이런 생각들은 너희의 이전 체험과 너희가 남들을 관찰한 체험에서 나온다. 누가 이빨을 뽑을 때 얼굴을 찡그리는 걸 보고 나면, 너희도 이빨을 뽑을 때 얼굴을 찡그린다. 아직 **건드리지도** 않았는데 어쨌든 얼굴을 찡그린다. 너희의 이런 반응은 현실과는 무관하다. 단지 남들의 체험이나 예전에 너희에게 일어난 일에 근거해서 너희가 현실을 **지각하는** 방식과 관련된 것일 뿐이다.

인간 존재로서 겪는 가장 위대한 도전은 '지금 여기가 되는 것', 상황을 꾸며내길 그만두는 것이다! 지금pre-sent 순간(너희가 그것에 대해 생각하기도 전에 자신에게 "보낸sent" 순간)에 대해 생각하길 그만두어라. **그 순간 속에** 있어라. 기억하라, 너희는 이 순간을, 엄청난 진실의 씨앗을 품고 있는 그 순간을 하나의 선물로 자신에게 **보냈다**는 걸. 너희가 기억해내고 싶어하던 진실이 바로 이것이다. 그런데도 그 순간이 도착하면 너희는 당장 그것에 대해 생각하기 시작한다. 그 순간 **속에** 있는 대신, 너희는 그 순간 **밖에** 서서 그것을 판단하곤 한다. 그러고 나서 너희는 다시 반응한다re-acted. 다시 말해 너희는 **예전에 했던** 식으로 행동한다.

이제 이 두 단어를 잘 살펴보라.

REACTIVE (반응하는)

CREATIVE (창조하는)

이 둘은 **같은 단어**다. 단지 "C"만 움직였다! 그러니 너희가 매사에 정확하게 "C"를 놓을 때 너희는 '반응하지' 않고 '창조하게' 될 것이다.

정말 현명하시군요.

음, 신이란 게 원래 그런 것이다.

어쨌든, 보다시피 내가 지적하려는 바는, 각각의 순간을 **그에 대한 사전 생각 없이** 깨끗한 상태로 만날 때, 너희는 **예전의 자신을 재연(再演)하는** 대신 **지금의 자신을 창조할 수** 있다는 점이다.

삶은 창조 과정이다. 그런데 너희는 줄곧 그게 마치 재연 과정인 것처럼 살고 있다.

하지만 이성을 가진 인간이라면 어느 누가 어떤 일이 일어나는 순간에 자신의 이전 체험을 무시할 수 있겠습니까? 그 문제에 관해 자신이 아는 모든 것을 불러내고, 그에 따라 대응하는 게 정상 아닙니까?

정상normal일 수는 있겠지, 하지만 **자연스러운**natural 것은 아니다. "정상"이란 건 일상적인 것을 뜻한다. "자연스러운" 건 애써 "정상"이려고 하지 않을 때의 너희 상태다.

자연스러움과 정상은 같은 게 아니다. 특정 순간에 너희는 정상인 일을 할 수도 있고, 자연스러운 일을 할 수도 있다.

너희에게 이르노니, 어떤 것도 **사랑보다 더 자연스럽지는 않다.**

사랑에 차서 행동한다면 너희는 자연스럽게 행동할 것이다. 하지만 두려워하고 화내고 분개하면서 반응한다면, 너희는 **정상으로** 행동할 수는 있지만, 결코 **자연스럽게** 행동하지는 못할 것이다.

하지만 저의 이전의 모든 체험이 특정 "순간"이 고통스러울 거라고 비명을 지르는 판에 제가 어떻게 사랑에 차서 행동할 수 있습니까?

네 이전 체험을 무시하고 **그 순간 속으로 들어가라.** '지금 여기'에 있어라. **자신을 새로이 창조하기 위해 지금 당장** 할 일이 무엇인지 살펴라.

기억하라, **이것이 너희가 이곳에서 하고 있는 일임을.**

너희는 '자신이 누구인지' 알기 위해서, 그리고 '되고자 하는 자신'을 창조하기 위해서 이 세상에 왔다. 이런 식으로, 이 순간, 이곳에.

모든 삶의 목적이 이것이다. 삶이란 끝없이 계속되는 재창조의 과정이다. 너희는 가장 고귀한, 다음 단계의 자신에 대한 관념을 그려보면서 계속해서 자신을 재창조해가고 있다.

하지만 그건 자기가 날 수 있다고 확신하면서 고층 빌딩에서 뛰어내린 사람과 다를 바 없지 않습니까? 그 사람은 자신의 "이전 체험"과 "남들을 관찰한 체험"을 무시하고 빌딩에서 뛰어내렸지요. 떨어지는 동안 계속해서 "나는 신이다!"고 외치면서요. 이건 그다지 멋져 보이지 않는데요.

그렇다면 네게 말해주마. 인간은 나는 것보다 훨씬 더 위대한 결과들을 이루어냈다. 인간은 병을 고쳤고, 죽은 자를 일으켜 세웠다.

한 사람만 그랬죠.

너는 단지 한 사람에게만 물질 우주를 지배할 그런 권능이 있다고 생각하느냐?

단 한 사람만이 그런 권능을 보여주었습니다.

그렇지 않다. 홍해를 가른 건 누구였는가?

신이요.

사실이다. 그런데 신에게 그렇게 해달라고 부탁한 건 누구였느냐?

모세요.

맞다. 그러면 병자를 치유해주고, 죽은 자를 일으켜달라고 내게 부탁한 사람은 누구냐?

예수요.

그렇다. 그런데 너는 모세와 예수가 한 일을 너는 할 수 **없다**

고 생각하느냐?

하지만 그들이 그런 일을 한 게 아니죠! 그들은 당신에게 청했어요. 그건 다른 문제죠.

좋다, 우선은 네가 세운 틀을 따라가보자. 자, 너 자신은 이와 똑같은 기적을 내게 청할 수 없다고 생각하느냐?

저도 할 수 있을 것 같습니다.

그러면 내가 그 요청들을 들어줄 것 같으냐?

그건 모르겠습니다.

그게 바로 너와 모세의 차이다! 그게 바로 너와 예수의 다른 점이다!

예수의 이름으로 청한다면 당신이 자신의 청함을 들어줄 거라고 믿는 사람들은 많습니다.

그렇다, 많은 사람들이 그렇게 믿는다. 그들은 자신에게는 아무 권능도 없지만 예수의 권능은 보았다고 믿는다(혹은 그것을 본 다른 사람들을 믿는다). 그래서 그들은 예수의 이름으로 청한다. 예수가 "왜 그렇게 놀라느냐? 너희 역시 이런 일, 아니

이보다 더한 일들도 할 수 있다"고 말했는데도. 그러나 사람들은 그 말을 믿지 못한다. 오늘날까지도 많은 사람들이 그러하다.

너희 모두는 자신이 가치 없는 존재라고 생각한다. 그래서 너희는 예수의 이름으로 청한다. 혹은 성모 마리아나 이런저런 "수호성인"이나 태양신이나 동방 신들의 이름으로. 너희는 항상 누군가의 이름을—그게 **누구의 이름이든**—내걸 것이다. 자신의 이름만 빼고!

하지만 내가 너희에게 말하노니, **구하라 그러면 받을 것이요, 찾아라 그러면 얻을 것이요, 두드려라 그러면 열릴 것이다.**

빌딩에서 뛰어내려라, 그러면 날 것이다.

공중부양을 한 사람들이 있었다. 너는 이것을 믿느냐?

음, 저도 들은 적이 있습니다.

그리고 벽을 걸어서 통과한 사람들도 있고, 자기 몸을 벗어난 사람들까지 있다.

그래요, 그래요. 하지만 저는 벽을 걸어서 통과한 사람을 실제로 **본 적은** 없다구요. 게다가 누구더러 그렇게 해보라고 하지도 않지요. 또 저는 우리가 빌딩에서 뛰어내려야 한다고 생각하지도 않습니다. 그건 아마 당신 건강에도 그리 좋지 않을 겁니다.

그 사람이 떨어져 죽은 건 그가 날 수 없었기 때문이 아니다. 올바른 존재 상태였다면, 그는 날 수 있었다. 하지만 그는 자신을 너희와 다른 존재로 과시하고자 했기에, 결국 신성(神性)을 드러낼 수 없었던 것이다.

더 자세히 설명해주십시오.

빌딩 위의 그 사람은 자신이 **나머지 너희와 다르다고** 상상하는 자기 망상의 세계에 살고 있었다. "나는 신이다"라고 선언함으로써 그는 거짓으로 자기 증명을 시작했다. 그는 자신을 더 크고 더 많은 권능을 지닌 존재로 구별하고 싶어했다.

이것은 자기애ego에서 나오는 행동이다.

각기 분리된 자기애로는 본래 '하나'인 것을 복제하거나 증명할 수 없다.

빌딩 위의 그 남자는 자신이 신임을 증명하려 함으로써 만물과 자신의 통일이 아닌 분리만을 증명했다. 결국 그는 '신성 아님'을 증명함으로써 신성을 증명하려 했으니, 실패할 수밖에 없었던 것이다.

반면에 예수는 통일성을 증명함으로써, 또 그가 바라보는 곳 어디에서나(그리고 바라보는 사람 누구에게나) 통일성과 전체성을 봄으로써 신성을 증명했다. 이 점에서 그의 의식과 내 의식은 하나다. 그런 상태에서 그가 불러내는 건 무엇이나 그 '성스러운 순간'에 그의 '신성한 현실'로서 모습을 드러낸다.

알겠습니다. 그러니까 기적을 이루려면 "그리스도의 의식"만 있으면 된다! 그게 문제를 단순하게 만들고……

사실 그렇다. 네가 생각하는 것보다 더 단순하게 만든다. 그리고 많은 사람들이 그런 의식을 이루었다. 나사렛 예수만이 아니라 많은 이들이 그리스도가 되었다.

너 역시 그리스도가 될 수 있다.

어떻게—?

그렇게 되고자 하면, 그렇게 되길 선택하면. 하지만 그것은 네가 날마다 순간마다 내려야 하는 선택이다. 그것을 **네 삶의 목적 자체로** 삼아야 하는 선택이다.

사실 그것은 네 삶의 목적이다. 단지 네가 그것을 모를 뿐이다. 하지만 네가 그것을 안다 해도, 네가 자신의 바로 그 절묘한 존재 이유를 기억해낸다 해도, 네가 왔던 그곳에 이를 방법을 알게 될 것 같지는 않구나.

그렇습니다. 바로 그겁니다. 어떻게 해야 지금 있는 곳에서 제가 원하는 곳으로 **갈 수** 있나요?

네게 다시 말해주겠다. **구하라 그러면 받을 것이요, 두드려라 그러면 열릴 것이다.**

저는 35년 동안 "구하고" "두드려"왔습니다. 제가 그런 식의 설교를 지겨워해도 용서해주시겠지요?

환멸을 느낄 만큼은 아니란 말이지? 하지만 사실 네가 애쓴 데 대해서 좋은 점수를 주긴 해야겠지만, 말하자면 '노력 A'라고 해야겠지만, 나는 네가 35년 동안 구하고 두드려왔다고 하지는 못하겠다. 그 말에 동의하진 못하겠다.

네가 구하고 두드리는 걸 35년 동안 **했다 말았다** 했다는 데는—대개는 말았다 쪽이지만—동의해줄 수 있지만.

이전에 네가 아주 어렸을 때는, 너는 문젯거리가 생겼을 때라야, 뭔가가 필요할 때라야 내게 왔다. 나이 들어 성숙해지자 너는 그게 신과 맺는 **올바른 관계가** 아닐 성싶다는 사실을 깨닫고, 좀 더 의미 있는 것을 창조하려 했다. 하지만 그 경우에도 나는 대개 **소일거리**일 뿐이었다.

더 시간이 지나서 신과의 **영적 교류**로만 신과 **결합**할 수 있다는 사실을 이해하게 된 너는 교류를 **도와주는** 것들을 실천하고 했다. 하지만 너는 이것들조차 산발적이고 일관성 없이 시도하곤 했다.

너는 명상에 잠겼고, 의식을 거행했으며, 기도와 찬송으로 나를 불러냈고, 네 속에 있는 '내 영혼'을 깨웠다. 하지만 네 마음에 들 때만, 네가 영감을 느낄 때만 그렇게 했다.

이런 식이라도 나(神)에 대한 네 체험이 영광스러운 건 사실이지만, 그럼에도 너는 네 삶의 95퍼센트를 분리의 환상에 사로잡혀 보냈다. **궁극의 실체**에 대한 깨달음으로 깜박이는 순간들을 간신히 여기저기에 가지면서.

너는 지금도 여전히 차 수리와 전화요금 청구서와 네가 인간관계들에서 원하는 것들에 헌신하는 걸 삶이라 생각한다. 즉 너는 자신이 창조한 드라마의 **창조자**가 아니라, 그 **드라마**에 헌신하는 것을 삶이라 생각한다.

자신이 계속해서 드라마를 창조해내는 까닭을 깨달아야 하는데도, 너는 그 드라마를 연기해내느라 너무 바쁘다.

너는 삶의 의미를 깨닫고 있다고 말한다. 하지만 너는 네 깨달음대로 살지 않는다. 너는 신과 교류하는 방법을 알고 있다고 말한다. 하지만 너는 그 방법대로 하지 않는다. 너는 자신이 그 길에 서 있다고 주장한다. 하지만 너는 그 길을 따라 걷지 않는다.

그러고 나서는 내게 와 자신이 35년 동안 줄곧 구하고 두드려왔노라고 말한다.

나도 네 환상을 깨뜨리긴 싫지만……

이제 내게 환멸을 느끼는 건 그만두고, 자신을 있는 그대로 보기 시작할 때가 왔다.

자, 내가 말해주마. "그리스도"가 되고 싶은가? **날마다 순간마다** 그리스도처럼 **행동하라**. (너는 방법을 모르는 게 아니다. 그가 네게 그 방법을 보여주었다.) 어떤 상황에서도 그리스도처럼 되라. (너는 할 수 없는 게 아니다. 그가 네게 **가르침들을** 남겼다.)

네가 그것을 구하려고만 하면, 너는 이 점에서 얼마든지 도움을 받을 수 있다. 내가 날마다 순간마다 네게 지침들을 주고 있으니. 나는 네게 어느 쪽으로 돌아야 하는지, 어느 길을 택해야 하는지, 어떤 대답을 해야 하는지, 돌려야 할 방향과 가야 할 길과 해야 할 대답과 해야 할 행동과 해야 할 말들, 즉 네가 진실로 나와 교류하고 결합하려고만 하면, 어떤 현실을 창조해야 할지를 알려주는 작고 조용한 내면의 소리다.

그냥 내게 **귀 기울이기만** 하라.

전 그렇게 하는 방법을 모르는 것 같은데요.

천만에! **지금 이 순간에도 넌 그렇게 하고 있다!** 다만 이제부터는 **항상** 그렇게 하라.

그렇다고 항상 노란 종이철을 끼고 다닐 수는 없지요. 모든 걸 그만두고 당신에게 편지 쓰는 일만 할 수는 없지 않습니까? 당신이 그 멋진 대답들을 가지고 그 자리에 있길 바라면서요.

고맙다. 그 대답들이 멋지다니! 그런데 여기 또 하나 멋진 대답이 있다. 아니다, **넌 할 수 있다!**

내 말 뜻은, 만일 누군가가 네게 신과 직접 연결될 수 있다고, 즉 직접적인 연결고리와 직접적인 연결선을 가질 수 있다고 하면서, 네가 해야 할 일이라고 해봐야 잊지 말고 종이와 연필을 항상 곁에 두는 것뿐이라고 한다면, 너는 그렇게 하겠느냐?

음, **물론** 그렇게 하죠.

그런데 너는 방금 그렇게 **하지 않겠다고** 말했다. 아니 "할 수 없다"고. 그렇다면 어찌 된 일이냐? 너는 뭘 말하고 있는 거냐? 어느 쪽이 네 진실이냐?

그런데 이제 '좋은 소식'은 네게 종이철과 펜조차 필요하지 않다는 것이다. **나는 언제나 함께 있다.** 나는 펜 속에 살지 않는다. **나는 네 속에 산다.**

그게 정말이죠?…… 제 말은 그 말을 진짜로 믿어도 되냐는 겁니다.

물론 너는 믿어도 된다. 그것은 내가 태초부터 너희에게 믿어달라고 부탁해왔던 것이고, 예수를 포함하여 모든 선각자가 너희에게 해왔던 말이다. 그것은 중심되는 가르침이며, 궁극의 진리다.

나는 언제나 너희와 함께 있다. 시간이 끝나는 순간까지도.

너는 이것을 믿느냐?

예, 이젠 믿습니다. 예전의 어느 때보다 더 그렇다는 얘깁니다.

좋다. 그렇다면 나를 **써먹어라.** 종이와 펜을 꺼내 드는 게 도움이 되면(그리고 네게는 그게 상당히 잘 맞는 것 같다는 말도 해야 하리라), **종이와 펜을 꺼내 들어라.** 더 **자주**, 날마다, 그래야 한다면 시간마다.

내게 가까이 오라. **내게로 가까이!** 네가 할 수 있는 일을 하고, 네가 해야 할 일을 하고, 그렇게 되기 위해서 필요한 일을 하라.

묵주 기도를 하고, 돌에 입 맞추고, 동쪽을 향해 절하고, 찬송가를 부르고, 추를 흔들고, 근육을 움직여보아라.

아니면 책을 써라.

그렇게 되기 위해서 필요한 일을 하라.

너희는 각자 나름의 틀을 지니고 있다. 너희는 각자 나름의 방식으로 나를 이해해왔고 나를 창조해왔다.

어떤 사람들에게는 내가 남자다. 또 어떤 사람들에게는 내가 여자다. 그리고 다른 어떤 사람들에게는 둘 다이고, 또 다른 사람들에게는 어느 쪽도 아니다.

너희 중 일부에게 나는 순수 에너지다. 또 일부에게는 너희가 사랑이라 부르는 궁극의 감정이다. 그리고 또 다른 일부는 내가 누구인지 전혀 모른다. 너희는 그냥 '내가 ~이다I Am'라고 안다.

그리고 그건 사실이다.

'나는 ~이다.'

나는 네 머리카락을 스치는 바람이고, 네 몸을 따뜻하게 해주는 햇살이며, 네 얼굴 위에서 춤추는 비다. 나는 공기 속 꽃향기이고, 향기를 뿜어내는 꽃이며, 향기를 **실어 나르는** 공기다.

나는 네 맨 처음 생각의 시작이고 네 마지막 생각의 끝이다. 나는 네 가장 멋진 순간에 반짝였던 아이디어이며, 그것을 실현하는 영광이다. 나는 지금껏 네 가장 사랑스러운 일을 추진케 한 느낌이며, 그런 느낌을 몇 번이고 다시 갈망하는 네 부분이다.

네게 잘 맞는 일이 어떤 것이든, 그것을 일어나게 하는 것이 어떤 것이든, 예배든 의식(儀式)이든 논증이든 명상이든 생각이든 노래든 말이든 행동이든 **간에**, 네가 "다시 연결되기" 위해서 **필요한 일을 하라**.

나를 기념하며 그렇게 하라.

Conversations with God

3

되돌아가 당신이 제게 이야기한 내용을 요약해보면, 제 보기에 중요한 논지는 이런 것들인 것 같습니다.

·삶은 계속되는 창조 과정이다.

·선각자라면 누구나 가진 비밀은 마음을 바꾸길 그만두고, 항상 같은 것을 선택하는 것이다.

·**아니**no란 말을 하지 마라.

·우리는 우리가 생각하고 느끼고 말하는 것을 "불러낸다".

·삶은 창조 과정일 수도 있고 반응 과정일 수도 있다.

·영혼은 **창조하고** 정신은 **반응한다**.

·영혼은 정신으로는 생각해낼 수 없는 것을 알고 있다.

·무엇이 자신에게 "최선"인지(가장 많이 얻고 가장 적게 잃으며 자신이 원하는 것을 얻는 법) 알아내려 하지 말고, '자신'이 무엇을 느끼

는가에서 시작하라.

·네 느낌은 네 진실이다. 자신에게 진실한 것이 자신에게 최선이다.

·생각은 느낌이 **아니다**. 오히려 그것들은 자신이 어떻게 느껴야 "하는지"에 대한 관념이다. 생각과 느낌을 혼동할 때 진실은 길을 잃고 모호해진다.

·느낌으로 되돌아가려면 **정신에서 벗어나 감각으로 돌아가라**.

·자신의 진실을 알고 나면 그것에 **따라 살아라**.

·부정적인 느낌은 절대 참된 느낌이 아니다. 오히려 그것은 언제나 자신과 남들의 이전 체험에 근거한, 어떤 것에 대한 자신의 생각이다.

·이전 체험은 절대 진리 지표가 될 수 없다. 왜냐하면 '순수 진리'는 재연되는 것이 아니라 지금 이 자리에서 창조되는 것이기에.

·어떤 것에 대한 자신의 반응을 바꾸려면 지금present 순간(즉 "미리 보내진pre-sent" 순간)에 있어라. 자신에게 보내졌고 그것에 대해 생각하기 전의 상태인 순간에…… 달리 말해 과거나 미래가 아니라 '지금 여기'에 있어라.

·과거나 미래는 단지 생각 속에서만 존재할 수 있다. '단 하나의 현실'은 '미리 보내진' 순간뿐이다. 거기에 **머물러라!**

·구하라, 그러면 받을 것이다.

·신/여신/진리와 연결된 상태로 머물기 위해 필요한 것이면 무엇이든 하라. 예배와 기도와 의식과 명상과 읽기와 쓰기와, 그리고 '존재 전체'와 접촉한 상태로 머물게 해주는 데 **"도움이 되는 것이면 뭐든"** 멈추지 마라.

이 정도면 되겠습니까?

훌륭하다! 충분하다. 아주 좋다. 내 말을 이해했구나. 이제 너는 그것에 따라 살 수 있겠느냐?

이제부터 그러려고 합니다.

좋다.

그렇다면 이제 지난번 진도로 되돌아가서 시간에 대해 말씀해주시겠습니까?

미리 보내진pre-sent 시간 같은 건 **없다!**

내가 단언하지만, 너는 예전에도 이런 말을 들었다. 하지만 너는 그것을 이해하지 못했다. 이제 너는 이해하고 있다.

이 시간 말고는 어떤 시간도 존재하지 않으며, 이 순간 말고는 어떤 순간도 존재하지 않는다. 존재하는 것은 "지금"뿐이다.

그럼 "어제"와 "내일"은요?

그것들은 네 상상이 빚어낸 허구이고, 네 정신이 지어낸 구조물이다. '궁극의 현실'에서 그것들은 존재하지 않는다.

지금껏 일어난 모든 일이 지금 일어나고 있고, 앞으로 일어날 모든 일도 바로 **지금** 일어나고 있다.

이해를 못하겠는데요.

너는 이해할 수 없다. 완전하게는 이해할 수 없다. 하지만 이해하기 **시작할 수는** 있다. 그리고 여기서 필요한 것은 시작을 위한 이해뿐이다.

그러니…… 그냥 듣고만 있어라.

"시간"은 연속체가 아니다. 그것은 수평이 아니라 수직으로 존재하는 상대성의 요소다.

시간을 "왼쪽에서 오른쪽으로"인 것으로 생각하지 마라. 개인들에게는 출생에서 죽음으로 달려가고, 우주에는 어떤 유한점(有限点)**에서** 또 다른 어떤 유한점**으로** 달려가는 소위 시간 줄로 시간을 생각하지 마라.

"시간"은 "오르락내리락"하는 것이다. 시간을 '지금이라는 영원한 순간'을 나타내는 탁상용 종이꽂이로 생각하라.

이제 그 **종이꽂이**에 여러 장의 종이가 꽂혀 있다고 상상해보아라. 차곡차곡. 이것들이 시간 요소들이다. 하나하나의 요소는 뚜렷하게 구별되지만, **다른 것들과 동시에** 존재한다. 종이꽂이의 모든 종이는 한꺼번에 존재한다! 앞으로 일어날 일들도—예전에 일어났던 일들도……

존재하는 것은 오직 '한순간', **이** 순간, 영원한 지금 순간뿐이다.

모든 일이 **바로 지금** 벌어지고 있으며, 그래서 내 영광은 바로 지금 찬미받고 있다. 신의 영광을 기다리는 일 같은 건 없다. 내가 시간을 이런 식으로 만든 건 **그냥 내가 기다릴 수 없었기** 때문이다! 나는 '나인 것'이 너무 **행복해서** 그냥 그것이 내 현실로 드러나길 기다릴 수 없었다. 그래서 '꽝'! 하고는 '그 모두가'

여기에, 바로 지금 바로 여기에 있게 했다.

여기에는 시작도 없고 끝도 없다. 그것은, '모든 것 전부'는 그냥 '존재한다'.

이 '있음' 속에 너희 체험과 너희의 가장 위대한 비밀이 있다. 너희는 그 '있음' 안에서 너희가 택하는 어떤 "시간", 어떤 "장소"로도 의식적으로 옮겨갈 수 있다.

우리가 시간여행을 할 수 있다는 뜻입니까?

그렇다. 너희 중 많은 사람들이 그렇게 해왔다. 사실은 너희 **모두가** 그렇게 해왔다. 너희는 주로 꿈을 꾸면서 일상적으로 그렇게 한다. 너희가 그것을 자각하고 있을 순 없기에, 너희 대다수는 그것을 깨닫지 못한다. 하지만 그 에너지는 아교풀처럼 너희에게 달라붙어, 때때로 이 에너지에 민감한 사람들이 너희의 "과거"나 "미래"의 일들을 집어낼 수 있을 만큼 충분한 찌꺼기를 남긴다. 그들은 이 찌꺼기를 느끼거나 "읽는다". 그래서 너희는 그들을 점쟁이와 영매라고 부른다. 때로는 한정된 의식 안에서나마 "전에 이곳에 있었음"을 너 자신도 충분히 깨달을 수 있을 만큼의 찌꺼기가 남는 경우들도 있다. "이 모든 일을 예전에 한 적이 있다"고 깨달을 때 네 존재 전체는 갑자기 덜컹거린다!

기시감(期視感)요!

그렇다. 또는 네가 어떤 사람을 만났을 때, **그 사람을 평생**

알고 지냈던 것 같은, 그 사람을 영겁의 시간 동안 알고 지냈던 것 같은 멋진 감정!

그것은 장엄한 느낌이고, 경이로운 느낌이다. 그리고 그것은 **참된** 느낌이다. 너는 그 영혼을 **항상** 알고 **지냈다!**

항상은 바로 지금의 일이다!

그렇게 너희는 종이꽃이에 꽂힌 네 "종잇장"에서 자주 올려다보기도 하고 때로는 내려다보기도 한다. 또 다른 종잇장들도 보곤 한다! 너희는 그곳에서 자신을 보곤 한다. **종잇장마다 네 일부가 있기** 때문이다!

어떻게 그게 가능하죠?

너희에게 말하노니, 너희는 항상 존재해왔고 지금도 존재하며 앞으로도 항상 존재할 것이다. 지금껏 너희가 존재하지 않았던 시간은 **없으며**, 앞으로도 영원히 **없을 것이다.**

잠깐만요! **나이 든 영혼들**old souls이란 개념은요? 어떤 영혼들은 다른 영혼들보다 더 "나이 들지" 않았나요?

다른 것보다 더 "나이 든" 것은 아무것도 없다. 나는 그것을 '한꺼번'에 창조했으며, '그 모두'는 지금 이 순간 존재하고 있다.

너희가 말하는 "나이 든" 체험과 "젊은" 체험이란 건 특정 영혼의 **자각 수준**, 즉 '존재의 측면Aspect of Being'과 관계가 있다. 너희는 오로지 '존재의 측면들', 단지 존재의 부분들일 뿐이다.

각 부분은 자기 속에 새겨진 '전체'에 대한 의식을 지니고 있다. 모든 요소가 다 이 각인을 지닌다.

"자각awareness"이란 이런 의식이 깨어나는 체험이다. '전체'의 개별 측면이 자신을 자각하는 것이다. 정말 글자 그대로 개별 측면이 **자신을 의식하**는 것이다.

그 다음엔 차츰 남들others 모두를 의식하게 되고, 또 그 다음엔 남이란 없다는 것, '모두가 하나'임을 의식하게 된다.

그런 다음엔 결국 나를 의식하게 된다. '장대한 나'를!

이런! 당신은 정말로 당신을 **좋아하시는군요**. 안 그렇습니까?

너는 안 그런가―?

그래요! 전 당신이 위대하다고 생각해요!

나도 그렇다. 그리고 내 생각엔 **너도** 위대하다! 너와 내가 불일치하는 유일한 지점이 바로 여기다. **너는 자신이 위대하다고 생각하지 않는다!**

제 온갖 결점과 온갖 잘못, 온갖 죄악을 눈앞에서 보는데 어떻게 자신을 위대하다고 여길 수 있겠습니까?

너희에게 말하노니, 어떤 죄악도 **없다!**

그게 사실이었으면 좋겠군요.

너희는 있는 그대로 완벽하다.

그것도 사실이었으면 좋겠습니다.

사실이다! 묘목이라고 해서 그 나무가 덜 완벽한 건 절대 아니다. 조막만 한 아기도 어른과 똑같이 완벽하다. 그것은 **완벽 자체**다. 어떤 일을 할 수 없고, 어떤 것을 **알지** 못한다는 게 그 아기를 좀 덜 완벽한 존재로 만들지는 않는다.

어느 아기나 실수를 저지른다. 일어서서 뒤뚱뒤뚱 걷다가는 넘어진다. 아기는 엄마 다리에 매달려 흔들거리면서 다시 일어선다. 이것이 그 아기를 불완전하게 만드는가?

완전히 그 반대다! 아기의 그런 모습은 완전히 통째로 반하게 하는 **완벽 그 자체**다.

너희 역시 그러하다.

하지만 그 아기는 나쁜 일을 저지르진 않았다구요! 일부러 반항하고, 사람을 해치고, 자신에게 해를 입히지도 않았지요.

그 아기는 옳고 그른 걸 **알지 못한다.**

바로 그겁니다.

너희 역시 그렇다.

하지만 저는 **압니다**. 저는 사람을 죽이는 건 나쁜 짓이고, 다른 사람을 사랑하는 건 옳은 일이며, 해치는 건 나쁜 짓이고, 상황을 더 낫게 만들려고 치유하는 건 옳은 일이란 걸 알고 있습니다. 내 것이 아닌 걸 가지고, 다른 사람을 이용하고, 솔직하지 못한 건 나쁘다는 것도 압니다.

나는 그 "나쁜 짓들"이 옳은 일일 수도 있음을 하나하나 다 예로 들어보일 수 있다.

지금 저를 놀리시는군요.

절대 아니다. 그냥 사실이 그러할 뿐이다.

만일 당신이 모든 규칙에는 예외가 있기 마련이라는 뜻으로 말씀하시는 거라면 저도 동의합니다.

규칙에 **예외**가 있다면, 그것은 **규칙**이 아니다.

다른 사람을 죽이거나, 괴롭히거나, 다른 사람에게서 빼앗는 게 나쁜 일이 **아니란** 말씀입니까?

그것은 너희가 무엇을 **하려는가**에 따라 다르다.

좋습니다, 좋아요. 무슨 말인지 알겠습니다. 하지만 그렇다고 해서 이런 것들이 **착한** 일이 되는 건 아니죠. 누구나 선한 목적을 이루기 위해 나쁜 일을 해야 할 때가 종종 있죠.

그렇다면 그런 것들이 "나쁜 짓"이 되는 것도 아니다. 그렇지 않느냐? 그것들은 그저 목적을 이루기 위한 수단일 뿐이다.

목적이 수단을 정당화한다고 말씀하시는 겁니까?

너는 어떻게 생각하느냐?

아니죠. 절대 그렇지 않죠.

그렇다면 그걸로 좋다.

너는 여기서 네가 무슨 일을 하고 있는지 보이지 않느냐? **너희는 발길 닿는 대로 규칙을 만들고 있다!**

그리고 다른 건 보이지 않는다고? **그거야말로 아주 잘된 일이군.**

그것이 바로 너희가 지금 하기로 **되어 있는** 일이다!

삶의 모든 것은 '자신이 누구인지' 판단하고, 그런 다음 그것을 체험하는 과정이다.

자신의 시야를 넓혀감에 따라, 너희는 시야를 포괄할 규칙들을 새로 만든다! 자신에 대한 관념을 키워감에 따라, 너희는 그 관념을 감싸안을 수 있는 새로운 할 것과 말 것, 돼와 안 돼를 창조한다. 이것들은 붙잡아둘 수 **없는 것**을 "붙잡아두는" 경계들이다.

너희를 "너희" 속에 붙잡아둘 순 없다. 왜냐하면 너희는 '우주'처럼 끝없는 존재이기에. 하지만 너희는 **경계들**을 그려보고, 그 다음엔 그것들을 받아들이는 것으로, 자신의 끝없음에 대한 **개념**을 창조할 수는 있다.

어떤 의미에서 보면 이것이야말로 너희가 특정한 어떤 것으로서 자신을 **알 수 있는** 유일한 방법이다.

끝없는 것은 그냥 끝없는 것이다. 한없는 것은 그냥 한없는 것이다. 그것은 어디에나 있기에 어디에도 존재할 수 없다. 그것은 **어디에나** 있으니, **특별히 어딘가에 있을 수 없다.**

신은 어디에나 있다. 따라서 신은 특별히 어딘가에 있을 수 없다. 왜냐하면 특별히 어딘가에 있으려면, 신은 **다른 어딘가에는 있지 말아야** 하는데, 이것은 **신에게 불가능하다.**

신에게 "불가능한" 일이 딱 하나 있다. 그것은 신이 **신이 아니게** 되는 것이다. 신은 신이 "아닐 수" 없다. 또한 신이 신답지 않을 수는 없다. 신은 자신을 "신이 아니게" 만들 수 없다.

나는 어디에나 있으며, 신에게 존재하는 것은 이것뿐이다. 그리고 나는 어디에나 있기에, 어디에도 없다. 그렇다면 내가 '어디에도 없다면NOWHERE' 나는 어디 있는가?

'지금 여기에NOW HERE.'

전 그 말이 좋아요! 당신은 1권에서도 그런 말씀을 하셨더랬죠. 하지만 전 그 말이 무척 마음에 들어서, 당신이 계속하도록 놔둘 참입니다.

참 친절하구먼. 그렇다면 너는 이제 그 말도 더 잘 이해하느냐? 너희가 "옳음"과 "그름"의 관념을 창조해낸 것은 단지 '자신이 누구인지'를 규정하기 위해서란 걸 알겠느냐?

이런 규정들, 즉 경계들이 없었다면 너희는 아무것도 아니란 사실을 이해하겠느냐?

그리고 "자신이 누구인지"에 대한 너희의 관념을 바꿀 때마다, 너희도 나처럼 계속해서 그 경계들도 바꾼다는 사실을 이해하겠느냐?

음, 당신이 무슨 말씀을 하시는지 알겠습니다. 하지만 제가 그 경계들—저 자신의 개인 경계들 말입니다—을 그렇게 많이 바꾼 것 같지는 않은데요. 죽이는 건 제게 언제나 나쁜 짓이었습니다. 남의 것을 훔치거나 다른 사람을 해치는 것도 언제나 나쁜 짓이었지요. 시간이 시작된 이래로 우리 자신들을 다스리는 주된 개념들은 항상 그대로였습니다. 그리고 대다수 사람들이 그 개념들에 동의했고요.

그렇다면 너희는 왜 전쟁을 하느냐?

언제나 규칙을 어기는 사람들이 있기 마련이니까요. 어떤 상자에도 썩은 사과는 있기 마련이죠.

지금부터 내가 뒤이은 구절들에서 이야기하는 것을 이해하고 받아들이기 힘들어할 사람들도 있을 것이다. 그 이야기들은 지금 너희의 사고 체계에서 진리로 받아들여지는 것들 중 상당수를 깨뜨릴 것이다. 하지만 이 대화가 너희에게 도움이 되려면, 나로서는 너희가 이런 식의 사고 체계를 가지고 살아가도록 내버려둘 수 없다. 그러니 이제 우리는 이 두 번째 책에서 이런 개념들 중 일부를 정면으로 대면해야 한다. 하지만 그리로 가자면 당분간은 꽤 덜컹거릴 것이다. 준비되었느냐?

예, 그런 것 같습니다. 미리 주의를 주셔서 고맙습니다. 그런데 당신이 지금부터 하시는 이야기를 이해하거나 받아들이는 게 그렇게 극적이고 힘듭니까?

나는 이제부터 어디에도 "썩은 사과"는 **없다**고 말하려 한다. 단지 **세상사에 대한 너희의 관점과 일치하지 않는** 사람들, 다른 세상형(型)을 만드는 사람들이 있을 뿐이다. 그리고 나는 이제부터 그들의 세상형에서 볼 때, 온당치 않은 일을 하는 사람은 아무도 없다는 사실도 말하려 한다.

그렇다면 그 사람들의 "형"이 뒤죽박죽인 게지요. 저는 무엇이 옳고 무엇이 그른지 압니다. 그리고 몇몇 사람들은 하지 않는데 내가 **한다고** 해서, 그게 **나를** 미친 사람으로 만들진 않습니다. 미친 쪽은 **그 사람들**입니다!

그게 바로 사람들이 전쟁을 시작할 때의 태도라고 이야기해야 하는 게 유감이구나.

압니다, 저도 압니다. 저는 일부러 이런 이야길 하는 겁니다. 저는 다른 많은 사람들이 이야기했던 것을 여기에 그대로 옮기고 있을 뿐입니다. 하지만 그런 사람들에게 제가 어떤 식으로 **대답할 수** 있습니까? 뭐라고 **말할 수** 있습니까?

너는 그 사람들에게 "옳음"과 "그름"에 대한 관념은 문화마다, 시기마다, 종교마다, 지역마다…… 심지어 가족마다, 개인마다 다르고, 달라져왔다고 말할 수 있다. 너는 그 사람들에게 많은 사람들이 한때는 "옳다"고 여기던 일이, 예를 들면 마법처럼 보이는 일을 한다고 해서 사람을 화형에 처하던 일을, 오늘날에는 "잘못된" 일로 여긴다는 사실을 지적하면 된다.

너는 그 사람들에게 "옳고" "그름"은 시간상으로만이 아니라 단순한 지리상의 차이로도 달라지는 규정이라는 사실을 지적하면 된다. 너는 그 사람들에게 너희 행성에서 몇몇 행위들은(예컨대 매춘) 한 곳에서는 불법이지만, 길을 따라 겨우 10리밖에 떨어지지 않은 다른 곳에서는 합법이라는 사실을 깨닫게 해주면 된다. 따라서 어떤 사람이 "잘못"을 저질렀는지 여부는 그 사람이 실제로 **어떤 일을 했는가**가 아니라, **그가 그 일을 저지른 곳**이 어디인가의 문제다.

이제 나는 1권에서 했던 말을 다시 되풀이하려 한다. 일부 사람들에게는 그 말이 납득하고 이해하기가 대단히 대단히 힘들었다는 사실도 알고 있다.

히틀러는 천국으로 갔다.

사람들이 이 말을 받아들일 준비가 되어 있을지 모르겠군요.

이 책과 우리가 만들고 있는 3부작의 나머지 책의 목적은 준비readiness를 갖추게 하는 데 있다. 새로운 틀, 새로운 이해, 더 넓은 시야, 더 위대한 관념을 위한 준비를 갖추게 하는 데.

저, 아마 많은 사람들이 이렇게 묻고 싶어할 겁니다. 히틀러 같은 사람이 어떻게 천국에 갈 수 있냐구요? 세상 모든 종교가…… 제가 보기엔 **모든** 종교가 다 말입니다, 유죄를 선고하고 곧장 지옥으로 보내야 한다고 선언한 인간인데요.

첫째, 지옥은 존재하지 않으니, 당연히 그는 지옥에 갈 수 없었다. 그러니 그가 **갈 수 있는** 곳은 단 한 군데밖에 남아 있지 않다. 하지만 이것은 문제의 논점을 피하는 것이고, 진짜 쟁점은 히틀러의 행위가 "잘못"인가 아닌가에 있다. 그러나 나는 우주에는 어떤 "옳음"도, 어떤 "그름"도 존재하지 않는다고 이미 몇 번이나 말했다. 어떤 것도 그 본질에서 옳거나 그르지는 않다. 어떤 것은 그냥 **어떤 것일** 뿐이다.

그런데 히틀러는 극악무도한 자라는 너희의 생각은 그가 몇 백만 명의 사람들을 죽이라고 명령했다는 사실에 근거를 두고 있다. 내 말이 맞는가?

그럼요, 당연하죠.

그렇다면 내가 너희에게 소위 "죽음"이란 건 **누구에게나 일어날 수 있는, 가장 위대한 일**이라고 말하면 어떻게 하겠느냐?

받아들이기 어렵군요.

너희는 지상에서의 삶이 천국에서의 삶보다 낫다고 생각하느냐? 너희에게 말하노니, 죽음의 순간에 너희는 지금까지 맛본 것들 중에서 가장 위대한 자유와 가장 위대한 평화와 가장 위대한 기쁨과 가장 위대한 사랑을 실감할 것이다. 그런데도 우리는 토끼 브레어를 찔레덤불 속으로 집어던졌다고 여우 브레어를 벌해야 할까?(미국 동화작가 린다 헤이워드의 작품 속에 나오는 두 주인공–옮긴이)

당신은 죽음 뒤의 삶이 아무리 멋지다 해도, 이곳에서의 우리 삶이 우리 의지를 거스르면서 끝나서는 안 된다는 사실을 간과하고 있습니다. 우리는 뭔가를 이루고, 뭔가를 체험하고, 뭔가를 배우려고 이곳에 왔습니다. 광기 어린 관념에 젖은 몇몇 미친 불량배들 때문에 우리 삶이 잘려나가는 건 옳지 않다구요.

무엇보다 너희는 **뭔가를 배우기 위해** 이곳에 있는 게 아니다(1권을 다시 읽어라!). 삶은 학교가 아니다. 그리고 이곳에서 너희의 목적은 배우는 것이 아니라 다시 구성하는re-member(기억하는–옮긴이) 것이다. 그리고 너희가 더 넓은 시야에서 본다면 삶은 종종 여러 가지 것들…… 태풍, 지진…… 따위로도 "잘려나간다".

그건 다른 겁니다. 당신이 지금 이야기하는 건 '신의 행위'입니다.

모든 사건이 '신의 행위'다.

너는 내가 일어나길 원치 않는 사건이 일어날 수 있다고 생각하느냐? 만일 내가 너희가 그렇게 하지 않는 쪽을 선택한다면 너희가 손가락 하나라도 까딱할 수 있으리라고 생각하느냐? 너희는 내가 반대하는 **어떤 일도 할 수 없다.**

하지만 우선은 "잘못된" 죽음이라는 이 관념을 함께 더 파들어가보기로 하자. 한 삶이 질병으로 잘려나간다면 그것은 "잘못된" 것이냐?

"잘못된"은 이런 데 적용하는 말이 아닙니다. 이런 것들은 자연스러운 원인들입니다. 이런 건 사람을 죽이는 히틀러 같은 인간과는 다릅니다.

그렇다면 사고라면? 황당한 사고라면—?

마찬가지죠. 그런 사고는 운 나쁜 비극이긴 하지만, 그래도 그건 '신의 의지'입니다. 우리가 신의 마음을 꿰뚫어보고, 왜 이런 일들이 일어나는지 알아낼 수는 없습니다. 우린 그렇게 해서는 안 됩니다. 왜냐하면 신의 의지는 바꿀 수 없고 이해할 수 없는 것이니까요. '신성한 수수께끼'를 풀려는 건 인간종(種) 너머에 있는 지식을 욕심내는 것이지요. 그건 죄입니다.

너는 그걸 어떻게 아느냐?

만일 신이 우리가 이 모든 걸 이해하길 바랐다면, 우린 **이해했을** 거니까요. 우리가 **이해하지 못하고 이해할 수 없다는** 사실이, 이해하지 말라는 신의 **의지**를 보여주는 증거지요.

알겠다. 너희가 그것을 **이해하지** 못한다는 사실은 신의 의지를 보여주는 증거이고, 그것이 **일어난다**는 사실은 신의 의지를 보여주는 증거가 아니란 말이지. 흐으음……

아무래도 제가 그다지 잘 설명한 것 같지 않군요. 하지만 저는 제가 무엇을 믿는지 알고 있습니다.

너는 신의 의지, 즉 신이 전지전능하다는 사실을 믿느냐?

그렇습니다.

히틀러와 관련된 지점만 빼고 말이지. 거기서 일어난 일은 신의 의지가 **아니란** 거군.

맞습니다.

어떻게 그럴 수가 있느냐?

히틀러는 신의 의지를 거슬렀습니다.

그런데 내 의지가 전지전능하다면, 그가 어떻게 그런 일을 할 수 있었으리라고 생각하느냐?

당신이 그렇게 하도록 허락했기 때문이지요.

내가 그렇게 하도록 **허락했다면**, 그가 그렇게 해야 했던 건 내 **의지**였다.

그렇긴 합니다만…… 하지만 당신이 그렇게 할 **이유**가 어디 있습니까? 아니, 아닙니다. 그에게 '자유선택권'을 준 것은 당신의 의지이지만, 그런 일을 저지른 건 **그의** 의지입니다.

너는 이 문제의 핵심에 아주 가까이 다가섰다. 아주 가까이.

물론 네가 옳다. 히틀러에게, 그리고 너희 **모두에게** 자유선택권을 준 것은 내 의지다. 하지만 내가 원하는 선택을 하지 않았다고 해서 끊임없이 계속해서 너희를 벌받게 하는 건 내 의지가 **아니다**. 만일 그랬다면 **너희의** 선택이 어떻게 "자유로울" 수 있겠느냐? **내**가 원하는 대로 하지 않으면 말로 다할 수 없는 고통을 겪게 되리란 사실을 아는 상태에서, 어찌 너희가 진실로 자유롭게 원하는 대로 할 수 있겠느냐? 그건 대체 무슨 종류의 선택권이냐?

그건 벌받는 문제가 아닙니다. 그건 그냥 '자연법칙'입니다. 그냥 귀결의 문제라고요.

너희가 나를 복수하는 신—나더러 책임을 지게 하지는 않으면서—으로 여기게 만드는 그 모든 신학 체계에 익숙해지도록 교육받아왔다는 건 알고 있다.

하지만 이런 자연법칙들을 **만든 게** 누구인가? 자, 이런 자연법칙들을 세워야 했던 게 **나**라는 사실에 우리가 동의한다고 할 때, 그렇다면 왜 나는 그런 법칙들을 세웠을까? 그러고 나서는 왜 너희에게 그 법칙들을 거스를 수 있는 힘까지 주었을까?

너희가 자연법칙들로부터 영향받길 내가 원하지 않았고, 멋진 내 존재들이 결코 고통받게 하지 않겠다는 게 내 의지였다면, 그렇다면 왜 나는 너희가 그렇게 될 **가능성**을 창조했을까?

그러고 나서는 내가 설정한 이 법칙들을 깨뜨리라고 밤낮으로 쉬지 않고 너희를 유혹하기까지 할까?

당신이 우릴 유혹하는 게 아니죠. 악마가 그러는 거죠.

거기서 너희는 다시 내게 책임을 지우지 않는 쪽으로 가는구나.

너는 너희 신학을 합리화할 수 있는 유일한 방법이 나를 힘없는 존재로 만드는 것임을 모르겠느냐? 너는 내 체계를 **의미**

없게 만드는 게 너희 체계를 의미 있게 만드는 유일한 방식임을 이해하겠느냐?

너는 정말로 그 행동을 통제할 수 없는 피조물을 창조하는 신이라는 관념에 만족하느냐?

저는 당신이 악마를 통제할 수 없다고 말하지 않았습니다. 당신은 **무엇이든** 통제할 수 있죠. 당신은 **신**입니다! 단지 당신은 **그러지 않는 쪽을 선택하는** 거지요. 당신은 악마가 우리를 유혹하고, 우리 영혼을 지배하게끔 **내버려둡니다.**

하지만 왜? 너희가 내게 돌아오지 않는 걸 내가 **바라는 게** 아니라면, 왜 내가 그렇게 하겠느냐?

당신은 우리가 선택을 통해서 당신에게 오길 바라기 때문이지요. 아무런 선택의 여지가 없기 때문에 당신에게 가는 게 아니라요. 당신은 천국과 지옥을 세워 선택할 수 있게 했습니다. 그래서 우리는 선택에 따라 행동할 수 있게 되었습니다. 다른 길이 없기 때문에 그냥 한 길을 따라가는 게 아니라요.

너희가 어떻게 이런 관념에 이르렀는지 알겠다. 이건 바로 내가 너희 세계 속에 설정한 방식이다. 그래서 너희는 **내 세계**도 그러하리라고 생각한다.

너희 현실에서는 '좋은 것'이 '나쁜 것' 없이는 존재할 수 **없다**. 그래서 너희는 내 현실도 똑같을 거라고 믿는다.

하지만 너희에게 말하노니, 내가 있는 곳에는 어떤 "나쁜" 것도, 어떤 '악'도 **없다**. '모든 것인 전체', '하나'가 있을 뿐이고, 이에 대한 '깨달음', '체험'만이 있을 뿐이다.

내 세계는 '절대계'다. 그곳에서는 '하나'가 '다른 하나'와의 관계 속에서 존재하지 않는다. 그것은 다른 어떤 것과도 관계하지 않고 존재한다.

내 세계는 '존재 전체'가 '사랑'인 곳이다.

그렇다면 우리가 지상에서 생각하거나 말하거나 행동한 것에 대한 귀결consequence은 전혀 없는 겁니까?

아하, 그래도 귀결은 **있다**. 네 주위를 둘러봐라.

제 말은, 죽은 다음에요.

"죽음"이란 건 없다. 삶은 영원히 영원히 계속된다. 삶이란 그런 것이다. 너희는 단지 형태를 바꿀 뿐이다.

좋습니다. 당신 표현대로, 우리가 "형태를 바꾼" 다음에요.

너희가 형태를 바꾸고 나면 귀결은 더 이상 존재하지 않는다. 단지 '앎'만이 있을 뿐이다.

귀결이란 상대성의 요소여서, 일직선의 "시간"과 연속되는 사건들에 좌우되기 때문에, '절대성' 속에는 있을 곳이 없다. '절대계'에는 귀결이란 게 존재하지 않는다.

그 영역에는 평온과 기쁨과 사랑을 빼고는 아무것도 없다.

그 영역에서 너희는 마침내 '좋은 소식'을 알게 될 것이다. 너희의 "악마"는 존재하지 않으며, 너희는 언제나 자신이 그럴 거라고 생각해왔던 존재, 선과 사랑임을 알게 될 것이다. 자신이 그 외의 다른 어떤 것일지도 모른다는 너희의 관념은 광기(狂氣)의 외부 세계, 심판과 비난의 외부 세계에서 온 것이어서, 너희가 광적으로 행동하게 만든다. 그 세계에서 남들은 너희를 심판했고, 그들의 판단에 따라 너희는 자신을 심판했다.

이제 너희는 신이 너희를 심판하길 원하지만, 나는 그렇게 하지 않을 것이다.

그리하여 인간처럼 행동하지 않는 신이란 걸 이해하지 못하는 너희는 길을 잃고 헤맨다.

너희의 신학은 너희 자신을 다시 찾으려는 너희식 시도다.

당신은 우리 신학이 제정신이 아니라고 하시는군요. 하지만 '보상'과 '처벌' 체계 없이 제 기능을 할 수 있는 신학이 과연 있을까요?

그건 오로지 너희가 삶의 목적을, 따라서 신학의 기초를 무엇으로 인식하는가에 달려 있다.

삶이란 걸 하나의 시험, 시련, 너희가 "가치" 있는지 알아보고, 너희 역량을 시험하는 시기로 믿는다면, 그때부터 너희 신학은 의미 있는 것이 되기 시작한다.

하지만 삶이란 걸 하나의 **기회**, 너희가 가치 있음을(그리고

항상 그래왔음을) 발견하는, 즉 기억하는 하나의 과정으로 믿는다면, 그때부터 너희 신학은 제정신이 아닌 것처럼 보일 것이다.

너희가 주목과 숭배와 감사와 애정을 요구하고, 그것을 **얻기 위해 죽이기도 하는**, 자기애로 가득 찬 신을 믿는다면, 그때부터 너희 신학들은 함께 합치기 시작한다.

하지만 너희가 자기애나 욕구가 없는 신, 단지 모든 것의 원천이고 모든 지혜와 사랑의 토대인 신을 믿는다면, 그때부터 너희 신학은 산산이 흩어진다.

너희가 자신의 사랑으로 질투하고, 자신의 분노로 격노하는 복수심 많은 신을 신이라고 믿는다면, 그때부터 너희 신학은 완벽해진다.

하지만 너희가 그녀 자신의 사랑 속에서 기뻐하고, 그녀 자신의 법열(法悅)로 열광하는, 온화한 신을 신이라고 믿는다면, 그때부터 너희 신학은 쓸모없어진다.

너희에게 말하노니, 삶의 목적은 신을 기쁘게 하는 것이 아니다. 삶의 목적은 '자신이 누구인지' 알고, '자신'을 재창조하는 것이다.

그렇게 하는 것으로 너희는 신을 기쁘게 하며, 또한 **그녀를** 영광스럽게 한다.

왜 자꾸 "그녀"라고 말씀하십니까? 당신은 여자입니까?

나는 "그"도 "그녀"도 **아니다**. 내가 종종 여성 대명사를 사용하는 건 편협한 너희 사고방식에서 너희를 뒤흔들어 떼어내고

자 함이다.

신을 한 가지 것으로만 생각한다면, 너희는 다른 건 신이 아니라고 생각할 것이다. 하지만 이렇게 한다면, 그건 크나큰 잘못이 되리니.

히틀러는 다음과 같은 이유들로 천국에 갔다.

지옥은 없다. 따라서 천국 말고 그가 갈 수 있는 다른 곳은 없다.

그의 행동들은 너희가 잘못mistake이라고 할 만한 것들, 즉 진화되지 않은 존재의 행동들이다. 그러나 잘못을 유죄판결로 벌줄 수는 없다. 그것은 교정할 기회, 진화할 기회를 제시하는 것으로 다루어져야 한다.

히틀러로 인해 죽은 사람들에게 히틀러가 저지른 잘못이 어떤 해악이나 손상을 입힌 건 아니다. 그 영혼들은 번데기에서 부화하는 나비처럼 지상의 속박에서 풀려났다.

뒤에 남은 사람들이 그들의 죽음을 슬퍼하는 건 단지 그 영혼들이 들어선 기쁨의 상태를 알지 못하기 때문이니, 죽음을 체험해본 사람이라면 어느 누구도 **더 이상 다른 사람의 죽음을 슬퍼하지 않는다.**

그럼에도 불구하고 그들의 죽음은 시기상조였으며, 따라서 어느 정도 "잘못되었다"는 너희 주장에는, **예정되지 않은 때에** 이 우주에서 어떤 일이 일어날 수도 있다는 의미가 들어 있다. 하지만 '내가 어떤 존재인지' 생각한다면, 이것은 불가능하다.

이 우주에서는 모든 일이 완벽하다. 신은 그 오랜 시간 동안 단 한 번의 실수도 저지르지 않았다.

너희가 모든 것에서, 너희가 동의하는 것들만이 아니라, (아마도 특히나) 너희가 동의하지 않는 것들에서까지 완전한 완벽성을 볼 때, 너희는 깨달음을 이룰 것이다.

물론 저는 이 모든 걸 알고 있습니다. 이것들은 모두 우리가 1권에서 계속 다뤘던 문제들입니다. 하지만 저는 1권을 읽지 않은 사람들을 위해서, 이 책 앞부분에서 미리 이해의 토대를 닦아두는 게 중요하다고 생각했습니다. 제가 앞서의 질의응답들을 끌어들였던 건 그 때문입니다. 그런데 이제 앞으로 나아가기 전에, 우리 인간 존재들이 창조한 그 복잡 미묘한 신학들에 대해 그냥 조금만 더 이야기를 나누고 싶습니다. 예컨대 저는 어렸을 때 제가 죄인이라고 배웠습니다. 모든 사람이 다 죄인이고, 그 사실을 우리가 어떻게 해볼 수는 없으며, 우리는 그런 식으로 태어났다고요. 우리는 죄를 지고 태어났다고 말입니다.

아주 재미있는 개념이구나. 그들은 어떤 방법으로 네게 그 사실을 믿게 했는가?

그 사람들은 아담과 이브 이야기를 했지요. 그들은 4등급, 5등급, 6등급의 교리문답에서, 물론 **우리 자신은** 아무 죄를 짓지 않았을 수도 있다, 사실 **아기들은** 분명히 그렇다, 하지만 아담과 이브가 죄를 **지었고**, 우리는 그들의 후손이기에 그들의 죄 많은 천성만이 아니라 그들의 죄까지 물려받았다고 말했습니다.

당신도 아시다시피, 아담과 이브는 금지된 열매를 먹고 '선과 악의 지식'을 함께했기 때문에, 그들의 모든 자식과 후손은 태어날 때부터

신에게서 떼어질 것이라는 선고를 받았습니다. 그래서 우리는 모두가 영혼에 이 "원죄"를 지닌 채 세상에 태어납니다. 우리 모두가 그 죄를 함께하는 것입니다. 제 추측이지만, 우리에게 '자유선택권'이 주어진 건 그 때문인 것 같습니다. 우리가 아담과 이브와 같은 짓을 저지르고 신의 뜻을 어길 것인지, 아니면 "나쁜 짓을 하려는" 우리의 타고난 천성을 극복하여 세상의 유혹에도 불구하고 옳은 일을 할지를 결정하는 '자유선택권'요.

그래서 너희가 "나쁜" 짓을 하면?

그러면 당신은 우리를 지옥에 보냅니다.

내가 그런다고?

예. 우리가 회개하지 않으면요.

알겠다.

만일 우리가 잘못했다고 하면, '완벽하게 회개하는 행동'을 하면, 당신은 우리를 **모든** 고통까지는 아니라도, 적어도 '지옥'에서는 구해줍니다. 그래도 우리는 얼마 동안은 '연옥'에 가 있어야 합니다. 우리 죄를 말끔히 씻어내기 위해서요.

"연옥"에서는 얼마나 오랫동안 머물러야 하느냐?

경우에 따라 다르죠. 우리는 우리 죄들을 태워 없애야 합니다. 제가 말씀드릴 수 있는 건, 그게 그다지 즐거운 일은 아니란 겁니다. 우리가 짊어진 죄가 많을수록 그것들을 태워 없애는 데 더 긴 시간이 들 테니, 그만큼 우리는 더 오래 거기에 머물겠죠. 이런 게 제가 들은 내용입니다.

이해가 간다.

하지만 우린 적어도 지옥에는 안 갈 겁니다. 지옥에는 한번 가면 영원히 있게 됩니다. 물론 우리가 용서받지 못할 죄를 짓고 죽는다면 곧장 지옥으로 떨어지겠지만요.

용서받지 못할 죄?

용서받을 수 있는 가벼운 죄에 반대되는 거죠. 우리가 우리 영혼에 가벼운 죄들만을 낙인찍고 죽는다면 우리는 '연옥'까지만 가죠. 하지만 무거운 죄를 지으면 곧장 지옥으로 보내지고 맙니다.

내게 지금 이야기한 여러 가지 범주의 죄들을 예로 들어줄 수 있겠느냐?

그럼요. 용서받지 못할 죄는 중대한 죄입니다. '대죄(大罪)들'이지요. '신학상의 중범죄'들 말입니다. 살인, 강간, 강도 같은 것들이지요. 용서받을 수 있는 죄는 다소 가벼운 죄들입니다. '신학상의 경범죄'들인 셈이지요. '일요일'에 교회에 빠진다든지 하는 게 용서받을 수 있는 죄입니다. 또 예전에는 '금요일'에 고기를 먹는 것도 여기에 포함되었습니다.

잠깐만! 너희의 이 신은 금요일에 고기를 먹으면 너희를 '연옥'으로 보내느냐?

예. 하지만 이제는 아닙니다. 60년대 초 이후로는 아니지요. 하지만 60년대 초 이전의 '금요일'에 고기를 먹은 사람에게는 여전히 화가 미칠 겁니다.

정말이냐?

틀림없이 그렇습니다.

그렇다면, 60년대 초에 어떤 일이 일어났기에 이 "죄"가 더 이상 죄가 아니게 되었느냐?

교황이 그건 더 이상 죄가 아니라고 말했습니다.

알겠다. 그러니까 너희의 이 신은 자신을 숭배하고, '일요일'에는 교회에 가라고 너희에게 강요한단 말이지? 징벌의 고통을 가지고?

예, 미사에 참석하지 않는 것도 죄입니다. 그리고 고해하지 않으면, 자신의 영혼에 그 죄를 그대로 낙인찍은 채 죽으면, 그때도 연옥에 가게 됩니다.

하지만—어린애라면? 신의 사랑이 베풀어지는 이 모든 "규칙들"을 모르는 순진무구한 어린아이라면 어떻게 하느냐?

음, 만일 세례를 받기 전에 죽는다면, 그 아이는 '고성소Limbo'(죽어서 천국이나 지옥 어디에도 못 간 이들이 머무는 곳-옮긴이)로 가게 됩니다.

어디로 가게 된다고?

고성소(古聖所)요. 그곳은 벌받는 곳은 아닙니다. 하지만 그렇다고 천국도 아닙니다. 그곳은…… 말하자면…… 그냥 **변방**입니다. 신과 함께 있을 수는 없지만, 그렇더라도 적어도 "악마에게 가야" 하는 건 아니란 뜻입니다.

하지만 왜 그 예쁘고 순진무구한 아이들이 신과 함께 있을 수 없느냐? 아이들은 아무 나쁜 짓도 하지 않았는데……

그건 사실입니다. 하지만 그 아이는 세례를 받지 않았습니다. 아무리 잘못이 없고 무구한 아기라 해도, 아니 그 문제에서는 어느 누구라 해도 천국에 가려면 세례를 받아야 합니다. 그렇지 않으면 신은 그들을 받아들일 수 없습니다. 그래서 아이들이 태어나면 곧바로 잽싸게 세례를 받게 하는 게 중요하지요.

누가 네게 이런 이야기들을 해주었느냐?

신이요. 자신의 교회를 통해서요.

어떤 교회?

물론 '신성로마 가톨릭교회'지요. 이것**이야말로** 신의 교회입니다. 사실 가톨릭 신자인 사람이 어쩔 수 없이 **다른 종교의** 교회에 참석하더라도, 그것은 죄이지요.

교회에 가지 않는 게 죄라더니!

그렇습니다. 하지만 **잘못된** 교회에 가는 것도 죄입니다.

'잘못된' 교회라는 게 뭐냐?

'로마가톨릭'이 아닌 모든 교회요. 잘못된 교회에서는 세례를 받아도 안 되고, 잘못된 교회에서는 결혼식을 올려도 안 됩니다. 그리고 잘못된 교회 행사에 참석해서도 안 됩니다. 제가 이 사실을 안 건, 젊었을 때 부모님과 함께 친구 결혼식에 가려 했을 때입니다. 사실 저는 그 결혼식에서 신랑 들러리를 서달라는 부탁을 받았습니다. 그런데 수녀들이 제게 말하길, 그 결혼식은 **잘못된 교회**에서 치르는 것이니 그 초대를 받아들여선 안 된다고 하더군요.

너는 그들 말대로 따랐느냐?

수녀들요? 아뇨. 저는 하느님 당신이 우리 교회에 나타나시는 것과 똑같이 다른 교회에도 기꺼이 나타나시리라 생각했거든요. 그래서 저는 갔지요. 턱시도를 입고 그 성역에 당당히 서 있었습니다. 아주 기분이 좋았지요.

잘했다. 자, 이제 한번 보자. 우리에게는 천국과 지옥과 연옥과 고성소와 용서받지 못할 죄와 용서받을 수 있는 죄가 있구나. 이것 말고 또 다른 게 있느냐?

그러니까 견진성사가 있고, 성찬식이 있고, 고해가 있습니다. 또 마귀 쫓는 의식인 구마식(驅魔式)이 있고, '병자성사'가 있습니다. 그리고—

계속하라—

—'수호성인(聖人)'과 성스러운 '축일Holy Days of Obligation'(부활절, 성탄절 등–옮긴이)이 있습니다—

모든 날이 다 축복받았고, 시시각각이 다 성스럽다. 지금 이 순간도 '성스러운 순간'이다.

그렇긴 합니다만, '축일' 같은 날들은 **진짜** 성스러운 날들입니다. 그리고 그런 날에도 교회를 가야 합니다.

여기서 또다시 그 "해야 한다"를 만나는군. 그런데 만일 그렇게 하지 않으면 어떻게 되느냐?

그건 죄죠.

그래서 너희는 지옥에 가는군.

아니요, 만일 그 죄를 그대로 영혼에 지닌 채 죽게 되면 우리는 '연옥'에 갑니다. '고해'를 하러 가는 게 좋은 이유가 이겁니다. 정말로 가능한 한 자주요. 주일마다 가는 사람들도 있고, **날마다** 가는 사람들도 있지요. 그런 식으로 하면 과거를 청산할 수 있거든요. 어쩌다 갑자기 죽는 일이 있어도 깨끗한 상태를 지닐 수 있게……

우와—끊임없는 공포 속에서 살아간다는 이야기군.

그렇습니다. 당신도 아시다시피, 신에 대한 두려움을 우리에게 심어주는 것, 그게 종교의 목적입니다. 그러고 나면 우리는 옳은 일을 하고 유혹에 저항할 수 있습니다.

흠, 그런데 가령 너희가 고해 사이에 "죄"를 지었는데, 사고 같은 걸 당해서 죽게 되면?

그건 괜찮습니다. 전혀 겁날 게 없습니다. 그냥 '완벽한 회개법'을 만드는 겁니다. "천주여, 나는 많은 죄를 지었나이다…… 그 죄를 진심으로 뉘우치고 사하심을 비나이다……"

알았다, 알았다—그만하면 됐다.

그런데 잠깐만요. 이건 그냥 세상 종교들 중 단 하나일 뿐입니다. 당신은 다른 종교들은 살펴보고 싶지 않으십니까?

아니. 나는 감을 잡았다.

사람들이 제가 자기네 신앙을 조롱하기만 한다고 생각하지 않길 바랍니다.

너는 실제로 누구도 조롱하지 않고 있다. 그냥 현실이 그렇다는 이야기를 하고 있을 뿐이지. 너희 미국 대통령 해리 트루먼이 그런 식으로 말했지. 사람들이 "해리! 그들을 지옥에 보내버려!Give them hell"('혼내줘'라는 뜻 – 옮긴이) 하고 외치면, 그는 "나는 그들을 지옥에 보내지 않습니다. 나는 그들을 그냥 있는 그대로 인용할 뿐입니다. 그러면 지옥처럼 느껴지죠"라고 말하곤 했지.

Conversations with God

4

이런! 완전히 옆길로 새버렸군요. 시간에서 출발해서 조직된 종교 이야기로 끝을 맺었으니 말입니다.

그렇군. 하지만 신과 이야기를 나눈다는 게 본디 그렇다. 대화를 한정짓기가 힘들지.

3장에서 당신이 이야기한 논지들을 제가 요약할 수 있을지 한번 보겠습니다.

·이 시간 말고는 어떤 시간도 없고, 이 순간 말고는 어떤 순간도 없다.

·시간은 연속체가 아니다. 그것은 "오르락내리락"하는 틀, 서로 위아래로 포개진 채 "동시"에 일어나거나 발생하는 "순간들"이나 "사건

들"을 지닌 틀 속에 존재하는 '상대성'의 한 측면이다.

· 우리는 주로 잠자면서 시간—무(無)시간—전(全) 시간의 이 영역 속에 있는 현실들 사이를 끊임없이 여행한다. "기시감"은 우리가 이걸 알아차리는 한 가지 방식이다.

· 지금껏 우리가 존재하지 "않았던" 시간은 없으며, 앞으로도 영원히 없을 것이다.

· 영혼의 "나이"라는 개념은, 사실은 "시간" 길이가 아니라 자각 수준과 관계가 있다.

· 어떤 죄악도 없다.

· 우리는 있는 그대로 완벽하다.

· "틀렸다"는 건 상대 체험에 근거하여 정신이 설정한 개념이다.

· 앞으로 나아가면서 우리는 규칙들을 만들어낸다. 그것들을 우리의 '지금 현실'에 맞도록 바꿔가면서. 이것은 지극히 당연한 일이다. 우리가 진화하는 존재가 되려 한다면, 우리는 당연히 그래야 하고, **그럴 수밖에 없다.**

· 히틀러는 천국으로 갔다(!)

· 일어나는 모든 일, **모든 것이** 신의 의지다. 그 안에는 태풍과 회오리바람과 지진들만이 아니라, 히틀러도 들어간다. 깨달음의 비밀은 모든 사건 뒤에 있는 목적을 아는 것이다.

· 죽고 난 후의 "처벌" 같은 건 없다. 귀결이란 건 '절대계'가 아닌 '상대 체험'에서만 존재한다.

· 인간의 신학은 존재하지도 않는 광기의 신을 설명하려는 인류의 제정신이 아닌 시도다.

· 인간의 신학이 의미 있게 되는 유일한 방법은 우리가 과연 아무

의미도 없는 신을 받아들이는가에 달려 있다.

어떻습니까? 달리 요약하실 게 있으십니까?

아주 훌륭하다.

됐습니다. 제게는 지금 산더미처럼 많은 질문거리들이 있으니까요. 예컨대 열 번째와 열한 번째 진술은 좀 더 확실하게 설명해주셨으면 합니다. 히틀러는 왜 천국에 갔습니까? (당신이 앞에서 이 점을 설명하려 했다는 건 알지만, 그래도 저는 좀 더 많은 설명이 필요합니다.) 그리고 모든 사건 뒤에 있는 목적이란 게 **무엇입니까?** 또 이 '더 위대한 목적'이 히틀러나 다른 독재자들과는 어떤 관계가 있는 겁니까?

먼저 '목적'으로 가보자.

모든 사건, 모든 체험의 목적은 **기회**를 창조하는 데 있다. 사건과 체험들은 '기회'일 뿐, 그 이상도 그 이하도 아니다.

그것들을 "악마의 작품"이니, "신이 내린 벌"이니, "하늘이 주신 상"이니, 혹은 그 중간의 어떤 것으로 판단하는 건 잘못이다. 그것들은 단순히 '사건들'이고 '체험들'이며, 벌어진 일들일 뿐이다.

그것들에 의미를 부여한다는 건 우리가 그것들에 대해 **생각하고, 행동하고, 반응한다**는 뜻이다.

사건과 체험들은 너 개인이나 너희 집단이 의식을 매개로 하여 너희에게로 끌어온 기회들이다. 체험을 창조하는 것이 의식이기 때문이다. '너희'는 너희가 지금 보여주는 것보다 더 높은 의식을 가진 존재이니, 너희는 의식을 끌어올리면서, '자신'을 창조하고 체험하는 도구로 쓰려고 이런 기회들을 자신에게로 끌어온다.

너희 '자신이 누구인지' 알고 체험해야 한다는 것이 내 의지이기에, 나는 너희가 그것을 위해 창조하려는 사건이나 체험이면 무엇이든 너희에게로 끌어가게 해준다.

이 '우주 게임'에는 다른 배우들도 수시로 너희에게 가담한다. 그 배역이 '짧은 만남'이든, '주변 인물'이든, '한때의 팀원'이든, '오랫동안의 상호작용자'든, '친척과 가족'이든, '몹시 사랑하는 사람'이든, '인생길의 동반자'든.

영혼들을 너희에게 끌어오는 건 **너희 자신**이고, 너희를 그들에게 끌어가는 건 **그들 자신**이다. 그것은 양쪽의 선택과 바람들을 함께 표현하면서 공동으로 창조하는 체험이다.

누군가가 우연히 너희에게 오는 일은 없으며,
우연의 일치 따위는 절대 없다.
어떤 일도 마구잡이로 일어나지 않으니,
삶은 우연의 산물이 아니다.

너희는 너희의 목적을 위해 사람들을 끌어오듯이, 사건들도 끌어온다. 행성 차원에서의 대규모 체험과 발전들은 집단의식의 결과다. 그것들은 전체로서 집단group이 선택하고 바란 결과가 전체로서 너희 집단에 끌려온 것들이다.

"너희 집단"이란 게 무슨 뜻입니까?

집단의식Group consciousness을 이해하는 사람은 그리 많지 않지만, 그럼에도 그것은 엄청나게 강력하여, 자칫하면 자주 개인의식을 압도하고 만다. 따라서 이 행성에서 겪는 너희의 사회적 인생 체험이 조화롭기를 바란다면, 너희는 어디를 가든, 어떤 일을 하든, 언제나 집단의식을 창조하려고 애써야 한다.

만일 네가 그 집단의식으로 너 자신의 의식을 반영하지 못하는 집단에 속해 있는데, 당분간은 그 집단의식을 효과적으로 바꿀 수 없다면, 그때는 그 집단을 떠나는 것이 현명하리라. 그렇지 않으면 그 집단이 너를 이끌어갈 것이다. 그 집단은 네가 원하는 곳은 개의치 않고, 자신이 원하는 곳으로 갈 것이다.

만일 네 의식과 합치하는 의식을 가진 집단을 찾을 수 없다면, 그때는 스스로 한 집단의 **발단**이 되도록 하라. 비슷한 의식을 가진 다른 사람들이 네게로 끌려올 것이니.

너희 행성에 지속적이고 의미 있는 변화들이 일어나게 하려면, 개인과 소집단들이 대집단들에 영향을 미쳐서, 마침내는 가장 큰 집단인 인류 전체에 영향을 미치도록 해야 한다.

너희 세상과 그것이 처한 상황은 거기에 사는 모든 사람의 결합된 전체 의식을 반영한다.

네 주위를 돌아보면 알겠지만 해야 할 일들이 무척 많다. 물론 지금 그대로의 세상에 네가 만족하지 않는다면 말이다.

하지만 놀랍게도 너희 행성의 **대다수 사람들이** 지금 그대로의 세상에 만족하고 있으니, 세상이 바뀌지 않는 건 이 때문이다.

대다수 사람들이 동등함보다는 차별이 대우받는 세상, 불일치가 갈등과 전쟁으로 해결되는 세상에 만족하고,

대다수 사람들이 가장 잘 적응하는 자가 살아남는 세상, "힘이 정의인 세상", 경쟁이 요구되는 세상, 이기는 것을 최고선이라 부르는 세상에 만족하고 **있다**.

그 체제가 "패배자들"까지 함께 양산해낸다 해도 하는 수 없다. 너희 자신이 그 패배자들 속에 끼지 않는 한.

설령 그 모형model이, "나쁘다"는 판결을 받은 탓에 죽임을 당하는 사람들과, "패배자"인 탓에 굶주리고 집 없이 지내야 하는 사람들과, "강하지" 못한 탓에 억압받고 착취당하는 사람들을 양산해낸다 하더라도, 대다수 사람들은 지금대로의 세상에 만족하고 **있다**.

너희 행성의 대다수 사람들이 자신과 다른 건 "나쁘다"고 규정한다. 특히 종교의 차이는 용납되지 않으며, 사회, 경제, 문화의 허다한 차이들 역시 그러하다.

하층계급에 대한 착취는, 이런 착취를 받기 전에 그 희생자들이 처했던 상태에 비하면, 지금 그들이 얼마나 더 잘살게 되었는가라는 상층계급의 자화자찬식 선언으로 정당화된다. 이렇게 해서 상층계급은, 한 사람을 진실로 **공평하게** 만드는 문제는 단순히 끔찍한 상황을 쥐꼬리만큼 더 낫게 만들고, 그 거래에서 추잡한 이윤을 취하는 데 있지 않고, 사람들 전체를 어떻게 대접해야 **하는가**에 있음을 무시할 수 있다.

너희 행성의 대다수 사람들이 누군가가 현재 굴러가는 것과 다른 종류의 체제를 제안하기라도 하면, 그것을 **비웃는다**. 경쟁하고 죽이고 "승리자가 전리품을 갖는" 따위의 행위들이 자신들의 문명을 위대하게 만들어준다고 주장하면서! 그들은 심지어 그 외에 다른 어떤 **자연스러운** 길도 **있을 수 없다**고 여긴다. 즉 이런 식으로 처신하는 건 인간의 천성이니, 다른 식으로 행동한다면 인간을 성공으로 몰아가는 내면의 힘을 죽이리라고 여기는 것이다. ("**무엇에서** 성공하려는지" 묻는 사람은 아무도 없다.)

진실로 계몽된 존재들로서는 이해하기 어려운 일이지만, 너희 행성에 사는 대다수 사람들이 이런 철학을 믿고 있다. 그리고 이 때문에 대다수 사람들이 고통받는 대중과 소수에 대한 억압, 하층계급의 분노, 자신이나 자신의 직계가족이 아닌 다른 사람들의 **생존** 욕구에 무심하다.

대다수 사람들이 오직 자기 삶의 질을 높이는 데만 열중하고 있어서, 자신들이 지구를, 자신들에게 **'생명'**을 준 바로 그 행성을 파괴하고 있음을 알지 못한다. 놀랍게도 그들은 단기간의 이익이 장기간의 손실을 만들어낼 수 있고, 실상 지금 이 순간에도 만들어내고 있으며, 앞으로도 그러하리란 사실을 관찰할 수 있을 만큼 충분히 멀리 보지 못한다.

대다수 사람들이 공동선(共同善)이라든가, 세계 일국주의라든가, 모든 창조물과의 분리가 아니라 그것과의 통일로서 존재하는 신이라든가 하는 개념을 가진 집단의식을 **두려워한다**.

통일로 끌어가는 모든 것에 대한 이 같은 공포와 '분리시키는 모든 것'에 대한 너희 행성의 예찬이 바로 분열과 부조화와 불일치를 만들어내는 원인이다. 그럼에도 너희는 자신의 체험에서 배울 능력조차 없는 듯, 그런 행동들을 계속함으로써 계속 같은 결과들을 빚어낸다.

고통이 계속 용납되는 건 너희가 남들의 고통을 자신의 것으로 체험하지 못하기 때문이다.

분리는 무관심과 그릇된 우월감을 기르지만, 통일은 자비와 참된 평등을 낳기 마련이니.

너희 행성에서 일어나고 있고, 지난 3000년 동안 반복해서 일어났던 사건들은 내가 앞서 말했듯이, "너희 집단", 너희 행성의 전체 집단이 지닌 '집단의식'의 반영이다.

그것의 의식 수준은 미개하다는 표현이 가장 잘 어울릴 것이다.

흐으음. 알겠습니다. 하지만 이런 이야기들은 본래의 질문에서 뒷걸음질한 것 같은데요.

전혀 그렇지 않다. 너는 히틀러에 대해서 물었다. 너희가 '히틀러 체험'을 할 수 있었던 것이 바로 그 집단의식 덕분이기 때문이다. 사람들은 히틀러가 한 집단—이 경우에는 그의 국민들—을 조종했던 건, 그 교활하면서도 능수능란한 수사(修辭) 덕분이었노라고 말하고 싶어하지만, 이것은 편리하게도 그 모든 비난을 히틀러의 발밑에만 던지는 격이다. 대다수 사람들이 원하는 바로 그 위치에.

하지만 몇백만 명의 협력과 지지와 자발적인 복종이 없었더라면, 히틀러는 아무 일도 할 수 없었을 것이다. 그러니 스스로 게르만인이라고 부르는 그 2차 집단은 당연히 유대인 대학살에 대해 엄청난 무게의 책임을 느껴야 한다. 마찬가지로 소위 인류라는 더 큰 집단 역시 어느 정도 그렇게 해야 한다. 설령 그들이 다른 일은 전혀 하지 않았다 쳐도, 그들은 가장 차가운 마음을 가진 고립주의자들조차 더 이상 무시해버릴 수 없을 만큼 독일에서의 고통이 광범하게 확산될 때까지도, 그것을 무심하고 냉담하게 내버려두었기 때문이다.

너희도 알다시피, 나치 운동 성장에 비옥한 토양이 되었던 건 **패거리 의식**collective consciousness이다. 히틀러는 그 순간을 포착한 것이지, 그가 그 순간을 창조한 건 아니다.

이것의 **교훈**을 이해하는 것이 중요하다. 계속해서 분리와 우월성에 대해 떠들어대는 집단의식은 대중이 동정을 잃게 만드니, 동정을 잃게 되면 그 다음엔 당연히 양심을 잃기 마련이다.

완고한 민족주의에 뿌리를 둔 패거리 개념은 남들의 곤경은 무시하면서도, **자기네 곤경**에 대해서는 다른 모든 사람이 책임지게 만든다. 그렇게 해서 복수와 "교정"과 전쟁을 정당화하는 것이다.

아우슈비츠는 "유대인 문제"에 대한 나치식 해결책, 즉 그것을 "교정하려는" 시도였다.

'히틀러 체험'의 끔찍함은 그가 인류에게 그런 짓을 저질렀다는 사실이 아니라, **인류가 그에게 그렇게 하도록 용납했다**는 사실에 있고,

그 체험의 경악스러움은 히틀러가 나섰다는 사실만이 아니라, 그토록 많은 사람들이 **함께 나섰다**는 사실에도 있으며,

그 체험의 부끄러움은 히틀러가 몇백만의 유대인들을 죽였다는 사실만이 아니라, 히틀러가 제지당하기 전에 몇백만의 유

대인들이 죽어야 했다는 사실에도 있다.

그리하여 '히틀러 체험'의 목적은 인류에게 자신의 모습을 보여주는 데 있었다.

역사를 통틀어 너희는 주목할 만한 선생들을 모셔왔으니, 그들 모두는 '참된 자신'을 기억하게 해주는 특별한 기회들을 너희에게 제공했다. 이 선생들은 너희에게 인간 잠재력의 최고치와 최저치를 보여주었다.

그들은 생생하고 숨막히는 예들을 통해, 인간이 된다는 게 어떤 의미일 수 있는지, 그런 체험을 겪으면서 인간이 갈 수 있는 곳이 어디인지, **기존 의식 상태대로라면 너희 중 다수가** 갈 수 있고 **가게 될 곳이** 어디인지 보여주었다.

잊지 마라, 의식만이 전부이고, 너희의 체험을 창조하는 건 의식이다. **집단**의식은 워낙 강력해서 말로 표현할 수 없을 만큼 아름다운 결과를 빚을 수도 있고, 말로 표현할 수 없을 만큼 추한 결과를 빚을 수도 있다. 선택은 언제나 너희 것이다.

만일 네가 너희 집단의 의식에 만족하지 못한다면, 그것을 바꾸려고 노력하라.

남들의 의식을 바꾸는 가장 좋은 방법은 **너 자신**이 본보기가 되는 것이다.

만일 네가 본보기 되는 것으로 충분하지 않다면 너 자신의 집단을 형성하라. 너 자신이 다른 사람들과 함께 체험하기를 원하는 의식의 발단이 되어라. 네가 그렇게 할 때 그들은 그런 의식을 **체험하리니.**

그것은 너와 더불어 시작된다. '모든 것'이, '모든 일'이.

너는 세상을 바꾸길 원하느냐? 그렇다면 먼저 너 자신의 세계 속에 있는 것들을 바꾸어라.

히틀러는 그렇게 할 수 있는 금쪽 같은 기회를 너희에게 주었다. '히틀러 체험'은 '그리스도 체험'처럼, 그것이 너희 자신에 **대해** 어떤 의미와 진리를 너희에게 드러내는가라는 면에서 심오하다. 하지만 히틀러든, 징기스칸이든, 하레 크리슈나든, 아틸라(5세기경 훈족의 왕-옮긴이)든, 예수 그리스도의 경우든, 이 같은 사회적 자각은 그들에 대한 너희의 기억이 살아 있을 때만 살아 있을 것이다.

유대인들이 대학살 기념비를 세우고 너희에게 그것을 절대 잊지 말라는 이유가 여기에 있다. 너희 누구에게나 히틀러가 약간씩은 있기 때문이고, 그것은 오직 정도의 문제이기 때문이다. 아우슈비츠에서든 운디드 니(미국 인디언 대학살이 자행된 곳-옮긴이)에서든, 한 민족을 지워버리는 것은 한 사람을 지워버리는 것이다Wiping out a people is wiping out a people.

그래서 히틀러를 우리에게 보내신 겁니까? 우리에게 인간이 저지를 수 있는 끔찍함, 인간이 내려갈 수 있는 최저 수준이 어느 정도인지 보여주는 교훈을 주시려고요?

내가 히틀러를 너희에게 보낸 것이 아니다. 히틀러는 너희가 창조했다. 그는 너희의 '패거리 의식' 속에서 나타났고, 그것이 없었다면 그는 존재하지 못했을 것이다. **바로 이것이** 그 체험의 교훈이다.

'히틀러 체험'을 창조한 것은 "우리" 대 "그들", "우리"와 "그들"이라는 분리와 차별과 우월 의식이다.

'그리스도 체험'을 창조한 것은 "네 것"/"내 것"이 아니라 "우리 것"이라는 '신성한 형제애'와 통일과 '하나됨'의 의식이다.

고통이 "너희 것"일 뿐 아니라 "우리 것"이기도 할 때, 기쁨이 "내 것"일 뿐만 아니라 "우리 것"이기도 할 때, 그리하여 **삶의 체험 전체가** '우리 것'이 될 때, 그때서야 비로소 삶의 체험 전체the whole는 진실로 말 그대로 **온전한**a whole **'삶의 체험'**이 된다.

히틀러는 왜 천국에 갔습니까?

히틀러는 아무것도 "잘못하지" 않았기 때문이다. 히틀러는 그냥 그가 했던 일을 했을 뿐이다. 꽤 여러 해 동안 몇백만이나 되는 사람들이 그가 "옳다"고 생각했다는 걸 다시 상기해보라. 그러할 때 어찌 그가 그렇게 생각하지 않을 수 있었겠느냐?

네가 미친 사상을 퍼뜨렸는데, 천만이나 되는 사람들이 네게 동조했다고 치자. 그러면 너는 자신이 그렇게 미쳤다고 생각하지 않을 것이다.

세상은 마침내 히틀러가 "잘못했다"고 결정했다. 말하자면 세상 사람들은 '히틀러 체험'과 관련해서 '자신들이 누구이고', '자신들이 어떤 존재가 되려는지'에 대해 새로운 평가를 내린 것이다.

기준자를 치켜든 건 그였다. 그는 우리가 우리의 자아상을 재고 한정할 수 있도록 매개변수, 경계선을 설정했다. 그리스도 역시 같은 일을 했다. 그 스펙트럼의 다른 쪽 끝에서.

또 다른 그리스도들이 있었고, 또 다른 히틀러들이 있었으며, 앞으로도 또 있을 것이다. 그러니 항상 경계하라. **네가** 사람들 사이를 걸어다닐 때조차도 높은 의식을 가진 사람과 낮은 의식을 가진 사람, 양쪽 다가 너희 사이를 걷고 있으니. 자, 너는 어떤 의식과 사귀려느냐?

저는 아직도 어떻게 히틀러가 천국에 갈 수 있었는지 이해가 가지 않습니다. 그는 어떻게 해서 자신이 한 일로 **상을 받을 수** 있었습니까?

첫째, 죽음은 끝이 아니라 시작임을 이해하고, 공포가 아니라 기쁨임을 이해하라. 그것은 막 내림이 아니라 막 올림이다.

너희 삶에서 가장 행복한 순간은 삶이 끝나는 순간일 것이다.

그것은 삶이 끝나지 **않고**, 계속 진행되기 때문이다. 너무나 장대하고, 평화와 지혜와 기쁨이 너무나 가득하여, 설명하기 어렵고 너희가 이해할 수 없는 그런 방식으로.

그러므로 너희가 이해해야 할 첫 번째 것은, 내가 이미 앞에서 설명했듯이 히틀러는 **누구에게도 해를 입히지 않았다**는 사실이다. 어떤 의미에서 보면 그는 고통을 **입힌 것이** 아니라 고통을 **끝냈다.**

"인생은 고해다"라고 말한 사람은 부처였다. 부처는 옳았다.

하지만 제가 그 사실을 받아들인다 해도, 히틀러는 자신이 실제로 좋은 일을 하고 있다는 걸 **몰랐습니다.** 그는 자신이 **나쁜** 일을 한다고 여겼다구요!

아니다. 그는 자신이 "나쁜" 일을 한다고 여기지 않았다. 실제로 그는 자기 국민들을 돕고 있다고 생각했다. 너희가 이해하지 못하는 것이 바로 이 점이다.

각자의 세상형에서 보면, "잘못된" 일을 하는 사람은 아무도 **없다**. 만일 네가 히틀러는 미친 행동을 했고, 자신이 미쳤다는 걸 줄곧 **알고 있었던** 걸로 여긴다면, 너는 인간 체험이 얼마나 복잡한지 전혀 이해하지 못하고 있는 셈이다.

히틀러는 자기 국민을 위해 좋은 일을 한다고 생각했다. 그의 국민들도 그렇게 생각했다! **그 사건의 광기는 바로 여기에 있다!** 그 나라 국민들 대다수가 **그에게 동조했다는 데!**

너희는 히틀러가 "잘못했다"고 선언했다. 좋다. 이렇게 해서 너희는 자신을 규정하게 되었고, 자신에 대해 더 많이 알게 되었으니, 좋다. 하지만 **너희에게 이런 걸 보여주었다고** 해서 히틀러를 비난하지는 마라.

누군가는 해야 했던 일이다.

너희는 뜨거움 없이 차가움을 알 수 없고, 아래 없이 위를 알 수 없으며, 오른쪽 없이 왼쪽을 알 수 없다. 이 사람은 비난하고 저 사람은 축복하지 마라. 그렇게 하는 건 이해하지 못하는 것이다.

수십 세기 동안 사람들은 아담과 이브를 비난해왔다. 그들은 '원죄Original Sin'를 저질렀다는 비난을 들어왔다. 하지만 너희에게 이르노니, 그것은 '원축복Original Blessing'이었다. 선악에 대한 지식을 함께한 이 사건이 없었다면, 너희는 그 두 가지 가능성이 존재한다는 사실조차 모르지 않았겠는가! 실제로 소위 '아담의 타락' 이전에는 이 두 가지 가능성은 **존재하지 않았다.** 어떤 "악"도 없었다. 모든 사람과 모든 것이 영원한 완벽의 상태로 존재했다. 그것은 말 그대로 낙원이었다. 하지만 너희는 그것이 낙원임을 **알지 못했고,** 그것을 완벽으로 **체험할 수** 없었다. **그것 말고는 아무것도 알지 못했기 때문에.**

자, 이래도 너희는 아담과 이브를 비난하겠느냐? 아니면 그들에게 감사하겠느냐?

그리고 말해봐라, 히틀러를 내가 어찌 대해야 하겠느냐?

내가 이르노니, 신의 사랑과 신의 자비와 신의 지혜와 신의 용서와 신의 의도와 신의 **목적**은 가장 극악한 범죄와 가장 극악한 범죄자들까지 포용할 수 있을 만큼 충분히 크다.

네가 이것에 동의하지 않을 수도 있지만, 그것은 중요하지 않다. 너는 이제 막 자신이 무엇을 찾으러 이곳에 왔는지 배웠다.

5

당신은 1권에서, 2권에서는 시간과 공간, 사랑과 전쟁, 선과 악, 가장 뛰어난 세계 정치 질서 같은 넓은 주제들에 대해 설명해주겠노라고 약속하셨지요. 또 인간의 성(性) 체험에 대해서도 좀 더 자세히 설명해주겠노라고 하셨고요.

그렇다, 나는 그 모든 걸 약속했다.

1권에서는 주로 개인적인 관심거리들, 개인의 삶에 대해 다루어야 했다. 그리고 이 2권은 이 행성에서 너희 집단의 삶을 다루고, 3권은 가장 넓은 진리들인 영혼의 우주론, 영혼의 영상 전체, 영혼의 여행을 다룸으로써 이 3부작을 끝맺는다. 이것들을 하나로 합친 것은, 너희 신발을 묶는 것에서 우주에 대한 이해에 이르기까지, 모든 것에 대해 현 시점에서 내가 주는 최상의 충고와 정보들이다.

시간에 대해 말씀하시려던 건 다 하신 겁니까?

너희가 알아야 할 필요가 있는 건 모두 말했다.

시간은 없다. 모든 것은 동시에 존재하며, 모든 사건은 동시에 일어난다.

이 책은 지금 쓰여지고 있다. 그리고 그것이 지금 쓰여지고 있듯이 그것은 **이미** 쓰여졌다. 그것은 이미 존재한다. 사실 너희는 바로 여기에서, 즉 이미 존재하는 책에서 이 모든 정보를 얻고 있다. 너희는 단지 그것에 형태를 주고 있을 뿐이다.

이것이 "너희가 청하기도 전에 내가 대답해주리라"의 말뜻이다.

시간에 대한 이런 정보는…… 저, 굉장히 재미있긴 하지만, 다소 비전(秘典)적인 것 같습니다. 그것을 과연 실제 생활에 적용할 수 있을까요?

시간을 진실로 이해할 때, 너희는 상대계의 현실 속에서 훨씬 더 마음 편하게 살 수 있을 것이다. 이 현실에서 시간은 불변의 것이 아니라 하나의 운동, 흐름으로 체험된다.

움직이는 쪽은 시간이 아니라 **너희**다. 시간은 전혀 움직이지 **않는다.** 오직 '한순간'만이 있을 뿐이다.

어떤 면에서는 너희 역시 이 사실을 깊이 이해하고 있다. 이 때문에 진실로 장엄하거나 의미 있는 일이 너희 삶에서 일어날 때, 흔히 너희는 마치 "시간이 정지한 것 같다"고 말하는 것이다.

사실 **그렇다**. 그리고 너희 또한 정지할 때, 너희는 자주 삶의 결정적인 순간들 중 하나를 체험한다.

저로서는 이걸 믿기가 어렵군요. 이런 일이 어떻게 가능합니까?

너희 과학이 이미 이것을 수학으로 **밝혀냈다**. 만일 너희가 우주선을 타고 아주 **빠른** 속도로 충분히 멀리까지 난다면, 너희는 지구를 향해 빙 돌아와 **자신이 이륙하는 모습을 볼 수 있다**는 걸 밝혀주는 공식이 이미 세워진 바 있다.

이것은 시간이 한 점에서 다른 점으로의 이동이 아니라, 너희가 이동해가는 어떤 장(場)—이 경우에는 지구 우주선을 타고—임을 증명한다.

너희는 1년이 되려면 365"일"이 걸린다고 한다. 그렇다면 "하루"란 건 어떤 것이냐? 너희는 너희 우주선이 그 축을 중심으로 완전히 한 바퀴 도는 데 걸리는 "시간"을 "하루"라고 규정했다. 그리고 참으로 제멋대로 그렇게 규정했다는 사실도 덧붙여 두자.

그런데 너희는 어떻게 해서 그것이 회전했다는 사실을 아는가? (너희는 그것이 움직이는 걸 느낄 수도 없다!) 너희는 하늘에서 태양이라는 하나의 준거점을 잡았다. 그리고 나서 너희는 그 우주선에서 자신이 있는 쪽이 태양을 마주보다가, 태양에서 벗어나 다시 태양을 마주보기까지 만 "하루"가 걸린다고 말한다.

너희는 이 "하루"를 24"시간"으로 나누었다. 다시 한번 참으로 제멋대로. 그냥 쉽게 "10"이나, 아니면 "73"으로 나눌 수도 있었을 텐데!

그 다음으로 너희는 각각의 "시간"을 "분"으로 나누었다. 너희는, 각 시간 단위들은 소위 "분"이라는 60개의 소 단위들을 지니고 있으며, 각각의 분들 역시 소위 "초"라는 60개의 미세 단위들을 지니고 있다고 말한다.

그런데 어느 날 너희는 지구가 돌 뿐만 아니라 **날기도** 한다는 사실을 눈치챘다! 너희는 지구가 **태양 둘레를 돌면서** 우주를 통과하고 있다는 사실을 알았다.

너희는 지구가 태양 둘레를 한 바퀴 돌려면 365번의 자전이 필요하다는 사실을 조심스럽게 계산해냈다. 너희가 1"년"이라 부르는 건 이 지구의 회전 수다.

그런데 너희가 1"년"을 1"년"보다는 작고 "하루"보다는 큰 단위들로 나누려 하자, 일이 복잡해지기 시작했다.

너희는 "주"와 "월"을 만들어내, 모든 해가 똑같은 수의 달들을 갖도록 했다. 하지만 **모든 달**이 똑같은 수의 날들을 갖게 할 수는 없었다.

짝수인 달수(12)로 홀수인 날수(365)를 나눌 방법을 찾을 수 없었던 것이다. 그래서 너희는 그냥 **몇몇 달들은 다른 달들보다 더 많은 날들을 갖는 걸로 해버렸다!**

너희는 1년을 나누는 분모로 12라는 수를 고수해야 한다고 느꼈다. 그 수는 너희가 관찰한 바로는, 1"년" 동안의 '달의 공전' 수였기 때문이다. 이 세 가지의 공간 사건들, 즉 지구의 공전과 자전, 달의 공전을 조화시키기 위해 너희가 한 일은, 단지 각 "달"에 들어가는 "날"수를 조정한 것뿐이었다.

하지만 이 방안조차도 모든 문제를 해결하지는 못했다. 너희의 이 초기 발명들은 너희가 어떻게 해야 할지 모르는 "시간 쌓기"를 계속 만들어내고 있었기 때문이다. 그래서 너희는 4년마다 한 번씩 **온하루를 더** 가져야 하는 해들을 두기로 했다! 너희는 이것을 '튀는 해Leap Year'(윤년 - 옮긴이)라고 부르며 그것을 놓고 우스갯소리를 하지만, 실제로는 너희가 **살고 있는** 틀 자체가 그런 식이다. 시간에 대한 **내** 설명을 "믿을 수 없다"고 하면서!

너희는 더 긴 "시간" 경과를 재기 위한 기준으로 "연대"와 "세기"(재미있는 건 이번에는 12단위가 아니라 10단위가 그 기준이라는 점이다)도 창조해냈다. 이번에도 역시 제멋대로. 하지만 이 모든 것과 더불어 너희가 실제로 하는 일은 단지 **공간을 통과하는 운동**을 측정하는 방법을 고안해내고 있음에 지나지 않는다.

보다시피, **"지나가는"** 것은 시간이 아니라, 소위 우주라는 정지된 장(場) 속에서 빙빙 돌면서 장을 통과해가는 물체다. 결국 "시간"이란 건 **운동을 계산하는** 너희 방식일 뿐이다!

과학자들은 이 연관 관계를 깊이 이해하고 있어서, "시공간 연속체Space-Time Continuum"라는 용어를 사용한다.

너희의 아인슈타인 박사를 비롯한 몇몇 사람들은 시간이 머릿속의 구조물, **상관성의 개념**임을 깨달았다. "시간"은 물체들 사이에 존재하는 공간과 **관련된** 것이었다! (우주가 팽창하고 있다면—사실 그렇지만—오늘날에는 지구가 태양 둘레를 한 바퀴 도는 데 10억년 전보다 "더 긴" 시간이 걸린다. 망라해야 할 "우주"가 더 커지는 것이다.)

따라서 최근에 일어난 이 모든 공전 사건은 1492년에 걸린 것보다 더 많은 분과 시와 날과 주와 달과 해와 연대와 세기들이 필요했다! (그렇다면 "하루"가 하루가 아닐 때는 언제이고, "1년"이 1년이 아닐 때는 언제인가?)

이제 고도로 견강부회된 너희의 새 시간 도구가 이 "시간" 괴리를 기록함으로써, 해마다 전 세계 시계들은 가만히 앉아 있지 않으려는 우주에 적응하기 위해 조정된다. 이것이 소위 그리니치 표준시Greenwich Mean Time라고 하는 것이다. 사실 그것은 우주를 가지고 거짓말쟁이로 만들기 때문에 "비열하다mean".

아인슈타인은, 움직이는 것이 시간이 아니라 일정한 가속도로 우주 속을 통과해가는 **자신**이라면, 시간을 "바꾸기" 위해서 그가 해야 할 일이란 오직 물체 사이의 공간량(量)을 바꾸는 것, 즉 자신이 한 물체에서 다른 물체 사이의 우주를 통과하는 속도의 비율만 바꾸면 된다는 사실을 이론화했다.

이것이 오늘날 시간과 공간의 상호 관계에 대한 너희의 이해를 넓혀준, 그의 '일반 상대성 이론'이다.

이제 너는 이해할 수 있을 것이다. 네가 공간 속을 지나는 긴 여행을 하고 돌아왔을 때, 지구 위에 사는 네 친구들은 서른 살을 더 먹겠지만, 왜 너는 겨우 열 살밖에 더 안 먹게 되는지! 네가 멀리 갈수록, 시공간 연속체는 더 많이 휠 것이고, 네가 떠날 때 그곳에 있던 사람들을 네가 돌아왔을 때도 지구에 살고 있는 사람으로 발견할 기회는 줄어든다는 걸!

하지만 "미래"의 어느 땐가 지구에 사는 과학자들이 자신들을 **더 빨리** 추진해갈 방법을 발달시킨다면, 그들은 우주를 "속이고", 지구에서의 "실제 시간"과 동시에 머물 수 있을 것이다. 그리하여 그들이 돌아왔을 때, 지구에서도 우주선에서 지나간 시간과 똑같은 시간만이 지나갔음을 발견할 것이다.

훨씬 더 빨리 추진해갈 수 있다면, 단언컨대 그는 이륙하기 전의 지구로 되돌아올 수도 있다! 말하자면 지구에서의 시간이 우주선에서의 시간보다 **더 느리게** 가는 것이다. 너는 네 시간으로 10년 만에 지구에 돌아왔는데, 지구는 그 동안에 겨우 네 살밖에 "먹지" 않았다! 그보다 더 속도를 높이면 우주에서의 10년이 지구에서의 10분을 뜻할 수도 있다.

그런데 우주라는 천 속에 있는 "주름"을 만났다고 하자. (아인슈타인을 비롯한 과학자들은 그런 "주름들"이 존재한다고 믿었다—그들이 옳았다!) 너희는 갑자기 무한소(無限小)의 한 "순간"에 "공간"을 가로질러 추진된다. 그 같은 시공간 현상은 글자 그대로 되돌아간 "시간" 속으로 너희를 "내동댕이칠" 수도 있지 않을까?

이제 너희 머릿속에서 지어낸 것만 빼고, "시간"은 존재하지 않는다는 사실을 이해하기가 그다지 어렵지 않을 것이다. 일찍이 일어난 모든 일과 앞으로 일어날 모든 일이 **지금** 일어나고 있다. 그것을 관찰할 수 있는가 아닌가는 단지 너희의 관점, 즉 너희의 "공간 위치"에 달렸을 뿐이다.

만일 네가 **내 위치**에 있다면 너는 그 **모든 것**을 볼 수 있다. **지금 당장!**

이해하겠느냐?

와! 이제야 **알아들을 것 같습니다.** 이론 차원에서는요.

좋다. 나는 여기서 아이들도 알아들을 만큼 지극히 단순하게 설명했다. 내 설명이 훌륭한 과학을 만들진 못하겠지만, 훌륭한 이해를 낳을 순 있을 것이다.

바로 지금도 물질 대상들은 속도면에서 제한되어 있지만, **비(非)물질 대상들**, 내 생각…… 내 영혼……은 이론상으로는 믿을 수 없는 속도로 에테르 속을 지나갈 수 있겠군요.

맞다! **바로 그거다!** 그리고 그것이 바로 종종 꿈이라든가 육체를 떠난 심령 체험들에서 일어나는 일이다.

이제 너는 **기시감**을 이해하고 있다. 전에도 그곳에 있었던 것 같다는 사실을!

하지만…… 모든 것이 이미 **일어난** 일이라면, 제 미래를 바꿀 수 없다는 이야기가 됩니다. 이것은 운명 예정론인가요?

절대 아니다! 그런 회원권은 절대 구입하지 마라! 그건 사실이 아니다. 사실 이 "무대장치"는 너희를 **도와주게** 되어 있다. 너희에게 **해를 입히는** 것이 아니라!

너희는 언제나 자유의지와 완전한 선택의 지점에 있다. "미래"를 들여다볼 수 있는 것(혹은 다른 사람에게 그렇게 해봐달라고 하는 것)은 원하는 삶을 살아가게 해주는 너희의 능력을 제한하기는커녕, 오히려 높여준다.

어떻게요? 설명을 해주십시오.

만일 네 마음에 들지 않는 미래의 사건이나 체험을 "본다면", 그것을 선택하지 마라! 다시 선택하라! 다른 걸 골라라!

원하지 않는 결말을 피할 수 있도록 네 행동을 바꾸거나 변경하라.

하지만 이미 일어난 사건을 어떻게 피할 수 있습니까?

그것은 네게 일어나지 않았다. 아직은! 너는 '시공간 연속체' 속에서 그것의 발생을 **의식으로 알아차리지** 못하는 지점에 있다. 너는 그것이 "일어났음"을 "알지" 못한다. 너는 네 미래를 "기억해내지" 않았다!

(이 잊어버림이 **모든 시간**의 비밀이다. 그 덕분에 너희는 삶이라는 위대한 게임을 "즐길 수" 있다! 여기에 대해서는 나중에 설명하도록 하자.)

네가 "알지" 못하는 것은 "그런 식으로" 존재하지 않는다.

"너"는 자신의 미래를 "기억하지" 못하기에, 그것은 "네게" 아직 "일어나지" 않았다! 모든 일은 그것이 "체험될" 때만 "일어나고", 모든 일은 그것을 "알" 때만 "체험된다".

이제 네 "미래"를 흘낏 일별하는, 한 찰나 "알게 되는" 축복을 받았다고 해보자. 그때 일어나는 일은 네 영혼, 즉 너의 비(非)물질 부분이 그냥 '시공간 연속체' 위의 다른 지점으로 급히 달려가서 그 순간이나 그 사건의 일부 잉여 에너지, 일부 이미지나 인상을 가져오는 것이다.

너는 이것들을 "느낄" 수 있다. 아니면 때로는 형이상학적 재능을 발달시킨 다른 사람이 네 주위에서 소용돌이치는 이런 이미지와 에너지들을 "느끼거나" "보기도" 한다.

자신의 "미래"에 대해 "느껴지는" 것이 마음에 들지 않는가? 그렇다면 그것에서 떨어져라! 그냥 그것에서 멀어져라! 그 순간 너는 자신의 체험을 바꾸게 되며, 네가 내쉬는 모든 숨은 구원의 한숨이 된다.

잠깐만요! 잠깐마아ㄴ―

자, 이제 너는 들을 준비가 되었으니, 자신이 '시공간 연속체'의 모든 수준level에서 **동시에** 존재한다는 사실을 알아야 한다.

즉, 너희 영혼은 '항상 존재했고', '항상 존재하며', '앞으로도 항상 존재할지니'. 끝없이 그러할지니, 아멘.

제가 하나 이상의 장소에 "존재"한다구요?

물론이다! 너는 **모든** 곳에, 그리고 항상 존재한다.

미래에도 "제"가 있고, 과거에도 "제"가 있습니까?

자, 우리가 이제 막 힘들여 이해했듯이, "미래"와 "과거"는 존재하지 않는다. 하지만 그 말들을 너희가 지금껏 써왔던 식으로 쓰면, 그렇다.

하나 이상의 제가 있습니까?

너는 **단** 하나밖에 없다. 하지만 너는 네가 생각하는 것보다 훨씬 **더 큰** 존재다.

그래서 "지금" 존재하는 "제"가, 그의his "미래"에서 마음에 들지 않는 어떤 걸 바꾼다면, 미래 속에 존재하는 저는 그걸 더 이상 자기 체험의 일부로 가지지 않는 겁니까?

본질상으로는 그렇다. 모자이크 전체가 변한다. 하지만 그는he 자신에게 주어진 그 체험을 잃지 않는다. 단지 그는 "네"가 그것을 경험할 필요가 없다는 사실에 구원받고, 행복해할 뿐이다.

하지만 "과거" 속의 "저"는 이것을 여전히 "체험해야" 하니, 그는 여전히 그 속으로 걸어 들어가고 있는 게 아닙니까?

어떤 의미에서는 그렇다. 하지만 물론 "너"는 "그"를 도와줄 수 있다.

도울 수 있다고요?

그렇다. 첫째, 네 **앞의** "네"가 체험한 것을 바꿈으로써, 네 **뒤의** "너"는 그것을 전혀 체험하지 않을 수도 있다! 너희 영혼은 이런 장치를 써서 진화한다.

같은 방식으로 **미래의 너**는 미래의 그 **자신**에게서 도움을 받아, 그가 하지 않은 것을 네가 피할 수 있게 도와준다.

내 말을 알아들었느냐?

예. 흥미있군요. 하지만 지금 저는 다른 걸 질문하고 싶습니다. 과거 삶이라면요? 만일 제가 "과거"에도 "미래"에도 언제나 "저"였다면, 어떻게 과거 삶에서 제가 다른 누구, 다른 어떤 사람일 수 있습니까?

너희는 같은 "시간"에 하나 이상의 체험을 할 수 있고, 너희 자신을 원하는 만큼 많은 여러 가지 "자신들"로 나눌 수 있는, '신성한 존재'다.

내가 좀 전에 설명했듯이, 너희는 "같은 삶"을 몇 번이고 다른 방식으로 살 수 있다. 또한 너희는 그 '연속체' 위의 다른 "시간들"에서 다른 삶들을 살 수도 있다.

따라서 지금 여기서 네가 너인 동안에도, 너는 또한 다른 "시간들"과 다른 "장소들"에 있는 다른 "자신들"일 수 있고, 또한 다른 "자신들"이었다.

맙소사! 이건 갈수록 "얽히고설키는"군요.

그렇다. 하지만 우리는 여기서 사실 겨우 표면을 긁어보았을 뿐이다.

이것만 알아두어라. 너희는 한계를 모르는 '신성한 비율 Divine Proportion'의 존재다. 너희의 일부는 현재 체험되고 있는 너희 자신으로서 자신을 아는 쪽을 택하고 있다. 그러나 이것이 너희 '존재'의 한계는 결코 아니다. 비록 너희는 **그렇다고 생각하지만.**

왜요?

너희는 그렇게 생각**해야 한다**. 그렇지 않으면 너희는 이 삶에서 자신에게 부여한 일을 할 수 없다.

자신에게 부여한 일이란 게 어떤 거죠? 전에 말씀해주시긴 했지만, 다시 한번 설명해주십시오. "지금", "여기"에서요.

너희는 '참된 자신'이 되고, '자신이 참으로 누구인지' 판단하기 위해, 즉 '참된 자신'을 선택하고 창조하며, 자신에 대한 지금 관념을 체험하고 실현하기 위해, '삶' 전체, **여러** 삶 전체를 사용하고 있다.

너희는 자기 표현 과정을 매개로 하여, 자신을 창조하고 자신을 실현하는 '영원한 순간' 속에 있다.

너희는 지금껏 자신에 대해 지녔던 '가장 위대한 전망'을 '가장 웅대한 해석'으로 형상화하기 위한 수단으로, 너희 삶의 사람들과 사건들과 환경들을 자신에게로 끌어들였다.

창조하고 재창조하는 이 과정은 결코 끝나지 않고 계속되는 여러 층(層)의 과정이다. 그 모든 것이 여러 수준에서 "바로 지금" 일어나고 있다.

너희의 일직선 현실에서 너희는 체험을 과거나 현재나 미래 중의 하나로 본다. 너희는 자신이 한 번의 삶을 갖는다고 생각하거나, 설령 여러 번의 삶이라 해도 당연히 한 때에 딱 한 가지씩만 갖는 걸로 생각한다.

하지만 "시간"이란 게 없다면 어떻게 하겠느냐? 그러면 너희는 **모든 "삶"을 한꺼번에** 가지지 않겠느냐!

실제로 너희는 **그렇다!**

너희는 **이번** 삶, 현재 실현되고 있는 삶을 너희의 '과거'와 '현재'와 '미래' 속에서 모두 한꺼번에 살고 있다! 미래의 사건에 대해 "기묘한 예감"을 느껴본 적이 있느냐? 너희를 그 사건에서 돌아서게 만들 만큼 강력한 예감을?

너희 언어로는 이것을 전조(前兆)라고 부른다. 내 관점에서 보면, 그것은 너희의 "미래" 속에서 이제 막 체험한 어떤 일에 대해 너희가 갑작스럽게 지니게 된 단순한 자각일 뿐이다.

"미래"의 너희가 "이봐, 이건 조금도 즐겁지 않아. 이건 하지 마!"라고 말하고 있는 것이다.

마찬가지로 지금 이 순간, 너희는 너희가 "과거 삶들"이라고 부르는 다른 삶들도 살고 있다. 설령 너희가 그것들을 너희 "과거" 속에 존재했던 것으로 체험하고(너희가 그것들을 조금이라도 체험한다면), 또 그렇게 해도 전혀 무방하다 할지라도. 만일 너희가 무슨 일이 일어나고 있는지 **완전히 자각한다면,** 너희로서는 삶이라는 이 멋진 게임을 즐기기가 대단히 어려울 것이다. 여기서 제시된 이런 식의 묘사조차도 너희에게 그런 자각을 줄 수 없다. 그렇게 되면 그 "게임"은 끝날 것이다! 그 '과정'은, 이 단계에서 너희가 전혀 자각하지 못하는 것까지 포함하여 지금 상태로 그 '과정'이 완결되는가에 달려 있다.

그러니 그 '과정'을 축복하고, 그것을 자비로운 창조주의 가장 큰 선물로 받아들여라. 그 '과정'을 온몸으로 받아들여, 평화와 지혜와 기쁨으로 그것을 겪어가라. 그 '과정'을 이용하여, 그것을 너희가 **견뎌야 하는** 어떤 것에서, **모든 시간** 중에서 가장 장대한 체험인 너희의 '신성한 자기' 실현을 창조하는 도구가 **될** 어떤 것으로 변형시켜라.

어떻게요? 어떻게 해야 가장 잘 그렇게 할 수 있습니까?

삶의 모든 비밀을 벗기려고 이 귀중한 순간들, 너희의 지금 현실을 낭비하지 마라.

그 비밀들은 **까닭 있는** 비밀들이다. 너희 신을 증거 불충분으로 석방해주고, 너희의 '지금 순간'을 가장 고귀한 목적인 '참된 자신'을 창조하고 표현하는 데 사용하라.

'자신이 누구인지', 되고자 **원하는** '자신'이 누구인지 **결정하고**, 그런 다음 그렇게 **되기 위해서** 너희 힘으로 할 수 있는 모든 것을 하라.

내가 시간에 대해 이야기해준 것을 너희의 제한된 이해 속에서 너희의 가장 '장대한 이상'이라는 건축물을 올려놓을 뼈대로 사용하라.

만일 "미래"에 대해 영감이 떠오른다면, 그것을 존중하라. 만일 어떤 "과거 삶"에 대해 생각이 떠오른다면, 그것이 너희에게 어떤 도움이 될지 알아보라. 쉽사리 그것을 무시하지 마라. 무엇보다도, 너희의 신성한 자아를 창조하고 드러내고 표현하고 체험할 수 있는 길을, 바로 지금 바로 여기에서 그리고 어느 때보다 더 큰 영광 속에서 알게 된다면, 그 길을 따라라.

그리고 너희가 이전에 청했기에, 길을 알게 **될 수도 있다**. 이 책을 쓰는 것도 네 청함의 한 표지다. 왜냐하면 열린 마음과 열린 가슴, 기꺼이 알고자 하는 영혼이 없었더라면, 네가 바로 지금 **바로 네 눈**앞에서 그것을 쓸 수는 없을 것이기에.

지금 이 책을 **읽는** 사람들에게도 같은 말을 할 수 있다. **그들 역시 이 책을 창조했기 때문이니**, 그렇지 **않았더라면** 그들이 지금 어떻게 **이 책을 체험할 수** 있겠느냐?

모든 사람이 지금 체험하고 있는 모든 것을 창조하고 있다. 달리 말하면 **나는** 지금 체험되고 있는 모든 것을 창조하고 있다. **나는 만인이기에.**

너는 여기서 대칭을 찾을 수 있겠느냐? 너는 '완벽'을 보고 있느냐?

다음과 같은 단 하나의 진리 속에 그 모든 것이 포괄된다.

우리 중에 오직 하나만이 존재한다.

Conversations with God

6

공간에 대해 말해주십시오.

공간은 드러난…… 시간이다.

사실 공간, 다시 말해 그 속에 아무것도 가지지 않은 순수한 "빈" 공간 같은 것은 없다. 모든 것은 **어떤 것**이다. "가장 빈" 공간조차도 수증기로 가득 차 있다. 너무나 엷고, 저 멀리 무한한 영역 너머로까지 뻗어나가서, 존재하지 않는 것처럼 보이는 수증기로.

그리고 그 수증기가 사라지고 난 다음에 존재하는 건 에너지, 순수 에너지다. 이것은 진동, 즉 떨림으로 드러나며, 특정 진동수로 이루어지는 '전체'의 운동으로 나타난다.

보이지 않는 "에너지"는 "물질을 함께" 묶는 "공간"이다.

너희의 일직선 시간 모델을 써서 설명하면, 한때 우주의 모든 물질은 하나의 미세한 알갱이로 응축되어 있었다. **지금** 존재하는 식의 물질을 밀도 높은 것이라고 생각하는 너희로서는 이 알갱이의 밀도성(密度性)을 도저히 상상하지 못할 것이다.

하지만 너희가 지금 물질이라고 하는 것은 대부분이 공간이다. 모든 "고체"는 2퍼센트의 딱딱한 "물질"과 98퍼센트의 "공기"로 되어 있다! 게다가 물체들 속에 있는 소립자들 사이의 공간은 어마어마하다. 그것은 마치 밤하늘에 보이는 천체들 사이의 거리와 같다. 그럼에도 너희는 이 물체들을 **딱딱하다고** 말한다.

사실 한때 우주 전체는 "딱딱**했다**". 물질 분자들 사이에는 사실상 **어떤 공간도** 존재하지 않았다. 모든 물질이 자신에게서 "공간"을 제거한 것이다. 그리고 그 어마어마한 "공간"이 사라지고 나자, 그 물질은 바늘 끝보다 더 작은 영역만을 차지하게 되었다.

실제로 어떤 물질도 존재하지 않았던 그 "시간" 이전에 하나의 "시간"이 있었다. 너희가 **반(反)물질**이라고 불렀을, 가장 순수한 '최고의 진동 에너지' 형태만이 존재하던 시간이.

이것은 시간 "전의" 시간, 너희가 아는 대로의 물질 우주가 존재하기 전의 시간이었다. 어떤 것도 물질로서 존재하지 **않았다**. 어떤 사람들은 이것을 낙원, 즉 "천국"이라 여긴다. 왜냐하면 "어떤 문제matter(물질-옮긴이)도 없었기에".

(지금의 너희 언어에서 뭔가 잘못된 것처럼 생각될 때 "무슨 일인가What's the matter?"라고 하는 건 결코 우연이 아니다.)

태초에 순수 에너지—**나(神)!**—는 아주 빠른 속도로 진동하여 물질을 형성했다. **이 우주의 모든 물질을!**

너희들 역시 같은 업적을 이룰 수 있다. 사실 너희는 날마다 그렇게 하고 있다. 너희 **생각들**은 순수한 진동이다. 그리고 그것들은 물질들을 창조할 수 있으며 창조하고 **있다!** 만일 너희 중 충분히 많은 사람이 같은 생각을 지니면 너희는 물질 우주의 부분들에 영향을 미칠 수 있고, 나아가 그것들을 창조할 수도 있다. 이 점에 대해서는 1권에서 상세하게 설명했다.

지금 우주는 팽창하고 있습니까?

너희가 상상할 수 없는 속도로!

계속 영원히 팽창하는 겁니까?

아니다. 그 팽창을 몰아가는 에너지가 다 없어질 때가 올 것이다. 그러면 그것을 대신하여 사물들을 함께 묶는 에너지들이 모든 것을 다시 "함께 뒤로" 끌어당길 것이다.

우주가 수축할 거란 말씀입니까?

그렇다. 모든 것이 그야말로 글자 그대로 "제자리로 돌아간다"! 그러면 너희는 다시 한번 낙원을 가질 것이다. 아무 물질도 없고 오직 에너지만이 있는 낙원을.

달리 말하면—**나를!**

결국 그 모두가 내게로 돌아올 것이다. 이것이 바로 "그 모두가 이것으로 돌아오리라"는 구절의 기원이다.

우리가 더 이상 존재하지 않는다는 거군요!

물질 형태로는 그렇다. 하지만 너희는 **언제나 존재할 것이다**. 너희가 **존재하지 않을 수는** 없다. 너희는 **존재 자체이기에.**

우주가 "무너지고" 나면 그 다음엔 무슨 일이 일어납니까?

그 과정 전체가 또다시 시작된다! 또 다른 소위 '대폭발Big Bang'이 있을 것이며, 또 다른 우주가 태어날 것이다.

그것은 팽창하고 수축할 것이다. 그러고 나면 그것은 다시 한번 똑같은 일을 할 것이다. 그리고 그런 다음 다시, 또다시 …… 영원히 오래오래. 끝없이.

이것은 신의 들숨과 날숨이다.

저, 또 한번 말씀드리지만 이 모든 것이 아주 재미있긴 하지만, 제 일상생활과는 별 관련이 없군요.

내가 말했다시피, 우주의 가장 심오한 수수께끼들을 푸는 데 과도하게 많은 시간을 소비하는 건 아마도 너희 삶을 가장 효과적으로 쓰는 방법이 아닐 것이다. 그럼에도 그 '광대한 과정'에 대한, 이런 단순한 평신도식 비유와 묘사들에서 얻을 수 있는 이익도 있다.

그게 어떤 건데요?

삶 자체를 포함하여 모든 것은 순환한다는 이해 같은 것.

우주의 삶을 이해하게 되면, 너희는 너희 내면에 있는 우주의 삶을 이해할 수도 있다.

삶은 주기로 순환한다. 모든 것이 순환한다. 모든 것이. 이 점을 이해할 때, 너희는 그 '과정'을 단순히 참고 견디는 것이 아니라, 그것을 더 많이 즐길 수 있게 될 것이다.

모든 것이 주기로 순환한다. 삶에는 타고난 리듬이 있으며, 모든 것이 그 리듬에 따라 움직인다. 모든 것이 그 흐름대로 따라간다. 그래서 "모든 것에는 철이 있으며, 하늘 아래 모든 '목적'에는 때가 있다"는 말이 있는 것이다.

이것을 이해하는 자는 현명하다. 나아가 이것을 이용할 줄 아는 자는 슬기롭다.

여자들만큼 삶의 리듬을 이해하는 사람은 별로 없다. 여자들은 자신들의 삶 전체를 리듬에 따라 산다. 그들은 삶 자체의 **리듬 속에** 서 있다.

여자들은 남자들보다 더 잘 "그 흐름을 따라갈" 수 있다. 남자들은 그 흐름을 밀고 당기고 거부하고 **이끌고** 싶어한다. 여자들은 그 흐름을 **체험한다**. 그러고 나서는 조화로워지고자 그것을 본뜬다.

여자는 바람에 흔들리는 꽃들의 선율을 듣는다. 그녀는 '보이지 않는 것'의 아름다움을 본다. 그녀는 삶이 끌고 당기고 미는 것을 느낀다. 그녀는 달릴 때와 쉴 때, 웃을 때와 울 때, 잡을 때와 보낼 때를 **안다.**

대부분의 여자들은 얌전하게 자신의 육체에서 떠나지만, 대부분의 남자들은 그 떠남에 저항한다. 여자들은 자신의 몸**속에** 있을 때도 그 몸을 좀 더 얌전하게 다룬다. 남자들은 자신의 몸을 함부로 다룬다. 남자들이 삶을 다루는 방식도 이와 같다.

물론 모든 규칙에는 예외가 있기 마련이다. 내가 지금 여기서 이야기하는 것은 일반론이다. 나는 그냥 지금까지는 어떤 식이었는지를 이야기하고 있다. 나는 가장 넓은 의미로 말하고 있다. 하지만 너희가 삶을 살펴본다면, 자신이 보고 있고 보아왔던 것을 스스로 인정한다면, 너희가 있는 그대로를 인정한다면, 너희는 이 일반론 속에서 진리를 발견할 것이다.

하지만 그건 절 우울하게 하는군요. 마치 여자들이 더 우월한 존재인 듯이 느끼게 만들거든요. 그들이 남자들보다 "좋은 자질"을 더 많이 갖고 있는 걸로요.

삶이라는 그 영광스러운 리듬의 일부로 음과 양이 있다. "존재"의 한 측면이 다른 측면보다 "더 완벽하거나 더 낫지는" 않다. 두 측면 모두 단순히 그냥 그것, 측면들일 뿐이며, 멋지게도 그냥 그것일 뿐이다.

남자들이 신성(神性)의 또 다른 반영을 표현한다는 건 분명한 사실이다. 그리고 이것을 여자들도 똑같이 부러움의 눈길로 쳐다본다.

그럼에도 남자가 되는 것은 너희의 바탕을 시험하는 것, 너희의 시련이라는 이야기가 있다. 너희가 충분히 오랫동안 남자로 있었다면, 즉 자신의 어리석음으로 충분히 고통받고, 자신의 창조물이 가져다준 재난으로 충분히 상처 입고, 자신의 행동을 멈출 만큼—공격성을 이성으로, 경멸을 동정으로, 항상 이김을 누구도 지지 않음으로 바꿀 만큼—충분히 남들을 해쳤다면, 너희는 여자가 될 수도 있을 것이다.

너희가 힘은 "정의"가 **아니라는** 것, 강함은 **지배하는** 힘이 **아니라 함께하는** 힘이라는 것, 절대권력은 남들에게 절대로 아무것도 요구하지 않는 것임을 깨달을 때, 또 너희가 이런 것들을 이해한다면, 비로소 너희는 여자의 육신을 입을 자격을 가질 것이다. 왜냐하면 너희는 마침내 그녀의 '본질'을 이해하게 되었기에.

그러면 여자가 남자보다 더 낫군요.

아니다! "나은" 것이 아니다—그것과는 다르다! 그런 식의 판단을 하는 것은 너희다. 객관 현실에서는 더 "낫거나" 더 "못한" 일 같은 건 없다. 오직 존재하는 것과 너희가 되고자 하는 것이 있을 뿐이다.

뜨거움이 차가움보다 더 낫지 않고, 위가 아래보다 더 낫지 않다. 이것은 내가 전에 다룬 주제다. 따라서 여자가 남자보다 더 "나은 건" 절대 아니다. 그것은 그냥 존재하는 **그대로**일 뿐이다. 너희가 그냥 너희이듯이.

그럼에도 너희 중의 누구도 제한받거나 더 한정되지 않으니, 너희는 자신이 되고자 원하는 것이 될 수 있고, 자신이 체험하고자 원하는 것을 선택할 수 있다. 그 전생들에서 그랬듯이, 이번 생에서도, 다음 생에서도, 혹은 그 다음 생에서도. 너희 각자는 언제나 선택하고 있다. 너희 각자는 그 모든 것으로 이루어져 있다. 너희 각자 속에 남자와 여자가 있다. 표현하고 체험하는 것이 너희를 기쁘게 해주는, 그런 너희의 측면을 표현하고 체험하라. 그럼에도 그 **모든 것**이 너희 각자에게 열려 있음을 알아두어라.

다른 주제로 넘어가고 싶지가 않군요. 이 남성-여성 패러다임에 좀 더 머물렀으면 좋겠습니다. 당신은 지난번 책의 끝부분에서 이 이중성의 성적 측면 전체를 훨씬 더 상세하게 다루겠노라고 약속하셨지요.

그랬지—내 생각에도 지금이 우리가, 즉 너와 내가 '성'에 대해 이야기할 시간인 듯싶다.

Conversations with God

7

당신은 왜 양(兩) 성을 창조하셨습니까? 이것이 우리를 즐겁게 해 주기 위해 생각해낸 유일한 방법인가요? 우리는 성행위라고 하는 이 엄청난 체험을 어떻게 다루어야 합니까?

수치로 다루지 마라—이건 너무나 분명한 사실이다. 또한 죄의식으로도, 두려움으로도 다루지 마라.

수치는 미덕이 아니고, 죄의식은 선(善)이 아니며, 두려움은 존중이 아니기에.

그리고 욕망은 열정이 아니니 욕망으로 다루지 말고, 포기는 자유가 아니니 포기로 다루지 말며, 공격성은 간절함이 아니니 공격성으로 다루지 마라.

그리고 당연히 통제하고 억누르고 지배하려는 생각으로 다루지 마라. 이것들은 '사랑'과 전혀 다르니.

자, 그런데…… 단순히 신체의 만족을 위해 섹스를 사용해도 괜찮을까? 놀랍게도 대답은 그렇다이다. "신체의 만족"이란 그냥 '자기 사랑'의 또 다른 표현에 지나지 않기에.

오랜 세월을 지나면서 신체의 만족에는 나쁜 딱지가 붙어왔다. 섹스에 그토록 많은 죄가 붙어다니는 주요한 이유가 여기에 있다.

너희는 신체를 만족시키기 위해 **신체에 강렬한 만족을 주는** 것을 사용해서는 안 된다는 말을 듣는다! 이것이 명백히 모순임은 너희에게도 분명하지만, 너희는 그 결론을 가지고 어디로 가야 할지를 모른다. 그래서 너희는 섹스를 하는 동안과 한 다음에, 섹스를 기분 좋게 느낀 것에 **죄의식**을 느끼기만 하면, 적어도 그 섹스는 괜찮아지는 걸로 결정했다.

이것은, 내가 여기서 이름을 들지는 않겠지만, 너희 모두가 잘 아는 유명한 가수의 이야기와 비슷하다. 자기 노래들을 부른 대가로 몇백만 달러를 받게 된 그녀는 자신의 믿을 수 없는 성공과 그 성공이 가져다준 부에 대해 소감을 이야기해달라고 하자, 이렇게 말했다. "저는 이 일을 무척 좋아하기 때문에 거의 **죄의식까지** 느낍니다."

여기서 뜻하는 바는 명확하다. 만일 그것이 너희가 좋아하는 일이라면, 그 일을 하는 대가로 돈까지 받는 건 절대 안 된다. 사람들은 무한한 기쁨이 아니라, **싫어하는 일**이나 적어도 **힘든 일을 해서** 돈을 벌기 마련이니!

그래서 세상이 주는 메시지는 이렇다. 그것에 거부감을 느낀다면, **그것을 즐겨도 좋다!**

너희가 좋게 느끼는 어떤 것을 나쁘게 느끼려 할 때, 그리고 그렇게 해서 자신을 신…… 무엇이든 너희가 좋게 느끼길 바라지 않는다고 여기는 신과 화해시키려 할 때, 자주 사용하는 것이 죄의식이다.

특히 너희는 육체의 기쁨을 좋게 느끼지 말아야 한다. 그리고 (너희 할머니들이 속삭이면서 이야기했듯이) "섹스……"라면 **절대로** 안 된다.

그런데 좋은 소식이 있다. **섹스를 사랑해도 좋다!**

또 **너 자신을 사랑하는 것**도 좋다!

사실상 이것은 명령이다.

너희에게 도움이 되지 **않는 건** 섹스(나 다른 어떤 것)에 **탐닉하는** 것이다. 하지만 섹스와 사랑에 빠지는 거라면 **"괜찮다"**!

다음 구절을 하루에 열 번씩 외워라.

나는 섹스를 사랑한다

다음 구절을 하루에 열 번씩 외워라.

나는 돈을 사랑한다

이제 진짜 힘든 걸 원하는가? 그렇다면 다음 구절을 열 번씩 외워라.

나는 나를 사랑한다

너희가 사랑한다고 여기지 않는 다른 것들도 여기에 있다. 그것들을 사랑하는 연습을 하라.

권력

영광

명성

성공

승리

더 원하는가? 다음 일들을 해보라. 이것들을 사랑한다면 너희는 **정말로** 죄의식을 느끼리라.

남들의 아첨

더 나아지기

더 많이 갖기

방법 알기

이유 알기

이만하면 충분한가? 잠깐만! 여기 최고의 죄가 있다. 너희는 자신이,

신을 안다

고 느끼면 틀림없이 **최고의 죄의식**을 느끼리라.

어떤가, 재미있지 않은가? 너희 삶 전체를 통틀어 너희는,

자신이 가장 많이 원하는 것

에 죄의식을 느끼도록 길들여져왔다.

그러나 내가 너희에게 이르노니, 너희가 바라는 것들을 사랑하고, 사랑하고, 또 **사랑하라**. 그것들에 대한 너희의 사랑이 **그것들을 너희에게로 끌어오리니.**

이것들은 모두 삶의 재료들이다. 그것들을 사랑할 때, 너희는 **삶을 사랑하는 것이다!** 그것들을 바란다고 선언할 때, 너희는 삶이 마땅히 제공해야 할 모든 좋은 것을 택하겠노라고 공표하는 것이다.

그러니 섹스를, 너희가 가질 수 있는 모든 섹스를 선택하라! 그리고 **권력**을, 너희가 모아들일 수 있는 모든 권력을 선택하라! 그리고 **명성**을, 너희가 잡을 수 있는 모든 명성을 선택하라! 또 **성공**을, 너희가 이룰 수 있는 모든 성공을 선택하라! 그리고 **승리**를, 너희가 체험할 수 있는 모든 승리를 선택하라!

하지만 사랑 대신에 섹스를 택하지 말고, **사랑에 대한 축하로** 섹스를 선택하라. 다른 사람을 지배하는 권력을 택하지 말고, 다른 사람과 **함께하는 권력**을 택하라. 그 자체가 목적인 명성을 택하지 말고, **더 큰 목적을 이룰 수단으로** 명성을 택하라. 남들의 희생을 대가로 한 성공을 택하지 말고, **다른 사람들을 돕는 도구로** 성공을 택하라. 그리고 온갖 희생을 다 치른 승리를 택하지 말고, **남들을 전혀 희생시키지 않는 승리**, 나아가 그**들에게도 이득이 되는** 승리를 택하라.

나아가 남들의 아첨을 선택하라. 하지만 다른 모든 사람을 너희가 아첨으로 흠뻑 적실 수 있고, 실제로 그렇게 하는 존재로 여겨라!

나아가 더 나아지길 선택하라. 하지만 남들보다 더 나아지지 말고, **이전의 자신보다** 더 나아지도록 하라.

나아가 더 많이 갖길 선택하라. 하지만 오직 **더 많이 주기 위해서**만 그렇게 하라.

그 다음엔, 그렇다, "방법을 알고 이유를 알길" 선택하라. 그리하여 모든 지식을 남들과 함께할 수 있도록.

그리고 온갖 수단을 다해 '신을 알길' 선택하라. 아니, 사실 '이것을 가장 먼저 선택하라'. 그리하여 모든 사람이 그 뒤를 따

를 수 있도록.

너희는 평생 동안 받는 것보다 주는 것이 더 좋다는 가르침을 받아왔다. **하지만 가진 것이 없으면 줄 수도 없다.**

자기 만족이 그토록 중요한 까닭이 여기 있고, 그리고 그것이 그렇게 추하게 들리게 된 것이 그토록 불행한 일인 까닭이 여기 있다.

우리가 지금 여기서 이야기하는 자기 만족이 남을 희생한 대가로 얻는 것이 아님은 명백하다. 그것은 남들의 욕구를 무시하라는 이야기가 아니다. 그렇다고 삶이란 게 반드시 **자신의 욕구를 무시하는** 것이어야 한다는 이야기도 아니다.

자신에게 넉넉한 즐거움을 주어라. 그러면 너희는 남들에게 줄 넉넉한 기쁨을 가지리니.

힌두교의 섹스 선각자들은 이 점을 잘 알고 있다. 너희 중 일부가 사실상 죄라고 하는 자위(自慰)를 그들이 장려하는 건 그 때문이다.

자위요? 오, 맙소사! 드디어 그 마지막 한계에까지 손을 뻗치셨군요. 어떻게 신인 당신이 그런 문제를 집어들 수 있습니까? 아니, 어떻게 당신이 그것을 **입 밖에 낼 수가** 있습니까? 사람들이 신이 보냈을 것이라고 여기는 이 메시지에서 말입니다.

알았다. 너는 자위에 대해 나름의 판단을 내리고 있구나.

아니, **저는** 아닙니다. 하지만 다른 많은 독자들은 그럴 겁니다. 게다가 저는 우리가 이 책을 만드는 건 다른 사람들이 읽게 하기 위해서라고 당신이 말씀하신 것으로 알았는데요.

그렇다.

그런데 왜 당신은 일부러 그 사람들을 기분 나쁘게 만드는 겁니까?

나는 누구도 "일부러 기분 나쁘게" 만들지 않는다. 사람들이 "기분 나빠" 하든 안 하든, 그것은 그들의 자유로운 선택이다. 그런데 너는 누군가를 "기분 나쁘게" 만들지 않고서, 우리가 솔직하고도 공공연하게 인간의 성행위를 이야기하는 게 과연 가능하다고 생각하느냐?

아니요, 하지만 그렇다고 그렇게까지 멀리 갈 건 없습니다. 저는 대부분의 사람들이 신이 자위에 대해 이야기하는 걸 들을 준비가 되어 있다고는 생각하지 않습니다.

이 책이 "대부분의 사람들"이 들을 준비가 된 문제에 대해서만 신이 이야기하는 것으로 한정된다면, 이 책은 아주 얇아질 것이다. 대다수 사람들은 신이 어떤 것에 대해 이야기할 때, 신이 이야기하는 것을 들을 준비가 되어 있지 않다. 그들이 그렇게 되려면 통상 2000년은 걸릴 것이다.

좋습니다. 계속하십시오. 이제야 충격에서 완전히 빠져나온 것 같군요.

좋다. 내가 이 인생 체험(어쨌든 너희 모두가 그렇게 몰두했으면서도, 누구도 말하고 싶어하지 않는 그 체험)을 이용하는 건 단지 더 큰 목표를 일깨우기 위해서다.

더 큰 목표를 다시 한번 적어보자. **자신에게 넉넉한 즐거움을 주어라, 그러면 너희는 남들에게 줄 넉넉한 즐거움을 가지리니.**

소위 탄트라식 섹스—부언하자면 이것은 대단히 고상한 성적(性的) 표현 형식이다—의 스승들은 섹스에 대한 **갈증으로** 섹스를 하게 되면, 네 짝을 즐겁게 해줄 능력과, 기쁨에 찬 상태로 더 오래 영혼과 육체의 결합을 체험할 능력은 오히려 크게 준다는 사실을 알고 있다. 그런데 오히려 후자야말로 인간이 성행위를 체험하는 대단히 고상한 이유다.

그래서 탄트라의 연인들은 흔히 서로를 즐겁게 하기 전에 먼저 자신을 즐겁게 한다. 이것은 빈번히 서로의 눈앞에서, 그리고 대개는 상대방의 고무와 도움과 사랑에 찬 안내를 받으면서 이루어진다. 그렇게 해서 최초의 갈증을 식히고 났을 때에야, 비로소 두 사람은 더 깊은 갈증, 즉 더 오랜 결합으로 희열에 이르고자 하는 갈증을 멋들어지게 충족시킬 수 있다.

그들에게 있어 이 공동의 자기 즐김, 즉 자위는 성행위가 자신을 충분히 표현했을 때 느끼게 되는 기쁨과 쾌활함과 사랑스러움의 당당한 일부다. 그것은 여러 부분들 중 하나다. 너희가 삽입, 혹은 교접이라고 부르는 체험은 그들의 두 시간에 걸친 사랑 행위 끝에 올 수도 있고, 아닐 수도 있다. 하지만 너희들 대다수에게 그것은 20분 동안의 힘든 운동 중에서 거의 **유일한 목표**나 다름없다. 그것도 운이 좋아야 20분이다!

저는 이 책이 섹스 교본으로 바뀌리라곤 생각도 못했습니다.

그렇지 않다. 하지만 그렇게 되더라도 그다지 나쁘지는 않을 것이다. 대다수 사람들이 성행위와 그것의 가장 경이롭고 유익한 표현 방식에 대해 더 많이 배울 필요가 있다.

하지만 그럼에도 내가 설명하려는 것은 더 큰 목표다. 자신이 더 많은 즐거움을 가질수록, 너희는 남들에게 더 많은 즐거움을 줄 수 있다. 마찬가지로 자신이 더 많은 권력의 즐거움을 가질수록, 너는 더 많은 권력을 남들과 함께할 수 있다. 명성과 부와 영광과 성공처럼 너희를 기분 좋게 만드는 다른 것들 역시 마찬가지다.

자, 내가 보기에 이제는 왜 특정의 것이 너희를 "기분 좋게" 만드는지 살펴볼 때가 된 것 같은데……

좋아요. 전 두 손 들었습니다. 왜인가요?

"기분 좋은 것"은 영혼이 "이게 나야!"라고 외치는 방식이다.

너는 선생이 출석부라는 것을 들고 출석을 확인할 때, 네 이름을 부르면 "여기요here" 하고 대답해야 하는 교실에 있어본 적이 있느냐?

그럼요.

그러니까, "기분 좋은 것"은 영혼이 "여기요"라고 말하는 방식이다.

지금은 많은 사람들이 "기분 좋은 일을 한다"는 이런 관념을 통째로 경멸하고 있다. 그들은 이것이 지옥으로 가는 길이라고 말한다. 하지만 **내가** 이르노니, 이것은 **천국으로** 가는 길이다!

물론 네가 어떤 것을 "기분 좋다"고 하는지, 다시 말해 네게는 어떤 종류의 체험이 기분 좋게 느껴지는지에 많은 것이 좌우된다. 그런데 너희에게 이르노니, 부정으로는 어떤 종류의 진화도 이룰 수 없다. 만일 너희가 진화한다면, 그것은 너희가 아는 "기분 좋은" 것을 자신에게서 부정하는 데 성공했기 때문이 아니라, 자신에게 이런 즐거움을 부여하여, 거기서 훨씬 더 뛰어난 뭔가를 찾아냈기 때문일 것이다. 너희가 한번도 "더 못한" 것을 맛본 적이 없다면, 어떻게 "더 뛰어난" 것을 알 수 있겠는가?

종교는 너희더러 자신의 말을 믿으라고 했을 것이다. 바로 이 때문에 모든 종교가 결국 실패할 수밖에 없다.

반대로 **영성(靈性)**은 언제나 성공할 것이다. 종교는 너희에게 남들의 체험에서 배우라고 요구하지만, 영성은 너희에게 자신의 것을 찾으라고 재촉한다.

종교는 영성을 감당할 수 없다. 종교는 영성을 참아내지 못한다. 왜냐하면 영성은 그 결론이 특정한 종교가 **아닌** 것으로 너희를 데려갈 것이고, 이미 알려진 어떤 종교도 이것을 참아내지 못할 것이기에.

종교는 남들의 생각을 탐구하고, 그것을 자신의 것으로 받아들이도록 너희를 부추기지만, 영성은 남들의 생각을 **내던지고** 자신의 생각을 **따라잡도록** 너희를 이끈다.

"기분 좋은 것"은 자신의 방금 생각이 **진리**이고, 방금 말이 **지혜**이며, 방금 행동이 **사랑**임을 자기 스스로 이야기하는 방식이다.

너희가 얼마나 멀리 진보했는지 알려면, 얼마나 높이 진화했는지 재어보려면, 자신을 "기분 좋게" 하는 것이 무엇인지만 살펴보면 된다.

하지만 기분 좋은 것을 **부정하거나**, 그것에서 물러서는 것으로 자신의 진화를 몰아세우지 마라. 더 멀리 더 빨리 진화하려 하지 마라.

자기 부정은 자기 파멸일 뿐이니.

그리고 자기 조절은 자기 부정이 아님도 알아두어라. 자신의 행동을 조절하는 것은 자신에 관한 나름의 판단에 근거하여, 어떤 것을 하거나 하지 않겠다는 **능동적인 선택**이다. 자신을 남들의 권리를 존중하는 사람으로 선언할 때, 그들에게서 훔치거나 빼앗지 않겠다는 결정, 강탈하고 약탈하지 않겠다는 결정은 "자기 부정"과는 거리가 멀다. 그것은 자기 **선언**이다. 무엇이 그 사람을 기분 좋게 만드는가가 그 사람의 진화 정도를 재는 척도가 된다고 하는 까닭이 여기 있다.

무책임하게 행동하고, 남들에게 해를 입히거나, 곤경이나 고통을 가져올지도 모르는 방식으로 처신하는 게 너희를 기분 좋게 만든다면, 너희는 그다지 많이 진화하진 못했다.

여기서의 열쇠는 자각이다. 그리고 젊은이들 사이에서 이런 자각을 일궈내고 넓혀가는 것이 너희 가정과 공동체에 속한 어른들의 과제다. 그것은 신의 사자가 해야 할 직무가 **모든** 사람 사이에서 자각을 넓혀, 한 사람에게 한 일이 모두에게 한 일이 되고, 한 사람을 위해 한 일이 모두를 위해 한 일임을 이해하게 하는 것과 비슷하다. 왜냐하면 우리 모두는 하나이기에.

너희가 "우리 모두는 하나"라는 사실에서 출발할 때, 다른 사람에게 해를 입히고 "기분 좋기"란 사실상 불가능하니, 소위 "무책임한 행위"는 사라진다. 진화하는 존재가 삶을 체험하려는 것은 이런 제한 범위 내에서며, 내가 너희더러 삶이 제공해야 할 **모든 것**을 **가지도록 허락하라고** 말하는 것도 이런 제한 범위 내에서다. 그러면 너희는 삶이 **지금껏 너희가 상상해온 것보다 더 많은 것을 제공함을** 볼 것이니.

너희는 자신이 체험하는 존재다. 너희는 자신이 표현하는 것을 체험하고, 자신이 표현해야 하는 것을 표현하며, 자신에게 허용하는 것을 가진다.

정말 마음에 드는군요. 하지만 다시 애초의 질문으로 되돌아가면 안 될까요?

그렇게 하자. 내가 양성(兩性)을 창조한 것은 내가 만물에—이 우주 전체에!—"음"과 "양"을 둔 이유와 같다. 그들은, 즉 이 남성과 여성이라는 건 음과 양의 일부다. 그것들은 너희 세계

속에서 음과 양의 가장 뛰어나고 생생한 표현이다.

그것들은 **여러 물질 형태들** 중 하나로서…… **형태상**으로, 이미 음과 양이다.

음과 양, 여기와 저기…… 이것과 저것…… 위와 아래, 더위와 추위, 크고 작음, 빠름과 느림—물질과 반물질……

너희가 아는 대로의 삶을 체험하자면 이 **모든 것**이 다 필요하다.

우리가 이 성 에너지라는 걸 가장 잘 표현하려면 어떻게 해야 합니까?

사랑으로 표현하고, 공개적으로 표현하며,

재미있게 표현하고, 즐겁게 표현하라.

멋지게, 열정적으로, 거룩하게, 낭만적으로 표현하라.

또 익살스럽게 표현하고, 자연스럽게 표현하며, 감동적으로 표현하고, 창조적으로 표현하며, 태연하게 표현하고, 관능적으로 표현하라.

그리고 물론 자주 표현하라.

인간의 성행위를 정당하게 해주는 유일한 목적은 오직 생식뿐이라고 말하는 사람들도 있는데요.

쓸데없는 말이다. 생식은 대다수 성 체험의 논리적인 사전의도가 아니라 행복한 여파에 지나지 않는다. 오로지 아기를 만들기 위해 섹스한다는 발상은 유치하고, 마지막 아기를 배고 나면 당연히 섹스도 그만두어야 한다는 추론은 유치한 정도보다 더 나쁘다. 그것은 인간의 천성, 즉 내가 너희에게 준 천성에 어긋난다.

성 표현은 삶의 모든 것에 기름을 붓는 영원한 끌어당김의 과정과 율동적인 에너지 흐름이 가져오는 불가피한 결과다.

나는 우주 전체에 걸쳐 자신의 신호를 전달하는 에너지를 만물 속에 심어놓았다. 사람, 동물, 식물, 바위, 나무, 즉 모든 물체가 무선 송신기처럼 에너지를 내보낸다.

너 역시 지금 이 순간에도 네 존재의 중심에서부터 사방팔방으로 에너지를 내보내고—발산하고—있다. **너 자신**인 이 에너지는 물결 모양을 이루며 밖으로 퍼져나간다. 그 에너지는 너를 남겨둔 채 벽을 뚫고 산을 넘고 달을 지나 '영원' 속으로 들어간다. 그것은 **어떤 일이 있어도 절대 멈추지 않는다.**

네가 지금껏 가졌던 모든 생각이 이 에너지를 물들인다. (네가 누군가를 생각할 때, 만일 그 사람이 충분히 예민하다면, 그는 그것을 느낄 수 있다.) 네가 지금껏 뱉어낸 모든 말이 그 에너지의 모양을 만들고, 네가 지금껏 행한 모든 행동이 그 에너지에 영향을 미친다.

네가 발산하는 에너지의 진동과 속도와 파장과 진동수는 네 생각과 기분과 감정과 말과 행동에 따라 계속해서 바뀌고 변한다.

"좋은 파장을 내보내라"는 속담을 들은 적이 있을 것이다. 그건 맞는 말이다. 아주 정확하다!

그리고 당연히 다른 사람들도 누구나 같은 일을 하고 있다. 그 때문에 너희들 사이의 "허공"인 에테르는 **에너지로 채워져 있다.** 그것은 너희가 상상할 수 있는 어떤 것보다 더 복잡한 융단 무늬를 그려내는 얽고 얽힌 개개 "진동들"의 '바탕Matrix'이다.

이 직물이 너희가 살아가는 결합된 에너지 영역이다. 그것은 **강력하여 너희**를 비롯하여 **모든 것에** 영향을 미친다.

너희가 속한 영역 속으로 새로이 **들어오는 진동**에 영향을 받을 때, 너희는 새로 창조된 "진동들"을 내보낸다. 그리고 이 진동들은 다시 그 바탕 속에 보태져 바탕의 모습을 바꾼다. 이것은 다시 다른 모든 사람의 에너지 영역에 영향을 미치고, **그들**이 내보내는 **진동**에 영향을 주고, 그 바탕에 영향을 주어, 다시 너희에게 영향을 준다……

너희는 이것이 순전히 그냥 환상일 뿐이라고 생각할지도 모른다. 하지만 "그 속의 공기가 너무 두꺼워서 칼로 자를 수도 있는" 방에 걸어 들어가본 적이 있는가?

혹은 같은 시기에 같은 문제를 연구하는 두 과학자 이야기를 들어본 적이 있는가? 지구의 정반대쪽에서 상대방을 전혀 모르는 채로 연구했는데, 갑자기 똑같은 해결책을 동시에—하지만 서로 **무관하게**—만나게 되는 두 과학자 이야기를?

이런 것들은 흔한 일들로, 그 바탕이 좀 더 분명하게 자신을 드러내는 사건들 중 일부에 지나지 않는다.

특정 제한 범위 내에서 움직이는 결합된 현행 에너지 영역인 그 바탕은 하나의 강력한 진동이다. 그것은 물체와 사건에 직접 충격을 주고, 영향을 미치며, 그것들을 창조할 수 있다.

("단 두세 사람이라도 내 이름으로 모이는 곳에는……"[〈마태복음〉 18 : 20 – 옮긴이])

너희의 대중심리학은 이 에너지 바탕을 "집단의식"이라고 불러왔다. 그것은 **너희 행성 위의 모든 것**, 전쟁의 전망과 평화의 가능성, 지구 차원의 재난이나 행성의 평온, 질병의 확산이나 세계 복지 따위에 영향을 미칠 수 있으며, 또 미치고 있다.

그 모든 것이 의식의 결과다.

너희 개인들의 삶에서 일어나는 특정 사건들과 조건들 역시 마찬가지지고.

정말 굉장하군요. 그런데 그게 섹스와 어떤 관계가 있습니까?

참아라. 지금 그쪽으로 가는 중이다.

세상 전체가 항상 에너지를 교환하고 있다.

네 에너지는 계속해서 밖으로 밀고 나가면서 다른 모든 것을 건드린다. 그리고 다른 모든 것과 다른 모든 사람은 너를 건드린다. 그런데 이제 재미있는 일이 일어난다. 너와 다른 모든 것 사이의 중간쯤에 있는 어떤 지점에서 그 에너지들이 만나는 것이다.

좀 더 생생하게 묘사하기 위해 한 방에 같이 있는 두 사람을 머릿속에 그려보라. 그들은 그 방의 양쪽 구석에 떨어져 있다. 그들을 톰과 메리라고 부르자.

이제 톰 개인의 에너지는 360도 원을 그리면서 우주 속으로 톰에 대한 신호를 내보낸다. 그 에너지 물결 중의 일부가 메리를 친다.

그 사이 메리 역시 자신의 에너지를 발산한다. 그리고 그중의 일부가 톰을 치고.

그런데 이 에너지들은 너희가 상상도 못할 방식으로 서로 만난다. 그것들은 톰과 메리 **사이의 중간쯤에서** 만난다.

여기서 그 에너지들은 합쳐져(여기서 이 에너지들은 **물질 현상**, 즉 **재고 느낄 수 있는** 것임을 잊지 마라) "토메리"라고 부를 새로운 결합 에너지를 형성한다. 그것은 톰과 메리가 결합된 에너지다.

톰과 메리의 입장이라면 틀림없이 이 에너지를 '우리의 사이Between 몸체'라고 불렀을 것이다. 사실 그 말이 꼭 맞다. 그것은 두 사람이 연결되고, 두 사람이 계속해서 그것으로 흘러들어가는 에너지를 공급하며, 그 바탕 내에 항상 존재하는 끈, 혹은 줄, 혹은 송유관을 따라 그 두 "후원자"에게 에너지를 돌려보내는 에너지 몸체다. (사실은 이 "송유관"이 바탕이다.)

이 "토메리" **체험**은 톰과 메리의 **진실**이다. 두 사람은 이 '성스러운 교섭'**에** 이끌린다. 왜냐하면 그들은 그 송유관을 따라 그 '사이 몸체', '합쳐진 하나', '축복된 결합'이 주는 감미로운 기쁨을 느끼기 때문이다.

톰과 메리는 서로 거리를 두고 떨어져 있으면서도, 그 바탕 속에서 진행되는 것을 **물질적인 방식으로** 느낄 수 있다. 두 사람은 다급하게 이 체험으로 **끌려간다**. 그들은 서로에게 더 가까이 가길 원한다! 동시에!

그런데 이때 그들의 "훈련"이 밀려들기 시작한다. 세상은 속도를 늦추고, 그 감정을 불신하고, "다침"을 경계하고, 뒤로 물러서게끔 그들을 훈련시켰다.

하지만 영혼은…… **"토메리"**를 알고 싶다—**지금 당장!**

다행히 두 사람은 운이 좋아서, 자신들의 두려움을 옆으로 밀쳐내고, 존재하는 건 오직 사랑뿐임을 믿을 만큼 충분히 자유롭다.

이제 그들, 이 두 사람은 돌이킬 수 없게 '사이 몸체'로 끌려간다. '토메리'는 **형이상학적으로는 이미** 체험된 존재이기에, 톰과 메리는 그것을 **물질로서** 체험하길 원한다. 그래서 그들은 더 가까이 다가설 것이다. 하지만 **서로에게** 닿기 위해서가 아니다. 우연히 그 장면을 본 사람에게는 그런 식으로 보일 테지만, 실제로 그 두 사람이 닿고자 하는 것은 '토메리'다. 그들은 그들 사이에 **이미 존재하는** '신성한 결합'의 지점에 이르려는 것이다. 자신들은 하나이고 '하나 됨'이 어떤 것인지 그들이 이미 알고 있는 그 지점에.

그리하여 그들은 자신들이 체험하고 있는 이 "느낌" 쪽으로 다가간다. 그들 사이의 간격이 좁혀지고, 그들이 "그 끈을 줄여"감에 따라, 그 두 사람이 '토메리'에게 보내는 에너지는 더 짧은 거리만을 움직이게 되고, 따라서 더 강렬해진다.

그들은 계속 더 가까워진다. 거리가 짧아질수록 강도는 더 커진다. 그들은 더 가까워지고, 강도는 다시 한번 높아진다.

이제 그들은 겨우 두세 걸음을 남기고 서 있다. 그들의 '사이 몸체'는 무서운 속도로 진동하면서 뜨겁게 타오른다. '토메리'와의 가고 오는 "연결"은 믿을 수 없을 정도의 에너지 이전(移轉)

으로 더 두터워지고 더 넓어지며 더 밝아진다. 그 두 사람은 소위 "갈망으로 달아오른" 상태가 된다. 사실 **그렇다!**

그들은 다시 더 가까이 다가간다.

이제, 그들은 서로 닿는다.

거의 참을 수 없을 정도의 흥분과 격렬함이 인다. 드디어 접촉하는 순간, 그들은 '토메리'의 에너지 전체, '결합된 존재'의 빽빽하고 진하게 통합된 실체 전체를 느낀다.

자신의 감각을 최대치로 열어놓는다면, 너희는 접촉할 때의 찌릿함으로 이 정교하고 웅장한 에너지를 느낄 수 있다. 그 "찌릿함"은 종종 너희 **몸 전체를 훑고** 지나간다. 혹은 접촉 지점에서의 열기로 느낄 수도 있다. 마찬가지로 갑작스럽게 너희 몸 전체를 훑고 지나갈 수도 있지만, 주로 너희의 에너지 중심인 회음부lower chakra 깊숙이 집중되는 열기로.

그것은 특히 그곳에서 강렬하게 "달아오를" 것이다. 그리하여 이제 톰과 메리는 소위 서로를 향해 "욕정"을 갖는다!

이제 두 사람은 끌어안게 되고, 거리는 한층 좁혀진다. 이제 톰과 메리와 토메리, 셋 다 거의 같은 공간을 차지한다. 톰과 메리는 자신들 사이에 있는 토메리를 **느낄 수** 있고, **더욱 더** 가까워지길 원하기에, 글자 그대로 토메리에게 **녹아들게** 된다. **물질 형태에서** 토메리가 **되는** 것이다.

나는 남자의 몸과 여자의 몸 안에 그렇게 할 수 있는 길을 창조했다. 이 순간에 톰과 메리의 몸은 기꺼이 그렇게 할 준비가 되어 있다. 이제 톰의 몸은 글자 그대로 메리 속으로 **들어갈** 준비가 되어 있고, 메리의 몸은 글자 그대로 톰을 **자신 속에 받아**

들일 준비가 되어 있다.

찌릿함과 달아오름은 이제 격렬함을 **넘어선다**. 그것은…… 도저히 표현할 수 없다. 두 사람의 육체가 결합하고, 톰과 메리와 토메리는 '하나'가 된다. **살** 속에서.

에너지는 여전히 그들 사이를 흐른다. 다급하고 격정적으로.

그들은 신음 소리를 뱉고 온몸을 움직인다. 그들은 서로를 충분히 가질 수 없고, 서로를 충분히 합칠 수 없다. 그들은 **더 가까워지려 한다. 가까이. 더 가까이.**

그들은 글자 그대로 폭발하고, 그들의 육체 전체가 경련한다. 그 진동은 그들의 발끝까지 파문을 흘려보낸다. 이 하나됨의 폭발에서 그들은 삶의 '본질'이자 '존재하는 모든 것의 체험'인 신과 여신, 알파와 오메가, 전체와 무를 알게 된다.

물질화학 현상들도 일어난다. 둘은 '하나'가 되었으며, 종종 둘에서 제3**의** 실체가 **물질 형태를 취하고** 창조된다.

그리하여 그들의 살 중의 살이고, 그들의 피 중의 피인 '토메리'의 **형상화**가 이루어지는 것이다.

그들은 글자 그대로 **생명을 창조했다!**

그러기에 내가 **너희는 신이라고** 말하지 않았던가?

이것은 제가 지금껏 인간의 성행위에 대해 들어본 중에서 가장 아름다운 묘사군요.

너희는 아름다움을 보고자 바라는 곳에서 아름다움을 보고, 아름다움을 보기를 두려워하는 곳에서 추함을 보리라.

얼마나 많은 사람들이 내가 이제 막 이야기한 것을 추함으로 보았는지 안다면 너도 놀랄 것이다.

아니요. 놀라지 않습니다. 저는 세상이 섹스 주위에 얼마나 많은 두려움과 추함을 놓아왔는지 이미 알고 있습니다. 하지만 당신은 많은 질문거리들을 제게 던지시는군요.

내가 여기 있는 건 그것들에 대답하기 위해서다. 하지만 네가 그 질문거리들을 내게 던지기 전에 잠시만 더 내 독백을 계속할 수 있게 해다오.

예, 물론이지요.

내가 방금 묘사한 이…… **춤**, 내가 설명했던 이 에너지 상호작용은 항상 일어나고 있다—**모든 것** 속에서, **모든 것**과 더불어.

'황금빛'처럼 발산되는 너희의 에너지는 끊임없이 다른 모든 것과 다른 모든 사람과 상호작용한다. 그 에너지는 거리가 가까울수록 더 진해지고, 멀어질수록 더 옅어지지만, 그럼에도 너희가 **어떤 것**과 전혀 연결되지 않는 경우는 없다.

너희와 존재하는 다른 모든 사람, 장소, 물체 사이에는 어떤 지점이 있다. 두 에너지가 만나서 훨씬 더 엷지만, 그러나 똑같이 실재하는 제3의 에너지 단위를 형성하는 지점이.

지구 위의, 그리고 우주 속의 모든 **사람과 사물**이 전(全) 방향으로 에너지를 발산하고 있다. 이 에너지는 너희의 가장 강력한 컴퓨터로도 분석할 수 없을 만큼 복잡한 유형으로 교차하면서 다른 모든 에너지와 섞인다.

이 에너지는 소위 물질이라고 할 수 있는 모든 것 사이를 달려가면서 교차하고 섞이고 얽히면서 **물질성을 함께 묶어준다.**

이것이 내가 말했던 바탕이다. 너희가, 때로는 개인들이 창조하기도 하지만 대개는 대중 의식이 만들어낸 신호들, 즉 메시지와 의도와 치유를 비롯한 여러 물질 효과들을 서로에게 보내는 것은 이 바탕을 따라서다.

헤아릴 수 없이 많은 이 에너지들은 내가 설명했듯이 서로에게 이끌린다. 이것을 '끌어당김의 법칙the Law of Attraction'이라고 한다. 이 법칙에서 '비슷한 것끼리는 서로 끌어당긴다.'

'비슷한 생각은 바탕을 따라서 비슷한 생각을 끌어당긴다.' 그리고 이 비슷한 에너지들이 충분히 많이 "떼를 이루면", 말하자면 그들의 진동이 무거워지면, 그것들은 서서히 속도를 늦추고 그중 일부는 '물질'이 된다.

생각은 물질 형태를 **창조해낸다**. 그래서 많은 사람들이 **같은** 것을 생각할 때, 그들의 생각이 '현실'이 될 가능성은 훨씬 더 높아진다.

("우리가 너를 위해 기도하마"가 그토록 강력한 진술이 되는 게 이 때문이다. 통합된 기도의 강력한 효력에 대해서는 책 한 권을 다 채우고도 남을 만큼 많은 증언들이 있다.)

거꾸로 기도답지 않은 생각들도 "결과들"을 창조할 수 있다. 말하자면 세계적인 범위로 존재하는 두려움이나 분노나 결핍이나 부족함 따위의 의식은 그런 체험을 창조할 수 있다. 지구 전체에 걸쳐서든, 그런 집단 관념이 가장 강한 일정 지역 내에서든.

예를 들어 지구에서 미국이라는 나라는 오랫동안 자신을 "신의 이름으로 나눌 수 없는indivisible, 만인의 자유와 정의"를 구현하는 국가로 생각해왔다. 이 나라가 지구상에서 가장 번영한 국가가 된 건 절대 우연이 아니다. 또한 이 나라가 자신이 그토록 힘들여 창조해온 모든 것을 점차 잃어가는 것 역시 놀랄 일이 아니다. 왜냐하면 이 나라는 이제 자신의 비전을 잃은 듯이 보이기 때문이다.

"신의 이름으로 나눌 수 없는"이란 말은, 글자 그대로 '통일성', '하나됨'이라는 '보편 진리'를 표현한다. 그것은 대단히 부수기 어려운 '바탕'이다. 하지만 그 '바탕'은 이미 약해지고 있다. 이 나라에서 종교의 자유는 종교적 편협함과 다를 바 없는 종교적 정당성이 되고 말았고, 개인의 책임이 사라지자 개인의 자유 역시 거의 사라져버렸다.

개인의 책임이란 관념은 "누구나 혼자 힘으로"란 뜻으로 왜곡되고 말았으니, 이 새로운 철학은 자신이 소박한 개인주의라는 초기 미국의 옛 전통을 따르고 있다고 여긴다.

하지만 미국의 비전vision과 꿈이 뿌리 내리고 있던 개인 책임의 본래 의미는 자신의 가장 심오한 취지와 가장 고상한 표현을 **'형제애'**라는 개념 속에 두고 있었다.

미국을 위대하게 만든 것은 모두가 **자기** 생존을 위해 투쟁한 데 있지 않고, **만인의** 생존에 대한 개인의 책임을 모두가 받아들인 데 있었다.

미국은 굶주린 자에게 등 돌리지 않고, 곤궁한 자에게 안 된다고 말하지 않으며, 지치고 헐벗은 자에게 팔 벌리고, 자신의 풍요를 전 세계와 함께하던 나라였다.

하지만 미국이 위대해질수록 미국인은 탐욕스러워졌다. 모두는 아니라 해도 다수가 그러했다. 그리고 시간이 지날수록 점점 더 많은 사람들이 그렇게 되었다.

미국인들은 가질 수 있다는 게 얼마나 좋은 것인지 알게 되자, 더욱 더 많이 갖고자 했다. 하지만 **더욱** 더 많이 가지려면 딱 한 가지 방법밖에는 없다. 다른 누군가를 더욱 더 적게 갖도록 하는 것.

미국의 특성이 위대함에서 탐욕으로 바뀌어감에 따라, 가장 못한 사람들에 대한 동정의 여지도 점점 줄어들었다. 운 나쁜 사람들은 더 많이 갖지 못하는 게 그들 "자신의 저주받은 잘못" 때문이라는 말을 들어야 했다. 어쨌든 미국은 '기회의 땅'이었다. 그렇지 않은가? 하지만 운 나쁜 사람들만 빼고는 어느 누구도, 미국의 기회란 건 **제도적으로** 이미 트랙 안쪽에 서 있는 사람들만으로 한정된다는 사실을 알아채지 못했다. 특정 피부색이나 특정 성(性)을 가진 여러 소수 집단들 대부분이 이 트랙 안에 포함되지 못했다.

또한 미국인들은 국제 관계에서도 거만해졌다. 지구 전체에 걸쳐 몇백만 명이 굶주리고 있는 판에, 미국인들은 전 세계 국민들을 먹여 살릴 수도 있을 만큼 많은 식량을 날마다 낭비했다. 미국이 일부 나라들에 관대했던 건 사실이다. 하지만 미국의 대외 정책은 점점 더 자신의 투자 이익을 확대하는 방향으로 나갔다. 미국은 그렇게 하는 것이 미국에 도움이 될 때만 다른 나라들을 도왔다. (즉 그렇게 하는 것이 미국의 권력 구조나, 미국의 최상층 엘리트 집단이나, 그 엘리트들을 보호하고 그들 집단의 재산을 보호하는 군사 기구에 도움이 될 때만.)

미국을 세운 이상인 형제애는 부식당하고 말았다. 이제 "네 형제들의 파수꾼"이 되라는 식의 이야기는 하나같이 미대국(美大國)주의라는 새로운 상표와 부딪히게 되었다. 즉 자기 것을 붙들고 있으려면 무엇이 필요한지 생각할 줄 아는 빈틈없는 정신을 뜻하는 말이자, 운 나쁜 사람들 중 감히 자신들의 공정한 몫을 요구하고 자신들의 불만을 시정해줄 것을 요구하는 사람들에게 던지는 신랄한 말이 되어버린 미대국주의라는 새로운 상표와.

개인은 누구나 자신에 대해서 책임을 져야 **한다.** 이것은 부정할 수 없는 진실이다. 하지만 미국과 너희 세상이 진실로 잘 굴러갈 수 있는 것은 오직 모든 사람이 기꺼이 **전체로서** 너희 모두에 대해 책임을 지고자 할 때뿐이다.

그러니까 집단적인 의식은 집단적인 결과를 만들어낸다는 거군요.

바로 맞혔다. 이것은 너희의 기록된 역사 전체에 걸쳐서 수도 없이 증명되어왔다.

바탕은 자신을 자신 속으로 끌어당긴다. 너희 과학자들이 소위 '블랙홀' 현상으로 설명하는 것과 똑같이. 그것은 비슷한 에너지를 비슷한 에너지 쪽으로 끌고 가며, 나아가 물체들까지도 서로 끌어당기게 한다.

그때 이 물체들은 서로 반발해야, 즉 서로 멀어져야 한다. 그렇지 않으면 그것들은 영원히 서로 합쳐져서, 사실상 자신들의 지금 모습을 잃고 새로운 모습을 갖게 될 것이기에.

의식 있는 모든 존재는 이 사실을 직관으로 알고 있어서, 자신이 다른 모든 존재와 맺는 관계를 유지하기 위해 '영원한 녹아듦'에서 **물러선다**. 그렇게 하지 않으면, 그는 다른 모든 존재 **속으로** 녹아들어가 '영원한 하나됨'을 체험하고 말 것이다.

이것은 우리가 처음 출발했던 상태다.

이 상태에서 떨어져 있으면서도 우리는 계속해서 다시 이 상태를 향해 이끌린다.

이 밀물과 썰물의 "왕복" 운동은 우주와 **우주 속에 있는 만물**의 기본 리듬이다. 이것이 섹스sex, 즉 '에너지의 협동 교환 the Synergistic Energy Exchange'이다.

너희는 어쩔 수 없이 계속해서 서로(그리고 그 바탕 속에 존재하는 모든 것과) 결합하는 쪽으로 이끌려간다. 그러다가 '결합의 순간'이 되면, 그 '결합'에서 떨어지려는 의식적인 선택으로 너희는 서로 반발한다. 그 '결합'을 체험할 수 있도록, 그 '결합'에서 자유롭게 **남는** 쪽을 선택하는 것이다. 너희가 일단 그 '결합'의 일부가 되고 거기에 계속 머무른다면, 너희는 더 이상 '분리'를 **알지** 못할 것이기에 그것을 통일로서 인식할 수도 없다.

다른 식으로 표현하면, 신이 자신을 '그 모든 것'으로 알려면 신은 자신을 '그 모든 것'이 아닌 것으로 알아야 한다.

너희와 우주의 다른 모든 에너지 단위에서 신은 자신을 **'전체의 부분들'**로 인식한다. 그렇게 해서 신은 '자신의 체험'으로 자신을 **'완전한 전체**All in All'로서 인식할 가능성을 스스로에게 주는 것이다.

나는 오로지 나 아님을 체험함으로써만 나임을 체험할 수 있다. 그럼에도 나는 나 아닌 **것이다**. 따라서 너희는 '신성한 이분법'을 보고, 그리하여 '나는 나다'라는 진술을 만난다.

이제 내가 말했듯이 이 자연스러운 밀물과 썰물, 우주의 이 자연스러운 **리듬**은 너희 현실에서 생명을 창조하는 바로 그 운동을 포함하여 삶의 모든 것을 상징한다.

어떤 절박한 힘에 쫓기기라도 하듯 너희는 서로를 **향해** 달려간다. 오로지 결국 서로 떨어져나오기 위해서. 그리고 다시 한 번 서로를 향해 절박하게 달려들기 위해서. 그리고 다시 한번 떨어져나오고, 또 다시 한번 굶주린 듯 열정적이고 절박하게 완전한 결합을 추구하기 위해서.

너희 육체는 모이고-헤치고, 모이고-헤치고, 모이고-헤치며 춤춘다. 그 운동은 워낙 기본적이고 워낙 **본능적이어서** 의도적으로 행동하려는 의식적인 자각을 거의 하지 않는다. 어떤 점에서 보면 너희는 자동으로 바뀐다. 누구도 너희 육체가 무엇을 해야 할지 말할 필요가 없다. 그것들은 그냥 그렇게 한다—**삶 전체**를 건 절박성으로.

이것은 삶 자체다, 자신을 생명 자체로 표현하는.

이것은 삶 자체다, 자기 체험이라는 가슴속에 새로운 생명을 만들어내는.

삶 전체가 그런 리듬에 따라 움직인다. 사실 삶 전체가 리듬**이다**.

그리하여 삶 전체가 그 온화한 신의 리듬, 생명 주기라고 부르는 것들로 물든다.

그런 주기에 따라 곡식들이 자라고, 계절들이 왔다 간다. 그 주기에 따라 행성들은 자전하고 공전하며, 태양들은 밖으로 폭발하고 안으로 폭발하며implode 다시 밖으로 폭발한다. 우주들은 숨을 들이쉬고 내쉰다. 그 모든 것이, 그 **전부**가 주기에 따라, 리듬에 맞춰, '전체'인 신/여신의 주파수와 조화하는 진동 속에서 일어난다.

왜냐하면 신은 '전체'**이고** 여신은 **전부**이며, 그 외에 다른 것은 존재하지 않기에. **예전에** 존재했고, **지금** 존재하며, **앞으로도** 영원히 존재할 모든 것이 끝없는 너희 세계이기에.

아멘.

Conversations with God

8

당신과 이야기를 나누다 보면 재미있는 건, 당신은 언제나 대답보다 더 많은 질문거리들을 남겨주신다는 겁니다. 이제 저는 섹스만이 아니라 정치에 대해서도 물을 겁니다!

그건 항상 그 모양이었다고 말하는 사람들도 있지. 너희가 지금껏 정치에서 해온 일은 오로지—

잠깐만요! 당신은 지금 **외설스럽다**란 말을 하려고 하셨죠? 그렇죠?

그래, 그렇다. 나는 너희에게 충격을 좀 줘야겠다고 생각했다.

잠깐, 잠깐요! 그만두세요! 신은 그런 말은 **안 쓰기로** 되어 있다구요!

그럼 너희는 왜 쓰느냐?

우리도 대부분 쓰지 **않습**니다.

그 지옥은 너희도 쓰지 **않는다**는 거지?

신을 **두려워하는** 사람이라면 쓰지 않죠!

아, 참. 너희는 신을 화나게 하지 않으려면 신을 **두려워해야** 하지.

그런데 누가 그렇게 말하더냐? 그래봤자 결국은 간단한 말 한 마디에 불과한 것에 내가 **화를 낼 거라고?**

그리고 마지막으로, 너희 중 일부가 격정의 최고조에서 위대한 섹스를 묘사할 때 사용하는 말을 너희가 또한 최고의 모욕으로도 쓴다는 사실이 재미있지 않느냐? 이것이 너희가 성행위를 어떤 식으로 대하는지 말해주는 게 아니겠느냐?

제 생각엔 당신이 혼동하신 것 같습니다. 정말로 낭만적이고 멋진 성적 순간을 표현하려 할 때 사람들이 그런 말을 쓴다고는 생각하지 않는데요.

호오, 정말로? 너는 최근에 다른 사람들의 침실에 들어가본 적이 있느냐?

아니요. 당신은요?

나는 **모든** 침실 속에 들어가 있다. 항상.

그게 우리 모두를 불편하게 만들지 않아야 할 텐데……

뭐라고? 너는 지금 신 앞에서 하고 싶지 않은 일을 너희가 침실에서 벌인다고 말하는 것이냐—?

대부분의 사람들은 **누군가가** 지켜보면 마음이 편안하지 않죠. 하물며 **신이라면** 더 그렇구요.

하지만 어떤 문화들에서는, 예를 들면 폴리네시아의 일부 원주민들은 완전히 드러내놓고 사랑을 나눈다.

그래요. 하지만 대부분의 사람들은 그 정도 수준의 자유를 누릴 만큼 진보하지 않았지요. 사실 대부분은 그런 식의 행동을 퇴보로, 미개하고 이교도적인 상태로 퇴보한 걸로 여깁니다.

너희가 "이교도"라고 부르는 이 사람들이야말로 참으로 삶을 존중하는 사람들이다. 그들은 강간이란 게 뭔지 모른다. 그리고 그들 사회에는 사실상 살인 따위는 없다. 너희 사회는 지극히 자연스럽고 정상적인 인간 기능인 섹스는 덮개 밑에 감춰버리고, 사람을 죽일 때는 돌연 태도를 일변하여 드러내놓고 당당하게 행동한다. 바로 **이런 게** 외설이다!

섹스를 얼마나 더럽고 부끄러운 금기로 만들었는지, 너희는 그것을 하는 것조차 창피해한다!

천만에요. 그 사람들은 섹스에 대해 다른 예의를 갖추는 것뿐입니다. 그들로서는 더 고상하다고까지 할 예의를요. 그들은 그것을 두 사람 사이의 내밀한 부분으로 여깁니다. 그것을 두 사람 관계의 신성한 부분으로 여기니까요.

내밀하지 않다고 해서 신성하지 않은 건 아니니, 인류의 가장 신성한 의식들 대부분이 드러내놓고 치러졌다.

내밀함이 신성함은 아니니, 너희가 저지른 최악의 행동들 대부분이 내밀하게 이루어졌다. 너희가 드러내놓고 과시하고자 남겨두는 것은 최상의 행동들뿐이다.

이것은 섹스를 드러내자는 이야기가 아니다. 이것은 단지 내밀함이 반드시 신성함은 아니며, 공개성이 너희에게서 신성함을 빼앗지도 않으리라는 경고에 지나지 않는다.

예의에 관해서 말하면, 이 한마디 말과 이 말 뒤에 놓인 행동 모형이야말로, 벌 주는 신이라는 발상만 빼면, 남자와 여자의 가장 큰 기쁨을 억누르는 데, 그 직무를 **완수한** 인간의 다른 어떤 구조물보다 더 큰 역할을 **해왔다**.

당신은 예의라는 걸 믿지 않으시는군요.

"예의"에서 문제는 누군가가 기준을 세워야 한다는 데 있다. 따라서 이것은 **다른 누군가가** 너희를 기쁘게 하는 것이라고 **설정한** 기준에 따라, 너희의 행동이 제한받고 지시받고 규정당해야 한다는 뜻이다.

다른 모든 문제에서 그렇듯이, 성행위 문제에서도 그것은 단순한 "한계지음" 이상일 수 있다. 그것은 정신을 황폐하게 만들 수 있다.

나로서는 한 남자나 여자가 어떤 걸 체험하고 **싶어하면서도**, 그들이 꿈꾸고 상상해왔던 것이 "예의 기준"에 어긋날까봐 움츠러드는 경우보다 더 슬픈 일은 생각할 수 없다!

잘 봐라. **그들이** 그 일을 하지 않는 건 하고 싶지 않아서가 아니다. 단지 그 일이 "예의"를 어기기 때문이다.

성행위 문제에서만이 아니라 삶의 모든 것에서, 단지 **다른** 누군가의 예의 기준에 어긋난다는 이유만으로 뭔가를 못하게 되는 일이 결코 없게 하라.

내 차 뒷유리에 스티커를 붙인다면 나는 이렇게 쓸 것이다.

예의를 어겨라

나라면 분명히 이런 표어를 침실마다 붙였을 것이다.

하지만 "옳고" "그른 것"에 대한 우리의 감각은 사회 전체가 공유하는 것입니다. 만일 거기에 전혀 동의하지 않는다면 우리가 어떻게 함께 살아갈 수 있겠습니까?

"예의"는 "옳고 그름"이라는 너희의 상대적 가치들과는 아무

관계도 없다. 사람을 죽이는 게 "나쁘다"는 사실에는 너희 모두가 동의하겠지만, 벌거벗고 빗속을 달린다고 해서 그게 "나쁜 일"인가? 이웃의 아내를 취하는 게 "나쁘다"는 사실에는 너희 모두가 동의하겠지만, 특별히 감칠 맛 나게 자기 아내를 "취하거나" 자기 아내더러 자신을 "취하게"한다 해서 그게 "나쁜 일"인가?

"예의"란 건 법률상의 제한과는 별 관계가 없다. 오히려 그것은 무엇을 "적절하다"고 여기는가라는 더 단순한 문제와 관계된 경우가 많다.

"적절한" 처신이 반드시 너희에게 언제나 "최상의 즐거움"을 주는 행동인 것은 아니다. 오히려 그것은 너희에게 최대의 기쁨을 가져다주지 않는 행동인 경우가 대부분이다.

성행위로 돌아가서요, 그러면 당신은 당사자들이나 관련인들이 서로 동의하는 한 어떤 행동도 용납될 수 있다고 말씀하시는 겁니까?

그게 삶의 모든 것에 적용되어서는 안 된다는 것이냐?

하지만 우리는 영향받을 관련인들이 누가 될지 모를 때도 있습니다. 어떻게 영향을 받을지도—

너희는 그 문제에 예민해야 한다. 그 문제를 민감하게 자각하고 있어야 한다. 그리고 너희가 정말로 알 수 없고 추측할 수 없는 경우라면, 너희는 '사랑' 쪽으로 치우쳐야 한다.

'모든' 결정을 내릴 때 중심되는 질문은 "사랑은 지금 무엇을 하려 하는가?"이다.

자신을 사랑하고, 영향받거나 관련된 모든 사람을 사랑하라.

만일 누군가를 사랑한다면, 너희는 그 사람을 해칠 수 있거나 해칠 것 같은 어떤 일도 하지 않을 것이다. 만일 조금이라도 궁금증이나 의문이 남는다면, 너희는 그 문제를 명확히 이해할 때까지 기다릴 것이다.

하지만 그건 다른 사람들이 당신을 "볼모"로 붙들 수도 있다는 뜻인데요. 그 사람들이 하는 말이라고 해봐야, 그렇고 그런 일은 자신들을 "해칠" 수 있으니, 당신의 행동은 제한당할 수밖에 없다는 것일 테니까요.

오로지 자신만이 자신의 행동을 제한할 수 있다. 너는 자신의 행동을 네가 사랑하는 사람들에게 손해를 입히지 않을 것들만으로 제한하고 **싶지** 않은가?

하지만 만일 **당신** 자신이 어떤 일을 하지 **않아서** 손해를 본다고 느끼면 어떻게 하실 겁니까?

그러면 너는 사랑하는 사람에게 네 진실을 말해야 한다. 네가 어떤 일을 하지 않아서 상처 입고 실망하고 위축되어 있다는 것과, 너는 그 일을 했으면 좋겠다는 것, 그렇게 해도 좋다는 동의를 네 사랑하는 사람에게서 받았으면 좋겠다는 것을.

너는 반드시 그런 동의를 얻어내고자 노력해야 한다. 타협을 이루기 위해 애쓰고, 모두가 이길 수 있는 방식으로 일을 풀어 나가도록 하라.

하지만 그런 방식을 찾을 수 없다면요?

그렇다면 나는 전에 했던 말을 다시 한번 반복할 것이다.

다른 사람을

배신하지 않으려고

자신을

배신하는 것

역시

배신이긴

마찬가지다

그것은

'최고의 배신'이다.

너희의 셰익스피어는 이것을 이런 식으로 표현했다.

너 자신에게 진실되려면,

밤이 낮을 따르듯, 자신을 충실히 따라야 한다.

그러면 너는 누구에게도

거짓되지 않으리니.

하지만 언제나 자기가 원하는 "대로 하는" 사람은 대단히 이기적인 인간이 되고 맙니다. 이런 걸 주장하시다니 믿을 수가 없군요.

너는 그 사람이 항상 소위 "이기적인 선택"을 하리라 가정한다. 하지만 너희에게 이르노니, 인간은 **가장 고귀한 선택**을 할 수 있다.

나아가 또 하나 일러두노니,

'가장 고귀한 선택'이 **반드시** 다른 사람을 돕는 선택은 아니라는 점이다.

다른 식으로 표현하면 우리는 때때로 자신을 가장 먼저 내세워야 한다는 거군요.

천만에, 너희는 **항상** 자신을 가장 먼저 내세워야 한다! 그렇게 되면 너희는 자신이 하려는 바나 체험하려는 바에 따라 선택하게 될 것이다.

너희의 목적이, 너희 **삶의** 목적이 대단히 고상하다면, 너희의 선택 역시 그러할 것이다.

자신을 가장 먼저 내세운다는 게, 너희가 말하는 식으로 "이기적"이 된다는 뜻은 아니다. 그것은 자신을 자각하게 된다는 뜻이다.

당신은 꽤 넓은 토대를 인간사의 지침으로 놓으셨군요.

최대의 성장은 최대의 자유를 행사할 때만 이루어진다. 아니, 이루어질 가능성이 있다.

만일 너희 모두가 다른 누군가의 규칙을 따르고 있다면, 너희는 성장하는 것이 아니다. 너희는 복종하고 있을 뿐이다.

너희의 설정과는 반대로 내가 너희에게서 원하는 것은 복종이 아니다. 복종은 성장이 아니니, 내가 바라는 것은 성장이다.

그렇다면 우리가 "성장하지" 않으면, 당신은 우리를 지옥으로 던질 겁니까?

틀렸다. 그 문제에 대해서는 이미 1권에서 이야기했다. 그리고 우리는 3권에서도 꽤 깊이 그 문제를 논의하게 될 것이다.

좋습니다. 그렇다면 당신이 펼쳐놓은 이 넓은 제한 범위들 내에서, 우리가 섹스 문제에서 떠나기 전에 마지막으로 몇 가지 질문을 해도 괜찮겠습니까?

발사!

만일 섹스가 그토록 멋진 인간 체험이라면, 많은 영혼의 스승들이 금욕을 설교한 건 왜입니까? 그리고 많은 선각자들이 명백히 독신이었던 이유는 또 무엇입니까?

그들 중 다수가 단출한 삶을 산 것으로 묘사된 까닭은 하나같이 똑같다. 높은 이해 수준으로 진화한 사람들은 육체의 욕구가 정신과 영혼의 욕구와 균형 잡히게 만든다.

너희는 3중의 존재다. 대다수 사람들은 자신을 육체로서 체험한다. 30세가 넘으면 정신조차도 잊혀진다. 아무도 더 이상 책을 읽지 않으며, 아무도 더 이상 글을 쓰지 않는다. 아무도 가르치지 않고, 아무도 배우지 않는다. 정신은 잊혀지고, 양분은 공급되지 않는다. 그것은 커지지 않는다. 새로운 투입은 없고, 요구되는 산출은 최소한으로 그친다. 양분을 공급받지 못한 정신은 깨어나지 못한다. 그것은 가라앉고 둔해진다. 너희는 정신을 떼내기 위해 할 수 있는 온갖 걸 다 한다. 텔레비전, 영화, 선정적인 싸구려 책자들. 무슨 일을 하든 생각하지 마라! **생각하지는 마라!**

그래서 대다수 사람들은 육체 수준에서 삶을 산다. 몸에 양분을 주고, 몸에 옷을 입히고, 몸에 "물자"를 댄다. 대다수 사람들이 몇 년이 가도 좋은 책—그들이 뭔가 **배울 게** 있는 책이란 뜻이다—한 권을 읽지 않는다. 하지만 그 주의 텔레비전 프로그램이라면 달달 외울 수 있다. 여기에는 뭔가 놀랄 만큼 슬픈 것이 있다.

진실은, 대다수 사람들은 **생각하길** 원치 않는다는 것이다. 그들은 **자신의 힘으로 생각할 필요가 없는** 지도자를 뽑고, 그런 정부를 지지하고, 그런 종교를 받아들인다.

"날 편하게 해줘. 뭘 해야 할지 **말해달라구.**"

이것이 대다수 사람들이 원하는 바다. 나는 어디에 앉아야 하지? 언제 일어서야 하지? 경례는 어떻게 해야 하지? 돈은 언제 내야 하지? 너는 내가 뭘 하길 원하지?

규칙은 뭐지? 내가 지켜야 할 경계선은 어디지? 나에게 말해줘, **말해달라구**. 그렇게 할테니 누가 그냥 **말만 해줘!**

그러고 나면 그들은 넌더리를 내며 환멸을 느낀다. 그들은 모든 규칙을 다 따랐고, 지시받은 대로 행동했다. 그런데 뭐가 잘못되었던 거지? 그게 못쓰게 된 게 언제지? 그게 왜 떨어져나갔지?

그것은 너희가 지금껏 가진 창조 도구들 중에서 가장 위대한 창조 도구인 정신을 포기했던 순간에 떨어져나갔다.

이제 다시 네 정신과 친해질 때가 왔다. 정신과 벗이 되어라. 정신은 무척 외로워하고 있으니. 정신에 양분을 주어라. 정신은 무척 굶주려 있으니.

너희 중 일부, 소수의 사람들은 자신이 육체**와** 정신을 지닌 존재임을 이해한다. 이들은 자신의 정신을 잘 대우해왔다. 하지만 정신과 정신의 일을 존중하는 사람이라 하더라도, 그 능력의 10분의 1 이상으로 정신을 **쓸 줄** 아는 사람은 거의 없다. 너희의 정신이 무엇을 할 수 있는지 안다면, 너희는 정신의 경이로움과 권능과 함께하길 결코 멈추지 않으리라.

이제 자신의 삶을 육체와 정신 사이에서 균형 잡게 만드는 사람들의 수를 소문자에 비유한다면, 자신을 육체와 정신과 영혼으로 이루어진 **3중**의 존재로 보는 사람의 수는 그야말로 극소문자다.

그럼에도 너희는 3중의 존재다. 너희는 너희의 육체 이상이고, 정신을 가진 육체 이상이다.

너희는 자신의 영혼에 영양을 주고 있는가? 아니, 영혼이 있음을 눈치라도 채고 있는가? 너희는 그것을 치료하는가, 상처 주는가? 너희는 그것이 자라게 하는가, 시들게 하는가? 그것이 늘어나게 하는가, 줄어들게 하는가?

너희 영혼도 너희 정신만큼이나 외로워하는가? 아니면 훨씬 더 버림받고 있는가? 너희 영혼의 드러남을 마지막으로 느꼈던 때는 언제인가? 네가 마지막으로 기쁨에 넘쳐서 울던 때는? 시를 썼던 건? 음악을 만든 건? 빗속에서 춤춘 건? 파이를 구운 건? 뭐든 그렸던 건? 부서진 걸 고친 건? 아기에게 뽀뽀한 건? 네 뺨에 고양이를 문지른 건? 언덕 위로 소풍 간 건? 홀딱 벗고 헤엄친 건? 동틀 때 걸어본 건? 하모니카를 불어본 건? 새벽까지 이야기를 나눠본 건? 해변에서 숲에서…… 몇 시간 동안 사랑을 나눠본 건? 자연을 벗한 건? 신을 찾아본 건?

홀로 조용히 앉아서 네 존재의 가장 깊은 곳을 마지막으로 걸어본 건 또 언제였는가? 그리고 네가 네 영혼에게 안녕 하고 마지막으로 인사해본 건 언제였는가?

한 면만을 가진 존재로 살 때, 너희는 돈과 섹스와 권력과 재산과 물질 자극과 만족과 안정과 명성과 소득 같은 육체의 문제들에만 깊이 빠질 것이다.

두 면을 가진 존재로 살 때, 너희는 사귐과 창조성, 새로운 생각과 새로운 발상의 자극, 새로운 목표와 새로운 도전의 설정, 개인의 성장 같은 정신의 문제들을 포괄하는 쪽으로 관심 범위를 넓힐 것이다.

3중의 존재로 살 때, 너희는 마침내 자신과 균형을 취할 것이다. 이제 너희의 관심 중에는 영혼의 정체성과 삶의 목적, 신과의 관계, 진화하는 길, 영혼의 성장, 궁극의 운명 같은 영혼의 문제들이 포함될 것이다.

더 높은 의식 상태로 진화할수록, 너희는 자기 존재의 모든 측면을 충분히 실현해가게 된다.

하지만 진화가 자신의 일부 측면들만을 위하고 다른 측면들을 **버린다는** 뜻은 아니다. 그것은 단순히 초점을 넓힌다는 뜻이다. 다시 말해 한 측면에만 거의 전적으로 몰두하는 데서 벗어나 **모든** 측면에 진심에서 우러난 사랑과 이해를 보낸다는 뜻이다.

그렇다면 왜 많은 스승들이 섹스를 완전히 그만두라고 주장한 겁니까?

그들은 사람들이 균형을 취할 수 있다고 믿지 않았기 때문이다. 그들은 쉽게 조절하기에는, 균형을 취하기에는, 성 에너지와 여타 속세 체험들을 둘러싼 에너지들이 너무 강력하다고 믿었다. 그들은 금욕이 영적 진화의 단 한 가지 가능한 **결과**가 아니라, 영적 진화에 이르는 **유일한 길**이라고 믿었다.

하지만 높은 곳까지 진화했던 몇몇 사람들도 "섹스를 **포기한**" 건 사실이지 않습니까?

"포기한다"는 말이 흔히 쓰는 고전적인 의미라면, 그렇지 않다. 그것은 여전히 원하긴 하지만 "가져서 좋을 게 없음"을 아는 어떤 걸 억지로 놓는 게 아니다. 그것은 오히려 단순한 풀어줌, 두 번째 후식거리에서 몸을 돌릴 때처럼 그것에서 벗어나는 동작이다. 두 번째 후식이 나빠서가 아니며, 그것이 네 마음에 들지 않아서는 더더욱 아니다. 그것은 훌륭한 후식이지만, 다만 너는 이미 충분히 먹었기 때문이다.

이런 이유로 섹스에 대한 몰두를 내려놓을 수 있을 때, 너희는 때로는 섹스를 원할 수도 있고, 그러다 다시 원하지 않을 수도 있다. 혹은 자신이 "충분히 먹었는지" 전혀 판단하지 못할지도 모르고, 너희 존재의 다른 체험들과 균형을 취하면서 이것을 항상 체험하길 원할지도 모른다.

그래도 괜찮다. 그래도 전혀 상관없다. 성적인 적극성이 성적인 소극성보다 깨달음이 약하거나 영적(靈的)으로 덜 진화된 것은 아니다.

깨달음과 진화가 너희더러 내려놓게 만드는 것은 섹스에 대한 **집착**과 그것을 체험하려는 뿌리 깊은 욕구와 충동적인 행동들이다.

그렇게 되면 돈과 권력과 안정과 재산 따위의 다른 육체 체험들에 **열중하는** 것 역시 사라질 것이다. 하지만 그것들에 대한 너희의 참된 **이해**는 사라지지 않을 것이며, 사라져서도 **안 된다**. 삶의 **모든 것**을 이해한다는 건 내가 창조한 그 '과정'에 감사하는 것이고, 삶이나 삶이 주는 기쁨 중 어떤 것—설사 가장 기본적이고 물질적인 기쁨이라 해도—을 경멸하는 건 나, 창조주를 경멸하는 것이다.

내 창조물을 불결하다고 부를 때, 너희는 나를 무엇이라 부르겠는가? 하지만 너희가 내 창조물을 신성하다고 할 때, 너희는 그 체험과 더불어 나까지도 신성하게 한다.

너희에게 이르노니, 나는 경멸받을 어떤 것도 창조하지 않았다. 게다가 너희의 셰익스피어가 말했듯이, 생각이 그렇게 만들지 않는 한 어떤 것도 "악"이 **아니다.**

그 말씀을 듣고 보니 섹스에 대한 또 다른 질문들이 떠올랐습니다. 마지막 질문들요. 서로가 동의하는 성인들끼리의 섹스라면 어떤 종류의 섹스라도 괜찮은 겁니까?

그렇다.

제 말은 "변태적인" 섹스라도 괜찮냐는 겁니다. 사랑 없는 섹스라도요? 동성애자들의 섹스라도요?

먼저, 다시 한번 명확히 해둘 것은 신이 인정하지 않는 것은 아무것도 없다는 사실이다.

나는 여기에 앉아서 이 행동은 **선**이라 부르고 저 행동은 **악**이라 부르면서 판단을 내리고 있는 게 아니다.

(너도 알다시피, 이 문제에 대해서는 1권에서 꽤 길게 다루었다.)

그것을 판단할 수 있는 건 **자신**뿐이다—'진화로 가는 길'에서 무엇이 너희에게 도움이 되고 무엇이 해로운가라는 맥락 속에서.

하지만 가장 진화한 영혼들이 동의한, 대강의 기본되는 지침은 있으니,

남에게 해를 입히는 행동은 절대 급속한 진화로 이끌지 못한다는 것이 그 첫째가는 지침이다.

그리고 두 번째 지침도 있다.

즉 **상대방의 동의와 허락이 없다면 그 사람과 관련된 어떤 행동도 해서는 안 된다**는 것.

이제 네가 방금 질문했던 것들을 이 지침들의 맥락 속에서 생각해보자.

"변태적인" 섹스? 자, 그것이 아무에게도 해를 입히지 않고, 모든 사람의 동의를 받아서 이루어진다면, 그것을 "잘못되었다"고 할 까닭이 어디에 있겠는가?

사랑 없는 섹스? "섹스 자체"를 위한 섹스는 시간이 시작된 이래로 계속해서 논란거리가 되어왔다. 나는 이런 질문을 들을 때마다, 언젠가는 사람들이 가득 모인 곳으로 들어가, "여기 있는 사람 중에 한번이라도 깊은 사랑, 지속적인 사랑, 전념하는 사랑, 변치 않는 사랑이 아닌 관계에서 섹스해보지 않은 사람이 있으면, 손을 들어보라"고 말해보고 싶은 생각이 든다.

단지 이것만 말해두자. **어떤 것이**든 사랑이 없는 것은 여신에게 이르는 가장 빠른 길이 아니다.

그것이 사랑 없는 섹스든, 사랑 없는 스파게티든, 사랑 없는 고기완자든 간에, 너희가 사랑 없이 그 잔치를 준비하고 그것을 먹었다면, 너희는 그 체험의 가장 경이로운 부분을 놓치고 있는 셈이다.

그것을 놓치는 게 잘못인가? 여기서 다시, "잘못되었다"는 건 그리 적절한 용어가 아닐지 모른다. "불리하다"가 더 가까운 말일 수 있다. 너희가 최대한 빨리 더 높은 영적 존재로 진화하길 바란다고 치면.

동성 간의 섹스? 많은 사람들이 내가 동성 간의 성행위에 반대한다고 말해주거나, 그런 반대를 실행에 옮겨주길 바란다. 하지만 나는 어떤 판단도 내리지 않는다. 이 문제에 대해서도, 그리고 너희가 내리는 어떤 다른 선택에 대해서도.

사람들은 **온갖 것**에 대해 온갖 종류의 가치판단들을 내리고 싶어하지만, 나는 어느 쪽인가 하면 오히려 그 잔치를 망치는 편이다. 나는 그런 판단들에서 그들과 함께하지 않을 것이니, 이것은 특히 **자신들의 판단이 내게서 비롯되었다**고 주장하는 사람들을 당황하게 만들 것이다.

나는 지금 이런 걸 본다. 사람들이 다른 인종 간의 결혼은 권장할 수 없을 뿐 아니라 **신의 법칙에도 어긋난다**고 생각하던 시절이 있었다. (놀랍게도 **지금도** 이렇게 생각하는 사람들이 있다.) 그들은 자신들의 성경을 그 근거로 들이댔다. 그들이 동성애를 둘러싼 문제들에서조차 그 근거로 성경을 내세웠듯이.

다른 인종인 남녀끼리 결혼으로 결합해도 괜찮다는 말씀인가요?

그 질문은 어리석다. 물론 확신을 가지고 "안 된다"가 그 대답이라고 믿는 것만큼은 아니겠지만.

동성애에 대한 질문들도 마찬가지로 어리석은 겁니까?

네가 판단해라. 나는 그 문제에 대해서, 아니 **어떤 것**에 대해서도 판단하지 않는다. 내가 판단해주길 너희가 바란다는 건 안다. 그렇게 되면 너희의 삶이 훨씬 더 편해지겠지. 판단할 일도, 힘겨운 소명도 없을 터이니. 만사가 너희를 위해 결정되어 있을 것이고, 따르는 것 말고는 너희가 할 일이 없을 터이니. 어쨌든 창조성이나 자기 강화란 면에서는 그리 대단한 삶은 아니겠지만, 그렇더라도 무슨 상관인가…… 스트레스도 전혀 없지 않은가?

섹스와 아이들에 대해서 몇 가지 묻고 싶은데요, 아이들에게 인생 체험으로 성행위를 인식하게 해주려면 어느 정도의 나이가 적당합니까?

아이들은 삶을 출발할 때부터 자신들을 성적 존재로서, 말하자면 **인간** 존재로서 인식하고 있다. 하지만 지금 너희 행성의 많은 부모들은 굳이 애를 써서 아이들이 그것을 알아채지 못하게 만든다. 아기의 손이 "나쁜 곳"으로 가기라도 할라치면, 너희는 당장 그 손을 치워버린다. 또 어린 아이가 순진무구한 즐거움으로 자신의 몸에서 자기 기쁨의 순간들을 발견하기 시작할 때, 너희는 그것에 공포로 반응한다. 그러고는 그 공포를 너희 아이에게 옮겨준다. 아이는 이상하게 생각한다. 내가 뭘 했길래? 내가 어쨌길래? 엄마가 화났어. 내가 어떻게 했길래?

너희 인간 종족에게 그 문제는 항상 너희 자식들에게 섹스를 언제 소개할까가 아니라, 아이들에게 성적 존재로서 자신의 정체성을 부정하게끔 요구하는 걸 언제 그만둘까의 문제였다. 열두 살에서 열일곱 살 사이의 어딘가에서, 너희는 이제 그 싸움을 포기하고, 기본적으로는 "좋다, 이제 너희는 자신에게 성적인 부분이 있고, 그걸로 할 성적인 일이 있음을 알아채도 좋다"는 취지를 전한다. (당연히 말로 표현하지는 않지만—너희는 이런 일들을 놓고 말하지 않는다.)

하지만 이때쯤이면 그 대가는 이미 치러졌다. 너희 아이들은 무려 10년 넘게 자기 몸의 그 부분을 부끄러워하라는 세례를 받아왔다. 그중 일부는 그 부분들의 적절한 명칭조차 들어보지 못했다. 그들은 "지지"에서 "네 아랫도리"에 이르기까지, 그냥 간단하게 "음경"이나 "질"이라고 말하는 걸 피하기 위해, 너희가 머리를 짜내 발명한 온갖 말들을 들어왔다.

그리하여 몸의 그 부분들과 관계 있는 것들은 무엇이든 숨기고 말하지 말며 부정해야 한다는 사실이 너무나 명백해졌기에, 너희 아이들은 이제 몸의 그 부분에서 진행되는 일들을 어떻게 다루어야 할지 전혀 모르는 상태로 사춘기 속으로 폭발해 들어간다. 그들은 전혀 아무런 준비도 되어 있지 않다. 이 비길 데 없이 새롭고도 절박한 욕구들에 대한 그들의 반응은 당연히 어설프다—그렇다고 적절치 않은 건 아니지만.

이런 과정은 필요한 것도 아니고, 내가 관찰하기로는 너희 자식들에게 도움이 되는 것도 아니다. 오히려 너무 많은 아이들이 단지 성적 금기와 억제와 짐스러운 "저당잡힘"을 풀고자, 일부러 그 굴레를 지고 성인으로서의 삶 속으로 들어가는 꼴에 지나지 않는다.

그러나 계몽된 사회에서는 어린 아이들이 자신들의 본성 자체에서 기쁨을 찾아내기 시작할 때, 절대 기를 죽이거나 꾸짖거나 "바로잡아주지" 않는다. 또한 부모가 자신들의 성행위를, 즉 성적 존재로서 부모의 정체성을 특별히 회피하거나 반드시 감추지도 않는다. 부모의 나체든, 아이의 나체든, 혹은 형제자매의 나체든 간에, 모든 나체는 수치스러운 것이 아니라, 완전히 자연스럽고, 그 자체로 경이로우며, 지극히 당연한 것으로 여기고 또 그렇게 다룬다.

성적 기능들 또한 완전히 자연스럽고, 그 자체로 경이로우며, 지극히 당연한 것으로 여기고, 또 그렇게 다룬다.

몇몇 사회에서는 부모들이 자기 자식들 앞에서 완전히 드러내놓고 짝짓기를 한다. 사실 아이들에게 성적인 사랑 표현의 아름다움과 경이와 순수한 기쁨과 완전한 당연성을 느끼게 하는데, 무엇이 이보다 더 나을 수 있겠느냐? 부모란 건 행동에서 끊임없이 "옳음"과 "그름"의 본보기가 되는 존재여서, 아이들은 자기 부모의 생각과 말과 행동을 보면서, **온갖 것**들에 대해 자기 부모들이 보내는 미묘하거나 분명한 신호들을 잡아내기 마련이다.

앞서 언급했듯이, 너희라면 이런 사회들을 "이교도적"이고 "미개하다"고 할지 모른다. 하지만 이런 사회들에서는 사실 강간처럼 욕정으로 인한 범죄란 게 없고, 매춘은 있을 수 없는 일로 웃음거리가 되며, 성적 제한이나 성기능 장애 같은 건 들어본 적도 없다는 사실에 주목하라.

지금 당장 너희 사회더러 그런 공개성을 받아들이라고 권하지는 않겠다(그건 틀림없이 가장 비정상인 경우를 뺀 모든 상황에서 너무 심한 문화적 모욕을 줄 것이기에). 하지만 이제 너희 행성의 소위 현대 문명들이 너희 사회의 성적 표현과 체험들 전체를 둘러싸고, 번번이 그것들을 규정하고 나서는 억압과 죄의식과 수치심을 끝장내기 위해 뭔가를 해야 할 때가 분명히 왔다.

제안이십니까? 아니면 그럴 계획이십니까?

아이들이 삶을 처음 출발할 때부터, 몸의 지극히 자연스러운 기능과 관계된 것들을 수치스럽고 잘못된 것으로 가르치길 그만두어라. 너희 아이들에게 성적인 것이라면 뭐든지 감춰야 한다고 여기게 하지 마라. 너희 아이들이 너희의 낭만을 보고 관찰할 수 있게 하라. 너희가 껴안고 만지고 부드럽게 애무하는 걸 그들에게 보여줘라. 즉 자기 부모들이 서로 사랑하고 있으며, **사랑을 몸으로 드러내는 건** 지극히 당연하고 지극히 멋진 일임을 그들이 보게 하라. (그 많은 가정들이 이렇게 간단한 교훈을 전혀 가르치지 않는다는 걸 알면 너희도 놀랄 것이다.)

너희 아이들이 자신들의 성적 느낌과 호기심과 욕구들을 맞아들이기 시작할 때, 자신에 대한 이 새롭고도 확산적인 체험을, 죄와 수치가 아니라 마음에서 우러나는 기쁨과 찬양으로 연결시킬 수 있게 해줘라.

그리고 제발 너희 **몸**을 아이들이 못 보게 감추는 짓을 그만두어라. 뒷마당의 풀장이나 캠핑 간 시골 개울에서 너희가 맨 몸으로 헤엄치는 걸 아이들이 보더라도 개의치 마라. 옷을 걸치지 않고 침실에서 욕실까지 걸어가는 너희 모습을 아이들이 곁눈질한다고 해서 놀라 기절할 필요는 없다. 설사 아무 사심이 없다 해도, 나름의 성적 정체성을 가진 존재로서 너희를 소개받을 기회를 아이들에게서 감추고 차단하고 잠가버리려는 그런 광적인 의무감을 버려라. 부모들이 **자신들을 성과 무관한 듯이 그려 보이게 되면**, 아이들은 자기 부모들이 그런 줄 안다. 그래서 그들은 자신들도 이런 식이어야 한다고 생각한다. **아이란 건 누구나 자기 부모를 흉내내기 마련이니.** (언젠가 너희는 임상의에게서, 다 자란 자식이 자기 부모들도 실제로 "그 짓을 한다"고 상상하면서 말할 수 없이 힘든 시간을 보내고 있다는 이야기를 듣게 될 것이다. 이제 그 임상의의 환자가 된 이 어른 아이의 마음은 그런 상상을 하면서 당연히 분노와 죄의식과 수치심으로 가득 찬다. 왜냐하면 그 자신도 당연히 "그 짓을 하길" **바라기에**. 그래서 그는 **자신이 뭐가 잘못되었는지** 집어내지 못한다.)

그러니 너희 아이들과 섹스에 대해 이야기하고, 섹스를 놓고 우스갯소리를 하라. 그들에게 그들의 성욕을 **축하하는 법을** 가르쳐주고, 인정해주며, 일깨워주고, 보여줘라. 바로 **이것이** 너희가 아이들을 위해 할 수 있는 일이다. 사실 너희는 아이들이 태어난 첫날부터 이렇게 하고 있다. 그들이 너희에게서 받는, 맨 처음 키스와 맨 처음 포옹과 맨 처음 접촉을 가지고. 또 너희가 서로 주고받는 키스와 포옹과 접촉을 그들이 맨 처음 보는 것으로.

고맙습니다. **고마워요.** 저는 속으로 당신이 이 주제를 좀 **온건하게** 다뤄줬으면 하고 바랐거든요. 하지만 마지막으로 한 가지가 더 있습니다. 특별히 아이들에게 성행위를 소개하고 설명하거나, 아이들과 논의하려면 언제가 적당합니까?

때가 되면 그 애들이 너희에게 말해줄 것이다. 너희가 진실로 아이들을 지켜보고 아이들 말에 귀 기울인다면, 어느 아이나 실수 없이 그때를 분명하게 보여줄 것이기에. 사실 그것은 찾아올 때마다 더 늘어난다. 그것은 더 커져서 도착할 것이고, 너희는 찾아올 때마다 더 커진 아이들의 성욕을 나이에 맞게 다루는 적절한 방법을 알게 될 것이다. 너희 스스로 아무 흠이 없다면, 너희 자신의 "미완성 사업"(성행위를 말한다 – 옮긴이)을 이 모든 점에서 잘 마무리했다면 말이다.

어떻게 해야 우리가 **그런** 경지에 이를 수 있습니까?

필요한 일을 하라. 세미나에 등록하고, 임상의를 만나보고, 모임에 참여하고, 책을 읽고, 그것에 대해 명상하고, 서로를 발견하라. 무엇보다도 **서로**를 다시 남자와 여자로서 발견하라. 너희 **자신의** 성욕을 찾아내고, 거기에 다시 가보고, 그것을 되찾고, 그것을 개간하라. 그것을 축하하고, 그것을 즐기고, 그것을 받아들여라.

너희 자신의 성욕을 기뻐하며 받아들여라. 그러면 너희는 아이들이 자신들의 성욕을 받아들이도록 허용하고 북돋울 수 있을 것이니.

다시 한번 고맙습니다. 그런데 이제 아이들에 대한 염려는 놔두고, 인간의 성행위라는 큰 주제로 돌아가서, 한 가지만 더 묻고 싶습니다. 주제넘은데다 경박하다고까지 느끼실지 모르겠지만, 저로서는 이걸 묻지 않고는 도저히 이 대화를 끝낼 수 없을 것 같거든요.

그래, 변명은 그만하고 그냥 물어보기나 하라.

좋습니다. "과도한" 섹스라고 할 만한 경우가 있습니까?

없다. 물론 없다. 하지만 섹스에 대한 욕구가 과도한 경우는 있다.

내 제안은 이렇다.

모든 것을 즐겨라.

아무것도 필요하지 않다.

사람도 포함해서요?

사람도 포함해서. 아니, 특히나 사람을 포함해서. 누군가 필요하다는 건 관계를 무너뜨리는 가장 빠른 길이다.

하지만 우리는 누구나 필요한 존재가 되고 싶어하는데요.

그렇다면 그걸 그만둬라. 대신 필요하지 않은 존재가 되고 싶어하라—**네가 필요하지 않고**, 네게서 아무것도 요구하지 않는 힘과 능력이야말로 네가 다른 사람에게 줄 수 있는 가장 큰 선물이니.

Conversations with God

됐습니다. 이제 넘어가도 좋습니다. 당신은 삶의 사회적 측면들에 대해 이야기해주겠노라고 약속하셨지요. 게다가 당신이 미국에 대해 언급하고 난 뒤로는 한시바삐 이런 이야기들을 해보고 싶었거든요.

그래, 그렇게 하자. 나는 이 2권을 너희 행성이 직면한 비개인적인 주제들에 할애하려 한다. 거기서 너희 자식들의 교육보다 더 큰 주제는 없다.

우리가 그다지 잘해내지 못하고 있군요, 그렇죠?…… 당신이 그 문제를 제기하는 방식을 보면 알 수 있어요.

자, 물론 모든 건 상대적이다. 너희가 하려 한다고 말하는 것에 비춰보면, 그렇다, 상대적으로 너희는 그것을 잘해내지 못하고 있다.

내가 여기서 이야기하는 것들, 내가 이 논의에 포함시켰고 이 문서 속에 자리 잡게 했던 것들 모두를 이런 맥락 속에서 해석하도록 하라. 나는 "옳음"이나 "그름", "선"이나 "악"을 심판하고 있는 게 아니다. 나는 단지 **너희가 하려 한다고 말하는 것**에 비추어 그것의 상대적인 **효율성**을 관찰하고 있을 뿐이다.

알고 있습니다.

너는 안다고 말하는구나. 하지만 심판한다는 이유로 네가 나를 비난하는 때가 오리라는 걸 알고 있다. 심지어 이 대화가 끝나기 전에라도.

저는 결코 당신을 그런 식으로 비난하지 않을 겁니다. 제가 더 잘 압니다.

"더 잘 아는" 것이 과거에 인간 종족이 나를 심판하는 신으로 규정하는 걸 막지는 못했다.

하지만, 제 경우는 막아줄 겁니다.

두고 보도록 하자.

당신은 교육에 대해서 이야기하고 싶어하셨습니다.

그렇다. 나는 너희 대다수가 교육의 의미와 목적과 기능을 잘못 이해해왔음을 관찰하고 있다. 교육이 밟아나가야 할 가장 좋은 과정이 어떤 것인지에 대해서는 말할 것도 없고.

그건 엄청난 진술이군요. 자세히 설명해주십시오.

인간 종족 대부분이 교육의 의미와 목적과 기능은 지식을 전하는 것, 즉 누군가를 교육하는 것이란 그에게 지식을 전하는 것이라고 보았다. 대개는 특정한 가족과 씨족과 부족과 사회와 국가와 세계가 축적한 지식을. 하지만 교육은 지식과 별 관계가 없다.

뭐라고요? 절 놀리시는군요.

사실이다.

그럼 뭐가 교육과 관계 있습니까?

지혜가.

지혜요?

그렇다.

좋습니다. 제가 졌습니다. 그 차이가 뭐죠?

지혜는 응용된 지식이다.

그렇다면 우리도 아이들에게 지식을 주려고 애쓰는 게 아닙니다. 우리는 아이들에게 지혜를 주려는 겁니다.

무엇보다, 어떤 것을 하려고 "애쓰지" 마라. **그냥 그것을 하라.** 둘째로, 지혜에 치우쳐 지식을 무시하지 마라. 그것은 치명적인 결과를 가져올 것이다. 반대로, 지식에 치우쳐 지혜를 무시하지 마라. 이 역시 치명적인 결과를 가져온다. 그것은 교육을 죽일 것이다. 너희 행성에서는 그것이 교육을 죽이고 **있다.**

우리가 지식에 치우쳐 지혜를 무시한다고요?

대체로 그렇다.

우리가 어떤 식으로 그렇게 하는데요?

너희는 아이들에게 생각하는 법 대신에 생각할 것을 가르치고 있다.

제발 설명해주십시오.

당연히 그래야겠지. 너희는 아이들에게 지식을 줄 때, 그들에게 생각할 것을 말해준다. 즉 그들이 알기로 되어 있는 것, 그들이 사실이라고 이해해주기 바라는 것을 그들에게 말해준다.

너희 아이들에게 지혜를 줄 때는 무엇을 알아야 하는지, 혹은 무엇이 사실인지가 아니라, **어떻게 해야 그들 나름의 진실에** 이를 수 있는지를 말해야 한다.

하지만 지식이 없다면 지혜도 있을 수 없죠.

동의한다. 그래서 내가 지혜에 치우쳐 지식을 무시할 수는 없다고 말했던 것이다. 일정 정도의 지식은 한 세대에서 다음 세대로 전해져야 한다. 이것은 확실하다. 하지만 가능하면 지식을 줄여라. 지식의 양은 적으면 적을수록 좋다.

아이 스스로 발견하도록 만들어라. 지식은 잃어버리지만 지혜는 절대 잊지 않는 법이니.

그러면 학교에서는 되도록 적게 가르쳐야 한다는 겁니까?

너희 학교들은 강조점을 옮겨야 한다. 지금 이 순간에도 학교들은 지혜에는 이렇다 할 관심을 기울이지 않으면서, 주로 지식에만 초점을 맞추고 있다. 많은 부모들이 비판적 사고와 문제 해결력과 논리 수업을 위험스럽게 여기면서, 그런 과목들을 교과과정에서 빼버리고 싶어한다. 부모들이 자신들의 생활 방식을 지키려면, 당연히 그래야 할 것이다. 자기 나름의 비판적 사고 과정을 발달시키도록 허용받을 때, 아이들은 대체로 자기 부모들의 도덕과 규범과 생활 방식 전체에서 **벗어나기** 마련이기에.

너희는 너희 생활 방식을 지키려고, 아이의 능력이 아니라 기억력 발달에 중심을 두는 교육제도를 수립하여, 아이들에게 그들 나름의 진리를 발견하고 창조할 능력을 주기보다는, 사실과 허구들—각각의 사회가 자신에 대해 설정한 허구들—을 **기억하도록** 가르친다.

아이의 **기억**보다는 **능력과 재능**skills을 발달시키길 요구하는 프로그램 같은 건, 아이가 뭘 배워야 할지는 자신들이 더 잘 안다고 여기는 사람들에게 깨끗하게 경멸당하고 만다. 하지만 너희가 아이들에게 가르쳐온 것은 너희 세상을 무지에서 멀어지게 해주기는커녕, 오히려 세상을 무지 **쪽으로** 끌고 가고 있다.

우리 학교들이 허구를 가르치진 않습니다. 사실을 가르치긴 해도요.

지금 너는 자신에게 거짓말을 하고 있다. 너희가 아이들에게 그러하듯이.

우리가 아이들에게 거짓말을 한다고요?

두말하면 잔소리. 아무 역사책이나 집어 들고 읽어보라. 너희 역사를 적은 사람들은 자기 아이들이 특정한 관점에서 세상을 보길 원했다. 더 넓은 시각으로 역사적 사실들에 대한 해석을 넓히려는 모든 시도는 비웃음을 받았고, "수정주의"라는 이름을 얻었다. 너희의 참모습을 아이들이 보지 못하게 하려면, 너희는 아이들에게 너희의 과거를 사실대로 말할 수 없다.

너희 사회에서 대부분의 역사는 소위 백인 앵글로색슨 프로테스탄트 남성이라는 부류의 관점에서 적혀졌다. 여성이나 흑인 같은 소수 집단들이 "이봐, 잠깐 기다려. 실제로 일어난 일은 이게 아니야. 당신들은 여기에서 굉장히 큰 부분을 빠뜨렸어"라고 말하면, 너희는 굽실거리거나 고함을 지르면서, 그 "수정주의자들"이 너희 교과서를 바꾸지 못하게 막아달라고 요구한다. 너희는 아이들에게 그 일이 실제로 어떻게 벌어졌는지 알리고 싶지 않은 것이다. 너희가 아이들에게 알리고 싶은 것은 너희가 그 일을 어떻게 너희의 관점에서 **정당화했는가**다. 내가 예를 하나 들어줄까?

그래주십시오.

미국에서는 일본의 두 도시에 원자폭탄을 투하하기로 한 너희 나라의 결정, 몇십만 명이 죽거나 부상당한 그 결정과 관련해 알아야 할 모든 사실을 아이들에게 가르치지 않는다. 아니, 너희는 너희가 보는 대로의 사실들과 너희가 보여주고 싶은 사실들만을 아이들에게 준다.

행여 이 관점과 다른 관점—이 경우에는 일본의 관점—사이에서 균형을 잡으려는 시도라도 일어날 양이면, 너희는 비명을 지르고 격분하고 욕설을 퍼붓고 고함 지르고 펄쩍펄쩍 뛰면서, 학교는 이 중대 사건의 역사를 개괄할 때 **감히** 그런 자료를 제시할 **엄두조차** 내지 말라고 요구한다. 그러니 너희가 가르치는 건 전혀 역사가 아니다. 그것은 정치다.

역사란 건 본래 실제 일어난 일에 대한 정확하고 완전한 설명이다. 반면에 정치는 실제 일어난 일에 대한 설명이 아니라, 일어난 일을 바라보는 **누군가의 시각**이기 마련이다.

역사는 밝히지만, 정치는 정당화한다. 역사는 벗기고 모든 것을 말하지만, 정치는 덮고 오직 한 면만을 말한다.

정치가들은 사실대로 쓰여진 역사를 싫어한다. 그리고 사실대로 쓰여진 역사 역시 정치가들을 그다지 좋게 이야기하지 않는다.

하지만 너희가 지금 입고 있는 건 '벌거벗은 임금님의 새 옷'에 지나지 않으니, 결국 너희 아이들은 너희를 샅샅이 보고 말 것이다. 비판적으로 생각하도록 배운 아이들은 너희 역사를 살펴보고는 이렇게 말할 테지. "맙소사, 우리 부모와 어른들은 얼마나 자신들을 속여왔는가!" 너희는 이런 일을 참을 수 없다. 그래서 너희는 그들 사이에서 그런 싹이 트지 못하게 잘라버린다. 너희는 아이들에게 기본의 기본이 되는 사실조차 주고 싶어하지 않는다. 너희는 아이들이 너희가 쥐여주는 사실들만 갖길 원한다.

제 생각엔 당신이 여기서 과장하는 듯싶습니다. 이 논쟁을 좀 너무 멀리까지 가져간 게 아닌가 싶은데요.

정말로 그럴까? 너희 사회의 대다수 사람들은 **삶**의 가장 기본되는 사실조차 아이들에게 알리고 싶어하지 않는다. 학교에서 사람 몸이 어떻게 기능하는지 가르치는 것만으로도, 사람들은 벌써 제정신이 아니다. 지금 너희에게는 에이즈가 어떻게 감염되는지, 혹은 그것에 감염되는 걸 막으려면 어떻게 해야 하는지, 아이들에게 말해줄 계획이 없다. 물론 **특정한 관점**에서 에이즈를 피하는 법을 말해주는 것은 빼고. 그러고 나면, 그걸로 끝이다. 하지만 아이들에게 그냥 사실을 제공하고, 그들 스스로 판단하게 하는 건? 그건 분명히 아니다.

아이들은 이런 일들을 혼자 힘으로 판단할 준비가 되어 있지 않습니다. 그들은 적절한 지도를 받아야 합니다.

너는 최근에 너희 세상을 살펴본 적이 있느냐?

그게 어떻다는 겁니까?

그게 바로 과거에 너희가 너희 아이들을 지도해온 결과다.

아니요, 그건 우리가 그들을 **잘못** 지도해온 결과입니다. 요즘 세상이 썩어빠진 모습을 하고 있다면, 그리고 많은 점에서 그건 사실이지만, 그건 우리가 아이들에게 **옛** 가치들을 가르치려 하지 않고, 아이들이 "새로 유행하는" 그따위 온갖 잡동사니들을 배우도록 내버려뒀기 때문입니다.

너는 정말로 그렇게 믿고 있구나. 그렇지?

당신 말이 맞습니다. 전 진짜로 그렇게 믿습니다! 만일 우리가 그따위 쓰레기 같은 "비판적 사고"를 우리 아이들에게 먹이는 대신에, 그들을 그냥 읽기와 쓰기와 셈에만 머무르게 했다면, 우린 지금 훨씬 더 나았을 겁니다. 만일 우리가 소위 "성교육"이란 걸 학교 수업과 각자의 가정 내로만 국한했다면, 우리는 십대들이 아기를 갖고, 열일곱 살밖에 안 된 미혼모가 사회복지기금을 신청하고, 세상이 미쳐 날뛰는 걸 보게 되지는 않았을 겁니다. 만일 우리가 어린 아이들을 밖으로 내보내서 자기들 나름의 도덕규범들을 창조하게 하지 않고, 그들에게 우리의 도덕규범에 따라 살도록 요구했더라면, 우리는 한때는 강하고 생기 넘치던 이 나라를 예전의 자기 모습이나 흉내 내고 있는 초라한 모조품으로 만들진 않았을 거라구요.

알겠다.

그리고 한 가지만 더요. 거기 서서 제게, 우리가 히로시마와 나가사키에서 했던 일이 어떻게 우리 자신의 "잘못"으로 돌변하게 되는가 하는 식의 이야기는 하지도 마십시오. 우린 **전쟁을 끝냈습니다**. 신의 도움으로요. 우린 수천 명의 생명을 구했습니다. **양쪽** 진영 다에서요. 그건 전쟁이 치러야 했던 대가였습니다. 아무도 그런 결정을 내리고 싶지 않았습니다. 하지만 내릴 수밖에 없었습니다.

알겠다.

그래요, 아시겠죠? 당신은 흡사 진보 좌익 빨갱이 잔당들 같군요. 당신은 우리 역사를 고쳐 쓰고 싶어합니다. 좋습니다. 당신은 우리를 아주 존재의 뿌리에서부터 바꾸고 싶어하는군요. 그렇다면 진보주의자인 당신들 마음대로 하십시오. 세상을 뒤집어엎고, 당신들 식의 퇴폐적인 사회를 창조하고, 부를 재분배하십시오. 인민과 그 쓰레기 같은 작자들 모두에게 **권력을 나눠주십시오**. 하지만 그런다고 해서 우리 마음을 흔들진 못할 겁니다. 우리에게 필요한 건 과거로 돌아가는 것입니다. 우리 선조들의 가치로요. 그게 바로 우리에게 필요한 거라구요!

이제 다 했는가?

예, 그렇습니다. 제가 한 게 어땠습니까?

아주 좋았다. 정말 잘했다.

한 2, 3년 라디오 토크쇼를 진행하다 보니 이런 이야기가 쉽게 나오는군요.

그게 바로 너희 행성의 사람들이 생각하는 방식이 아니냐?

확실히 그렇습니다. 그리고 미국만 그런 게 아닙니다. 제 말은 나라 이름과 전쟁 이름만 바꿔 넣으면 된다는 겁니다. 역사상 어떤 시기, 어떤 나라, 어떤 군사 공격이든 집어넣어보십시오. 전혀 상관없습니다. 사람들은 누구나 자신들이 옳다고 생각하거든요. 모두들 틀린 건 **상대방** 쪽이라는 걸 압니다. 히로시마에 대해서는 잊어버리십시오. 대신 베를린을 집어넣으십시오. 아니면 보스니아를 넣든지요.

쓸 만했던 건 옛가치라는 것도 모두들 알죠. 지금 세상은 지옥이 되어가고 있다는 사실도요. 미국에서만이 아니고 세계 전체에서요. 세계 모든 곳에서 옛가치로 돌아가고 민족주의로 돌아가자는 외침과 고함이 일고 있습니다.

나도 그렇다는 걸 안다.

그리고 제가 좀 전에 말했던 것들은 그런 감정과 그런 관심, 그런 분노들을 확실하게 표현해주기 위해서였습니다.

잘했다. 하마터면 나도 설득당할 뻔했다.

그랬나요? 그렇다면 당신은 진짜로 이런 식으로 생각하는 사람들에게 어떻게 이야기하실 작정입니까?

나라면 이렇게 묻겠다. 너희는 정말로 30년 전, 40년 전, 50년 전이 더 좋았다고 생각하느냐고? 나라면 기억이란 건 시력이 별로 좋지 않다고 말하겠다. 너희는 좋았던 일들만을 기억하

고, 가장 나빴던 일들은 잊어버린다. 하지만 속지 마라. 좀 **비판적으로 사고하라**. 남들이 너희가 생각해주길 바라는 것들만 **기억하지 말고.**

우리의 예로 돌아가보면, 너희는 정말로 히로시마에 원자폭탄을 떨어뜨리는 게 절대로 필요했다고 생각하느냐? 너희 미국 역사학자들은 실제로 일어난 일들에 대해서 더 많이 알고 있다고 주장하는 사람들이 쓴 여러 보고서들, 일본 천황은 원자폭탄이 투하되기 전에 이미 전쟁을 끝내고 싶다는 자신의 의지를 비밀리에 미국 정부에 전달했다고 말하는 여러 보고서들에 대해서 무엇이라고 말하고 있는가? 원자폭탄 투하를 결정하는 데 진주만 폭격에 대한 복수심이 어느 정도 작용한 건 아닌가? 그리고 너희가 히로시마 원폭 투하를 불가피한 일로 인정한다면, 두 번째 폭탄을 떨어뜨린 것도 불가피한 일이었는가?

물론 이 모든 것에서 너희의 설명이 정확할 수도 있다. 실제로 이 모든 일이 미국의 관점대로 일어났을 수도 있다. 하지만 그것은 지금 우리 논의의 주제가 아니다. 여기서의 주제는 너희 교육제도가 이런 문제를 비롯하여 무수히 많은 문제들에 대해서 비판적 사고를 허용하지 않는다는 점이다.

너는 예컨대 아이오와 주에 있는 한 사회연구소나 역사 선생이 학생들에게 내가 위에서 말한 질문들을 던지고, 그 문제를 깊이 있게 검토하고 탐구한 다음 자기들 나름의 결론을 끌어내도록 학생들을 이끌고 격려했다면, 그 연구소나 선생에게 어떤 일이 일어날지 상상이 가느냐?

바로 **이것이** 문제다! 너희는 아이들이 나름의 결론을 끌어내길 원치 않는다. 너희는 그들도 **너희가 도달한 결론과 똑같은 결론에 이르길** 원한다. 그래서 너희는 그 결론이 **너희에게** 가져다 준 실수를 되풀이하게 만드는 운명을 아이들에게 지우고 있는 것이다.

하지만 그렇다면 옛가치와 오늘날 우리 사회의 해체에 대해 많은 사람들이 했던 주장들은 어떻게 하고요? 십대 출산율과 십대 미혼모의 믿기지 않는 급속한 상승은요? 또 우리 세상이 미쳐 날뛰는 건요?

너희 세상은 미쳐 날뛰어왔다. 나는 그 점에 기꺼이 동의한다. 하지만 너희 세상이 미쳐 날뛰어온 건 너희가 너희 학교들더러 가르치도록 허용했던 것들 때문이 아니다. 세상이 미쳐 날뛰어온 건 너희가 학교들더러 가르치도록 허용하지 않았던 것들 때문이다.

너희는 너희 학교들이 존재하는 것은 오직 사랑뿐임을 가르치도록 허용하지 않았고, 너희 학교들이 조건 없는 사랑을 이야기하도록 허용하지 않았다.

맙소사! 우리는 우리 **종교들**에도 그런 식으로 말하는 걸 허용하지 않을 겁니다.

맞는 말이다. 또 너희는 너희 자식들이 자신과, 자신의 몸과, 인간으로서 자신의 존재와, 경이로운 자신의 성적 자아를 찬양하는 것을 배우도록 허용하지도 않겠지. 또 너희는 너희 아이들이 다른 무엇보다도 육체에 깃든 영적 존재로서 자신을 알도록 허용하지도 않을 테고. 더욱이 너희는 너희 아이들을 육체 속에 들어간 영혼으로 다루지도 않을 것이다.

성(性)을 드러내놓고 이야기하고, 자유롭게 논의하고, 즐겁게 설명하고 체험하는 사회에서는 사실상 성범죄라는 게 없고, 예기치 못한 나이에 출산하는 일도 극소수에 지나지 않는다. 또 "사생아"나 원치 않는 출산 같은 건 존재하지 않는다. 고도로 진화한 사회들에서는 **모든** 출산이 축복이며, 모든 어머니와 모든 아이가 사회의 보살핌을 받는다. 사실 그런 사회라면 그렇지 않을 도리가 없다.

역사가 강자와 권력자들의 시각으로 기울지 않는 사회들에서는 과거의 잘못은 드러내놓고 인정되고, 두 번 다시 되풀이되지 않는다. 그래서 명백히 자기 파괴적인 행위들은 **한번으로 충분하다.**

단순히 기억해야 할 사실들이 아니라 비판적 사고와 문제 해결력과 살아가는 재능을 가르치는 사회들에서는, 과거의 소위 "정당한" 행동들조차 집중적인 점검을 받는다. 어떤 것도 액면 그대로 받아들여지지 않는다.

어떻게 해야 그런 식으로 되죠? 제2차 세계대전에서 예를 들어봅시다. 단순히 사실이 아니라 살아가는 재능을 가르치는 학교 제도라면 히로시마에서 벌어진 역사적 사건에 어떤 식으로 접근한다는 겁니까?

너희 교사들은 거기서 무슨 일이 벌어졌는지 학생들에게 정확하게 설명해주려 할 것이다. 그들은 그 사건을 몰고 온 모든 사실—사실 **전부**—를 포함시키려 할 것이다. 교사들은 그 충돌의 양쪽 당사자들 입장에 선 역사가들의 시각을 검토하면서, **어떤 것에나** 하나 이상의 관점이 있기 마련임을 깨달을 것이고, 그러고 나면 그들은 그 문제와 관련된 사실들을 암기하라고 학생들에게 요구하지 않을 것이다. 대신 그들은 학생들에게 문제를 내놓을 것이다. 그들은 이렇게 말할 것이다. "자, 이제 너희들은 이 사건에 관한 모든 걸 들었다. 너희는 그 사건이 벌어지기 전에, 또 사건이 벌어지고 나서 일어났던 일 전부를 알고 있다. 우리는 너희에게 이 사건에 대해 우리가 수집할 수 있었던 모든 '지식'을 너희에게 주었다. 이제 이 '지식'에서 너희는 어떤 '지혜'를 얻을 수 있는가? 만일 너희가 그 당시에 직면했던 문제들과 그 당시에는 원자폭탄 투하로 해결했던 문제들을 풀어야 할 사람으로 뽑힌다면, 너희는 어떤 식으로 그 문제들을 풀겠는가? 더 좋은 방법을 생각해낼 수 있겠는가?"

아, 그럼요. 그런 건 쉬운 일이죠. **그런 식이라면** 말입니다. 말하자면 **지나고 나서라면**, 누구라도 답안을 낼 수 있기 마련이죠. 누구라도 그 사람들 어깨 너머로 쓱 훑어보고는 "나 같으면 다르게 했을 거야"라고 말할 수 있는 겁니다.

그럼 왜 너희들은 하지 않느냐?

뭐라고요?

왜 너희들은 하지 않느냐고 물었다. 왜 너희들은 어깨 너머로 쓱 훑어보고, 너희 과거에서 **배워** 다르게 행동하지 않았느냐? 내가 그 까닭을 말해주지. 너희 아이들에게 너희 과거를 살펴보고 그것을 비판적으로 분석하도록 허용한다면, 아니 교육의 일부로 그들에게 그렇게 하도록 요구한다면, 그것은 **너희가 일을 처리해온 방식에** 그들이 **다른 의견을 가질** 위험을 감수하는 것이 되기 때문이다.

하지만 그래봤자 결국 아이들은 너희와 의견을 달리할 것이다. 너희는 단지 그런 불일치가 학교에서 너무 많이 허용되지 않게밖에 할 수 없을 것이다. 그래서 그들은 거리로 나서야 한다. 피켓을 흔들고, 소집영장을 찢고, 브래지어와 깃발을 불태운다. 그들은 너희의 주의를 끌 수 있는 것, 너희가 보도록 만들 수 있는 것이면 뭐든지 한다. 젊은이들은 계속해서 너희에게 비명을 질러왔다. "더 나은 방법이 있을 거라구!" 하지만 너희는 듣지 않는다. 너희는 듣고 싶지 않다. 그러니 당연히 너희는 그들이 **수업**에서 얻는 사실들을 비판적으로 생각하도록 북돋우고 싶지도 않다.

너희는 아이들에게 이렇게 말한다. 그냥 그렇게 **받아들여**. 여기에 들어와서 우리가 지금껏 잘못했다고 말하지 마. 그냥 우리가 **옳은 걸로 받아들여.**

이것이 너희가 아이들을 교육하는 방식이다. 이것이 너희가 교육이라고 불러온 것이다.

하지만 이 나라와 이 세상을 이렇게 엉망으로 만든 건 젊은이들과

제정신이 아닌 그들의 말도 안 되는 얼빠진 진보 사상 때문이라고 말하는 사람들도 있습니다. 세상을 지옥으로 만들고, 세상을 멸망의 나락으로 몰아가며, 가치 지향적인 우리 문화를 파괴하고, 너 하고 싶은 대로, "기분 내키는 대로" 하라로 바꿔버린 건 그들이다, 그것은 우리의 생활 방식 자체를 끝장낼 수도 있는 그런 위험한 도덕관이라고 말하는 사람들도요.

> 사실 젊은이들은 너희의 생활 방식을 파괴하고 있다. 젊은이들은 **항상** 그렇게 해왔다. 너희가 할 일은 그렇게 하지 못하도록 기를 죽이는 게 아니라, 그렇게 하도록 북돋우는 것이다.
>
> 열대우림을 파괴하는 쪽은 젊은이들이 아니다. 그들은 너희에게 그렇게 하지 **말라고** 요구하고 있다. 너희의 오존층을 고갈시키는 쪽은 젊은이들이 아니다. 그들은 그렇게 하지 **말라고** 요구하고 있다. 전 세계의 열악한 공장들에서 가난한 사람들을 착취하는 것은 젊은이들이 아니다. 그들은 그렇게 하지 **말라고** 요구한다. 너희를 죽을 지경으로 만드는 세금을 거둬다가 그 돈을 전쟁과 전쟁 도구 비용으로 쓰는 것은 젊은이들이 아니다. 그들은 너희에게 그렇게 하지 **말라고** 요구한다. 약자와 짓밟힌 자들의 문제를 무시하고, 모든 사람이 먹고도 남을 만큼 많이 가진 이 행성에서 날마다 몇백 명씩 굶주림으로 죽어가게 내버려두는 쪽은 젊은이들이 아니다. 그들은 너희에게 그렇게 하지 **말라고** 요구하고 있다.
>
> 속임수와 조작의 정치판에 몰두하는 쪽은 젊은이들이 아니다. 그들은 그렇게 하지 **말라고** 요구하고 있다. 성적으로 억압

받고, 자신의 몸을 부끄러워하고 당황스러워하면서, 이 수치심과 당혹감을 자기 자식들에게 전해주는 쪽은 젊은이들이 아니다. 그들은 너희에게 그렇게 하지 **말라고** 요구하고 있다. "힘이 정의"라고 말하는 가치 체계와 폭력으로 문제를 해결하는 세상을 세운 쪽은 젊은이들이 아니다. 그들은 너희에게 그렇게 하지 **말라고** 요구하고 있다.

아니, 너희에게 요구하고 있는 게 아니다…… 그들은 **너희에게 간청하고** 있다.

하지만 폭력적인 쪽은 젊은 사람들이라구요! 폭력 조직에 가담해서 서로 죽이는 쪽도요! 법과 질서에다 대고 콧방귀를 뀌는 쪽도 젊은이들이고요. 어떤 질서든 가리지 않고 말입니다. 그리고 우리를 미치게 만드는 것도 젊은이들입니다!

너희가 세상을 바꾸려는 젊은이들의 고함과 탄원을 듣지 않고 눈길조차 주지 않을 때, 그들이 자기네 대의(大義)가 지고 있음을 알 때, 즉 어떻게 하든 너희가 너희 방식이 이기도록 만들 것임을 알 때, 결코 어리석지 않은 젊은이들은 그 다음으로 훌륭한 일을 할 것이다. 그들은 너희를 이길 수 없다면 너희에게 가담할 것이다.

젊은이들은 행동으로 너희에게 가담해왔다. 그들이 폭력적이라면, 그것은 너희가 폭력적이기 때문이다. 그들이 물질적이라면, 그것은 너희가 물질적이기 때문이다. 그들이 미쳐 날뛴다면, 그것은 너희가 미쳐 날뛰기 때문이다. 그들이 섹스를 가지고 농간을 부리고, 무책임하고 수치스럽게 섹스를 이용한다면, 그것은 너희가 똑같은 짓을 하는 걸 그들이 보기 때문이다. 젊은이들과 기성세대 간의 유일한 차이점은 젊은이들은 자신들이 하는 일을 드러내놓고 한다는 것뿐이다.

기성세대는 자신들의 행동을 감춘다. 기성세대는 젊은이들이 못 볼 거라고 생각한다. 하지만 젊은이들은 모든 걸 보고 있다. 어떤 것도 그들의 눈을 피할 수 없다. 그들은 기성세대의 위선을 보고는 필사적으로 그것을 바꾸려고 한다. 하지만 노력해도 실패하고 나면 그들은 그것을 모방하는 것 말고는 다른 선택이 없다는 걸 안다. 물론 이 점에서 그들은 잘못하고 있다. 하지만 그들은 한번도 **다른 식으로 배우지 못했다**. 그들은 기성세대가 해온 일을 비판적으로 분석하도록 허용받은 적이 없다. 그들에게 허용된 것은 오로지 그것을 기억하는 것뿐이었다.

결국 너희는 너희가 기억하는memorize 것을 기념한다memorialize.

그렇다면 우리 아이들을 어떤 식으로 교육해야 합니까?

먼저, 그들을 영혼으로 다루어라. 그들은 육신 속으로 들어가는 영혼이다. 이것은 영혼이 하기에 쉬운 일이 아니고, 영혼이 익숙해지기에 쉬운 일이 아니다. 그것은 대단히 갑갑하고 답답한 일이다. 그래서 갑자기 그토록 제한당하는 것에 아기는 울음으로 항의한다. 이 울음소리에 귀를 기울여라. 그것을 이해하라. 그리고 너희가 할 수 있는 한 최대한 많이 아이들에게

"무제한"의 느낌을 갖게 하라.

그 다음에는, 친절하고 조심스럽게 너희가 창조한 세상을 그들에게 소개하라. 그들의 기억은행 속에 집어넣는 것들에 십분 신경을 써라. 말하자면 조심하라. 아이들은 보고 체험하는 모든 것을 기억한다. 왜 아기들이 자궁을 빠져나온 순간에 너희는 그들을 찰싹 때리는가? 정말로 너희는 이렇게 해야만 그들의 엔진이 굴러간다고 생각하는 건가? 또 왜 너희는 아기들이 자신들의 존재 전체로 느껴온 유일한 생명 형태인 자기 엄마들에게서 떨어져나오고 나면, 금방 그들 사이를 떼어놓는가? 그 갓난아기가 **자신에게 생명을 준** 존재의 편안함과 안정감을 체험하는 그 잠깐 동안만이라도, 아기의 키와 몸무게를 재고 그 몸을 눌러보고 찔러보는 걸 참으면 안 되는가?

왜 너희는 아이가 접하는 초기 이미지들 중에 폭력의 이미지가 들어가도록 내버려두는가? 이렇게 하는 것이 너희 아이들에게 좋다고 누가 말했는가? 그리고 왜 사랑의 이미지는 감추는가?

왜 너희는 너희 몸을 아이들에게서 가리고, 그들에게도 자신을 즐기는 방식으로 몸을 만져서는 절대 안 된다고 이야기하여, 아이들이 자신의 몸과 몸의 기능들을 부끄럽고 당혹스럽게 여기도록 가르치는가? 그렇다면 너희는 그들에게 즐거움에 관해서 어떤 메시지를 보내고 있느냐? 또 몸에 관해서는 어떤 교훈을 주고 있느냐?

왜 너희는 경쟁이 허용되고 조장되며, "최고"가 되고 "최대"로 배우면 상을 받고, "성취"에 등급이 매겨지고, 자기 자리에서 벗어나는 걸 거의 두고 보지 못하는 학교에 아이들을 가게 하는가?

왜 너희는 아이들에게 운동과 음악과 예술의 기쁨과 옛날 이야기의 신비와 삶의 경이에 대해서는 가르치지 않는가? 왜 너희는 아이들에게 부자연스러운 것을 집어넣는 대신에, 그들에게서 발견되는 자연스러운 것을 끄집어내려 하지 않는가?

어째서 너희는 규칙과, 기억된 제도와, 그 방식들로는 전혀 진화할 수 없음이 이미 분명해졌는데도 여전히 사용하고 있는 사회적 결론들 대신에, 아이들이 그들 나름의 직관과 그들 내면 깊은 곳의 앎이라는 도구들을 써서 논리와 비판적 사고와 문제 해결력과 창작을 배우도록 놔두지 않는가?

그리고 마지막으로, **주제**가 아니라 **개념**들을 가르쳐라.

다음 세 가지 '핵심 개념들'을 중심으로 하는 새로운 교육과정을 고안하라.

자각awareness

정직honesty

책임responsibility

아주 어릴 때부터 너희 아이들에게 이 개념들을 가르쳐 마지막 날까지 이 교육과정 전체를 다 밟게 하고, 너희의 교육 방식 전체를 이 개념들 위에 자리 잡게 하여, 모든 가르침이 그 뿌리에서 나오게 하라.

그렇게 되면 어떻게 된다는 건지 잘 모르겠는데요.

내 말은 너희가 가르치는 모든 것이 이 개념들에서 나오리란 뜻이다.

자세히 설명해주시겠습니까? 읽기, 쓰기, 셈은 어떤 식으로 가르치게 되는 겁니까?

읽기라면 최초의 입문서에서 고급 독본에 이르기까지, 모든 이야기와 줄거리와 주제가 이 핵심 개념들을 중심으로 삼을 것이다. 즉 그것들은 자각의 이야기, 정직에 관한 이야기, 책임에 대한 이야기들이 될 것이다. 이런 읽기 책들을 읽으면서, 너희 아이들은 이 개념들을 소개받고, 이 개념들을 주입받으며, 이 개념들에 젖어들 것이다.

쓰기 과제 역시 마찬가지로 이 핵심 개념들을 중심으로 삼을 것이다. 아이의 자기표현 능력이 자람에 따라, 그 개념들에 따른 다른 부대 개념들도 더불어 포함될 것이고.

셈하는 기술조차도 이 틀 내에서 배우게 될 것이다. 산수와 수학은 추상이 아니라 이 우주에서의 삶을 살기 위한, 가장 기본되는 도구들이다. 셈하는 기술에 대한 모든 가르침은 핵심 개념들과 파생물들로 관심을 끌어가고, 그것들에 초점을 둠으로써, 더 넓은 인생 체험 속에서 자리매김될 것이다.

여기서 "파생물들"이라는 건 뭘 말씀하시는 겁니까?

너희 대중매체들이 유행시킨 표현대로 하면, 속편(續編)이라는 것이다. 본질상 사실을 가르치는 현 교육과정의 주제들을 대신하여, 교육 방식 전체가 이 속편들에 토대를 둘 수 있다.

예를 들면요?

자, 우리 상상을 해보자. 네가 살면서 중요하게 여기는 개념들로 어떤 것들이 있느냐?

음…… 저로서는…… 정직요. 당신이 말했듯이요.

그래, 계속해봐라. 그건 '핵심 개념'의 하나다.

그리고, 음…… 공평함요. 이건 제게 중요한 개념입니다.

좋다. 다른 건?

다른 사람에게 친절하게 대하는 거요. 이것도 제게 중요하긴 한데, 그걸 어떻게 개념으로 표현해야 할지 모르겠군요.

계속하라. 그냥 생각이 흐르는 대로 내버려둬라.

더불어 사는 것. 인내하는 것. 남을 해치지 않는 것. 다른 사람을 동등한 존재로 보는 것. 이것들은 모두 제가 제 아이들에게 가르쳤으면 하는 것들입니다.

좋다. 아주 잘했다! 계속 하라.

또…… 자신을 믿는 것. 이건 훌륭한 가치죠. 그리고 또…… 잠깐, 잠깐만요…… 생각이 나려 해요. 음…… 예, 인간답게 처신하는 거요, 그겁니다. 전 그런 걸 인간답게 처신하는 거라고 말하는데…… 달리 더 좋은 개념으로 어떻게 표현해야 좋을지 모르겠거든요. 어쨌든 그건 사람이 살면서 자신을 끌어가고 남들과 남들이 택하는 행로를 존중하는 태도와 연관된 것입니다.

그건 좋은 소재다. 그 모두가 좋은 소재다. 너는 지금 그것을 향해 내려가고 있다. 그리고 그런 것들 말고도 모든 아이가 깊이 이해해야 하는 여러 다른 개념들이 있다. 그들이 완전한 인간 존재로 진화하고 성장하려 한다면 말이다. 하지만 너희 학교들에서는 이런 것들을 가르치지 않는다. 이것들, 우리가 지금 이야기하는 이런 것들은 삶의 가장 중요한 것들이지만, 너희는 그것들을 학교에서 가르치지 않는다. 너희는 정직하다는 것이 무슨 뜻인지 가르치지 않는다. 너희는 책임감을 갖는다는 게 무슨 뜻인지 가르치지 않으며, 다른 사람들의 감정을 알아채고 그들의 행로를 존중한다는 게 무슨 뜻인지 가르치지 않는다.

너희는 이런 일들을 가르치는 게 부모에게 달렸다고 말한다. 하지만 부모들은 고작해야 자신들이 전달받은 것을 전해줄 수 있을 뿐이다. 아버지의 죄는 아들을 찾아가기 마련이니, 너희는 너희 부모가 너희를 가르치던 것과 똑같은 소재로 너희 아이들을 가르치고 있다.

그래서요? 그게 어떻다는 겁니까?

내가 여기서 이미 여러 번 했던 말이지만 최근에 세상 돌아가는 걸 살펴본 적이 있느냐?

당신은 계속해서 우리를 거기로 데려가고 있군요. 계속해서 우리더러 그것을 살펴보게 만들고 있어요. 하지만 그 모든 게 우리 잘못은 아닙니다. 우리 것이 아닌 세상 부분들 때문에 우리가 비난받을 순 없다구요.

그건 비난의 문제가 아니라, 선택의 문제다. 그리고 인류가 내려왔고, **지금도** 내리고 있는 선택에 대해서 너희가 책임지지 않는다면 도대체 누가 책임을 진다는 거냐?

하지만, 우리가 그 **모두**를 책임질 순 없다구요!

너희에게 이르노니, 너희가 그 모두를 기꺼이 책임지기 전까지는, 너희는 어떤 것도 **바꿀 수 없다.**

너희는, 그렇게 했고 그렇게 하고 있는 건 그들이라는 말만 하고 있을 순 없고, 그들이 그것을 바로잡기만 해도!라는 말만 되뇌고 있을 순 없다. 월트 켈리의 만화 주인공 포고가 했던 멋진 대사를 기억해내고, 절대 그것을 잊지 마라.

"우리는 적과 마주쳤는데, 그들은 우리였다."

우리는 몇백 년 동안 같은 실수를 되풀이해왔군요, 그렇지요……

내 아들아, 몇천 년 동안이다. 너희는 몇천 년 동안 같은 실수를 되풀이해왔다. 인류는 가장 기본 본능들에서 혈거인(穴居人) 시대보다 별로 진화하지 않았다. 그럼에도 그것을 바꾸려는 모든 시도는 경멸을 받았고, 너희의 가치를 세밀히 살펴보고 때로는 그것들의 구조를 다시 짜려는 모든 도전은 처음에는 두려움과, 그 다음에는 분노와 맞닥뜨려야 했다. 이제 **학교**에서 고상한 개념들을 실제로 가르치자는 발상이 나에게서 나왔으니, 오, 이런, 우리는 지금 살얼음을 밟고 서 있는 셈일세, 그려.

하지만 고도로 진화된 사회에서 이루어지고 있는 일이 바로 이런 것이다.

하지만 문제는 이 개념들, 이 개념들이 뜻하는 바에 모두가 동의하지는 않는다는 겁니다. 이 때문에 우리는 그것들을 학교에서 가르칠 수 없는 겁니다. 당신이 이런 것들을 교과과정 속에 넣으려고 한다면 부모들은 들고 일어날 겁니다. 그들은 당신이 "가치들"을 가르치고 있다, 학교가 그런 것들을 가르치는 곳이 될 수는 없다고 말합니다.

그들이 틀렸다! 다시 한번 인간 종족으로서 너희가 하려 한다고 말하는 것, 즉 더 나은 세상을 세우는 것에 비춰볼 때 **틀린** 쪽은 그들이다. 학교야말로 그런 것들을 가르치기에 **딱 좋은** 곳이다. 학교는 부모들의 편견에서 벗어나 있고, 부모들의 선입견에서 떨어져 있다는, 정확히 **그 이유 때문에**. 너희는 부모에서 자식으로 가치들을 전해온 결과가 너희 행성을 어떤 꼴로 만들었는지 **보지 못했는가?** 지금 너희 행성은 궁지에 몰려 있다.

너희는 문명화된 사회의 가장 기본되는 개념들조차 분별하지 못하고 있다.

너희는 폭력 없이 갈등을 해결하는 법을 모르고,

너희는 두려움 없이 사는 법을 모르며,

너희는 조건 없이 사랑하는 법을 모른다.

이것들은 기본 중의 **기본**인 사리분별들이다. 그런데도 너희는 이것들을 시행하지 않는 건 물론이고, 그 충분한 이해에 접근조차 못하고 있다. **몇백만 년이 지난** 지금까지도……

이 궁지에서 벗어날 방법이 있습니까?

있다! 너희 학교들에! 너희 아이들의 교육에! 너희의 희망은 다음 세대와 다음번에 있다! 하지만 먼저 너희가 아이들을 예전 방식들에 빠뜨리는 것을 그만두어야 한다. 제 역할을 하지 못했던 그런 방식들에. 그것들은 너희가 가고 싶다고 말하는 곳으로 너희를 데려다주지 않았다. 이런데도 너희가 신경을 쓰지 않는다면, 너희가 가게 될 곳은 지금 향해 가고 있는 바로 그곳이 될 것이다.

그러니 **멈춰라!** 돌아서라! 둘러앉아 생각을 모아라. 너희가 인간으로서 지금껏 자신들에 대해 가졌던 전망 중에서 가장 거창한 전망의 가장 위대한 해석만을 만들어내라. 그런 다음 이런 전망을 단단하게 붙들어줄 가치와 개념들을 잡아서, **그것들을 너희 학교들에서 가르쳐라.**

이런 강좌들이 왜 안 되는가……

· 권력 이해

· 평화로운 갈등 해결론

· 애정 관계의 요소들

· 사람됨과 자기 창조

· 몸, 마음, 영혼의 작동 방식

· 창조하는 법

· 자신을 찬양하고 남들을 존중하는 법

· 즐거운 성 표현

· 공평함

· 관용

· 다양성과 유사성

· 경제 윤리

· 의식과 마음의 창조력

· 자각과 깨어남

· 정직과 책임

· 가시성(可視性)과 투명성

· 과학과 영성(靈性)

이 중 상당수는 우리도 가르치고 있습니다. 우리는 그걸 사회과학이라고 하죠.

나는 한 학기짜리 강좌에서 이틀밖에 걸리지 않는 한 단원을 말하는 게 아니다. 내가 말하는 건 이런 것들이 각기 **독립된 강좌**가 되고, 너희 학교의 교육과정을 지금 가르치는 식의, 주로 사실에 토대를 둔 교육과정에서 가치에 토대를 둔 교육과정으로 전면 개편하라는 것이다.

내가 이야기하는 건 지금 너희가 날짜와 사실과 통계들을 놓고 그러는 것과 똑같은 정도로, 너희 아이들의 가치관을 형성할 핵심 개념들과 이론 구조들에 그들의 주의를 집중시키라는 것이다.

너희 은하계와 너희 우주의 고도로 진화된 사회들에서는(이 사회들에 대해서는 3권에서 훨씬 더 자세히 이야기하게 될 것이다), 아이들이 아주 어릴 때부터 삶에 필요한 개념들을 배운다. 그런 사회들에서는 소위 "사실"이란 것들은 훨씬 덜 중요하게 여겨지고, 그것들은 훨씬 더 나이가 들고 나서야 배운다.

너희는 너희 행성에, 유치원을 졸업하기도 전에 읽는 법을 배운 꼬맹이 조니가 자기 형을 무는 걸 그만두는 법은 여전히 익히지 못한 사회를 창조했다. 그리고 수지는 플래시 카드와 기계적 암기로 이전보다 더 낮은 학년에서 구구단은 줄줄 외우게 되었지만, 자기 몸에 대해 부끄럽거나 당황할 것은 아무것도 없다는 사실은 배우지 못했다.

지금의 너희 학교들은 무엇보다 대답을 주기 위해서 존재한다. 학교의 최우선 역할을 질문하는 데 두었더라면 훨씬 더 유익했을 텐데 말이다. 정직하다, 책임진다, 혹은 "공평하다"는 게 무슨 뜻인가, 그것들이 의미하는 바는 무엇인가, 그 점에서 2+

2=4란 무슨 뜻인가, 그것이 의미하는 바는 무엇인가? 고도로 진화된 사회들은 모든 아이가 **자기 스스로 그 대답들을 찾아내고 창조하게끔** 북돋운다.

하지만…… 하지만 그렇게 되면 **혼란**이 온다구요!

너희가 지금 살고 있는 비(非)혼란 상황에 반대되는 것으로 말이지……

좋습니다. 좋아요…… 그렇게 되면 더 큰 혼란을 가져올 거라고 하죠.

나는 지금 너희가 이런 것들에 대해 배우거나 판단했던 것들 일체를 학교가 너희 자식들과 함께해서는 안 된다고 제안하는 게 아니다. 전혀 반대다. 오히려 예전에 어른들이 배우고 발견하고 판단하고 선택했던 것들 전부를 아이들과 함께하는 것이야말로 학교가 그들에게 봉사하는 길이다. 그렇게 되면 학생들은 이 모두가 어떤 식으로 굴러왔는지 관찰할 것이다. 하지만 지금 너희 학교들에서는 이런 자료들을 '옳은 것'으로서 학생들에게 제시한다. 실제로는 자료들은 그냥 그것, 자료로만 제공되어야 하는데도.

'과거 자료'가 '현재 진실'의 근거가 되어서는 안 된다. 이전 시기나 이전 체험에서 나온 자료는 언제나 새로운 질문의 근거로 쓰여야 하고, 오직 새로운 질문의 근거로만 쓰여야 한다. 보물은 언제나 대답이 아니라 질문 속에 있기 마련이니.

그리고 질문들은 항상 같아야 한다. 우리가 너희에게 보여준 이 과거 자료에 관해 너희는 동의하는가, 아니면 의견을 달리하는가? 너희는 어떻게 생각하는가? 언제나 이것이 중심 질문이고, 언제나 이것이 초점이다. 너희는 어떻게 생각하는가? 너희는 어떻게 생각하는가? **너희는 어떻게 생각하는가**……?

이제 아이들이 이 질문에 자기 부모의 가치를 적용하리란 건 명약관화하다. 부모는 아이들의 가치 체계를 창조하는 데 계속해서 강력한 역할, 명백히 최우선 역할을 할 것이다. 학교의 취지와 목적은 가장 어린 나이에서부터 공식 교육이 끝날 때까지 아이들이 그런 가치들을 탐구하고 그것들을 사용하고 적용하고 작동시키게 북돋우는 것, 그렇다, 그것들을 문제 삼도록 북돋우는 것이다. 아이들이 자신의 가치를 문제 삼길 원하지 않는 부모는 자식들을 사랑하는 것이 아니라, 자식들을 **매개로** 자신을 사랑하는 것이기에.

당신이 묘사하는 그런 학교가 있길 바랍니다. 정말로요!

이 모델에 접근하려고 애쓰는 몇몇 학교들이 있다.

있다고요?

그렇다. 루돌프 슈타이너Rudolph Steiner란 사람의 저서들을 읽어봐라. 그가 발전시킨 발도르프 학교Waldorf Schule의 방법들을 연구해봐라.

저, 그 학교들이라면 물론 저도 알고 있습니다. 이건 광고입니까?

이건 관찰이다.

제가 발도르프 학교들을 잘 안다는 걸 당신이 아셨기 때문이군요. 그 사실을 알고 계셨지요?

물론 나는 알고 있었다. 네 삶의 모든 것이 이 순간을 네게 가져오는 데 기여했다. 나는 이 책을 시작할 때 비로소 너와 이야기를 나누기 시작한 것이 아니다. 나는 네 모든 만남과 체험을 매개로 오랫동안 너와 이야기를 나눠왔다.

당신은 발도르프 학교가 최고라고 말씀하시는 겁니까?

아니다. 나는 그것이 쓸 만한 보기라고 말하는 것이다. 너희가 인간으로서 가고 싶다고 말하는 곳, 너희가 하고 싶다고 주장하는 것, 너희가 되고 싶다고 말하는 것에 비추어볼 때. 나는 그것을 교육이 어떻게 단순히 "지식"이 아니라 "지혜"에 초점을 두는 방식으로 시행될 수 있는가를 보여주는 하나의 예로, 비록 너희 행성과 너희 사회에는 그런 예들이 드물긴 하지만, 내가 열거할 수 있는 여러 예들 중 하나로 말하는 것이다.

사실 그건 제가 굉장히 마음에 들어하는 모델입니다. 발도르프 학교와 다른 학교들 간에는 많은 면에서 차이가 있습니다. 제가 예를 하나 들겠습니다. 간단한 예이긴 하지만, 그 차이를 확실하게 보여줄 겁니다.

발도르프 학교에서는 초등학교 학습 체험의 전 과정 동안에 교사와 아이들이 함께 단계를 밟아나갑니다. 왜냐하면 전 학년에 걸쳐 아이들이 같은 교사를 담임으로 갖기 때문이죠. 이 선생에서 저 선생으로 바꾸지 않고요. 당신은 여기서 형성되는 유대를 상상할 수 있겠습니까? 그 가치를 이해할 수 있겠습니까?

교사들은 마치 자기 자식인 양 아이를 잘 알게 됩니다. 아이는 다수의 전통적인 학교들에서는 존재한다고도 생각하지 않던 마음의 문을 연 교사들과 신뢰와 사랑을 나누게 됩니다. 그렇게 해서 전체 학년이 끝나고 나면 교사는 다시 1학년 담임으로 되돌아갑니다. 또 다른 그룹의 아이들과 함께 전 학년 교육과정을 처음부터 다시 한번 밟아나가는 거죠. 그래서 아무리 헌신적인 발도르프 교사라도 재직 중에 함께 과정을 밟아나가는 아이들은 겨우 네다섯 그룹에 불과합니다. 하지만 그 교사는 그 아이들에게 전통적인 학교 환경에서는 불가능한 수준의 존재가 되는 것입니다.

이 교육 모델은 그런 식의 틀 속에서 함께 나누는 **인간관계와 유대감과 사랑**이 교사가 아이들에게 나눠주는 **사실**만큼이나 중요하다는 걸 인정하고 선언하는 것입니다. 이것은 집 밖에 있지만, 홈스쿨(집에서 교과과정을 밟을 수 있게 허용하는 미국의 교육제도-옮긴이)과 비슷합니다.

그렇다, 그건 좋은 모델이다.

이것 말고도 다른 좋은 모델들이 있습니까?

그렇다. 너희 행성에서는 교육과 관련하여 약간의 진보가 이루어지고 있다. 하지만 그것은 대단히 느리다. 지향성을 지닌 목표인 재능 키우기에 초점을 두는 교육과정을 공립학교들에서 실시하려는 시도조차도 엄청난 저항에 부딪혀왔다. 사람들은 그것을 위험하거나 효과적이지 않다고 여긴다. 그들은 아이들이 사실들을 배우길 원한다. 그럼에도 약간의 성공 사례들은 있다. 하지만 아직은 해야 할 일이 무척 많다.

교육은 인간 체험 중에서 너희가 인간 존재로서 추구한다고 말하는 것에 비추어 분해수리 방법을 어느 정도 적용할 수 있는 유일한 영역이다.

그런데 저는 정치판도 좀은 바꿀 수 있기를 바랍니다.

아무렴.

Conversations with God

10

이 순간을 기다려왔습니다. 이건 당신이 2권은 지구 범위에서 세계적인 문제들을 다루게 되리라고 제게 말했을 때, 제가 짐작했던 것 이상이군요. 그러니 너무 초보적인 질문 같아 보이긴 하지만, 제가 당신에게 한 가지 질문을 하는 것으로 인간 정치에 대한 우리들의 이야기를 시작해도 되겠습니까?

자격이 없거나 가치가 없는 질문은 없다. 질문도 사람과 비슷하다.

좋은 말씀이십니다. 그럼 묻겠습니다. 자기 나라의 이해관계에 따라 대외 정책을 실시하는 게 나쁜 겁니까?

아니다. 첫째로, 내 관점에서는 **어떤 것도** "나쁘지" 않기 때문이다. 하지만 나는 너희가 그 용어를 어떤 식으로 쓰는지 이해하니, 그 용어의 너희식 맥락에서 이야기할 것이다. 나는 "나쁘다"는 용어를 "너희가 되려는 존재라는 관점에서 보아 너희에게 도움이 되지 않는다"는 뜻으로 쓰겠다. 이것이 지금껏 내가 너와 이야기할 때 "좋다" "나쁘다"는 용어를 써온 방식이다. 그것은 항상 이런 맥락에서만 사용된다. 사실 '좋거나 나쁜 것'은 존재하지 않기에.

그래서 그런 맥락 관계에서 보면, 아니다, 대외 정책들을 자신의 이해관계에 따라 결정하는 것은 나쁜 일이 아니다. 나쁜 건 그렇게 하지 않는 듯이 가장하는 것이다.

물론 대부분의 나라들이 이렇게 가장한다. 그들은 실제로는 일련의 이유들 때문에 행동을 취하거나 취하지 **않았으면서도**, 그 근거로는 다른 일련의 이유들을 제시한다.

왜죠? 왜 대다수 국가들이 그렇게 하는 겁니까?

대다수 대외 정책들의 진짜 이유를 이해하게 되면, 국민들이 자신을 지지하지 않으리란 걸 정부가 알기 때문이다.

이것은 세계 어느 나라의 정부라도 마찬가지다. 의도적으로 국민을 현혹하지 않는 정부는 거의 없다. 사기는 정부의 일부다. 정부가 자신의 결정은 국민을 위해서라고 그들을 납득시키지 않는다면, 지금 자신들을 다스리는 방식대로 다스려지길 원할 국민은 거의 없을 것이기에. 아니 아예 다스림 자체를 원할 국민도 거의 없을 것이기에.

사실 이런 걸 믿게 하기는 대단히 어렵다. 왜냐하면 정부의 어리석음은 대다수 국민들 눈에 확연히 드러나 보이기 때문이다. 그래서 정부는 국민의 충성을 붙들어두기 위해서라도 거짓말을 해야 한다. 정부란 충분히 배짱 좋게, 그리고 충분히 오랫동안 거짓말을 하면, 그 거짓말은 "진실"이 된다는 공리(公理)의 정확성을 완벽하게 그려내는 초상화가다.

권력을 쥔 자들은 자신들이 어떻게 권력을 쥐게 되었는지 절대 국민들이 알게 하지 않는다. 또 자신들이 지금껏 해왔고 앞으로 하려는 일이 그 자리를 지키는 일뿐이란 것도.

진실과 정치는 섞이지 않으며 섞일 수도 **없다**. 정치란 건 바라는 목표를 이루기 위해 말해야 할 필요가 있는 것만을 말하는 **기술**이며, 그것을 오직 옳은 것으로만 말하는 기술이기에.

모든 정치가 나쁜 것은 아니지만, 문제는 정치술이란 **심리술**이라는 데 있다. 정치는 사람들의 심리를 대단히 노골적으로 알아챘다. 그것은 사람들이란 건 자신의 이해관계에 따라 움직이기 마련임을 간단하게 눈치챘다. 그러니 정치란 것은 권력자들이 자신들의 이해가 곧 **너희의 이익**임을 너희에게 믿게 만드는 방식에 지나지 않는다.

정부는 무엇이 자신에게 이익이 되는지 알고 있다. 정부가 국민에게 뭔가를 **주는** 정책을 짜내는 데 그토록 능수능란한 이유가 여기 있다.

본래 정부는 대단히 한정된 역할만을 가졌다. 정부의 목적은 단순히 "유지하고 보호하는" 것뿐이었다. 그러다 누군가가

"제공하는" 일을 더했다. 정부가 국민의 보호자일 뿐 아니라 국민의 **제공자**가 되기 시작했을 때, 정부는 사회를 유지하지 않고 그것을 **창조하기** 시작했다.

하지만 정부란 건 그냥 국민이 원하는 일을 할 뿐이지 않습니까? 정부는 단지 체계를 제공할 뿐이지 않습니까? 사회적 범위에서 사람들이 자활(自活)하게끔 해주는 체계를요. 예를 들면 우리 미국에서는 인간 생명의 존엄성과 개인의 자유, 기회의 중요성, 어린이의 존엄성에 대단히 큰 가치를 부여합니다. 그래서 우리는 노인들에게 연금을 지급하는 법률들을 만들고, 또 그런 정책들을 세우도록 정부에 요구해 왔습니다. 그들이 정년이 지나고서도 인간으로서 존엄을 유지할 수 있도록요. 또 우리는 모든 사람에게 동등한 취업 기회와 주택 취득 기회를 보장하는 법들을 만들고, 그런 정책들을 요구하죠. 우리와 다른 사람들, 우리가 동의하지 않는 생활 방식을 가진 사람들까지 포함해서요. 그리고 우리는 아동노동법을 근간으로 하여, 한 주(州)의 어린이들이 그 주의 노예가 되지 않고, 아이가 있는 모든 가정이 존엄을 잃지 않는 기본 의식주 생활을 꾸려갈 수 있게 해주는 정책들도 요구합니다.

그런 법률들은 너희 사회에 좋은 영향을 미쳤다. 그럼에도 사람들을 부양할 때, 너희는 그들의 가장 위대한 존엄을 빼앗지 않도록 주의해야 한다. 즉 그들 스스로 자활할 수 있음을 깨닫게 해주는 그들의 능력과 창조성, 집중력의 발휘라는 존엄을. 이것은 반드시 잡아야 하는 섬세한 균형점이다. 너희 국민은 오로지 한 극단에서 다른 한 극단으로 가는 것만을 아는 듯싶다. 너희는 정부가 국민을 위해 "몽땅 다 해주기"를 바라거나, 내일 당장이라도 정부 정책들을 몽땅 다 폐기하고, 법률들을 몽땅 다 지워버리고 싶어한다.

그렇습니다. 그리고 문제는 "좋은" 신임장을 지닌(혹은 "나쁜" 신임장을 지니지 않은) 사람들에게는 으레 가장 좋은 삶의 기회를 제공하는 사회에서, 스스로 자활할 수 없는 사람들이 너무 많다는 데 있습니다. 지주는 대가족에게 토지를 빌려주지 않고, 회사는 여자를 고용하지 않으며, 정의는 너무 자주 신분의 부산물일 뿐이고, 예방 차원의 의료 혜택은 충분한 수입을 가진 사람들만으로 제한되고, 여타 온갖 불평등과 차별이 광범위하게 존재하는 나라에서는 자신을 부양할 수 없는 사람들이 너무 많기 마련이죠.

그래서 정부가 국민의 양심을 대신해야 한다는 말이냐?

아니요. 정부 자체가 겉으로 드러난 국민의 양심**입니다**. 사람들이 사회의 질병을 바로잡으려 애쓰고, 그것을 바라고, 그렇게 하기로 결정하는 건 정부를 통해서입니다.

흔히 그렇다고들 하지. 하지만 되풀이해서 말하지만, 너희는 사람들에게 숨쉴 기회를 보장해주려던 법 때문에 너희 스스로가 질식당하는 일이 없도록 주의해야 한다.

도덕을 법률로 정할 수는 없고, 평등을 명령할 수는 없다.

필요한 것은 집단의식의 **강요**가 아니라, 집단의식의 **변화**다.

행위(와 모든 법률과 모든 정부 정책)는 '존재 상태'에서 나와야 하고, '자신이 누구인지'에 대한 참된 반영이어야 한다.

우리 사회의 법률들은 당연히 우리 자신을 반영하죠! 법들은 모두에게 "이것이 현재 미국의 상태**라구**. 이것이 바로 미국인들**이지**"라고 말하지요.

아마 최상의 경우라면 그렇겠지. 하지만 너희 법률이란 건 실제로는 그렇지 않으면서도, 권력자들이 **되어야 한다고** 여기는 상태를 선언한 것에 지나지 않는 경우가 거의 대부분이다.

"소수의 엘리트"가 법으로 "무지한 다수"를 가르친다는 거군요.

바로 그거다.

그게 뭐가 잘못된 겁니까? 만일 우리 중에 똑똑하고 잘난 소수의 사람들이 있어서, 그들이 기꺼이 사회와 세상의 문제들을 검토하고 해결책을 제시한다면, 그건 다수를 돕는 것 아닙니까?

그것은 그 소수의 동기에 따라 다르고, 그 동기의 명확성에 따라 다르다. 하지만 일반적으로 다수들 스스로 자신들을 다스리게 놔두는 것보다 더 "다수"에게 봉사하는 건 없다.

무정부주의로군요. 그렇게 해서는 아무 일도 안 됩니다.

무엇을 해야 할지 정부가 끊임없이 너희에게 말해준다면, 너희는 성장하여 위대해질 수 없다.

정부—제가 말하는 정부는 우리 자신을 다스리도록 우리가 선택해온 법이란 뜻입니다—란 건 한 사회의 위대성(혹은 그 위대성의 결여)을 반영하니, 위대한 사회일수록 위대한 법들을 통과시키기 마련이죠.

그리고 아주 소수의 법들만을. 위대한 사회라면 극소수의 법들밖에 **필요하지** 않기 때문이다.

그렇지만 진짜로 아무 법도 없는 사회는 "힘이 정의"인 미개 사회입니다. 법이란 건 놀이터를 평평하게 골라, 그 힘의 강약에 관계없이 진실로 옳은 것이 지배할 수 있게 하려는 인간의 시도입니다. 우리가 서로 동의하는 행동 규약들이 없다면 우리가 어떻게 함께 살 수 있겠습니까?

나는 아무런 행동 규약도, 아무런 동의도 없는 세상을 제안하는 것이 아니다. 나는 너희의 동의와 규약들이 자기 이익self-interest에 대한 더 수준 높은 이해와 더 위대한 규정에 근거하기를 제안하고 있다.

대개의 법률들이 실제로 이야기하는 내용이란 건 너희 중에 가장 권력 있는 자들이 기득권으로 지니고 있는 것에 지나지 않는다.

그냥 흡연 문제 한 가지만 보더라도 알 수 있다.

지금 법률은 특정 종류의 식물인 삼(대마)을 기르거나 쓸 수 없다고 말한다. 정부가 말하는 바로는 그것이 너희에게 나쁘기 때문이다.

하지만 같은 정부가 다른 종류의 식물인 담배를 기르거나 쓰는 건 전혀 괜찮다고 말한다. 그것이 너희에게 좋아서가 아니다(사실 정부 자신도 담배는 나쁘다고 말한다). 추측하건대 너희가 항상 그렇게 해왔기 때문일 것이다.

앞의 식물은 불법인데, 뒤의 식물은 그렇지 않은 진짜 이유는 건강과는 아무 관계도 없다. 그것은 경제와 관련이 있다. 말하자면 권력과.

그러니 너희 법률들은 너희 사회가 생각하는 자신, 되고자 하는 자신의 모습을 반영하는 게 **아니다**. 너희 법률들이 반영하는 건 **권력이 어디에 있는가**다.

공평하지 않습니다. 당신은 모순이 아주 명백한 상황을 예로 들었습니다. 하지만 대개의 상황은 그렇지 않습니다.

그 반대다. **대개가** 그러하다.

그렇다면 해결책은 뭡니까?

그 본성상 제한을 뜻하기 마련인 법률을 최대한 적게 가지는 것.

앞의 식물이 불법화된 이유는 오직 **표면에서만** 건강과 연관되어 있다. **진실**은, 법으로 **보호받는** 담배나 알코올이 중독성이 있거나 건강을 해치지 않는다면, 앞의 식물 역시 똑같이 그러하다는 것이다. 그렇다면 왜 허용되지 않는가? 그 이유는 그 식물을 재배하도록 허용한다면, 세상의 목면 재배업자들과 나일론과 레이온 제조업자들, 그리고 목재 가공업자들 중 절반이 직장을 잃고 말 것이라는 데 있다.

삼은 너희 행성에서 가장 쓸모 많고, 가장 강하고, 가장 질기며, 가장 오래가는 물질 중 하나일 수 있다. 너희는 그보다 더 좋은 섬유를 옷감으로 생산할 수 없으며, 그보다 더 강한 재질을 밧줄로 생산할 수 없고, 그보다 더 쉽게 재배하고 쉽게 수확할 수 있는 원료를 펄프로 생산할 수 없다. 너희는 전 세계 삼림이 점점 줄고 있다는 기사가 실린 신문을 보려고 해마다 수십만 그루의 나무를 자른다. 삼이라면 한 그루의 나무도 자르지 않고, 너희에게 수백만 부의 신문들을 제공할 수 있을 텐데 말이다. 사실 그것은 10분의 1밖에 안 되는 비용으로 그 많은 자원들을 대신할 수 있을 것이다.

그런데 이 기적 같은 식물, 덧붙이면 놀라운 약효까지 지닌 이 기적 같은 식물을 재배하도록 허용한다면 누군가가 손해를 본다. **바로 이것이 족쇄다.** 그리고 바로 이것이 너희 나라에서 대마초가 불법인 이유다.

너희가 전기 자동차를 대량 생산하거나, 비용이 적당하면서도 질 좋은 의료보장 제도를 실시하거나, 모든 가정에서 태양열 난방과 태양열 동력을 사용하는 데 그렇게 오랜 시간이 걸리는 것도 같은 이유에서다.

너희가 이 모두를 만들 수 있는 자금과 기술을 갖춘 건 이미 한참 전의 일이다. 그런데도 왜 너희는 그것들을 가지고 있지 않는가? 자, **그렇게 했을 때 손해 볼 사람이 누군지 알아보라.** 거기에서 답을 찾아낼 것이니.

이것이 너희가 그토록 자랑스러워하는 '위대한 사회'인가? 자칫 공동선(共同善)을 고려하기라도 하는 날엔 발에 차이고 절규하면서 질질 끌려가야 하는 사회가? 자칫 공동선이나 집단의 선을 언급하기라도 하는 날엔, 하나같이 "공산주의!"라고 비명을 지르는 사회가? 너희 사회에서는 다수의 선을 고려하는 것이 누군가에게 엄청난 이윤을 안겨주지 않을 때, **다수의 선은 대체로 무시되고 만다.**

이것은 너희 나라만이 아니라 전 세계에 해당되는 것이니, 결국 인류가 직면한 기본 문제는 과연 인류의 최고 이익, **공동** 이익이 사리사욕을 대신할 수 있는가다. 그렇다면 어떻게 해야 하는가?

너희 미국에서는 법을 통해서 공동의 이익, 최상의 이익을 고려하고자 해왔다. 하지만 너희는 비참하게도 실패하고 말았다. 너희 나라는 지구상에서 가장 부유하고 가장 강한데도, 유아 사망률은 세계에서 가장 높은 나라 중 하나다. 왜 그럴까? 가난한 사람들이 질 좋은 산전산후 의료를 받을 여유가 없기 때문이며, 너희 사회가 **이윤을 좇아가기** 때문이다. 나는 이것을 너희의 비참한 실패들 중 그저 한 가지 예로 인용하고 있을 뿐이다. 다른 선진국들보다 너희 나라의 유아들이 더 높은 비율로 죽어간다는 사실이 너희를 심히 괴롭혀야 하는데도, 사실은 그렇지가 않다. 이것 하나만으로도 한 사회로서 너희의 우선순위가 어디에 있는지가 여실히 증명된다. 다른 나라들은 병자와 빈민들, 노인과 허약자들을 부양한다. 하지만 너희는 자산가들과 세력가와 상류층 사람들을 부양한다. 은퇴한 미국인들의 85퍼센트가 **빈곤하게 살고 있다**. 이 노인들 중 상당수와 대부분의 하층민들이 그 지역 병원 응급실을 자신들의 "주치의"로 쓰고 있다. 가장 절박한 상황에서만 진료를 받고, 예방 차원의 건강 유지 의료는 사실상 전혀 받지 못하면서 말이다.

너도 알다시피, 쓸 돈이 없는 사람들한테서는 이윤이 나오지 않는다…… 그들은 이제 자신들의 **쓸모**를 다한 사람들이다……

이것이 너희의 **위대한 사회**다—

당신은 안 좋은 쪽으로만 보여주시는군요. 그래도 미국은 지구상의 어떤 나라보다 가난하고 힘 없는 사람들을 위해 많은 일을 해왔습니다. 국내만이 아니라 국외에서도요.

미국은 많은 일을 해왔다. 이것은 눈에 띌 만큼 사실이다. 하지만 너는 국민총생산으로 따지면, 미국이 내놓는 대외 원조의 비율이 다른 여느 소국들보다 더 적다는 사실을 알고 있느냐? 너무 자화자찬에 빠지기 전에, 너희는 주위 세계를 한번쯤 둘러봐야 하리라는 게 문제의 초점이다. 왜냐하면 너희 세계가 불운한 사람들을 위해 할 수 있는 최선이 이 정도라면, 너희 모두는 많은 것을 배워야 할 것이기에.

너희는 낭비 심하고 퇴폐적인 사회에 살고 있다. 너희는 사실상 너희가 만드는 모든 것 속에 너희 기술자들이 "계획된 폐품화"라고 부르는 성질을 심어왔다. 차 값은 세 배나 올랐지만 차 수명은 오히려 3분의1로 줄었다. 옷들은 열 번만 입고 나면 해진다. 너희는 식품들이 선반 위에서 더 오래 머물도록 화학약품들을 식품 속에 넣는다. 실상 그것이 너희가 지구에 머무는 시간을 더 줄이는 것을 뜻할지라도 말이다. 우스꽝스러운 노력의 대가로 스포츠 팀들이 추잡한 봉급을 지불할 수 있게끔 너희가 지원하고 고무하는 동안에도, 너희를 죽이는 질병을 치료할 방법을 찾아내려고 싸우는 교사와 성직자와 연구자들은 돈을 구걸하러 다녀야 한다. 너희 가게와 식당과 가정들은 날마다 전 세계 인구의 절반 이상을 먹여 살릴 수 있는 음식을 버리고 있다.

하지만 이것은 너희에 대한 기소가 아니라, 그냥 관찰일 뿐이다. 그리고 미국에만 해당되는 일도 아니다. 마음을 병들게 하는 이 같은 태도들은 이미 세계 전역으로 퍼져 있다.

힘 없는 사람들은 전 세계 어디서나 그저 살아 있기 위해서 납작 엎드려 허리띠를 졸라매지 않으면 안 되지만, 권력을 쥔 소수는 거대한 돈뭉치를 지키고 늘려가면서, 비단요에서 자고, 아침이면 금으로 만든 욕실 손잡이를 돌린다. 피골이 상접하도록 여윈 아이가 흐느끼는 엄마 품에서 죽어갈 때, 그 나라의

"지도자들"이란 자들은 원조물자가 굶주리는 대중에게 가는 걸 막는 정치 부패에 몰두하고 있다.

이런 상황을 바꿀 힘을 가진 사람은 아무도 없는 듯이 보이지만, 기실 진실은 힘이 문제가 아니라, 누구도 그럴 의지를 갖지 않은 것 같다는 데 있다.

그러니 상황은 항상 이대로일 것이다. 남들의 곤경을 자신의 곤경으로 보는 사람이 아무도 없는 한.

우리는 왜 그렇게 하지 **않는 거죠**? 어째서 우리는 이런 잔혹 행위들을 날마다 보면서 그것들이 계속되도록 놔두는 걸까요?

너희가 마음 쓰지 않기 때문이다. 그것은 **배려하지** 않는 것이다. 지구 행성 전체가 의식의 위기에 직면해 있다. 너희는 **서로를 보살필 것인지**까지도 결정해야 한다.

너무 감상적인 질문 같긴 하지만, 왜 우리는 자기 가족을 사랑하지 않는 걸까요?

너희는 너희 가족을 사랑하고 **있다**. 단지 너희 가족이 누구인지에 대해 대단히 제한된 시야를 지니고 있을 **뿐이다**.

너희는 자신을 인간 가족의 일부로 여기지 않는다. 그래서 인간 가족의 문제는 너희 문제가 아니다.

우리 지구인들의 세계관을 바꾸려면 어떻게 해야 합니까?

그것은 너희가 그 세계관을 어떤 세계관으로 바꾸려고 하는지에 달렸다.

그럼 어떻게 해야 우리가 고통과 괴로움을 대폭 줄일 수 있습니까?

너희 사이의 모든 분리를 없애는 것으로. 새로운 세계상을 건설하는 것으로. 그것을 새로운 사고틀 안에 붙잡아두는 것으로.

어떤 사고틀 말입니까?

지금의 세계관과 완전히 결별하게 될 사고틀.

지금의 너희는 지정학적인 의미에서 세계를 각자 주권을 가진 채 서로 독립된 민족국가들의 집합으로 본다.

이 독립된 민족국가들의 내부 문제는 대체로 전체 집단의 문제로 여겨지지 않는다. 그것들이 전체 집단(혹은 그 집단에서 가장 힘 있는 구성원들)에게 **영향을 미치지** 않거나 미치기 전까지는.

전체 집단은 강대국 집단의 기득권에 따라 개별 국가들의 상황과 조건에 반응한다. 만일 강대국 집단의 구성원 중에서 어느 누구도 **잃을 게** 없다면, 설령 개별 국가에서는 생지옥으로 떨어지는 상황이 벌어진다 해도, 누구 하나 관심을 갖지 않는다.

해마다 몇천 명씩 굶어 죽고, 몇백 명씩 내전으로 죽어가며, 폭군들이 농촌 지역을 약탈하고, 독재자들과 그들의 무장한 하수인들이 약탈하고 노략질하고 살해하며, 체제가 인간의 기본권을 박탈하더라도, 나머지 너희는 아무 일도 하지 않을 것이다. 너희는 그건 "내부 문제"라고 말한다.

하지만 그곳에서 **너희의** 이해관계가 위협받고, **너희의** 투자와 안전과 삶의 질이 위태로워지기라도 하면, 너희는 너희 나라의 힘을 결집시키고, 너희 뒤의 세계를 결집시키려 애쓰면서, 천사들도 밟기를 두려워하는 그곳으로 쳐들어가리라.

그러고 나면 너희는 '배짱 좋은 거짓말'을 한다. 너희가 그렇게 한 것은 세상의 압박받는 사람들을 도우려는 박애주의 정신에서였노라고. 하지만 진실은 너희는 단지 너희 자신의 이익을 지키고 있을 뿐이라는 데 있다.

이해관계가 **없는** 곳에는 너희가 아무 관심도 기울이지 않는다는 것이 그 증거다.

그러니까 세상의 정치기구들은 자기 이해에 따라 움직인다는 거군요. 다른 새로운 것은요?

너희가 세상을 바꾸고자 하면, 뭔가가 새로워지지 않을 수 없을 것이다. 너희는 다른 사람의 이해를 자신의 이해로 여기는 데서 시작해야 한다. 이것은 너희의 세계 현실을 새로 건설하고 그에 따라 너희 자신을 다스릴 때만 가능해질 것이다.

지금 세계정부에 대해서 말씀하시는 겁니까?

그렇다.

Conversations with God

11

당신은 2권에서는 지구가 당면한 지정학적인 문제들(1권에서 다룬, 원래가 개인적인 주제들과 반대되는 것으로)을 다루겠노라고 약속하셨습니다. 하지만 저로서는 당신이 이런 논쟁으로 들어가리라곤 생각하지도 못했다구요!

이제 세상은 자신을 속이길 그만두고 깨어 일어나, **인류의 유일한 문제는** 사랑의 부족에 있음을 깨달을 때가 왔다.

사랑은 참음을 낳고, 참음은 평화를 낳는다. 그러나 참지 못함은 전쟁을 일으키고, 참기 힘든 상황을 무심히 방관한다.

사랑은 무심할 수 없다. 사랑은 무심함이 무엇인지 모른다.

인류 전체에 사랑과 관심을 갖는 가장 빠른 길은 인류 전체를 너희 가족으로 보는 것이다.

그리고 인류 전체를 너희 가족으로 보는 가장 빠른 길은 **너희 자신을 분리시키길 그만두는 것이다.** 지금 너희 세계를 이루고 있는 민족국가들 모두가 하나로 **합쳐져야** 한다.

우리에게는 국제연합이 있습니다.

힘 없고 무기력한 기구였지. 그 기구가 제대로 작동하려면, 완전히 개조되어야 할 것이다. 그건 불가능하지는 않겠지만, 아마 힘들고 귀찮은 일일 것이다.

좋습니다—그럼 당신이 제안하는 건 뭡니까?

나는 "제안"을 갖고 있지 않다. 나는 단지 관찰 결과를 제시할 뿐이다. 이 대화에서는 너희의 새로운 선택이 무엇인지 내게 말해주면, 나는 그것을 구현할 방법을 놓고 관찰한 결과를 제시한다. 현재 너희 행성에서 벌어지는, 국민과 국가 간의 관계와 관련해서 너는 지금 무엇을 선택하려 하느냐?

당신 표현을 빌릴게요. 제 뜻대로 할 수 있다면, 저는 우리가 "인류 전체에 사랑과 관심을 갖는" 쪽을 선택하겠습니다.

그런 선택을 전제로 하여, 나는 개개 민족국가가 세계 문제에서 동등한 발언권을 가지고, 세계 자원을 동일한 비율로 배당받는 새로운 세계 정치 공동체를 이뤄내자면 어떻게 해야 하

는지를 관찰한다.

그런 일은 절대 일어나지 않을 겁니다. "가진 나라들"이 자신의 주권과 부와 자원을 "못 가진 나라들"에 주진 않을 테니까요. 게다가 따지고 보면, 그 나라들이 왜 그래야 하죠?

그렇게 하는 것이 그 나라들에 가장 이롭기 때문에.

그들은 그렇게 보지 않습니다. 그리고 저로서도 확신할 수 없고요.

너희 국가 경제에 해마다 몇십억 달러를 보탤 수 있다면, 그게 바로 너희 나라를 가장 이롭게 하는 것이 아니겠느냐? 굶주린 사람을 먹이고, 헐벗은 사람을 입히고, 가난한 사람을 재우고, 노인들을 안심시키고, 모두를 위해 더 나은 의료를 제공하고, 인간다운 생활수준을 조성하는 데 쓸 돈을 보탤 수 있다면 말이다.

사실, 미국에도 국가가 부자와 중산층 납세자들을 희생시켜서라도 가난한 사람들을 돕자고 주장하는 사람들이 있긴 하죠. 나라는 계속해서 지옥으로 떨어지고, 범죄는 나라 전역에서 들끓고, 인플레이션은 국민들의 생활비 저축분까지 빼앗아가고, 실업률은 수직으로 상승하고, 정부는 갈수록 더 비대해지고, 아이들은 학교에서 콘돔을 주고받는 판에 말입니다.

너는 라디오 토크쇼에서처럼 말하는구나.

대다수 미국인들의 관심거리는 이런 것들입니다.

그렇다면 그들의 시야가 좁은 것이다. 너는 1년이면 몇십억 달러, 한 달이면 몇백만 달러, 한 주면 몇십만 달러, 그리고 **하루**라고 해도 유례가 없을 정도로 많은 액수의 돈을 너희 체제 속으로 도로 부을 수 있다면…… 만일 너희가 이 돈을 배고픈 사람을 먹이고, 헐벗은 사람을 입히고, 가난한 사람을 재우고, 노인들을 안심시키고, 모두에게 의료 복지와 인간다운 생활을 제공하는 데 **쓸 수 있다면**…… 그렇게만 할 수 있다면, **범죄의 원인은** 영원히 사라지리란 걸 모르겠느냐? 너는 그 돈을 너희 경제 속에 도로 쏟아 부을 때, 새로운 직업들이 버섯처럼 번지리란 걸 모르겠느냐? 너희 **정부는 할 일이 줄어서** 되레 축소될 수도 있다는 걸?

그중에 일부는 가능할 수도 있겠군요…… 저는 정부가 **축소되리란 건** 상상도 못하겠거든요…… 그렇다 해도 이 몇백, 몇십억 달러가 어디서 나온다는 말입니까? 당신의 신(新)세계정부가 부과한 세금에서요? "자신의 두 발로 서려"고는 하지 않고 돈만 좇아다닐 사람들에게 주려고, 열심히 일해서 "번" 사람들에게서 더 많이 거둬서요?

그것이 네가 그 문제의 틀을 짜는 방식이냐?

아니요, 하지만 이건 **대다수** 사람들이 그 문제를 바라보는 방식입니다. 그래서 저는 공평하게 그들의 관점도 표현해주고 싶은 겁니다.

자, 그 문제에 대해서는 나중에 이야기하자꾸나. 지금 당장은 선로에서 벗어나고 싶지 않으니. 하지만 나도 나중에 그 문제로 돌아오길 원한다.

좋습니다.

그런데 너는 이 새로운 돈들이 어디서 나오느냐고 물었다. 자, 그 돈들이 굳이 신(新)세계공동체가 신설한 세금에서 나와야 하는 건 아니다(비록 그 공동체의 구성원들, 즉 시민 개개인들은 계몽된 통치 하에서 사회 전체의 필요를 조달하기 위해 수입의 10퍼센트를 내놓고 싶어할 테지만). 또 그것들은 지역정부(지금의 민족국가 정부를 말한다 – 옮긴이)들이 새로이 부과한 세금들에서 나오지도 않을 것이다. 오히려 단언하건대, 일부 지역정부들은 세금을 줄일 수도 있을 것이다.

너희는 단지 너희 세계관을 개조하는 것으로, 더 단순하게는 너희의 세계 정치 구도를 재정리하는 것으로 이런 횡재를 통째로 얻을 수 있다.

어떻게요?

그 돈을 건물 방호 체계와 공격용 무기들에서 건져내는 것으로.

아, 알았다! 당신은 우리가 **군대를 철폐하길** 원하시는군요.

너희만이 아니라 세상 모든 사람이 다 그렇게 하길 원한다.

하지만 군대를 철폐하지는 말고, 그냥 규모만 줄여라—과감하게. 너희에게 군대가 필요한 유일한 이유는 지역 내 질서 유지밖에 없을 것이니, 너희는 전쟁과 전쟁 준비를 위한 무기, 즉 대량 살상용 공격 무기와 방어 무기의 구입에 드는 비용을 과감하게 줄이는 동시에, 지역 경찰력을 강화할 수 있다—너희가 하고 싶다고 말하면서도 해마다 예산 편성 시기가 오면 할 수 없다고 아우성치던 그 일을.

첫째, 제 생각으로는 그렇게 해서 절약할 수 있는 액수가 과장된 것 같고요. 둘째로, 제가 보기에 당신은 자기방어 능력을 포기해야 한다는 사실을 사람들에게 절대 확신시키지 못할 겁니다.

액수 문제를 살펴보자. 현재(우리가 이 글을 쓰고 있는 1994년 3월 25일) 세계의 국가들이 군사 목적으로 쓰는 돈은 연간 약 1조 달러에 달한다. 즉 세계 전체로 보면 **1분마다 100만 달러씩을** 쓰고 있는 셈이다.

현재 군사비를 많이 **쓰는** 나라들일수록 그만큼 많은 돈을 내가 위에서 말한 우선순위들에 **재배정할 수** 있을 것이니, 크고 부유한 나라들일수록 그렇게 하는 것이 자신들을 가장 이롭게 한다고 **여길** 것이다—**물론** 그들이 그렇게 할 수 있다고 여긴다면 말이다. 하지만 크고 부유한 나라들일수록, 그들을 부러워하면서 **그들이 지닌 것을 갖기 원하**는 나라들이 침입해오거나 공격해올까봐 두려워하기 마련이니, 무방비로 지낸다는 건 상상도 하지 못할 것이다.

이런 위협을 없앨 방법은 두 가지가 있다.

1. 누구도 다른 사람이 가진 것을 원하거나 요구하지 않고, 모두가 인간답게 살면서도 두려워하지 않고 살기 위해서, 세계의 부와 자원 모두를 세상 모든 사람과 함께하는 것.

2. 전쟁의 필요성과 나아가 그 가능성까지도 완전히 없애기 위해, 이견을 조정할 체제를 창조하는 것.

아마 어느 나라 국민도 이렇게 하지 않을 겁니다.

사람들은 이미 이렇게 해왔다.

그래왔다고요?

그렇다. 지금 너희 세상에는 정확히 이런 종류의 정치 질서 속에서 진행되는 거대한 실험이 존재한다. 사람들은 이 실험을 미합중국 연방이라고 부르지.

비참하게 실패하는 중이라고 당신이 말했잖습니까?

사실 그렇다. 성공이라고 하기에는 미국이 가야 할 길이 너무 멀다. (앞서 약속했다시피 나는 이 점과 현재 이것을 가로막고 있는 태도들에 대해서는 뒤에서 이야기할 작정이다.) 그럼에도 미국은 진행 중인 최상의 실험이다.

말하자면, 미국은 윈스턴 처칠이 말한 식대로다. 그는 이렇게 선언했다. "민주주의는 최악의 체제다—다른 체제들을 모두 제외하면."

너희 나라는 개별 주(州)들 간에 느슨한 동맹 관계를 취하면서도, 그 주들을 하나의 중앙정부에 복종하는 응집력 있는 집단으로 묶는 데 성공한 첫번째 사례다.

그 당시만 해도 어느 주도 이렇게 하고 싶어하지 않았다. 각 주들은 자신들 각자의 위대성을 잃을까 두려워하면서, 또 그 같은 결합이 자신들을 가장 이롭게 하진 않으리라고 주장하면서, 강력하게 저항했다.

그 당시에 이 개별 주들에서 어떤 일이 벌어졌는지 정확하게 알아두는 게 도움이 될지도 모르겠다.

주들은 이 느슨한 동맹에 함께 가입하긴 했지만, 사실상의 미연방 정부도 존재하지 않았고, 따라서 주들이 동의했던 '연합헌장'(미국독립전쟁을 수행한 13개 주 연합체인 대륙회의가 1777년 제정한 미국 최초의 헌법-옮긴이)을 시행할 힘도 없었다.

주들은 각자 나름대로 대외 문제들을 처리했고, 무역 및 여타 문제들을 놓고 프랑스, 스페인, 영국을 비롯한 여러 국가들과 여러 건의 개별 협정들을 체결하기도 했다. 또한 주들 서로 간에도 무역을 했는데, '연합헌장'으로 금지되었음에도 불구하고 다른 주들에서 들어오는 상품들에 관세를 부과하는 주들도 있었다. 마치 그 상품들이 바다 건너에서 오기라도 한 것처럼! 상인들은 자기 상품들을 사거나 팔려면 항구에서 관세를 지불할 수밖에 없었다. 그 같은 세금 징수를 금지하는 명문화된 **협약**에도 불구하고, 실상 중앙**정부**란 게 존재하지 않았기 때문이다.

또한 주들은 다른 주와 전쟁을 벌이기도 했다. 자신들의 의용군을 정규군으로 간주했으며, 9개 주는 해군까지 소유하던 터라, "나를 짓밟지 마시오"가 연방에 속한 모든 주의 공식 표어가 될 판이었다.

심지어 반 이상의 주들이 독자적으로 화폐를 찍어냈다. (역시 불법이라는 사실에 '연합' 전체가 동의했음에도!)

결국 너희의 본래 주들은 '연합헌장' 밑에 함께 결합하긴 했지만, 실제로는 오늘날 **독립국가들이 하는 방식 꼭 그대로** 행동하고 있었던 것이다.

주들도 자기 '연합'의 협약들(화폐를 찍을 권한을 연방의회에만 주는 따위의)이 제대로 시행되지 않는다는 걸 알고 있었지만, 그럼에도 이 협약들을 **강행하고**, 이 협약들에 엄중한 강제조항들을 달 수 있는 중앙정부를 창설하여, 그 권위에 굴복하는 데는 완강하게 저항했다.

하지만 시간이 갈수록 몇몇 진보적인 지도자들의 영향력이 우세해지기 시작했다. 그들은 사람들에게 그 같은 새로운 연방을 만들게 되면, 잃을 것보다 **얻을 것이** 더 많다는 걸 확신시켰다. 그들은,

더 이상 주마다 다른 주의 상품들에 세금을 매기지 않을 것이니, 상인들은 밑천을 줄이면서도 이윤을 늘릴 수 있고,

또 더 이상 개별 주들이 다른 주들의 공격에서 자신을 방어하려고 자원을 낭비하지 않아도 될 테니, 주정부들은 재정을 줄이면서도 정말로 **국민을** 도울 수 있는 정책과 공공사업들을 더 많이 시행할 수 있으며,

주들끼리 서로 싸우지 않고 협력한다면, 국민들도 더 많은 평온과 안전과 번영을 누릴 수 있으니,

각자의 위대성을 잃기는커녕 각 주들은 훨씬 더 위대해질 수 있다고 주장했다.

실제로 일어난 일이 이런 주장들 그대로였음은 말할 것도 없다.

만일 **전 세계 160개국**이 하나의 '통일연방'으로 결합할 수 있다면, 지금의 160개 민족국가들에서도 이와 똑같은 일이 일어날 수 있다. 이것은 전쟁의 종식을 뜻할 것이다.

어떻게 그럴 수 있죠? 그래도 불화(不和)는 있을 텐데요.

인간들이 외부의 것들에 집착하는 한, 그 말이 맞다. 진실로 전쟁을 없애고, 불안과 동요의 모든 체험을 없앨 방법이 있긴 하지만, 그것은 영적(靈的)인 해결이다. 그러나 우리가 여기서 탐구하는 건 지정학적인 해결책이다.

사실 비결은 **그 두 가지를 함께 겸하는 것이다**. 일상의 체험을 바꾸려면, 실제 생활 속에서 영적 진실을 경험할 수 있어야

한다.

이런 변화가 일어날 때까지는 불화는 여전히 **존재할 것이니**, 네 말이 맞다. 하지만 그렇다고 전쟁이나 살인이 꼭 있어야 하는 건 아니다.

캘리포니아 주와 오리건 주가 수로(水路) 문제를 놓고 전쟁을 벌이는가? 메릴랜드 주와 버지니아 주가 어업권을 놓고 전쟁을 벌이는가? 위스콘신 주와 일리노이 주, 오하이오 주와 매사추세츠 주는?

아니요.

그렇다면 왜 그러지 않는가? 그들 사이에서도 논쟁과 불화는 있어왔지 않느냐?

그렇군요. 계속 있어왔던 것 같군요.

그렇다고 장담해도 좋다. 하지만 이 개별 주들은 주들 공통의 문제에 대해서는 특정한 법률과 특정한 절충안을 지키기로 자발적으로 합의했다—그것은 그냥 **자발적인** 합의였다. 다른 한편 각 주의 독자적인 문제들에 대해서는 별개의 법령들을 제정할 권리를 보유하면서.

그리고 연방법을 서로 다르게 해석하거나, 단순히 어느 한 주가 그 법을 어긴 것 때문에 주들 사이에서 분쟁이 **일어나면**, 그 문제는…… 분쟁을 해결하도록 **권위를 부여받은**(주들이 권위를 부여한) 연방법원의 관할로 넘어갔다.

그래서 만일 기존의 법률로는 재판을 통해 그 문제에 만족할 만한 해결책을 내놓을 선례나 방법을 제공하지 못할 때는, 해당 주들과 그 주민들은 자신들의 대표를 중앙정부에 보내 만족할 만한 환경이나, 적어도 합리적인 절충안을 **만들어낼 수 있는 새로운** 법률에 대한 합의를 얻어내려고 애쓴다.

이것이 너희 연방이 움직이는 방식이다. 법률 체계와 그 법들을 해석하도록 너희가 **권한을 준** 연방법원 제도와, 그리고 필요하다면 무장된 경찰력을 빌려서라도 연방법원의 결정을 강행할 수 있게 하는 사법권 체계가.

비록 더 이상 이 제도들을 개선할 필요가 없다고 주장할 사람은 아무도 없겠지만, 그럼에도 이 정치 조합은 200년 이상 실제로 운용되어왔다!

이와 똑같은 처방전이 민족국가들 간에도 효과를 보리라는 걸 의심할 까닭은 어디에도 없다.

그것이 그토록 간단한 일이라면, 왜 여지껏 시도조차 되지 않았겠습니까?

시도되었다. 너희의 국제연맹은 초기 시도였고, 국제연합은 최근 시도다.

하지만 하나는 실패했고, 다른 하나는 오직 최소한으로만 유효하다. 미국의 초기 13개 주 연방처럼, 국제연합의 회원국들(특히 강대국들)도 새로운 틀짜기로 얻는 것보다 잃을 게 더 많을까봐 두려워하고 있기 때문이다.

그 이유는 "권세가들"이 만인을 위해 삶의 질을 높이기보다는, 자신들의 권력을 유지하는 데 더 관심을 갖기 때문이라는 데 있다. "가진 자들"은 그 같은 '세계연방'이 필시 "못 가진 자들"을 위해 더 많은 것을 제시하리란 걸 **안다.** 하지만 "가진 자들"은 이것이 **자신들의 희생으로** 이루어지리라고 믿는다…… 그리고 그들은 무엇 하나 포기할 마음이 없다.

그들이 두려워하는 건 당연하지 않습니까? 그토록 오랫동안 투쟁해서 손에 넣은 걸 지키고 싶어하는 게 불합리한 겁니까?

첫째, 지금 배고프고 목마르고 잠잘 곳 없는 사람들에게 더 많이 준다고 해서, 반드시 다른 사람들이 자신들의 부를 포기해야 하는 건 **아니다.**

내가 지적했다시피, 너희가 해야 할 일은 해마다 전 세계 군사비로 낭비하는 연간 1조 달러의 돈을 박애주의 용도로 돌리는 것, 딱 한 가지뿐이다. 그러면 너희는 따로 1원 한 장 더 쓰는 일 없이, 또 어떤 재산도 소유자를 바꾸는 일 없이 그 문제를 해결할 것이다.

(물론 전쟁과 전쟁 도구들로 이윤을 올리는 다국적 복합기업들은, 그런 기업의 직원들과 세상의 갈등 의식에서 자신들의 부를 끌어내는 모든 사람이 그러하듯이, "손해"를 보게 되리란 주장이 있을 수 있다. 하지만 어쩌면 그것은 너희가 부의 원천을 잘못된 자리에 놓았기misplaced 때문이 아닐까? 생존하기 위해서 분쟁

으로 사는 세상에 의존해야 한다면, 이런 의존이야말로 왜 너희 세계가 지속적인 평화 구조를 창조하려는 모든 시도에 저항하는지를 설명해주는 것이 아닐까?)

네 두 번째 질문에 대한 답은, 개인이든 국가든 너희가 그토록 오랫동안 투쟁해서 손에 넣은 걸 지키고 싶어하는 건 불합리하지 않다는 것이다. 너희가 '외부 세계' 의식 출신이라면.

예, 뭐라고요?

만일 너희가 삶의 가장 큰 행복을 '외부 세계', 즉 너희 바깥에 있는 물질 세계에서 얻는 체험에서만 찾아낸다면, 개인이든 국가든 행복해지자면 너희는 당연히 쌓아둔 것들 중 **단 1온스도** 포기할 수 **없을 것이다.**

그리고 "못 가진" 사람들이 자신의 **불행**을 물질의 부족에서 찾는 한, 그들 역시 같은 함정 속에 갇힐 것이다. 그들은 계속해서 너희가 가진 것을 원할 것이고, 너희는 계속해서 나누길 거절할 것이다.

내가 앞에서 진실로 전쟁을 없애고, 불안과 동요의 모든 체험을 없앨 방법이 있다고 한 까닭이 여기에 있다. 하지만 이것은 **영적인** 해결이다.

그래서 모든 지정학적인 문제는 모든 개인적 문제가 그러하듯이 결국 영적인 문제로 귀착된다.

삶의 모든 것은 영적이기에, 삶의 문제들 역시 영적 토대에서 있고, 따라서 영적으로 해결된다.

너희 행성에서 전쟁이 일어나는 건 한쪽이 원하는 것을 다른 쪽이 가지고 있기 때문이고, 이 때문에 한쪽은 다른 한쪽이 원하지 않는 일을 하게 되는 것이다.

모든 갈등은 잘못 자리 잡은 욕구에서 생긴다.

세상 전체를 통틀어 유일하게 지속될 수 있는 평화는 내적 평화뿐이다.

각자가 자기 내면에서 평화를 발견하게 하라. 너희가 내면의 평화를 발견할 때, 너희는 없이 지낼 수 있다는 사실도 발견할 것이다.

이것은 그냥 너희가 더 이상 외부 세계의 것들이 필요하지 않게 된다는 뜻이다. "필요하지 않음"은 위대한 자유다. 그것은 우선, 너희를 두려움에서 자유롭게 한다. 너희가 갖지 못할 뭔가가 존재한다는 두려움, 잃게 될 뭔가를 지니고 있다는 두려움, 어떤 것 없이는 행복하지 못하리라는 두려움에서.

둘째로, "필요하지 않음"은 너희를 분노에서 자유롭게 한다. 분노는 선언된 두려움이다. 그러니 두려워할 일이 없다면, 분노할 일도 없다.

원하는 것을 갖지 못해도 너희는 화내지 않을 것이다. 너희의 원함은 필요가 아니라 단순히 선호(選好)에 지나지 않기에. 그러니 너희는 그것을 갖지 못할 가능성 때문에 두려워하는 일이 없고, 따라서 화내는 일도 없을 것이다.

너희가 원하지 않는 일을 남들이 한다 해도 너희는 화내지 않을 것이다. 그들이 **어떤** 특정한 일을 하거나 하지 않는 게 필요하지 않을 것이니, 따라서 화내는 일도 없을 것이다.

너희는 누군가의 친절이 필요하지 않으니, 그가 불친절하다고 해서 화내지 않을 것이다. 너희는 누군가의 사랑이 필요하지 않으니, 그가 너희를 사랑하지 않는다고 해서 화내지 않을 것이다. 너희는 누가 너희에게 잔혹하거나 해를 입히거나 손해를 입히려 해도 화내지 않을 것이다. 왜냐하면 너희는 그들이 다른 방식으로 처신하는 게 **필요**하지 않고, 그들이 너희를 해칠 수 없음을 너희가 확신할 것이기에.

너희는 죽음을 두려워하지 않을 것이니, 누가 너희 생명을 가져가려 해도 화내지 않을 것이다.

너희에게서 두려움이 사라지면, 나머지 것들도 사라질 수 있으니, 너희는 화내지 않을 것이다.

너희는 내면의 직관으로 너희가 창조했던 모든 것을 다시 창조할 수 있음을 알 것이다. 아니 더 중요한 것으로 그것이 중요하지 않다는 걸 알 것이다.

너희가 '내면의 평화'를 발견할 때, 어떤 사람이나 장소나 물건이나, 조건이나 환경이나 상황의 있고 없음은 너희 마음 상태의 창조자일 수 없고, 너희 존재 체험의 원인일 수 없다.

이것이 너희가 몸의 전부를 거부한다는 뜻은 아니다. 천만에, 너희는 지금껏 한번도 느껴보지 못한 방식으로 너희 육신과 육신의 **기쁨** 속에서 완전해짐을 체험할 것이다.

하지만 몸의 일에 대한 너희의 몰두는 강제적이지 않고 자발적일 것이니, 너희는 스스로의 선택으로 몸의 감각을 체험할 것이다. 행복을 느끼거나 슬픔을 해소하기 위해서 그렇게 하도록 강제되는 것이 아니라, 너희의 선택으로 그렇게 할 것이다.

내면의 평화를 추구하고 발견하는 이 간단한 한 가지 변화를 모두가 이뤄낼 때, 전쟁은 완전히 끝나고, 갈등은 사라지며, 부당함은 차단되고, 세상에는 영원한 평화가 찾아올 것이다.

필요하거나 **가능한** 다른 공식은 없다. 세계 평화는 개인의 일이다!

필요한 것은 환경의 변화가 아니라 의식의 변화다.

배고플 때 어떻게 내면의 평화를 발견할 수 있습니까? 목마를 때 어떻게 평정의 자리에 머물 수 있고, 눈비에 젖어 잠잘 곳이 없을 때 어떻게 고요히 있을 수 있습니까? 또 사랑하는 사람들이 까닭 없이 죽어갈 때 어떻게 화내지 않을 수 있습니까?

당신은 그토록 시적으로 말씀하시지만, 시가 현실입니까? 그 시가 빵 한 조각이 없어서 무섭게 여윈 자기 아이가 죽어가는 것을 지켜봐야 하는 에티오피아의 어머니들에게 무슨 의미가 있습니까? 마을을 약탈하는 군대를 막으려다 자기 몸을 뚫고 들어오는 총알을 느껴야 하는 중앙아메리카 남자에게는요? 그리고 깡패들에게 여덟 번이나 강간당한 브루클린 여자에게 당신의 시가 무슨 의미가 있습니까? 혹은 일요일 아침, 테러리스트가 교회에 설치한 폭탄으로 온몸이 갈가리 찢겨나간 아일랜드의 여섯 가족에게는요?

수긍하기 힘들겠지만 너희에게 말하노니, 모든 것에 완벽이 있다. 그 완벽을 보고자 노력하라. 이것이 내가 말하는 의식의 변화다.

어떤 것도 필요 없고, 모든 것을 원하며, 드러낼 것을 선택하라.

네 느낌을 느끼고, 네 울음을 울며, 네 웃음을 웃고, 네 진실을 존중하라. 하지만 모든 감정이 다하고 나면, 고요히 있으면서 내가 신임을 깨달아라.

달리 말해, 엄청난 비극의 한가운데서 그 과정의 영광을 보라. 너희가 가슴을 뚫는 총알로 죽어가고, 깡패에게 강간당하는 동안에도.

이것은 도저히 불가능한 일처럼 들릴 것이다. 그러나 너희가 신의 의식으로 옮겨간다면 이렇게 할 수 있다.

물론 너희가 꼭 **그래야 하는 건** 아니다. 그것은 너희가 그 순간을 얼마나 체험하고 싶어하는가에 달려 있다.

엄청난 비극의 순간에 마음을 조용히 가라앉히고, 영혼 깊숙이 내려가기란 항상 힘든 일이다.

하지만 그 비극을 너희가 전혀 통제하지 못할 때, 너희는 저절로 이렇게 한다.

너는 차를 타고 달리다가 뜻하지 않게 다리 아래로 떨어졌던 사람과 이야기해본 적이 있느냐? 혹은 자기 코앞에 총이 겨눠졌던 사람이나 물에 빠져 죽을 뻔한 사람과는? 그들 다수가 시간이 멈춘 상태에서, 기묘한 평온에 잠겨, 아무 두려움도 느끼지 않았다는 이야기를 해줄 것이다.

"두려워하지 말라, 내가 너희와 함께하리니." 이것이 비극을 직면한 사람들에게 읊어야 할 시다. 나는 너희의 가장 어두운 시기에 너희의 빛이 되고, 너희의 가장 암울한 시기에 너희의 위안이 되며, 너희의 가장 힘들고 어려운 시기에 너희의 힘이 될 것이다. 그러니 믿음을 가져라! 나는 너희의 목자이니, 너희는 부족하지 않을 것이다. 나는 너희를 풀밭에 누일 것이며, 너희를 조용한 물가로 데려갈 것이다.

나는 너희의 영혼을 되찾아줄 것이며, 내 이름을 걸고 너희를 올바른 길로 이끌 것이다.

그리하여 너희가 '죽음의 음침한 골짜기the Valley of the Shadow of Death'를 지나간다 하더라도, 너희는 **어떤** 악도 두렵지 않을 것이다. 내가 너희와 함께하리니, 내 지팡이와 내 막대기가 너희를 **편안케 할 것이다.**

나는 네 적들의 면전에서 네 앞에 식탁을 차리고 있다. 나는 네 머리에 향유를 발라줄 것이고, 네 잔은 넘쳐 흐를 것이다.

단언하노니, 선과 자비가 평생 너희를 따를 것이고, 너희는 내 집과 내 가슴속에서 영원히 살 것이다.

Conversations with God

12

굉장하군요. 당신이 말한 건 정말 굉장할 뿐입니다. 저도 세상이 그렇게 되었으면 좋겠습니다. 세상을 믿고 이해할 수 있기를 바라죠.

이 책이 그렇게 되도록 도와줄 것이다. 너도 그렇게 하는 걸 돕고 있다. 따라서 '집단의식'을 일으키는 데 너도 어떤 역할을, 너 나름의 역할을 하고 있는 것이다. 그것은 모두가 해야 하는 일이다.

알겠습니다.

이제 주제를 바꿔도 될까요? 제 생각엔 앞서 당신에게 공평하게 표현해주고 싶다고 말했던 그 견해, 그 같은 자세에 대해 이야기하는 게 중요할 것 같거든요.

제가 지금 언급하는 견해, 많은 사람들이 지닌 견해란, 가난한 사람들은 이미 받을 만큼 받아왔으니, 가난한 사람들을 더 많이 먹여 살리려고 부자들에게 세금을 매기는 짓, 사실 열심히 일해 "해냈다"는 이유로 그들에게 벌 주는 짓은 그만두어야 한다는 견해를 말합니다.

이런 사람들은, 가난한 사람들은 본래 그들이 가난하길 원해서 가난하다고 믿지요. 대부분이 자신을 끌어올리려는 시도조차 하지 않고, 자신을 책임지기보다는 정부의 젖꼭지나 빨려 한다고요.

많은 사람들이 부의 재분배, 공유는 사회주의의 죄악이라고 믿습니다. 그들은 만인의 노력 전체를 담보로 인간의 기본 존엄을 보장하겠다는 발상이 얼마나 악마적 기원을 갖는지 보여주는 증거를 《공산당선언Communist Manifesto》에 나오는 "각자의 능력에 따라 일하고, 각자의 필요에 따라 분배한다"는 구절에서 찾습니다.

이 사람들은 "누구나 자신을" 책임져야 한다고 믿습니다. 이런 관념이 냉정하고 무자비하다는 비판을 받으면, 그들은 기회는 누구에게나 똑같이 찾아온다는 주장에서 도피처를 구하죠. 그들은, 애초부터 불리함을 지니고 태어나는 사람은 아무도 없으며, 자신들이 "해낼 수 있다면" **다른 사람들도 해낼 수 있다**, 그러니 누군가가 해내지 못한다면 "그건 전적으로 그 사람 잘못"이라고 주장합니다.

너는 그게 감사할 줄 모르는 건방진 생각이라고 느끼는구나.

그렇습니다. 그런데 당신은 어떻게 느끼십니까?

나는 그 문제에 대해 아무 판단도 내리지 않는다. 그것은 그

냥 하나의 생각일 뿐이다. 그런 생각이든 다른 어떤 생각이든, 생각과 관련해서 의미 있는 질문은 딱 한 가지뿐이다. 그런 생각을 지니는 게 자신에게 도움이 되는가? '자신이 누구이고' '자신이 추구하는 존재'라는 관점에서 볼 때, 그 생각이 자신에게 도움이 되는가?

바로 이것이 사람들이 세상을 살펴볼 때 물어야 할 질문이다. 이런 생각을 지니는 게 우리에게 도움이 되는가?

내가 관찰하기로는, 소위 불리함을 **안고 태어난** 사람들, 아니 집단들은 존재한다. 이것은 분명한 사실이다.

그러나 아주 높은 형이상학적 차원에서는 누구도 "불리하지 않은" 것 역시 사실이다. 개개 영혼은 자신이 원하는 바를 이루기에 딱 맞는 사람과 사건과 환경을 자기 스스로 창조하기 마련이기에.

너희는 모든 것을 선택한다. 너희 부모와 국적과 재진입을 둘러싼 모든 환경을.

비슷하게, 너희는 살아가는 동안에도 계속해서, 자신을 **참된 자신**으로 깨닫기 위해서 사람과 사건과 환경들을 선택하고 창조한다. 현재 너희가 원하는, 정확하고 올바르고 완벽한 기회들을 끌어오게끔 고안된 사람과 사건과 환경들을.

달리 말하면, 영혼이 이루려는 바의 관점에서 보면, 누구도 "불리하지 않다". 예컨대 영혼은 자신이 이미 시작한 일을 이루는 데 필요한 조건들을 만들어내기 위해서, 장애가 있는 몸으로 일하거나 억압적인 사회나 심한 정치경제적 긴장이 있는 곳에서 일하길 원할 수도 있다.

그러니 너희는 설령 **물질적인** 의미에서는 "불리함"에 직면한 사람이라도, **형이상학적으로는** 그런 것들이 사실상 올바르고 완벽한 조건임을 알 수 있으리라.

그렇다면 그게 현실에서 우리에게 어떤 의미입니까? 우리는 "불리한 사람들"에게 도움을 주어야 합니까? 아니면 참으로 그들이 **원하는** 바로 그곳에 있으니, "자신들의 업보를 해결하도록" 내버려두어야 합니까?

그것은 대단히 좋은 질문이고 대단히 중요한 질문이다.

먼저 너희가 생각하고 말하고 행하는 모든 것이 자신에 대해 판단한 것들의 반영임을 기억하라. '자신이 누구인지'에 대한 진술, 되고자 하는 자신을 결정하는 창조 행위임을. 나는 계속해서 이 측면으로 돌아가리니, 이것이야말로 너희가 이곳에서 하고 있는 유일한 일이며, 너희가 꾀하는 유일한 일이기 때문이다. 그 외에 영혼이 진행시키는 일, 다른 일정은 없다. 너희는 '참된 자신'이 되려 하고, '참된 자신'을 체험하려 하며, 그것을 창조하려 하고 있다. 너희는 '지금'이라는 모든 순간마다 자신을 새롭게 창조하고 있다.

이제 이런 맥락 속에서, 너희 세계에서 관찰되는 식의 상대적인 용어로, 소위 불리해 보이는 사람과 마주쳤을 때, 너희가 물어야 할 첫 번째 질문은 이것이다. 저 상황과 관련해서 나는 누구이며, 나는 어떤 존재가 되려 하는가?

달리 말해 어떤 상황에서든 언제나, 너희가 남과 만났을 때는 나는 여기서 무엇을 바라는가라고 물어야 한다. 내가 여기서 하려는 것은 무엇인가라고.

내 말을 알아듣겠는가? 너희의 첫 번째 질문은 언제나, 나는 여기서 무엇을 바라는가여야 한다. 다른 사람이 여기서 무엇을 바라는가가 아니라.

이건 인간관계를 진행시키는 방식에 관해 제가 지금껏 알고 있는 것 중에서 가장 매력적인 통찰이군요. 제가 지금껏 배워왔던 것들 전부와 충돌하는 것이기도 하구요.

알고 있다. 하지만 너희 인간관계들이 그토록 엉망진창인 건, 너희가 언제나 상대방이 원하고 **남들이** 바라는 것을 알아내려 애쓰기 때문이다. **너희가** 진실로 원하는 것 대신에 말이다. 그러고 나면 너희는 그것을 상대방에게 줄지 말지 결정하게 되는데, 그때는 자신이 상대방에게서 무엇을 바랄 수 있는지 먼저 살펴보고 나서 결정한다. 너희가 보기에 상대방에게서 바랄 것이 전혀 없다면, 상대방이 원하는 것을 주어야 할 으뜸가는 이유는 사라지고 마는 것이니, 너희는 거의 그렇게 하지 않는다. 반면에 너희가 바라거나 바랄지도 모르는 뭔가가 상대방에게 있는 걸 보게 되면, 너희의 자기 생존 양태가 잽싸게 자리를 차고 들어앉아, 너희는 상대방이 바라는 것을 주려고 애쓰게 된다.

그러고 나면 너희는 그렇게 한 것에 화를 낸다. 특히나 상대방이 너희가 바라는 것을 결국 주지 않을 때는.

'나는 너와 거래하겠다'는 이 게임에서 너희는 대단히 섬세한 균형을 잡는다. 네가 내 필요를 채워주면 나도 네 필요를 채워주겠다는 식의 균형을.

하지만 개인 관계들만이 아니라 국가 관계들까지 포함하여 모든 인간관계의 목적은 이런 것들과는 전혀 무관하다. 너희가 사람이나 장소나 사물과 '신성한 관계'를 맺는 목적은 **그들이** 바라거나 그들에게 필요한 것을 알아내는 데 있지 않고, 성장하고 **너희가 바라는** 존재가 되기 위해서, 너희에게 필요하거나 바라는 것을 알아내는 데 있다.

이것이 내가 다른 것들과의 '관계'를 **창조한** 이유다. 그렇지 않았더라면, 너희는 **진공** 속에, 허공 속에, 너희의 고향인 '영원한 전체' 속에 그대로 있었을 것이다.

하지만 '전체' 속에서 **너희 아닌 것은 존재하지 않으니,** 너희는 '전체' 속에서 그냥 존재할 뿐, 자신의 "앎"을 **특정한 어떤 것**으로 체험할 수 없다.

그래서 나는 너희가 '자신'을 새로이 창조하고 **체험 속에서 '깨닫는'** 방법을 생각해냈다. 다음과 같은 것들을 너희에게 줌으로써.

1. 상대성—너희가 다른 것과의 관계 속에서 특정한 뭔가로 존재할 수 있게 해주는 체계.

2. 망각—상대성이란 건 단순히 속임수일 뿐, 사실은 너희가 '그 모든 것'임을 **모르도록** 자신을 기꺼이 새까만 망각에 맡기는 과정.

3. 의식—완전한 자각에 도달할 때까지 성장해가는 존재 상

태. 그러고 나서 너희가 의식을 새로운 한계로, **무한으로** 펼칠 때, 너희는 '살아 있는 참된' 신이 되고, 너희 현실을 창조하고 체험하며, 말하자면 그 현실을 확장하고 개발하며, 그 현실을 바꾸고 개조하게 될 것이다.

이 패러다임에서는 **의식이 전부다.**

참된 자각을 뜻하는 의식은 모든 진리의 토대이고, 따라서 모든 참된 영성(靈性)의 토대다.

하지만 이런 과정이 뭘 뜻하는 겁니까? 당신은 우리가 '자신이 누구인지' 기억해낼 수 있도록 하려고, 먼저 우리가 '자신이 누군인지' 잊게 만드신 겁니까?

절대 그렇지 않다. 그것은 너희가 '자신'과 '**되고자 하는** 자신'을 창조할 수 있도록 하기 위해서였다.

이것은 신이 되려는 신의 행위다. 그것은 내가 되려는 나다—너희를 통해서!

이것이 모든 삶의 목적이다.

너희를 통해서, 나는 '내가 누구이고 무엇인지' **체험한다.**

너희가 없다면, 나는 그것을 알 수는 있지만 체험할 수는 없다.

앎과 체험은 다른 것이다. 나는 항상 체험하는 쪽을 택할 것이다.

사실 나는 지금도 그렇게 하고 있다. 너희를 통해서.

우리는 여기서 본래의 질문을 놓치고 만 것 같군요.

신을 한 가지 주제에만 묶어두기는 힘들지. 나는 확장하는 편이니.

자 어디, 우리가 다시 돌아갈 수 있을지 보자.

아, 그렇군—불운한 사람들을 어떻게 대해야 하는가였지.

첫째, 그들과의 '관계'에서 '자신이 누구이고 무엇인지' 판단하라.

둘째, 만일 자신을 '원조'와 '도움'과 '사랑'과 '자비'와 '배려'로서 체험하고 싶다면, 어떻게 해야 **그런 것들이 가장 잘 될 수 있을지** 자세히 살펴보라.

그리고 그런 것들이 되는 자신의 능력은 **다른 사람들이 어떤 상태이고 무엇을 하고 있는가와는 아무 관계도 없다**는 걸 깨달아라.

사실 **그들을 혼자 내버려두거나**, 그들에게 자조(自助)할 수 있는 힘을 주는 것이 때때로 누군가를 사랑하는 최상의 방법이자 너희가 줄 수 있는 최고의 도움일 수 있다.

이것은 일종의 잔치다. 인생은 잡다한 뷔페 요리 같은 것이니, 너희는 그들에게 **그들 자신이라는 큰 접시** 하나를 줄 수 있다.

너희가 어떤 사람에게 줄 수 있는 가장 큰 도움은 **그를 깨어나게 만드는 것**, 그에게 '자신이 참으로 누구인지' 기억하게 만드는 것임을 기억하라. 이 일을 할 수 있는 방법은 많다. 때로는 밀거나 당기거나 살짝 찌르는 것 같은 약간의 도움으로…… 그리고 때로는 너희가 개입하거나 간섭하는 일 없이, 그의 진로를 달리게 하고, 그의 길을 따르게 하며, 그의 두 발로 걷도록 만들겠다는 결정만으로. (부모라면 누구나 이런 선택에 대해 알고 있으며, 날마다 그것을 놓고 고민한다.)

너희가 불운한 사람들에게 도움될 기회를 갖는다는 건, 그들을 다시 **마음 쓰게** 하는re-mind 것이다. 다시 말해 그들이 자신에 대해 '새로운 마음'을 갖도록 하는 것이다.

그리고 너희 역시 그들에 대해 '새로운 마음'을 가져야 한다. 너희가 그들을 불운한 사람으로 보는 한, **그들은** 앞으로도 그럴 것이기에.

예수의 위대한 선물은, 그가 모든 사람을 그들의 참모습대로 보았다는 것이다. 그는 겉모습대로 받아들이길 거부했고, 사람들 스스로가 믿는 그들의 모습을 믿지 않았다. 그는 항상 더 고귀하게 생각했으며, 남들도 항상 그렇게 하도록 권했다.

하지만 그는 남들이 선택하려는 지점도 존중했다. 그는 자신의 고귀한 관념을 받아들이라고 그들에게 강요하지 않았다. 다만 그것을 권유로 내놓았을 뿐이다.

또한 그는 자비를 가지고 대했다. 그래서 남들이 자신들을 도움이 필요한 존재로 보는 쪽을 택했을 때, 잘못된 평가를 내렸다고 해서 그들을 거절하지 않았다. 그들이 자신들의 '현실'을 사랑하도록 놔두었으며, 나아가 그들이 자신들의 선택을 연출해내게끔 그들을 사랑으로 거들었다.

일부 사람들에게는 '자신'에게 이르는 가장 빠른 길이 '자신 아님'을 **지나는** 길임을 예수는 알고 있었다.

그는 이것을 불완전한 길이라고 부르지 않았고, 따라서 그것을 비난하지도 않았다. 오히려 그는 이 길 **역시** "완벽하다"고 보았기에, 누구나 그들이 원하는 꼭 그대로의 존재 상태로 있을 수 있게 받쳐주었다.

그래서 예수에게 도움을 청한 사람은 누구나 도움을 받았다.

그는 누구도 거부하지 않았다. 하지만 그는 자신이 준 도움이 그 사람의 충만되고 진실한 바람을 받쳐주는지 언제나 조심스럽게 살폈다.

예수는 순수하게 깨달음을 추구하면서 다음 단계로 올라설 채비를 거짓 없이 보여주는 사람들에게 그렇게 할 수 있는 힘과 용기와 지혜를 주었다. 그는 자신을 하나의 예로서 제시하여—그리고 그것은 옳았다—그들이 다른 걸 할 수 없다면 **자신을** 믿도록 그들의 용기를 북돋웠다. 그는 말했다. 길을 잃게 하지 않겠노라고.

그리하여 많은 사람들이 그를 믿었으니, 오늘날까지도 그는 자신의 이름으로 청하는 사람들을 돕고 있다. 지금도 그의 영혼은 온전히 깨어나려 하고 온전히 내(神) 속에 살아 있으려는 사람들을 깨우는 일을 하고 있기에.

하지만 그리스도는 그렇게 하지 않는 사람들에게도 **자비를** 베풀었다. 그러기에 그는 독선을 거부했으며, 하늘에 있는 그의 아버지가 그런 것처럼 어떤 판단도 내리지 않았다.

'완벽한 사랑'에 대한 예수의 견해는 모든 사람에게 그들이 청하는 꼭 그대로의 도움을 주는 것이었다. 그들이 얻을 수 있는 도움의 종류를 그들에게 이야기해주고 나서.

그는 한번도 남을 돕기를 거부한 적이 없었다. 그리고 무엇보다도 "너희가 뿌린 씨는 너희가 거두라"는 생각으로 그렇게 하지는 않았다.

예수는 단순히 자신이 주고자 하는 도움이 아니라 사람들이 청한 도움을 그들에게 준다면, **그들이 받을 준비가 된 수준에서** 그들에게 권능을 부여하는 것임을 알았다.

이것이 모든 위대한 선각자들, 과거에 너희 행성을 걸었던 이들과 지금 걷고 있는 이들의 방법이다.

저는 지금 몹시 혼란스럽습니다. 그렇다면 도움을 주는 것이 오히려 권능을 **빼앗게** 되는 경우는 언제입니까? 그것이 다른 사람의 성장을 돕지 않고 오히려 방해하게 되는 때는요?

너희의 도움이 신속한 자립이 아니라 계속적인 의존을 가져오는 방식으로 제공될 때.

너희가 자비를 명분으로 하여, 다른 사람이 자신에게 의존하지 않고 너희에게 의존하기 시작하도록 놔둘 때.

이것은 자비가 아니라 강제다. 그런 종류의 도움은 진실로 강제라는 동력 엔진에 시동을 거는 것이기에. 그런데 여기서 이 차이는 대단히 미묘해서, 때때로 너희는 자신이 시동을 걸고 있다는 사실조차 깨닫지 못한다. 너희는 진심으로 최선을 다해 그냥 다른 사람을 도울 뿐이라고 믿는다…… 하지만 그렇게 하는 것이 단지 너희 자신의 자부심만 키우는 것이 되지 않도록 주의하라. 남들이 너희에게 의존하도록 놔두면 놔두는 만큼, 그것은 그들이 너희를 힘 있는 존재를 만들도록 놔두는 것이니, 그렇게 되면 너희는 당연히 자신을 가치 있는 존재로 느낄 것이기 때문이다.

하지만 이런 식의 도움은 **약자(弱者)를 유혹하는 최음제다.**

목표는 약한 사람이 더 약해지게 하는 데 있지 않고, 약한 사람이 강해지도록 돕는 데 있다.

정부가 주도하는 많은 복지 정책들이 지닌 문제가 이것이다. 그 정책들도 주로 뒤의 방식이 아니라 앞의 방식으로 일한다. 정부 정책이란 건 자기 지속성을 갖기 마련이니, 지원하려는 사람들을 돕는 것만큼이나 자신의 존재를 정당화하는 것이 그 정책들의 목적일 수 있다.

모든 정부 지원에 한계가 있다면, 국민들은 정말로 필요할 때 도움을 받더라도, 그 도움에 중독되어 그것을 자신의 자립과 맞바꾸지 않게 될 것이다.

정부는 도움이 힘인 걸 알고 있다. 이것이 바로 정부가 비난받지 않을 만큼 많은 사람들에게 많은 도움을 제공하는 이유다. 정부가 돕는 사람들의 수가 많을수록 정부를 돕는 사람들의 수도 많아지기 때문이다.

정부가 부양하는 사람들이 정부를 부양한다.

그렇다면 부의 재분배는 없어야**겠군요.** 《공산당선언》은 사탄의 짓이고요.

물론 사탄 같은 건 어디에도 **없다.** 하지만 나는 네 말뜻을 이해한다.

"각자의 능력에 따라 일하고 각자의 필요에 따라 분배한다"는 주장 뒤에 깔린 사상은 사악하지 않다. 그것은 아름답다. 그것은 그냥 너희는 너희 형제의 파수꾼이라는 속담을 달리 표현한 것에 지나지 않는다. 추해질 수 있는 것은 이 아름다운 사상을 실행하는 방식이다.

공유는 정부가 강요하는 칙령이 아니라 생활 방식이어야 한다. 공유는 강제가 아니라 자발성이어야 한다.

하지만—여기서부터 다시 가는 겁니다!—최상의 정부일 때는, 정부 자체가 곧 국민입니다. 그리고 정부 정책 자체가 국민이 "생활 방식"으로서 공유하는 장치에 지나지 않구요. 제가 주장하려는 건 사람들은 정치 체제들을 거치면서 집단적으로 그렇게 하기로 선택했다는 겁니다. 왜냐하면 사람들은 "가진 자들"은 "못 가진 자들"과 나누지 않는다는 걸 지켜보았고, 역사도 그것을 보여주었기 때문입니다.

러시아 농민들은 러시아 귀족들이 부를 공유하기를 지옥이 얼어붙을 때까지 무한정 기다릴 수도 있었겠죠. 주로 농민들의 고된 노동에서 나오고, 거기에서 늘어난 그 부를 공유하기를요. 하지만 농민들에게는 계속해서 토지를 경작하여 토지 귀족들을 더 부유하게 만들 "자극제"로서, 겨우 먹고 살 만큼이 주어졌습니다. **의존관계**란 바로 이런 겁니다! 이것이야말로 정부가 **지금껏** 발명한 어떤 것보다도 더 착취적이고 더 추악한, 네가 날 도울 때만 나도 널 돕겠다는 식의 구도가 아닙니까?

러시아 농민들은 이런 추악함에 대항해 일어섰습니다. 그리하여 "가진 자들"이 **자진해서** "못 가진 자들"에게 주는 일은 없다는 인민의 좌절에서 모든 사람이 동등한 대우를 받도록 보장한 정부가 탄생한 것입니다.

굶주린 군중들이 누더기를 입고 그녀의 창문 밑으로 모여들었을 때, 금무늬가 새겨진 욕조 속에서 보석 박힌 받침 위에 머리를 대고 느긋하게 누워 수입 포도를 먹던 마리 앙투아네트는 이렇게 말했죠. "저 사람들에게 케이크를 먹게 해!"라고요.

짓밟힌 자들이 참을 수 없었던 태도가 바로 **이런 것**입니다. 이것이 바로 혁명을 일으키고 소위 억압적인 정부를 창조해낸 조건입니다.

부자에게서 빼앗아 가난한 사람에게 주는 정부는 억압적이라고 하지만, 부자들이 가난한 사람들을 **착취하는** 동안 아무 일도 하지 않는 정부는 자제한다고 하니까요.

요즘도 마찬가지입니다. 멕시코 농민들에게 한번 물어보십시오. 그러면 부유하고 권력 있는 엘리트들인 20~30개 가문들이 글자 그대로 멕시코를 경영하는(그 나라는 거의가 그들 것이니까요!) 동안에, 2,3천만에 달하는 농민들은 절대 빈곤 속에서 산다는 이야기를 들을 겁니다. 그래서 농민들은 1993~1994년에 봉기했지요. 최소한이나마 인간답게 생활할 수단을 인민들이 마련하게끔 도와줄 정부의 의무를 그 엘리트 정부에 강제로라도 깨우쳐주려고요. 엘리트 정부와 "국민의, 국민에 의한, 국민을 위한" 정부는 다릅니다.

인간의 기본 천성인 이기심에 좌절하고 분노한 사람들이 만들어낸 것이 바로 국민의 정부 아닙니까? 또 정부 정책이란 건 인간이 스스로 교정하길 내키지 않아 하니, 그 교정 방안으로 만들어진 것이잖습니까?

그리고 이것이야말로 바로 공정 주택법fair housing laws과 아동노동에 관한 법률, 부양 자녀가 있는 어머니들을 위한 지원 정책들의 발단이잖습니까?

그 가족들이 노인들에게 제공하려 하지 않거나 할 수 없는 것을 제공하려는 정부의 시도야말로 '사회 안정'이 아닙니까?

정부 통제에 대한 우리의 증오를, 통제받지 않으면 절대 **기꺼이 하는** 법이 없는 우리의 천성과 무슨 수로 조화시킨단 말입니까?

정부가 그 추잡한 부자 탄광주들에게 추잡한 탄광들의 노동환경을 개선하도록 요구하기 전까지 탄광 노동자들이 일한 환경은 끔찍했습니다. 왜 탄광주들이 자진해서 그렇게 하지 않은 줄 아십니까? 그렇게 하면 **이윤**이 줄어드니까요! 그리고 부자들은 이윤을 끌어내고 늘리기 위해서라면 위태로운 광산 안에서 가난한 사람들이 아무리 많이 죽어가도 신경 쓰지 않죠.

정부가 최저임금제를 실시하기 전까지 기업들이 비숙련 노동자들에게 지불한 건 그야말로 **노예** 임금이었습니다. "옛날의 좋았던 시절"로 돌아가고 싶어하는 사람들은 이렇게 말하죠. "그래서 어떻단 말인가? 기업들은 **일자리**를 주지 않았는가? 그리고 어쨌든 위험을 감수하는 쪽은 누구인가? 노동자들? 천만에! **투자자들, 소유주들**이 모든 위험을 감수한다구! 그러니 최대치의 보상을 받아야 하는 건 당연히 그들이라구!"

자본가들이 의존하는 노동의 소유자인 노동자를 인간답게 대우해야 한다고 여기는 사람은 누구나 **공산주의자**로 몰립니다.

피부색 때문에 주택 구입을 제한당해선 안 된다고 여기는 사람은 누구나 **사회주의자**로 몰리고요.

단지 잘못된 성(性)을 가졌다는 이유만으로 여성이 고용 기회나 승진을 거부당해선 안 된다고 여기는 사람은 누구나 **급진적 여권주의자**로 몰리죠.

그리고 사회의 권력자들이 스스로 해결하길 악착같이 거부하는 이런 문제들을 행여 정부가 선출된 대표자들을 통해 해결하려고 움직이기라도 하면, 그런 정부들은 억압적이라고 비난받죠! (부언하면, 정부가 도움을 주는 사람들은 절대 이렇게 비난하지 않습니다. **자진해서** 돕기를 거부하는 사람들만이 이렇게 하죠.)

이것이 의료 복지 문제에서보다 더 분명하게 드러나는 예는 없습니다. 1992년에 미국 대통령과 그의 부인은 몇백만 명의 미국인들이 예방 차원의 진료를 전혀 받지 못하는 건 부당하며 부적절하다고 판단했습니다. 이 때문에 전문 의료 기관과 보험회사들까지 분란 속으로 끌어들인 의료 복지 논쟁이 시작되었지요.

하지만 진짜 문제는 행정부가 제시한 복안과 사기업들이 제기한 복안 중에서 어느 쪽의 해결책이 더 나은가가 아닙니다. 진짜 문제는 **왜 사기업들은 진작에 자신들의 해결책을 제시하지 않았는가**입니다.

제가 그 이유를 말씀드리지요. 사기업들은 그렇게 할 **필요가 없었기** 때문입니다. 아무도 불평하지 않았죠. 기업들은 이윤을 좇아갔고요.

오로지 이윤, 이윤, **이윤**이었죠.

그러니까 제가 말하려 하는 요지는 이렇습니다. 하고 싶다면 얼마든지 비난하고 울부짖고 불평할 수 있겠죠. 하지만 명백한 진실은, 사적 부분이 제시하지 않는 해결책을 제시하는 쪽은 정부란 겁니다.

또한 정부가 국민의 바람에 어긋나는 일을 하고 있다고 주장할 수도 있겠죠. 하지만 국민이 정부를 지배하는 한—미국 국민들이 어느 정도 그렇듯이요—정부는 사회적 질병들에 대해 계속해서 해결책을 만들어내고 그것의 시행을 요구할 것입니다. 왜냐하면 부유하거나 권력을 갖지 못한 쪽이 **국민의 다수**니까요. 그래서 그들은 **사회가 자발**

적으로 주려 하지 않는 것들을 자신들의 힘으로 입법화할 테니까요.

정부가 불평등에 대해 거의 혹은 전혀 아무 일도 하지 않는 건 다수의 국민이 정부를 통제하지 않는 그런 나라들뿐입니다.

그렇다면 문제는, 어느 정도가 너무 과한 정부이고, 어느 정도가 너무 모자라는 정부인가, 우리가 그 균형점을 어디에서 어떻게 잡는가라는 거죠.

호오! 네가 이렇게까지 **멀리** 나가다니! 이 정도면 우리 책 두 권 중 어디 하나에 네가 의원석을 지닐 만하군.

저, 당신이 이 책은 인간 가족이 직면한 세계적 문제들에 대해 다루게 될 거라고 말씀하셨잖습니까? 제 보기엔 제가 큰 놈을 때려눕혔다고 생각하는데요.

그렇다, 아주 웅변적이었고. 토인비에서 제퍼슨과 마르크스에 이르기까지 모든 사람이 지난 몇백 년 동안 그 문제를 풀려고 애써왔다.

좋습니다. 그럼 **당신의** 해결책은 무엇입니까?

우리는 여기서 뒤로 돌아가야 할 것이다. 우리는 좀 지난 분야를 복습해봐야 할 것이다.

계속하십시오. 저한테는 그걸 다시 한번 더 듣는 게 필요할지도 모르죠.

그렇다면 내게는 아무 "해결책"도 **없다**는 사실에서 출발하자. 이것은 내가 이 중 어떤 것도 문제 상황으로 보지 않기 때문이다. 그것은 그냥 존재하는 것이고, 나는 그에 관해 아무런 선호(選好)도 없다. 내가 여기에서 표현하는 것은 관찰할 수 있는 것, 누구라도 명백하게 알 수 있는 것에 지나지 않는다.

좋습니다. 당신은 아무런 해결책도 가지지 않았고, 어떤 선호도 없습니다. 그럼 당신이 관찰하는 것을 제게 말해주시겠습니까?

나는 세상이 완전한 해결책을 제공할 정부 체계를 아직은 감당할 수 없음을 보고 있다. 비록 미국 정부가 그중 가깝게 접근하긴 했지만.

선(善)과 공평함은 도덕 문제지, 정치 문제가 아니라는 데 어려움이 있다.

정부란 건 선을 명령하고 공평함을 보장하려는 인간의 시도다. 하지만 선이 탄생하는 곳은 딱 한 곳뿐이니, 인간의 가슴속이 그곳이고, 공평함을 개념화할 수 있는 곳도 딱 한 곳뿐이니, 인간의 정신(마음) 속이 그곳이며, 진실로 사랑을 체험할 수 있는 곳도 딱 한 곳뿐이니, 인간의 영혼 속이 그곳이다. 인간의 영혼은 곧 사랑이기에.

너희가 도덕을 입법할 수는 없고, "서로 사랑하라"고 말하는 법을 통과시킬 수는 없다.

우리는 지금 원을 따라 돌고 있다. 이전에 우리가 이 모든 문제를 다룰 때 그러했듯이. 그럼에도 논의하는 건 좋은 일이다. 그러니 그렇게 하도록 계속 노력하라. 우리가 같은 분야를 두 번 세 번 포괄한다 해도 상관없다. 여기서의 시도는 그것의 밑바닥에 닿기 위한 것이다. 즉 너희가 지금 어느 정도로 그것을 창조하고 싶어하는지 깨닫기 위한 것이다.

그렇다면, 전에 했던 것과 똑같은 질문을 할게요. 법이란 건 단지 도덕 개념을 성문화하려는 인간의 시도에 지나지 않는 겁니까? "입법"이란 건 단지 "옳음"과 "그름"에 관한 우리의 결합된 동의에 지나지 않는 겁니까?

그렇다. 그리고 너희 같은 미개사회에서는 특정의 시민법들, 규칙과 규제들이 필요하다. (미개하지 않은 사회에서는 그런 법률들이 필요하지 않다는 뜻이다. 모두가 스스로 알아서 규제하기 때문에.) 너희 사회는 지금도 여전히 대단히 기본되는 질문들을 너희에게 들이대고 있다. 거리 모퉁이에서 계속 진행하기 전에 일단 멈출 건가? 정해진 값대로 사고 팔 건가? 서로를 대하는 방법에 제한을 둘 건가? 하는 따위의 질문들을.

하지만 실제로는 온 세상 사람들이 **'사랑의 법칙'**을 그냥 따르기만 해도, 살인과 협박과 사기를 금하고, 심지어는 빨간불에서 주행을 금하는 이런 기본적인 법률들조차 필요가 없을 것이고, 너희 역시 필요**하지 않을** 것이다.

'사랑의 법칙'이란 신의 율법이다.

필요한 것은 의식의 성장이지, 정부의 성장이 아니다.

당신 말씀은 우리가 그냥 십계명만 따른다면, 다 잘 될 거란 뜻이군요.

십계명 같은 건 존재하지 않는다. (이에 대한 완벽한 설명을 보려면 1권을 찾아봐라.) 신의 율법은 결코 율법이 아니다. 너희는 이것을 이해할 수 없다.

나는 아무것도 요구하지 않는다.

많은 사람들이 당신의 마지막 진술을 믿지 못할 겁니다.

그 사람들에게 1권을 읽게 하라. 그 책이 완벽하게 설명해줄 것이다.

이게 당신이 이 세상을 위해 제안하는 것입니까? 완전한 무정부 상태요?

나는 아무것도 제안하지 않는다. 나는 단지 쓸모가 있는지 관찰하고 있을 뿐이고, 관찰할 수 있는 것이 그렇다는 이야기를 하고 있을 뿐이다. 그리고 아니다, 나는 정부와 규칙과 규제와 어떤 종류의 한계지음도 없는 그런 무정부 상태를 쓸모 있는 것으로 관찰하지 않는다. 그런 식의 배열은 오직 앞선 존재들에게만 현실적이다. 나는 인간 존재가 그렇다고 관찰하지 않는다.

따라서 너희 종족이 **당연히 옳은** 것을 당연히 하게 되는 지점으로 진화할 때까지는, 일정 수준의 통제는 계속 필요할 것이다.

너희는 그 과도기 동안에 스스로를 통제할 수 있을 만큼 충분히 현명하다. 하지만 좀 전에 네가 제기한 문제는 너무 분명해서 논박할 여지가 없다. 사람들은 흔히 자기 재량에 맡겨지면 "옳은" 일을 하지 않는다.

진짜 문제는 왜 정부가 그토록 많은 규칙과 규제들을 사람들에게 지우는가가 아니라, 왜 정부는 그렇게 **해야** 하는가에 있다.

그 대답은 너희의 '분리 의식'과 관계가 있다.

우리 자신들을 서로 분리된 존재로 본다는 사실을 말하는군요?

그렇다.

하지만 우리가 분리되어 있지 않다면, 우리는 '하나'**라는** 이야기이고, 이건 우리가 서로에게 책임이 **있다는** 의미가 아닙니까?

그렇다.

하지만 그렇게 되면 개인의 위대성을 발휘할 힘을 우리에게서 빼앗는 것 아닙니까? 제가 모두에게 책임이 있다니, 그럼 《공산당선언》이 옳았군요! "각자의 능력에 따라 일하고 각자의 필요에 따라 분배한다"

는 것 말입니다.

그것은 내가 이미 얘기했듯이 대단히 고상한 사상이다. 하지만 그것이 무자비하게 강행될 때, 그 고상함은 퇴색되고 만다. 이것이 바로 공산주의가 지닌 어려움이다. 견해가 아니라 그 실행이.

그런 견해는 기본적인 인간성에 대립하기 때문에 강제로 실행되어야 했다고 말하는 사람들도 있지요.

네가 바로 맞혔다. 바뀌어야 하는 것은 인간의 기본 천성이다. 작업이 필요한 지점은 바로 여기다.

당신이 말씀하셨던 의식 변화를 이루기 위해서요?

그렇다.

그런데 우리는 또다시 쳇바퀴를 돌고 있군요. 집단의식은 개인을 무력하게 만들지 않을까요?

자, 자세히 살펴보자. 이 행성에 사는 모든 사람의 기본 욕구가 충족된다면, 인간 집단이 인간답게 살 수 있어 유치한 수준의 생존 투쟁을 피할 수 있다면, 모든 인류가 좀 더 고상한 삶을 추구할 수 있는 길이 열리지 않겠는가?

개인의 생존을 보장하는 것이, 과연 개인의 위대성을 억누르는 것이냐?

게다가 개인의 영광을 위해 과연 우주의 존엄성까지 희생해야 하는가?

그리고 그것이 다른 사람의 희생으로 이루어지는 개인의 영광이라면, 그렇게 해서 얻는 영광은 과연 어떤 종류의 영광인가?

나는 너희 행성에 모두가 먹고도 남을 만큼 많은 자원을 놓아두었다. 그런데 어떻게 해마다 몇천 명씩이 굶어 죽는 일이 일어날 수 있는가? 어떻게 해마다 몇백 명씩이 걸인이 되고, 몇백만 명이 기본 생존권을 달라고 절규하는 일이 있을 수 있는가?

이것을 끝장낼 종류의 도움은 힘을 빼앗는 식의 도움이 아니다.

하지만 너희 부자들이 굶주리고 집 없는 사람들의 힘을 빼앗고 싶지 않으니, 자신들은 그들을 돕고 싶지 않다고 말한다면, 너희 부자들은 위선자들이다. 남들은 죽어가는데 그들만 잘산다면, 누구도 진실로 "잘사는" 것이 아니기에.

한 사회의 진화 정도는 그 사회가 자신의 구성원 중 가장 못한 사람들을 얼마나 잘 대우하는가로 잴 수 있지만, 앞에서 말했듯이 남을 돕는 것과 해치는 것 사이에서 균형점을 찾기란 어렵다.

내놓을 만한 무슨 지침 같은 게 있습니까?

불확실할 때는 틀리는 한이 있어도 언제나 자비 편에 서는 게 대강의 지침일 수 있다.

그리고 너희가 남을 돕고 있는지 해치고 있는지 판단하는 기준은, 그 동료가 네 도움을 받고 나서 더 자랐는가, 아니면 줄었는가? 그들이 더 커졌는가, 아니면 더 작아졌는가? 더 유능해졌는가, 아니면 무능해졌는가?다.

당신이 사람들에게 뭐든지 다 준다면, 그들 스스로의 힘으로 일해서 그것을 얻으려는 경우는 대폭 줄어들 거란 주장도 있습니다.

하지만 왜 굳이 가장 기본적인 생존권을 얻기 위해서 일해야 하는가? 그냥 모든 걸 얻기 위해 일하는 것으로 충분하지 않은가? 왜 꼭 "일해서 얻으려는 그것"이 전부가 아닌 어떤 특정의 것이어야 하는가?

인간의 기본 생존권은 만인의 타고난 권리가 아닌가? 아니 권리**여야 하지** 않는가?

누구든 최저 수준 이상을, 즉 더 많은 음식과 더 큰 집과 더 좋은 의복을 추구하고 싶다면, 그런 목표를 이루기 위해 노력하면 된다. 하지만 과연 기껏 **생존하기** 위해 투쟁해야 할까?—모두가 먹고도 남을 만큼 충분히 존재하는 행성에서.

이것이 바로 인류가 직면한 중심 화두(話頭)다.

과제는 만인을 평등하게 만드는 데 있지 않고, 모든 사람에게 적어도 인간다운 기본 생존을 보장해주는 데 있다. 그런 다음 각자가 그 지점에서 출발하여 자신들이 더 많이 원하는 것을 선택할 기회를 가질 수 있도록.

그런 기회가 주어져도 그걸 붙잡지 않는 사람들도 있다는 주장도 있죠.

그들이 정확하게 관찰했다. 그래서 이것은 또 다른 문제를 제기한다. 그들에게 제시된 기회를 붙잡지 않는 사람들에게 너희는 또 다른 기회, 또 또 다른 기회를 제공할 의무를 지는가?

아니요.

내가 그런 태도를 취한다면, 아마 너희는 영원히 지옥을 헤매게 되지 않겠느냐?

너희에게 이르노니, 신의 세계에서 자비는 끝이 없고, 사랑은 그침이 없고, 인내는 다함이 없다. 오직 인간 세상에서만 선이 한정된다.

내 세계에서 선은 무한하다.

우리가 그것을 받을 자격이 없더라도.

너희는 **언제나** 그것을 받을 자격이 있다!

우리가 당신의 선함을 당신 면전에 도로 집어던진다 해도.

그럴수록 특히 더 그래야 한다. ("누가 오른 뺨을 치거든 네 왼 뺨마저 돌려대고, 누가 억지로 5리를 가자고 하거든 10리를 같이 가주어라."[〈마태복음〉 5:39~41-옮긴이]) 너희가 내 선함을 내 면전에 도로 던질 때(여담이지만, 인간 종족은 몇천 년 동안 신에게 이렇게 해왔다), 나는 너희가 그냥 **오해하고** 있을 뿐임을 안다. 너희는 자신에게 가장 이로운 것이 무엇인지 모른다. 너희의 실수는 사악함이 아니라 단지 무지에서 비롯되었기에, 나는 그것을 용서한다.

하지만 **본래 사악한** 사람들도 있습니다. 천성 자체가 나쁜 사람들도 있습니다.

누가 네게 그런 이야기를 했느냐?

저 스스로 관찰한 겁니다.

그렇다면 너는 꿰뚫어보지 못한 것이다. 전에 네게 말했던 적이 있다. 그 사람의 세상형에서 볼 때, 나쁜 짓을 하는 사람은 아무도 없다고.

달리 말하면 누구나 주어진 순간마다 자신이 할 수 있는 최상의 일을 하고 있다.

누구든, 그 사람의 행동 전체는 손에 쥔 자료에 달려 있다.

나는 앞에서 의식이 전부라고 말했다. 무엇을 깨닫고 있고, 무엇을 알고 있는지가.

하지만 자신의 목적을 위해 우리를 공격하고, 해치고, 위협하고, 심지어 죽이기까지 하는 사람도 있는데, 그래도 나쁘지 않다고요?

내가 전에 말했다시피, **모든 공격은 도와달라는 외침이다.**

진심으로 다른 사람을 해치고 싶어하는 사람은 아무도 없다. 그렇게 하는 사람은—덧붙이면 너희 정부들까지 포함하여—그것이 자신이 원하는 것을 얻을 수 있는 유일한 방법이라는, 잘못 자리 잡은 생각 때문에 그런 일을 한다.

나는 이미 이 책에서 이 문제에 대한 **수준 높은 해결책**이 어떤 것인지 대강 설명했다. 그냥 **아무것도 원하지 마라.** 선호는 갖되, **욕구는** 절대 갖지 마라.

그러나 이것은 대단히 높은 수준의 존재 상태다. 그것은 선각자들의 자리다.

그러나 지정학적인 차원에서, 왜 너희는 모두의 가장 기본적인 필요를 충족시키기 위해 하나의 세계가 되어 함께 일하지 않는가?

우린 그렇게 하고 있습니다. 아니 그렇게 하려고 합니다.

인간 역사가 몇천 년이나 지난 지금, 너희가 말할 수 있는 것이 고작 이것이냐?

진실은, 너희는 거의 진화하지 않았다는 것이다. 너희는 여전히 "만인이 자신을 위해" 존재하는 미개한 심리 상태에서 움직이고 있다.

너희는 지구를 약탈하고, 지구 자원을 강탈하며, 지구 사람들을 착취한다. 그러고는 이렇게까지 하는 데 대해 너희와 견해를 달리하는 사람들을 "과격파"라 부르면서, 그들의 시민권을 체계적으로 박탈한다.

너희는 자신의 이기적인 목적을 위해서 이렇게까지 한다. 그것은 너희가 **다른 식으로는 유지할 수 없는** 생활 양식을 발달시켜왔기 때문이다.

너희는 해마다 몇백만 에이커의 나무들을 잘**라야** 한다. 그러지 않으면 너희는 신문을 받아볼 수 없다. 너희는 몇 마일의 두께로 너희 행성을 감싸고 있는 오존층을 고갈**시켜야** 한다. 그러지 않으면 너희는 헤어스프레이를 가질 수 없다. 너희는 너희의 강과 개울들을 돌이킬 수 없게 오염**시켜야** 한다. 그러지 않으면 너희는 더 크고 더 좋고 더 많은 것을 제공하는 산업을 지닐 수 없다. 그리고 너희는 너희 중에 가장 못한 사람들, 즉 가장 불리한 사람들과 가장 못 배운 사람들, 가장 덜 깬 사람들을 착취**해야** 한다. 그러지 않으면 너희는 지금껏 한번도 들어보지 못한 (그리고 불필요한) 사치를 누리면서 최상층의 인간 등급으로 살 수 없다. 마지막으로 너희는 **자신이 이렇게 하고 있는 걸 부정해야** 한다. 그러지 않으면 너희는 자신과 더불어 살 수 없다.

너희한테서는 "다른 사람들도 소박하게 살 수 있도록 소박하게 살려는" 심성을 찾을 수 없다. 자동차에 붙이는 지혜의 스티커 따위는 너희한테 너무 소박하다. 그것은 너무 소박해서 청할 필요가 없고, 너무 소박해서 줄 필요가 없다. 어차피 너희가 그토록 **힘들여** 일한 건 지금 지닌 것을 얻기 위해서였다! **너희**

는 그중 어느 하나도 포기하지 않으리라! 그리고 설사 나머지 인류가—너희 손주들은 말할 것도 없고—말라 비틀어진 바나나라도 얻으려고 고심하게 되더라도, 그게 무슨 상관인가? 너희는 생존하기 위해서, "성공하기" 위해서, 해야 할 일을 했다—그리고 그들도 똑같이 할 수 있다. 결국 누구나 자신을 위하기 **마련** 아닌가?

이런 진창에서 벗어날 무슨 묘안이 있습니까?

그렇다. 다시 한번 이야기해줄까? **의식을 바꾸어라.**

정부 차원의 행동이나 정치 수단으로는 인류를 역병들게 하는 문제들을 해결할 수 없다. 너희는 몇천 년 동안 그렇게 하려고 애써왔지만 허사였다.

필요한 변화는 오직 인간 심성이 바뀌는 것뿐이다.

필요한 변화라는 걸 한마디로 말해주시겠습니까?

나는 이미 여러 번 말해주었다.

너희는 신을 너희와 분리된 존재로 보고, 너희 각자를 서로 분리된 존재로 보는 걸 그만두어야 한다.

이 우주의 어떤 것도 다른 것과 분리되어 존재하지 않는다는 '궁극의 진리'만이 유일한 해결책이다. 만물은 애초에 서로 연결되어 있으니, 돌이킬 수 없게 서로 의존하고 상호작용하면서, 삶 전체라는 직물 속으로 짜넣어진다.

모든 정부, 모든 정치가 이 진리에 토대를 두어야 하고, 모든 법률이 이 진리에 뿌리를 내려야 한다.

이것이 너희 종족이 품을 수 있는 미래의 희망, 너희 행성이 지닐 수 있는 유일한 희망이다.

당신이 1권에서 말한 '사랑의 법칙'은 어떻습니까?

사랑은 모든 걸 주지만 아무것도 요구하지 않는다.

어떻게 해야 우리가 아무것도 요구하지 않을 수 있습니까?

너희 종족의 모든 이가 모든 것을 다 내어놓을 때, 너희가 무엇을 요구하겠는가? 너희가 뭔가 요구하는 건 오직 다른 누군가가 움켜쥐고 있기 때문이다. 움켜쥐길 그만둬라!

우리 모두가 한꺼번에 그렇게 하지 않으면, 그건 아무 쓸모도 없을 텐데요.

사실 필요한 것은 세계 의식global consciousness이다.

그런데 어떻게 해야 그런 의식이 생기겠는가? 누군가가 시작해야 한다.

여기에 너를 위한 기회가 있다.

네가 이 '새로운 의식'의 발단이 될 수 있다.

네가 영감(靈感)이 될 수 있다.

사실 너는 그렇게 **되어야** 한다.

제가 그래야 한다고요?

여기에 너 말고 누가 있느냐?

13

제가 어떻게 시작할 수 있습니까?

세상을 비추는 빛이 되되, 세상을 다치게 하지 말고, 건설하려고 애쓰되, 파괴하지 마라.

내 백성을 집으로 데려오라.

어떻게요?

네 예(例)를 밝게 비추는 것으로. 오직 신성(神性)만을 추구하고, 오직 진리만을 말하고, 오직 사랑으로만 행동하라.

이제부터 영원히 사랑의 법칙에 따라 살도록 하라. 모든 걸 주되, 아무것도 요구하지 마라.

세속성을 피해가라.

인정할 수 없는 것은 받아들이지 마라.

나(神)를 배우고자 하는 모든 사람을 가르쳐라.

네 삶의 모든 순간이 사랑의 분출이 되게 하라.

모든 순간을, 가장 고귀한 생각을 하고, 가장 고귀한 말을 하고, 가장 고귀한 행동을 하는 데 써라. 그 속에서 네 '신성한 자신'을 찬양하고, 그리하여 또한 나를 찬양하라.

네가 만나는 모든 이에게 평화를 주어 이 땅에 평화가 오게 하라.

평화로워져라.

모든 순간에 '전체'와 모든 사람과 모든 장소와 모든 사물과 너의 '신성한 연결'을 느끼고 표현하라.

모든 환경을 감싸안고, 모든 잘못을 네 것으로 하며, 모든 기쁨을 함께 나누고, 모든 신비를 응시하며, 모든 이의 입장에 서고, 모든 죄 지음(너 자신의 것까지 포함하여)을 용서하며, 모든 가슴을 치유하고, 모든 이의 진실을 존중하며, 모든 이의 신을 경배하고, 모든 이의 권리를 지키며, 모든 이의 생존권을 보존하고, 모든 이의 이로움을 추구하며, 모든 이의 필요를 제공하고, 모든 이의 가장 큰 재능을 선물하며, 모든 이의 축복을 일으키고, 모든 이의 미래가 확고한 신의 사랑 속에서 안전함을 선언하라.

네 내면에 존재하는 가장 고귀한 진실의 살아 숨쉬는 본보기가 되라.

자신에 대해 겸손하게 말하라. 남들이 네 가장 고귀한 진실을 허풍으로 잘못 받아들이지 않도록.

부드럽게 말하라. 남들이 네가 단지 주의를 기울여주기만 요구한다고 생각하지 않도록.

온화하게 말하라. 모두가 사랑에 대해 알 수 있도록.

터놓고 말하라. 누구도 네가 뭔가 감추고 있다고 생각하지 않도록.

솔직히 말하라. 누구도 너를 오해하지 않도록.

자주 말하라. 네 말이 참으로 실행될 수 있도록.

존중하면서 말하라. 누구도 굴욕감을 느끼지 않도록.

사랑으로 말하라. 모든 음절이 치유하는 힘을 갖도록.

입을 열어 말할 때마다 나에 대해 말하라.

네 삶이 은혜가 되게 하라. 그리고 항상 기억하라, 너희는 은혜임을!

네 삶 안으로 들어오는 모든 사람에게, 그리고 네가 그 삶 속으로 들어가는 모든 사람에게 은혜가 되도록 하라. 네가 은혜가 될 수 없다면 다른 사람의 삶 속으로 들어가지 않도록 주의하라.

(너희는 언제나 은혜일 수 있다. 왜냐하면 너희는 언제나 은혜이기에—하지만 때때로 너희 자신이 모를 수는 있다.)

누군가 예기치 않게 네 삶 속으로 들어올 때, **그 사람이 네게서 받았던 은혜를 찾아보라.**

참으로 경이롭게 표현하시는군요.

너는 네게 온 사람이 왜 나 아닌 다른 누구라고 생각하느냐?

네게 이르노니, 지금까지 네게 왔던 모든 사람이 네게서 선물을 받았다. 그렇게 하는 것으로 그들은 네게 한 가지 은혜를 주었다. 네가 '자신'을 체험하고 실현해보라는 은혜를.

너희가 이 간단한 진리를 이해할 때, 너희가 이것을 깨달을 때, 너희는 가장 위대한 다음 진리를 이해할 것이다.

나는 너희에게
오직 천사만을 보내주었다.

14

헷갈리는군요. 잠시만 다시 뒤로 돌아가도 됩니까? 좀 모순되는 부분이 있는 것 같거든요. 전 당신이, 우리가 남들에게 줄 수 있는 최상의 도움은 종종 그들을 혼자 내버려두는 데 있다고 말씀하시는 걸로 알았습니다. 그런데 당신은 도움이 필요한 사람을 보면 반드시 그 사람을 도와주라는 말씀도 하시는 것 같군요. 이 두 가지 진술은 서로 어긋나는 것 같은데요.

그 문제에 대해 너희가 어떻게 생각해야 할지 명확히 해주마.

다른 사람을 무력하게 만드는 식의 도움은 일절 제공하지 마라. 절대 너희 쪽에서 필요하다고 여기는 도움을 제공하겠다고 나서지 마라. 도움이 필요한 그 사람이나 국민에게 너희가 제공해야 하는 것들 전부를 알려줘라—그런 다음에 그들이 무엇을 원하는지 귀를 기울여라. 즉 그들이 무엇을 받을 준비가 되어 있는지 알아보라.

그들이 원하는 도움을 제공하라. 그 사람이나 그 국민이 그냥 내버려두길 원한다고 말하거나 그것을 행동으로 드러낼 때는, 너희가 주고 싶은 도움이 무엇이든 간에, 그들을 내버려두는 것이 너희가 줄 수 있는 가장 고귀한 은혜일 수 있다.

설사 나중에 가서 그들이 다른 걸 원하거나 바라더라도, 너희는 그것을 주는 게 너희 일인지 아닌지 짐작할 수 있게 될 것이다. 그게 너희 일이라면, 그것을 주어라.

그럼에도 다른 사람을 무력하게 만드는 어떤 것도 주지 않도록 하라. 무력하게 만든다는 건 의존을 조장하거나 의존을 낳는 것을 말한다.

사실 남을 힘 있게 만들면서도 그를 도울 수 있는 방법은 **언제나** 있기 마련이다.

진실로 도움을 구하는 사람들의 곤경을 철저히 무시한다면, 그건 올바른 대답이 아니다. 왜냐하면 너무 적게 하는 것도 너무 많이 하는 것만큼이나 그들을 무력하게 만드는 것이기에. 너희가 더 높은 의식을 갖자면, 형제자매의 극심한 곤경을 고의로 무시하지 않는 게 좋을 것이다. 그들이 "자업자득으로 고생하게" 내버려두는 게 너희가 그들에게 줄 수 있는 가장 고귀한 은혜라고 주장하면서. 이 같은 태도는 최고의 정당화이자 오만이다. 이것은 단지 너희가 팔짱 끼고 있는 것을 정당화해줄 뿐이다.

나는 다시 한번 예수의 생애와 그의 가르침에 대해 언급하겠다.

왜냐하면 다음과 같이 말한 사람은 예수였기에. 내(예수 – 옮긴이) 오른편에 있는 자들에게 말하리니, 내 아버지께 복받을 자들아, 나와서 너희를 위하여 예비된 나라를 상속하라.

너희는 내가 주렸을 때 먹을 것을 주었고, 목말랐을 때 마실 것을 주었으며, 나그네 되었을 때 재워주었기에.

내가 헐벗었을 때 입혀주었고, 병들었을 때 돌보아주었고, 옥에 갇혔을 때 찾아주었느니라.

이에 그들이 내게 물을 것이라. 주여, 저희가 언제 주의 주린 것을 보고 공궤하였으며, 목마르신 것을 보고 마시게 하였나이까? 언제 나그네 되신 것을 보고 재워드렸으며, 헐벗으신 것을 보고 입을 것을 드렸나이까? 어느 때 병드신 것이나 옥에 갇히신 것을 보고 저희가 찾아가 뵈었나이까?

그러면 나는 이렇게 대답하리니,

내가 진실로 너희에게 이르노니, 너희가 여기 내 형제 중에 지극히 못한 자에게 한 것이 곧 내게 해준 것이라.(《마태복음》 25:31~40 – 옮긴이)

이것이 내 진리다. 그리고 이것은 시대를 통틀어 여전히 유효하다.

15

당신을 사랑합니다. 아시죠?

알고 있다. 나도 너를 사랑한다.

16

어차피 이 책에서는 1권에서 탐구하기 시작했던 삶의 개인적 요소들을 재음미하면서, 행성 범위에서 더 큰 삶의 측면들을 논의하고 있던 터이니, 환경에 대해서 좀 물어보고 싶습니다.

네가 알고 싶은 게 무엇이냐?

일부 환경주의자들이 주장하듯이, 진짜로 지구가 멸망하는 중입니까? 아니면 이런 사람들은 단순히 삐딱한 시야를 가진 과격파이거나, 진보 좌익 빨갱이들이거나, 버클리대를 졸업하고도 마약이나 흡입하는 자들에 지나지 않는 겁니까?

두 질문 다에 그렇다가 내 대답이다.

예—???

그냥 장난이었다. 좋다, 첫 번째 질문의 대답은 그렇다이고, 두 번째 질문은 아니다이다.

그럼 오존층이 고갈되고 있는 겁니까? 열대우림은 빠른 속도로 줄어들고요?

그렇다. 하지만 그건 그렇게 뚜렷한 사안들하고만 관련된 것이 아니다. 뚜렷하지는 않지만 너희가 관심을 가져야 할 문제들이 있다.

더 자세히 말해주십시오.

예를 들면, 너희 행성에서는 빠른 속도로 토양이 줄어들고 있다. 다시 말해 곡물을 재배하기에 적합한 토양이 떨어져가고 있다는 이야기다. 이렇게 된 건, 토양을 복원하자면 시간이 걸리는데, 너희 기업농들에게는 그럴 시간이 **없기** 때문이다. 그들은 쉬지 않고 생산해낼 땅을 원하기에, 계절에 따라 경작지를 번갈아 사용하던 옛 농사법을 포기하거나 축소하고 있다. 그러고는 토양의 복원력을 보상하기 위해 작물이 더 빨리 자라게 하는 화학제품인 농약을 땅에 들이붓는다. 하지만 모든 일에서 그러하듯이 이 경우에도, 너희는 '어머니인 자연'을 대신할 인공제품을 만들어낼 수 없다. 자연이 제공하는 것을 비슷하게나마 대신 제공할 수 있는 인공 제품을.

그 결과 일부 지역에서는 자양분이 담긴 쓸 만한 상층토(上層土)라고는 2~3인치에 불과할 정도로 토양이 부식되고 있다. 달리 말해, 너희는 갈수록 자양분이 더 적은 토양에서 더 많은 곡물을 재배하고 있는 것이다. 철분도 없고 미네랄도 없으며, 통상 흙에서 제공된다고 여기던 어떤 것도 없다. 더 나쁜 것은, 토양을 복원하려는 필사적인 시도로 땅에 들이부었던 화학약품들로 가득 찬 음식물들을 너희가 먹고 있다는 사실이다. 단기간에 몸에 뚜렷한 해를 끼치지는 않더라도, 결국에 가서 너희는 이 잔류 화학약품들이 몸에 백해무익하다는 사실을 깨닫고 슬퍼할 것이다.

빈번한 경작지 갈아엎기로 인한 토양 부식은 널리 알려진 문제는 아니지만, 그렇다고 경작 가능한 토지의 급속한 축소가, 다음번에 유행시킬 대의명분을 찾고 있는 여피yuppie 환경주의자들이 만들어낸 환상은 아니다. 어느 지질학자나 붙잡고 물어보라. 그러면 그에 관해 넘칠 만큼 들을 것이니. 그것은 이미 전세계적으로 심각한 현상이어서, 재난을 초래할 정도의 문제다.

이것은 너희 어머니이자 모든 생명을 주는 지구를 위태롭게 하고 고갈시키는 허다한 방식들 중 단지 하나의 예에 지나지 않는다. 너희는 지구의 필요와 그것의 자연스러운 과정을 완전히 무시한다.

너희는 너희 욕망을 만족시키고, 당장의(그리고 대체로 부풀려진) 너희 필요들을 충족시키고, 더 크고 더 좋고 더 많은 것을 좇는 인간의 무한한 갈증을 식힐 때 말고는, 너희 행성에 거의 관심을 갖지 않는다. 하지만 너희 역시 한 생물종으로서 충분함이 정녕코 충분해질 때가 언제일지 자문해보는 것이 마땅하지 않을까?

왜 우리는 환경주의자들의 이야기를 듣지 않을까요? 왜 우리는 그들의 경고에 무심할까요?

너희 행성의 생활 양식과 삶의 질에 영향을 주는 진실로 중요한 모든 문제에서처럼, 이 문제에도 쉽게 분간할 수 있는 원형이 있으니, 너희는 이미 그 질문에 완벽하게 대답하는 신조어(新造語)를 주조해낸 바 있다. "돈의 자취를 좇아라."

그처럼 강력하고 교활한 측면과 싸워야 할 때, 이런 문제들을 해결할 수 있다는 꿈이라도 꾸려면 우리가 어떻게 해야 합니까?

간단하다. 돈을 제거하라.

돈을 제거하라고요?

그렇다. 아니면 하다 못해 그것의 불투명성이라도 제거하라.

이해가 안 되는군요.

사람들은 부끄럽거나 남들에게 알리고 싶지 않은 일들을 숨기기 마련이다. 너희 대다수가 자신의 성행위를 숨기는 이유가 여기에 있고, 너희 대다수가 자신의 돈을 숨기는 이유도 여기에 있다. 말하자면 너희는 그것을 드러내지 않는다. 너희는 재산 문제가 대단히 사적인 문제라고 여긴다. 문제는 거기에 있다.

만일 모두가 모두의 금전 상황에 대해서 모조리 다 알게 되면, 너희 나라와 너희 행성에는 여지껏 한번도 본 적이 없을 정도로 심한 폭동이 일어날 것이다. 인간사의 운영에서 공평함과 평등, 솔직함과 선(善)에 대한 참된 우선시(優先視)는 그러고 나서야 비로소 존재할 수 있을 터이고.

지금의 경제에서 공평함이나 평등, 솔직함이나 공동선을 가져오기란 불가능하다. 돈을 감추는 게 너무 쉽기 때문이다. 너희는 받은 돈을 실제로, 다시 말해 물질적으로 **감출 수** 있다. 또한 창의적인 회계사들이라면 온갖 수단 방법을 동원해서 기업의 돈을 "숨기거나" "사라지게" 할 수 있다.

돈을 숨길 수 있기 때문에, 누구도 남들이 정확히 얼마를 갖고 있는지, 혹은 그들이 그걸 가지고 뭘 하는지 알 방도가 없다. 눈속임은 말할 것도 없고 과다한 불평등이 존재하는 것 역시 이 때문이다. 예를 들면, 기업들은 똑같은 일을 해도 전혀 다른 액수의 임금을 지급할 수 있다. 그래서 한 사람에게는 연봉 57,000달러짜리의 일거리가 다른 사람에게는 연봉 42,000달러짜리 일거리밖에 되지 않는다. 한쪽에 더 많이 주는 것은 앞의 직원이 뒤의 직원에게겐 없는 것을 갖고 있기 때문이다.

그게 뭔데요?

자지(男根).

맙소사!

그렇다. 정말 맙소사다.

하지만 그건 당신이 이해를 못하신 겁니다. 페니스를 가졌다는 건 앞의 직원을 뒤의 직원보다 더 가치 있게 만들어주거든요. 더 재치 있고, 더 솜씨 좋고, 그리고 확실히 더 능력 있게요.

흐으음. 그게 너희를 그런 식으로 만든다는 걸 깜빡했구나. 그게 능력에서 그렇게 큰 차이를 만들어낸다는 걸 말이다.

그럼요. 당신이 그걸 모른다는 게 오히려 놀랍군요. 이 행성 사람들은 삼척동자도 다 아는 사실인데요.

이 문제는 여기서 그만두는 게 좋겠다. 안 그랬다가는 사람들이 우리가 진짜로 그런 줄 알 것이다.

당신은 그렇지 않다는 말씀입니까? 아니, **우리는** 그래요! 우리 지구 사람들은요. 이게 바로 여성들이 로마가톨릭교나 모르몬교의 신부가 될 수 없고, 예루살렘 통곡의 벽 앞에 설 수 없으며, 《포춘》지가 선정하는 500대 기업의 최고 책임자나 여객기 기장의 지위에 올라가지 못하는 까닭이죠. 또—

그렇다, 우리는 논점에 이르렀다. 그리고 **내가** 말하고자 하는 바는, 만일 모든 돈거래가 투명해진다면, 어쨌든 임금 차별 같은 건 무사히 넘어가기가 훨씬 더 어려워지리란 점이다. 어떤 기업이나 직원 전체의 봉급 일체를 강제로 발표해야 할 때, 지구상의 모든 일터에서 어떤 일이 벌어질지 상상할 수 있겠느냐? 특정 직급들의 급여 **수준**이 아니라 각 개인에게 **주어지는 실제 보수**를 발표해야 한다면 말이다.

음, 배후에서 "양쪽을 들쑤셔 어부지리를" 취하는 일은 없어지겠죠.

그렇지.

그리고 "모르는 게 약이다"도 없어질 거구요.

그렇지.

그리고 "이봐, 여자 한 명 쓰는 데 3분의 2 값이면 되는데, 왜 더 많이 줘야 하지?"도 사라지겠지요.

으-흠

그리고 비위 맞추기라든지 상사에게 아부하기, "잘나가는 자리"라든지, 사내(社內) 정치 같은 것들도 없어지겠죠. 그리고—

그러고도 아주 많은 것들이 일터와 세상에서 사라질 것이다. 돈의 자취를 벗기는 간단한 조치 하나로.

생각해봐라. 만일 너희 모두가 각자가 지닌 돈의 액수와, 너희 산업체와 기업과 그 임원들의 실소득액만이 아니라, 각 개인과 기업들이 가진 돈을 어떻게 **쓰는지**까지 정확하게 안다면, 이것만으로도 상황이 바뀌지 않겠는가?

네 생각에는 상황이 어떤 식으로 바뀔 것 같으냐?

확실한 건, 사람들이 이 세상에서 어떤 일들이 진행되는지 **안다면**, 그들은 그중 90퍼센트는 참아내지 못하리란 사실이다. 사회는 엄청난 불균등 상태인 부의 분배는 말할 것도 없고, 그 부를 얻는 방식이나 더 많이 얻기 위해서 그 부를 사용하는 방식에 대해서도 전혀 용납하지 못할 것이다. 이것들이 세상 사람들 모두에게 자세하고 신속하게 알려진다면.

합당한 행동을 양산하는 데 공공의 점검이라는 빛을 쬐는 것보다 더 빠른 방법은 없다. 소위 너희의 '양지법Sunshine Laws'이라는 것이 너희 정치 체제와 통치 체제의 가공할 추잡함을 일부나마 청소하는 데 그토록 큰 역할을 해낸 까닭이 바로 여기에 있다. 공청회와 공개 청문회는 20년대와 30년대, 40년대, 50년대에 너희 시의회와 교육위원회와 지역구들만이 아니라 주정부들에서까지 횡행하던 밀실 놀음들을 제거할 만큼 큰 역할을 했다.

이제 너희 행성에서 이루어지는 상품과 서비스의 보수를 다루는 방식에도 약간의 "양지"를 가져올 때가 되었다.

당신이 제안하는 건 어떤 겁니까?

이것은 제안이 아니다. 이것은 도전이다. 나는 너희에게 너희의 모든 돈, 너희의 모든 지폐와 동전과 주(州)의 통화를 내던지고 다시 시작할 테면 해보라고 도전한다. 널리 공개되고 완전히 투명하고 금방 추적되고 완벽하게 책임지는 국제통화제도를 발달시키고, 남들에게 봉사한 서비스와 생산한 생산물에 대해서는 '채권Credits'을, 사용한 서비스와 소비한 생산물에 대해서는 '채무Debits'를 받는 '세계공용보수체계Worldwide Compensation System'를 세울 테면 세워보라고.

그렇게 되면 모든 것이, 투자 수익과 상속재산, 시합 상금, 봉급과 임금, 사례금과 사은금 따위의 모든 것이 이 '채권 채무 방식'에 근거할 것이다. 그래서 이 외에 달리 유통할 수 있는 통화는 존재하지 않을 것이니, '채권' 없이는 아무것도 구입하지 못할 것이고, 모든 사람의 채권 채무 제표는 다른 모든 사람에게 공개될 것이다.

그 사람의 은행 거래 내역을 알려주면, 그 사람이 어떤 사람인지 말해주겠노라는 이야기가 있다. 이 체계는 그런 시나리오에 접근한다. 사람들은 지금 너에 관해서 아는 것보다 훨씬 더 많은 것을 알게 되거나, 적어도 알 수 있게 될 것이다. 하지만 너희가 더 많이 알게 되는 것은 단지 서로에 관해서만이 아니다. 너희는 **매사**를 더 많이 알게 될 것이다. 너희는 기업들이 얼마를 대금으로 지불하고 얼마를 쓰는지도, 각 항목별 가격만이 아니라 각 항목별 비용이 얼마인지도 더 잘 알게 될 것이다. (만일 기업들이 모든 가격표에 가격과 **그것의** 비용이라는 **두 가지** 금액을 기입해야 한다면, 기업들이 어떻게 할지 상상할 수 있겠느냐? 당연히 가격이 내리지 않겠는가? 경쟁이 심해질 테니 공정거래를 부추기지 않겠는가? 너희는 그것이 어떤 결과를 가져올지 상상조차 할 수 없다.)

이 새로운 '세계공용보수체계' 하에서 채무와 채권의 이동은 즉석에서 이루어질 것이며, 완전히 투명할 것이다. 즉 누구든 관계없이 모든 사람이 언제라도 다른 사람이나 단체의 회계를 감사(監査)할 수 있는 것이다. 어떤 것도 비밀로 남아 있지 않을 것이며, 어떤 것도 "사적"이지 않게 될 것이다.

이 '세계공용보수체계'는 그 같은 공제를 **자발적으로 요구하는** 사람들의 수입에서 매년 전체 소득액의 10퍼센트를 공제할 것이다. 소득세나, 신고 서류나, 공제 계산서나, "도피처" 만들기나, 애매하게 꾸미기 같은 건 일절 없다! 왜냐하면 모든 내역이 공개될 것이고, 사회의 모든 사람이 누가 전체의 공동선을 위해 10퍼센트를 내놓는지, 그리고 누가 내놓지 않는지 확인할 수 있기 때문이다. 이 자발적인 공제금은 국민들이 투표로 결정한 모든 정부 정책과 공공사업을 지원하는 데 사용될 것이다.

그 체계 전체가 지극히 단순하고, 지극히 투명할 것이다.

세상은 절대 그런 일에 동의하지 않을 겁니다.

물론 하지 않겠지. 그렇다면 너는 그 이유도 아느냐? 그 이유는 그런 체계에서는 누구도 **다른 사람에게 알리고 싶지 않은**

일을 할 수 없다는 데 있다. 그렇다면 왜 너희는 일을 그런 식으로 하고 싶어할까? 내가 그 까닭을 말해주지. 그것은 너희가 현재 "유리함"과 "우세함"과 "최대한의 이용"과 소위 "적자생존"에 근거하여 상호작용하는 사회제도 안에서 살고 있기 때문이다.

만인의 생존과 **만인**의 평등한 이익과 만인을 위한 행복한 삶의 제공이 너희 사회의 주요 목적과 목표가 될 때(진실로 계몽된 모든 사회가 그러하듯이), 보안과 은밀한 거래와 탁자 밑 조작과 감출 수 있는 화폐에 대한 너희의 필요도 사라질 것이다.

너는 그런 제도를 시행하는 것이, 정도가 덜한 불공정과 불평등은 말할 것도 없고, 좋았던 구식 부정부패들을 얼마나 많이 제거할지 실감할 수 있겠느냐?

여기서의 비결, 여기서의 슬로건은 **투명성**visibility이다.

우와. 굉장한 발상이군요. 굉장한 생각입니다. 화폐 운영의 완전무결한 투명성이라. 사실 저는 이야기를 듣는 동안 계속해서 그것이 "틀리는" 이유, 그것이 "괜찮지" 않은 이유를 찾아내려고 애써봤지만, 하나도 찾을 수가 없군요.

물론 너는 찾을 수 없을 것이다. **너는 아무것도 숨길 게 없으니**. 하지만 그냥 끄트머리 줄을 살펴보는 것만으로도 모든 조치와, 모든 구입, 모든 판매, 모든 거래, 모든 기업 행위와 판매가 책정과 임금 협상, 그 밖의 다른 모든 결정을 점검할 수 있다고 생각할 때, 이 세상의 돈 많고 권력 있는 자들이 어떻게 할지, 얼마나 비명을 지를지 상상이 가지 않느냐?

너희에게 이르노니, 공정함을 양산하는 데 **투명성**보다 더 빠른 것은 **없다.**

투명성이란 단지 **진리**의 다른 이름에 지나지 않으니,

진리를 알라, 그러면 진리가 너희를 자유케 하리니.

정부와 기업과 권력자들은 이 사실을 알고 있다. 이 때문에 그들은 그 진리가, 그 명백하고도 단순한 진리가, 자신들이 고안해낸 정치, 경제, 사회 제도—그 제도가 어떤 것이든—의 토대가 되는 걸 절대 허용하지 않을 것이다.

계몽된 사회에는 비밀이란 게 없다. 그런 사회에서는 누구나 남들이 얼마나 가지고 있으며, 얼마나 벌고, 임금과 세금과 연금으로 얼마를 지불하는지, 다른 기업들이 어느 만큼 청구하고 사고 파는지, 얼마나 많은 양을 얼마 만큼의 이윤으로 그렇게 하는지 모두 알고 있다. 그야말로 '모든 것'을.

너는 왜 이것이 계몽된 사회에서만 가능한 줄 아느냐? 계몽된 사회들에서는 아무도 **다른 누군가를 희생하여 뭔가**를 얻거나 뭔가를 **가지려** 하지 않기 때문이다.

그건 대단히 과격한 생활 방식이군요.

그렇다, 미개사회라면 그것이 과격해 보일 것이다. 하지만 계몽된 사회라면 그것은 지극히 타당한 생활 방식으로 보일 것이다.

저는 이 "투명성"이라는 개념에 마음이 끌리는데요. 이 개념을 화폐 영역 너머로까지 확장할 수 있습니까? 이 개념이 우리의 개인 인간관계들에서도 슬로건이 될 수 있을까요?

누구나 그렇게 되길 바랄 테지.

하지만 실제로는 그렇지 않지요.

대개는 그렇지 않다. 너희 행성에서는 아직은 그렇지 않다. 대다수 사람들에게는 아직도 숨겨야 할 것이 너무 많다.

왜죠? 그건 뭘 두고 하시는 이야기인가요?

개인 관계에서(그리고 사실 다른 모든 관계에서도) 그것은 **상실한다**는 이야기다. 그것은 잃거나 얻지 못할까봐 두려워한다는 이야기다. 하지만 관계 당사자 모두가 모든 걸 다 아는 관계야말로 최상의 인간관계이며, 당연히 최상의 남녀 관계다. 투명성이 슬로건일 뿐 아니라 **유일한 단어**이고, 그냥 어떤 비밀도 없는 이런 관계들에서는, 제지당하거나 가려지거나 채색되거나 숨겨지거나 기만당하는 일이 없다. 빠뜨리거나 말하지 않는 일도 없다. 어림짐작하거나 꾸미는 일도 없으며, 어느 누구도 어지럽게 "춤추거나" 머릿속으로 "계산하거나" 남을 "눈부시게 하지" 않는다.

하지만 자기가 생각하는 것을 모든 사람이 다 안다면—

잠깐만. 이것은 정신적 사생활을 전혀 갖지 못한다는 이야기가 아니다. 이것은 사적인 과정을 밟아갈 안전한 공간을 전혀 갖지 못한다는 이야기가 아니다. 내가 여기서 이야기하는 건 그런 게 아니다.

이것은 단지 너희가 다른 사람과 교제할 때는 마음을 열고 솔직해지고, 말할 때는 진리를 말하며, 사실을 말해야 한다는 걸 알 때는 결코 진실을 유보하지 말라는 이야기에 지나지 않는다. 이것은 두 번 다시 거짓말하거나, 감추거나, 말이나 마음으로 조작하거나, 너희의 진실을 비틀어 대다수 인간 교류의 특징인 또 다른 수많은 뒤틀림으로 만들지 말라는 이야기다.

이것은 실토하고, 있는 그대로 말하며, 그들에게 에누리 없이 주라는 이야기다. 이것은 모든 개인이 모든 자료를 갖도록 보장해주고, 그들이 어떤 주제에 관해서 알아야 할 모든 것을 알도록 보장해주라는 이야기다. 이것은 공평함과 공개성과, 그리고 말하자면…… **투명성**에 대한 이야기다.

하지만 이것이 모든 단편적인 생각과, 모든 사적인 두려움, 모든 어두운 기억, 모든 스쳐가는 판단이나 견해나 반응까지 토론과 검토 대상으로 탁자 위로 올라와야 한다는 뜻은 아니다. 이렇게 하는 건 투명성이 아니다. 이렇게 하는 건 정신이상이다. 이렇게 하는 건 너희를 미치게 만들 것이다.

우리가 여기서 이야기하는 건 단순하고, 직접적이고, 직선적이고, 공개적이고, 솔직하고, 완벽한 교류다. 그럼에도 그런 수준에서조차 이것은 주목할 만한 개념이고 거의 시도된 적이 없는 개념이다.

그 부분을 다시 한번 말씀해주십시오.

그럼에도 그런 수준에서조차 이것은 주목할 만한 개념이고, 거의 시도된 적이 없는 개념이다.

당신이 버라이어티쇼에 나가셨어야 했는데.

농담하는 것이냐? 나는 거기에 있다.

그런데 진지하게 말하면, 이건 굉장한 발상입니다. 생각해보십시오. 사회 전체가 '투명성의 원칙'을 중심으로 세워지는 겁니다. 당신은 그것이 잘 되리라고 확신하십니까?

내가 말하노니, 세상 질병의 반이 내일이면 사라질 것이다. 세상 근심의 반과 세상 갈등의 반과 세상 분노의 반과, 세상 좌절의 반이……

아 참, 처음에는 분노와 좌절이 찾아올 것이다. 이건 확실하다. 얼마나 자주 보통 사람들이 깽깽이 바이올린처럼 놀림감이 되고, 처분할 수 있는 상품처럼 이용되고, 조작당하고, 거짓말에 속고, 철저하게 사기당해왔는지 마침내 알게 되는 것만으로도 **극심한** 좌절과 분노가 일어날 것이기에. 하지만 "투명성"은

60일 안에 그 대부분을 청소할 것이다. 깨끗이 없앨 것이다.

다시 한번 너를 초대하노니, 다음 것들을 그냥 한번 생각해 보라.

네 생각엔 너희가 이런 식의 삶을 살 수 있을 것 같으냐? 더 이상 어떤 비밀도 없고 완전무결한 투명함만이 존재하는 삶을?

그렇게 할 수 없다면, 왜 할 수 없는가?

너희가 남들에게 알리고 싶지 않아서 감추는 것은 대관절 어떤 것이고,

너희가 다른 사람에게 말하는, 사실이 아닌 것은 대관절 어떤 것이며,

너희가 다른 사람에게 말하지 않는 사실은 대관절 어떤 것이냐?

생략으로 혹은 적극적으로 저지른 그런 거짓말들이 너희 세상을 너희가 진실로 원하는 곳으로 만들었느냐? 침묵과 비밀 유지로 이루어지는 조작(시장이나 특정 상황이나 혹은 단순히 어떤 개인에 대한 조작)이 진실로 우리를 이롭게 해주었느냐? "프라이버시"라는 게 과연 우리 정부와 기업과 개인들의 삶이 잘 되도록 해주었느냐?

만일 모두가 뭐든지 다 알 수 있다면 어떤 일이 일어나겠느냐?

이제 여기에 하나의 역설이 있다. 너는 이것이 너희가 신과의 첫 번째 만남을 두려워하는 것과 똑같다는 걸 모르겠느냐? 너는 너희가 재즈 연주가 끝나고, 게임이 끝나고, 탭댄스가 끝나

고, 섀도 복싱이 끝나고, 크고 작은 기만들의 길고 긴 자취가 그야말로 글자 그대로 **막다른 골목**에 이르게 되는 걸 지금껏 두려워해왔다는 걸 정말 모르겠느냐?

하지만 좋은 소식은 두려워할 이유가 전혀 없고, 겁먹을 까닭이 전혀 없다는 것이다. 아무도 너희를 심판하지 않을 것이고, 아무도 너희를 "틀렸다"고 하지 않을 것이며, 아무도 너희를 영원히 타오르는 지옥불 속에 던지지 않을 것이다.

(그리고 너희가 로마가톨릭교도라 해도—아니다, 너희는 연옥에도 가지 않을 것이다.)

(그리고 너희가 모르몬교도라 해도—아니다, 너희는 "가장 높은 하늘"에 닿을 수 없는 "가장 낮은 하늘"에 영원히 갇혀 있지 않을 것이다. 또 '파멸의 자식'으로 낙인찍혀 미지의 계(界)로 영원히 추방당하지도 않을 것이다.)

(그리고 너희가……)

자, 그만해도 알아들을 것이다. 너희 각자는 나름의 특정한 신학 틀 내에서 신이 주는 '최악의 벌'이라는 어떤 관념, 개념들을 만들어왔다. 그리고 이런 말을 너희에게 하기는 싫지만—왜냐하면 너희가 그 모든 드라마를 즐긴다는 사실을 알기에—그럼에도 말하노니…… **그냥 그런 것들은 존재하지 않는다.**

아마도 너희는 죽는 순간 너희의 삶이 완전히 투명해지는 것을 두려워하지 않게 될 때라야, 비로소 **삶을 사는 동안에도** 그것이 완전히 투명해지는 것에 대한 두려움을 극복할 수 있으리라.

그런 일이 있을 수 있을까요……

있지, 그래도 그렇게 하진 않겠지? 그래서 너희가 출발하도록 도와주는 공식이 여기 있다. 이 책의 맨 처음으로 되돌아가서 **'진리를 말하는 다섯 단계'**를 다시 음미해보라. 이 본보기를 마음에 담아두고 그것을 실행하라. 날마다 진리를 추구하고, 진리를 말하며, 진리에 따라 살아라. 너 자신과 네가 그 삶에 접촉하는 모든 사람과 더불어 이렇게 하라.

그런 다음 벗을 준비를 하라. **투명성**을 맞을 준비를 하라.

겁나는군요. 정말 겁납니다.

네가 두려워하는 게 뭔지 살펴보아라.

모두들 방에서 나가버릴까봐 겁납니다. 아무도 더 이상 저를 좋아하지 않을까봐서요.

알겠다. 너는 사람들이 너를 좋아하게 만들려면 거짓말을 해야 한다고 느끼는구나?

정확하게 말하면 거짓말을 하는 게 아니죠. 그냥 그들에게 **몽땅 다** 말하지는 않는 거죠.

내가 전에 말했던 것을 기억하라. 이것은 모든 사소한 감정과 생각과 발상과 두려움과 기억과 고백 따위를 뱉어내라는 이야기가 아니다. 이것은 그냥 언제나 진리를 말하고, 너희 자신을 완벽하게 드러내라는 이야기다. 가장 사랑하는 사람과 있을 때, 너희의 신체는 발가벗을 수 있다. 그렇지 않은가?

그렇습니다.

그렇다면 왜 감정은 발가벗을 수 없는가?

뒤의 것이 앞의 것보다 훨씬 더 어렵습니다.

이해는 한다. 하지만 그렇다고 해서 권하는 걸 그만두지는 않겠다. 그만큼 그 대가가 엄청나기에.

확실히 당신은 재미있는 발상들을 내놓으셨습니다. 숨겨진 과정이 없게 하라, 투명성에 근거한 사회를 세워라, 누구에게나 모든 걸 항상 진실대로 말하라. 후유!

이 몇 안 되는 개념에 사회 전체를 근거하여 세워왔다. 계몽된 사회들은.

저는 그런 사회를 본 적이 없는데요.

나는 너희 행성을 이야기하는 것이 아니다.

아하.

그렇다고 너희 태양계에 대한 이야기도 아니다.

하, 그렇겠지요.

하지만 그 같은 '신사상' 체계가 어떤 건지 체험하려고 너희 행성을 떠날 필요는 없다. 아니 너희는 너희 집조차 떠날 필요가 없다. 자기 가정, 자기 집에서 시작하라. 사업체를 가진 사람이라면, 자신의 회사에서 시작하라. 그 기업의 모든 사람에게 자신이 얼마나 버는지, 자기 기업이 얼마를 벌고 얼마를 쓰고 있는지, 그리고 직원들 개개인과 그들 전체가 얼마나 버는지 정확하게 이야기해줘라. 그들은 충격을 받아 그 지옥에서 벗어날 것이다. 나는 정말 글자 그대로 말하고 있다. 너희는 **당장 그 지옥에서 벗어나게** 만들 충격을 그들에게 줄 것이다. 만일 사업체를 지닌 모든 사람이 이렇게 한다면, 그 많은 사람들이 노동을 살아 있는 지옥으로 느끼는 일은 더 이상 없을 것이다. 공평함과 정당함, 적절한 보수에 대한 더 나은 감각이 자연스럽게 그 일터를 지배할 것이기에.

고객들에게 너희가 제공하는 생산품이나 서비스가 얼마 만큼의 비용이 드는지 정확하게 알려줘라. 생산비와 가격, 두 가지 금액을 가격표에 함께 적어넣어라. 그렇게 해도 너희는 자신이 요구하는 금액을 자랑스러워할 수 있는가? 아니면 고객들이 너희의 생산비 대 가격 비율을 안다면, 너희가 "자기들 것을 훔쳐가고" 있다고 생각할까봐 두려운가? 만일 그렇다면, "챙길 수 있을 때 최대한 챙겨라" 대신에, 정당성의 기초 영역 속에서 가격을 다시 책정하기 위해, 어떤 식의 조정을 하고 싶은지 자세히 검토해보라.

나는 감히 너희더러 이렇게 해볼 테면 해보라고 말한다. 나는 감히 너희에게 도전한다.

그렇게 하자면 너희 사고방식이 완전히 바뀌어야 할 것이다. 너희는 자신을 배려하는 것과 똑같이 너희 고객이나 손님들을 배려해야 할 것이다.

그렇다, 너희는 바로 지금, 바로 이 자리에서, 오늘 당장부터, 이 '새로운 사회' 건설을 시작할 수 있다. 선택은 너희 것이다. 낡은 체제인 지금의 패러다임을 계속 지지할 수도 있고, 표지판을 새로 세워 세상에 새로운 길을 보여줄 수도 있다.

너희 자신이 그런 새로운 길일 수 있다. 모든 것에서, 단지 사업만이 아니고, 단지 너희의 개인 관계들만이 아니고, 단지 정치나 경제나 종교나 전반적인 인생 체험의 이런 저런 측면들만이 아니고, **모든 것**에서.

새로운 길이 되라. 더 고귀한 길이 되라. 가장 위대한 길이 되라. 그러면 너희는 진실로, **나는 길이요 생명이니, 나를 따르라**고 말할 수 있을 것이다.

온 세상이 너희를 따르고서야, 비로소 기뻐하며 그 길을 받아들이려느냐?

이것을 오늘 너희의 물음으로 삼아라.

Conversations with God

17

저는 당신의 도전을 접수하겠습니다. 그것을 접수할 테니, 제게 이 행성에서의 사회적 삶에 대해서 좀 더 이야기해주십시오. 어떻게 해야 국가들이 사이좋게 살게 될지, 그래서 "더 이상의 전쟁"이 일어나지 않을 수 있을지 말해주십시오.

국가들 사이의 불화는 항상 있기 마련이다. 불화란 건 단순히 개성을 드러내는 표지, 바람직한 표지일 뿐이니. 하지만 불화를 **폭력으로 해결하는** 건 엄청난 미숙성을 드러내는 표지에 지나지 않는다.

폭력적인 해결을 피하려는 국가들의 의지만 있다면, 폭력적인 해결을 피하지 못할 이유는 어디에도 없다.

그 엄청난 사망자와 부상자 명단만으로도 충분히 그런 의지가 생기리라고 생각할 테지만, 너희 같은 미개 문화에서는 그렇지가 않다.

자신이 논쟁에서 이길 수 있다고 생각하는 한, 너희는 논쟁을 벌일 것이고, 전쟁에서 이길 수 있다고 생각하는 한, 너희는 전쟁을 벌일 것이다.

이 모든 걸 해결할 방법은 무엇입니까?

나는 해결책을 가지고 있는 게 아니다. 나는 단지—

압니다, 알아요! 관찰하실 뿐이라는 거죠.

그렇다. 나는 전에 관찰했던 것을 지금 관찰하고 있다. 단기간의 해결책은 논쟁을 해결할 국제재판소(지금의 '상설 국제사법재판소World Court'가 이따금 그런 것처럼 그 판결이 무시되지 않는 재판소)와, 아무리 힘세고 영향력 있는 국가라도 다시는 다른 나라를 공격하는 일이 벌어지지 않게 해줄 세계 평화유지군을 보유하는 정부, 몇몇 사람들이 세계 단일 정부라고 불렀던 그런 정부를 수립하는 것일 수 있다.

그렇게 해도 지구에는 여전히 폭력이 존재할 것이니, 누군가가 폭력을 행사하는 걸 중단시키기 위해 평화유지군이 폭력을 사용할 수도 있다. 1권에서 지적했다시피, 독재자임을 그만두게 하지 못하면 독재자에게 권능을 주게 되고, 때로는 **전쟁을 치르는 것이 전쟁을 피하는** 유일한 방법일 수 있는 것이다. 때로는 너희가 **하고 싶지 않은 일을 계속 하지 않기 위해서라도, 원하지 않는** 그 일을 해야 할 경우가 있다. 이 명백한 모순은 '신성한 이분법'의 일부다. '신성한 이분법'은 궁극적으로 어떤 것—이 경우에는 "평화로워지는 것"—이 되자면 먼저 그렇게 되지 않는 것이 때로는 유일한 방법일 수도 있다고 말한다.

달리 말하면, '자신 아닌 존재'로 자신을 체험하는 것이 종종 자신을 '자신'으로 아는 유일한 방법일 수 있다는 것이다.

너희 세상의 권력이 더 이상 개별 국가들의 재량에 좌우되지 않고, 이 행성에 존재하는 국가 집단 전체의 수중으로 모아져야 한다는 건 누구나 관찰할 수 있는 진실이다. 오직 이런 방식으로만 세상은 마침내 평화로울 수 있고, 어떤 독재자의 개별 국가가 아무리 크고 힘세다 해도, 다시는 다른 나라의 영토를 침범하거나 다른 나라의 자유를 위협하지 못하며, 또 그러지도 않으리라는 확신 속에서 세상은 마침내 편히 쉴 수 있을 것이다.

약소국들도 더 이상 강대국들의 호의에 의존할 필요가 없을 것이니, 자국의 자원을 헐값으로 팔고, 자국의 노른자위 땅을 외국 군대의 기지로 제공해야 하는 일도 더 이상 일어나지 않을 것이다. 이 새로운 체제 하에서 약소국들의 안전은 그들이 등을 긁어주는 강대국들에 의해서가 아니라, 그들의 등을 밀어주는 국가들에 의해서 보장될 것이다.

한 나라가 침략당하면, 160개국 전체가 들고 일어날 것이다. 한 나라가 어떤 식으로든 침해당하거나 위협당하면, 160개국 전체가 안 돼!라고 말할 것이다.

이와 마찬가지로, 국가들은 더 이상 경제적으로 위협당하지 않을 것이고, 자신보다 더 큰 무역 상대국의 공갈에 특정한 조치를 취해야 하는 일도 없을 것이다. 또 특정 "기준"들을 충족시켜야 외국 원조를 받을 수 있는 상황도 더 이상 없을 것이며, 특정한 방식으로 연기해내야 알량한 박애주의 지원이나마 얻을 수 있는 상황도 더 이상 없을 것이다.

너희 중에 그 같은 국제 제도는 개별 국가들의 독립성과 위대성을 좀먹는다고 주장할 사람들이 있을 것이다. 하지만 진실은, 오히려 그것들을 더 **키워주리라**는 것이다. 그리고 법이나 정의가 아니라, 힘으로 자신의 우위를 확보한 강대국들이 두려워하는 것이 바로 이것이다. 그때 가서는 강대국들만이 자동으로 자기들 마음대로 하는 일은 더 이상 없을 것이고, 그때 가서는 모든 국가의 견해가 똑같이 존중될 것이기에. 그리고 강대국들은 더 이상 세계 자원의 대부분을 지배하고 매점매석하지 못할 것이다. 오히려 강대국들은 좀 더 평등하게 자원을 나누고, 좀 더 쉽게 자원에 접근할 수 있게 하며, 전 세계 국민들이 그 혜택을 좀 더 균일하게 누리게 하라는 요구를 받게 될 것이다.

세계정부는 놀이터를 평평히 고르는 일을 할 것이다. 인간의 기본 존엄에 관한 논쟁의 핵심으로 몰아갈 이 발상은 세상의 "가진 자들"에게는 저주일 것이다. 남들이 원하는 모든 것을 자신들이 **지배하고** 있다는 사실은 물론 무시한 채, "없는 사람들"이 나름의 운을 찾아가기를 원하는 "가진 자들"에게는.

그런데 지금 말씀하시는 건 부의 재분배에 관한 것 같은데요. 그렇다면 더 많이 갖길 원하고, 또 그러기 위해 더 열심히 일하려는 사람들의 동기incentive는 어떻게 유지할 수 있습니까? 그들이 그다지 열심히 일하려 하지 않는 사람들과 나눠 가져야 한다는 걸 알 때 말입니다.

> 첫째로, 그것은 단순히 누구는 "열심히 일하려" 하고, 누구는 그러지 않는가의 문제가 아니다. 이것은 그 논쟁을 제기하는 가장 유치한 방식이다(그 문제를 이런 식으로 짜는 건 주로 "가진 자들"이다). 그것은 의지의 문제라기보다는 대체로 기회의 문제다. 그래서 사회질서를 재건하려면 개개 국민과 개개 국가들에 대한 동등한 **기회** 보장을 진짜 일거리이자 첫 번째 일거리로 삼아야 한다.
>
> 이것은 현재 전 세계 부와 자원의 대부분을 소유하고 지배하는 사람들이 그런 식의 지배 방식을 붙잡고 늘어지는 한 결코 이루어지지 않을 것이다.

그래서 제가 멕시코 이야기를 한 겁니다. "국가 깔아뭉개기"에 뛰어들고 싶지는 않지만, 제가 보기엔 이 나라가 그 면에서 훌륭한 보기가 되는 것 같거든요. 한줌밖에 안 되는 부유하고 권력 있는 가문들이 나라 전체의 부와 자원을 지배하고 있죠. 40년 동안이나요. 이 나라에서는 소위 말하는 서구 민주주의 "선거"란 건 어릿광대 놀음에 지나지 않습니다. 왜냐하면 수십 년 동안 예의 그 가문들이 예의 그 정당을 지배하면서, 사실상 어떤 의미 있는 야당도 존립할 수 없게 해왔으니까요. 결과는 어떤 줄 아십니까? "부자는 더 부유해지고 빈자는 더 가난해지는" 겁니다.

행여 시간당 임금을 터무니없이 1.75불에서 3.15불로 올려달라는 요구라도 할라치면, 부자들은 자신들이 가난한 사람들에게 직업과 기회를 제공하여 경제성장에 얼마나 큰 역할을 해왔는지 내세우죠. 하지만 비약적으로 성장하는 건 부자들뿐입니다. 저임금에서 얻는 엄청난 이윤을 남기면서 자기네 상품을 국내와 세계 시장에 파는 산업자본가들과 기업체 소유자들 말입니다.

미국의 부자들도 이 사실을 알고 있죠. 이 때문에 미국의 부유하고 권력 있는 자들 중 다수가 자신들의 공장과 작업장을 멕시코나, 노예 임금이 농민에게 무슨 굉장한 기회라도 되는 듯이 여기는 다른 해외 국가들로 옮기는 겁니다. 똑같이 이런 투기사업들로 이윤을 거둬들이는 소수의 부자들이 지배하는 그곳 정부들은 노동자들이 해롭고 안전하지 못한 환경에서 고생스럽게 일해도 규제하는 일이 거의 없습니다. 이런 나라의 공장들에는 유해 기준이나 안전기준, 환경보호 기준 같은 건 사실상 존재하지도 않고요.

보살핌을 받지 못하는 건 사람만이 아닙니다. 땅도 마찬가지입니다. 사람들은 개천 옆 판잣집에서 살면서, 그 개천에서 빨래도 하고 종종 용변까지 함께 해결합니다. 실내 상하수도 시설 역시 아직 그들의 기본권이 되지 못한 경우가 대부분이니까요.

대중에 대한 이런 식의 지독한 무시 때문에 자신들이 생산하는 바로 그 물품을 살 여유가 없는 사람들이 양산되는 겁니다. 하지만 부유한 공장 소유주들은 신경 쓰지 않습니다. 그것들을 살 여유가 있는 다른 나라에 수출하면 그만이니까요.

하지만 저는 이 악순환이 파괴적인 결과를 휘두르며 도로 자신들 머리 위로 떨어질 날이 얼마 남지 않았다고 믿습니다. 멕시코만이 아니라 국민들이 착취당하는 모든 곳에서요.

국가 간의 전쟁이 그러하듯이 혁명과 내전도 불가피하다. "가진 자들"이 **기회**를 제공한다는 구실로 계속해서 "못 가진 자들"을 착취하려고 하는 한.

부와 자원들을 틀어쥐는 게 워낙 **제도화되다** 보니, 어느 정도 공정한 정신의 소유자들조차 이젠 별 무리 없이 그것을 **받아들이는** 듯합니다. 그런 사람들은 그것을 단순히 시장경제의 일환으로 보는 거죠.

그럼에도 세상의 부유한 개인들과 국가들이 장악한 **권력**이 있기에, 그 같은 공평함의 환상이 만들어지는 것이다. 진실은, 세상의 대다수 국민과 국가들에는 그것이 전혀 공평하지 **않다**는 것이다. 강자(强者)들이 이뤄낸 것을 이뤄보려는 시도조차 제지당하는 국민과 국가들에는.

내가 위에서 묘사한 통치 제도는 힘의 균형을 자원 많은 자resource-rich에게서 자원 없는 자resource-poor에게로 급격히 변화시켜, 자원 자체가 공정하게 분배되게 할 것이다.

그건 정말 끔찍한 공포겠군요.

그렇다. 그러기에 새로운 사회구조, 새로운 세계정부가 세상의 그 같은 불평등 조장에 대한 단기적인 해결책이 될 수 있는 것이다.

그 같은 새로운 세계질서의 시작을 제안할 만큼 충분히 통찰력 있고 충분히 용감한 지도자들이 너희 중에 있어왔다. 너희의 조지 부시가 그런 지도자였다. 앞으로의 역사는 그를 동시대 사회가 인정하려 했거나 인정할 수 있었던 것보다 훨씬 더 큰 지혜와 전망과 동정심과 용기를 가진 인물로 평가하게 될 것이다. 그리고 소련 대통령이었고, 공산주의 국가의 원수로는 처음으로 노벨 평화상을 수상했으며, 엄청난 정치적 변화를 제안하여 소위 '냉전'이란 대립 상태를 사실상 종식시킨 미하일 고르바초프 역시 그런 인물이었다. 또 너희 대통령이었던 카터 역시 그러하다. 그는 그때까지 아무도 꿈도 꾸지 못했던 평화협정을 너희의 베긴 씨(전 이스라엘 수상-옮긴이)와 사다트 씨(전 이집트 대통령-옮긴이)가 맺도록 만들었으며, 자신의 재임 기간이 끝나고 나서도 한참 동안, 누구의 관점이나 다른 사람의 관점과 똑같이 귀담아들을 가치가 있고, 누구나 다른 사람들과 똑같이 존중받아야 한다는 단순한 진리를 단순히 강조하는 방법으로, 세상을 격렬한 대립 상태에서 몇 번이나 떼어낸 바 있다.

나름대로 자신의 시기에 세상을 전쟁의 문턱에서 끌어냈고, 나름대로 당시의 지배적인 정치 구조에서 벗어난 대중운동을 지지하고 제안했던 이같이 용기 있는 지도자들이 하나같이 오직 단임으로만 임기를 마쳤다는 것, 그들을 등용시켰던 바로 그 국민들이 그들을 공직에서 끌어내렸다는 것은 흥미 있는 일이다. 국외에서는 믿을 수 없을 만큼 큰 인기를 모았던 그들이 자신들의 조국에서는 깨끗하게 거부당했던 것이다. 그 이유는, 오직 제한되고 편협한 관심사들만을 보고, 이들의 웅대한 전망에서 단지 손실 결과들밖에 떠올리지 않았던 자국 국민들보다 이런 인물들이 훨씬 앞서 있었다는 데 있다.

감히 걸음을 빨리하여 강자에 의한 억압의 종식을 요구한 다른 모든 지도자가 하나같이 용기를 잃고 모욕당해온 것 역시 같은 이유에서다.

그리하여 **정치적이지 않은 장기적인** 해결책이 자리 잡을 때까지 그런 상황은 계속될 것이다. 장기적인 해결책—유일하게 실제적인 해결책—이란 '새로운 자각', '새로운 의식'을 말한다. '하나'라는 자각과 '사랑'의 의식을.

성공하려는 동기, 삶을 의미 있게 만들려는 동기가 경제적이거나 물질적인 보상이 되어서는 안 된다. 그 점에서 그것의 위치는 잘못 놓여 있다. 이 잘못 놓인 우선순위가 우리가 여기서 논의해온 모든 문제를 만들어낸 원인이다.

위대해지려는 동기가 경제적인 것이 아니라 해도, 다시 말해 경제적 안정과 물질적인 기본 욕구들이 모두에게 보장된다 해도, 그럼에도 동기는 사라지지 않을 것이다. 하지만 그것은 강인함과 결단력을 **키우고**, 참된 위대성을 낳는 다른 종류의 동기일 것이다. 지금의 동기들이 만들어내는 식의, 평범하고 일시적인 "위대성"이 아니라.

하지만 더 나은 삶, 우리 자식들을 위해 더 나은 삶을 창조하는 것도 훌륭한 동기이지 않습니까?

"더 나은 삶"은 **당연한** 동기다. 또 너희 자식들을 위해 "더 나은 삶"을 창조하는 건 훌륭한 동기다. 하지만 문제는, 무엇이 "더 나은 삶"을 만들어주는가다.

너희는 "더 낫다"는 걸 어떤 식으로 정의하는가? 너희는 "삶"이라는 걸 어떤 식으로 정의하는가?

너희가 **더 크고 더 좋고 더 많은** 돈과 권력과 섹스와 **가재도구**(집, 자동차, 옷, CD 소장품 따위)를 "더 나은" 것으로 정의하는 한…… 너희가 이번의 출생에서 죽음까지의 기간을 "삶"으로 정의하는 한, 너희는 너희 행성의 곤경을 창조해낸 덫에서 벗어날 어떤 일도 할 수 없다.

하지만 너희가 너희의 웅장한 '존재 상태'를 더 넓게 체험하고 더 위대하게 표현하는 것을 "더 나은" 것으로 정의하고, "삶"을 '존재'의 영원히 계속되고 결코 끝나지 않는 과정으로 정의한다면, 너희는 머지않아 너희의 길을 찾아낼지도 모른다.

"더 나은 삶"은 물질이 쌓여서 창조되는 게 아니다. 너희 대다수가 이 사실을 알고 있고, 너희 모두가 그걸 알고 있다고 말한다. 하지만 너희의 삶과 너희가 삶을 끌어가면서 내리는 결정들은 다른 무엇에도 뒤지지 않을 만큼, 아니 대체로 그것들보다 더 많이 "물질"과 관련이 있다.

너희는 물질을 얻으려고 애쓰고, 물질을 얻기 위해 일한다. 그리고 원하는 것을 어느 정도 얻고 나면, 너희는 절대 그것을 손에서 놓으려 하지 않는다.

물질을 이뤄내고, 물질을 확보하고, 물질을 획득하는 것이 대다수 인간들의 동기다. 반면에 물질에 신경 쓰지 않는 사람들은 그것들을 쉽게 놓아버린다.

세상 전체가 이런저런 투쟁 단계 속에 있는 건 위대해지려는 너희의 현재 동기가 세상이 제공해야 할 모든 것을 쌓아두는 데 있기 때문이다. 인구의 막대한 **부분**들은 지금도 여전히 단순한 물질 생존을 위해 투쟁하고 있다. 그들의 하루하루는 걱정스러운 순간들, 절망적인 조치들로 가득하다. 그들의 마음은 사활과 관련된 기본적인 의문들에 몰두해 있다. 음식은 충분히 먹을 수 있을까? 잠자리는 얻을 수 있을까? 몸을 녹일 수 있을까? 엄청난 수의 사람들이 지금도 여전히 날마다 이런 문제들에 신경을 쓰고 있고, 식량 부족만으로도 매달 몇천 명씩이 죽어간다.

이보다 수는 적지만 자신들의 삶에서 모습을 드러내는 생존 토대들에 조리있게 의지할 수 있는 사람들도 있다. 하지만 이들 역시 투쟁한다. 어느 정도의 안정, 소박하면서도 품위 있는 가정, 더 나은 내일 같은 것들을 더 많이 마련해두기 위해. 이들은 열심히 일하면서도 어떻게 해야 "출세할지", 또 과연 그렇게 될지 초조해한다. 이들의 마음은 다급하고 걱정스러운 의문들에 빠져 있다.

훨씬 더 소수의 사람들만이 그들이 요구할 수 있었던 모든 것을 가지고 있다. 사실 앞의 두 집단이 지금 요구하고 있는 모든 것을. 하지만 흥미 있는 건 이 마지막 집단에 속한 사람들 다수가 여전히 **더 많이 요구하고** 있다는 사실이다.

그들의 마음은 그들이 손에 넣은 모든 것을 **틀어쥐고** 그것을 더 늘리는 데 몰두해 있다.

그런데 이 세 집단에 더해서 네 번째 집단이 있다. 이들은 이 전체 집단들 중에서 그 수가 가장 적다. 사실 그 수는 아주 적다.

이 집단은 물질에 대한 욕구에서 벗어나 있다. 이 집단이 몰두하는 건 영적 진실과 영적 실체, 영적 체험이다.

이 집단의 사람들은 삶을 영적인 만남, 영혼의 여행으로 본다. 그들은 이런 맥락 안에서 모든 인간사에 반응하고, 모든 인간 체험을 이 패러다임 안에서 파악한다. 그들의 투쟁은 신을 찾고, 자아를 실현하며, 진리를 표현하는 것과 관련이 있다.

그들이 진화하면, 이 투쟁은 더 이상 투쟁이 아니라 과정process이 된다. 그것은 '자기 규정'(자기 발견이 아니라)과 '성장'(배움이 아니라)과 '존재'(행위가 아니라)의 과정이 된다.

구하고, 애쓰고, 찾고, 뻗고, **성공하는 이유**가 완전히 달라지고, **어떤 일**을 하는 까닭이 변하니, 그와 더불어 그 일을 하는 사람 역시 변한다. 과정이 그 이유가 되니, 행위자는 존재자be-er가 된다.

예전에는 평생 구하고, 애쓰고, 열심히 일하는 이유가 세속의 것을 마련하는 데 있었지만, 이제는 그 이유가 하늘의 것을 체험하는 데 있다.

예전에는 주요한 관심이 몸에 대한 것이었지만, 이제는 주요한 관심이 영혼에 대한 것이다.

모든 것이 움직이고 모든 것이 변한다. 삶의 목적이 바뀌고, 따라서 삶 자체도 바뀐다.

"위대해지려는 동기"도 변하니, 그와 더불어 세속의 부를 탐내고 확보하고 지키고 늘리려던 욕구도 사라진다.

사람들은 더 이상 위대성을 그 사람이 얼마나 많이 쌓아두는가로 평가하지 않을 것이고, 세상 자원들은 세상 모든 사람의 소유임을 당연하게 여길 것이다. 모두의 기본 욕구를 충족하기에 충분할 만큼 풍요로움으로 축복받은 세계이기에, 그 기본 욕구는 당연히 **충족될 것이다.**

누구나 세상이 그런 식으로 존재하길 **원할** 것이다. 수확이 적은 사람들을 돕는 정책에 쓰도록 너희 모두가 너희 수확과 풍요의 10퍼센트를 **자발적으로** 내놓을 것이니, 더 이상 누구도 내키지 않는 세금을 낼 필요가 없을 것이다. 식량이 부족해서가 아니라, 모두에게 식량이 돌아가게 만들 간단한 정치 체제를 창조하려는 **의지**가 부족해서, 몇천 명의 사람들이 다른 몇천 명의 굶주림을 방관하는 일도 더 이상 가능하지 않을 것이다.

너희가 위대해지려는 동기와 위대함에 대한 규정을 바꾸는 날, 지금 미개한 너희 사회에서 일상사가 되고 있는 그 같은 도덕적 추잡성은 영원히 사라질 것이다.

너희의 새로운 동기는 내가 창조했던 대로의 너희가 되는 것, 즉 신성(神性) 자체를 물질적으로 표출하는 것이 될 것이다.

너희가 '참된 자신', 드러난 신이 되기를 선택할 때, 너희는 두 번 다시 신적이지 않은 방식으로 행동하지 않을 것이고, 너희는 더 이상 다음과 같은 스티커를 차에 붙이지 않게 될 것이다.

나를 번거롭게
하지 마시오

Conversations with God

18

제가 잘 따라가고 있는지 한번 볼게요. 여기서 부각되는 건 모든 국가가 하나의 세계정부를 따르고, 모든 국민이 세상의 부를 함께 나누는 평등하고 평화로운 세계관인 것 같군요.

우리가 뜻하는 평등은 평등한 **기회**이지, **실제적인** 평등이 아니라는 걸 잊지 마라.

실제적인 "평등"은 결코 이루어지지 않겠지만, 오히려 그 점에 감사해야 한다.

왜요?

평등이란 동일함이기에. 세상에서 가장 필요하지 않은 게 이

동일함이다.

그러니 아니다, 나는 여기서 '맏형 중앙정부'에게서 똑같이 자기 몫을 받는 자동 장치 같은 세상을 주장하는 것이 아니다.

내가 이야기하는 건 다음 두 가지가 보장되는 세상이다.

1. 기본 욕구의 충족

2. 더 높이 나아갈 기회

너희 세상의 그 모든 자원을 가지고도, 너희의 그 모든 풍요를 가지고도, 너희는 아직도 이 간단한 두 가지 사항조차 처리하지 못하고 있다. 그러기는커녕 너희는 몇백만 명의 사람들을 사회경제 등급의 맨 밑바닥에 옭아매고는, 그들을 체계적으로 그곳에 묶어두는 세계관을 고안해냈다. 너희는 해마다 몇천 명씩이 극히 간단한 기본 물자가 부족해서 죽어가는 걸 보고만 있다.

세상의 장대함에도 불구하고, 서로 죽이는 걸 막는 건 물론이고, 사람들이 굶어 죽어가는 걸 막기에 충분할 만큼 장대해질 방안을 너희는 찾아내지 못했다. 실제로 너희는 **아이들이** 눈앞에서 굶어 죽어가도록 내버려두며, 실제로 너희는 너희 견해에 동의하지 않는다는 이유만으로 사람들을 죽인다.

너희는 미개하다.

하지만 우리는 우리가 대단히 진보했다고 생각하는데요.

미개사회의 첫째가는 특징이 스스로 진보했다고 생각하는 것이고, 미개 의식의 첫째가는 특징이 스스로 계몽되었다고 생각하는 것이다.

그럼 요약해보겠습니다. 모든 사람에게 이 두 가지 원칙을 보장하는 사다리의 첫 단에 올라서는 방법은……

두 가지 바뀜, 두 가지 변화를 통해서—하나는 너희의 정치적 패러다임을 바꾸는 것이고, 또 하나는 너희의 영성(靈性)을 바꾸는 것으로.

통일된 세계정부로 나아가는 움직임 중에는 막강한 힘을 가지고 국가 간 분쟁을 해결할 국제재판소와, 너희 자신을 통치하기 위해 선택하는 법률들을 힘있게 해줄 평화유지군이 포함될 것이다.

그리고 세계정부에는 각 국에서 파견된 두 명씩의 대표자들로 구성된 '국가 의회'와, 각국의 인구 비례에 따라 선출된 대표자들로 구성되는 '국민 대표자 회의'도 포함될 것이다.

양원으로 이루어진 미국 정부의 구성 방식과 똑같군요. 비례대표제에 따른 하원과 모든 주(州)에 동등한 표결권을 주는 상원으로 이루어지는 미국 의회 말입니다.

그렇다. 너희 미국 의회는 신의 영감을 받은 것이다.

새로운 세계 의회에도 그와 똑같은 힘의 균형점이 잡혀야 한다.

마찬가지로 행정부와 입법부, 사법부가 존재하게 될 것이다.

각 나라는 치안 유지 경찰은 독자적으로 유지하겠지만, 군대는 모두 해체할 것이다. 너희의 개별 주들이 주 집단 전체에 봉사하는 연방 평화유지군을 두는 대신 각자의 군대와 해군들을 해체했듯이.

그리고 너희 주들이 주 의용군을 구성하고 소집할 권리를 보유하고 있듯이, 개별 국가들도 언제라도 자신들의 의용군을 구성하고 소집할 수 있는 권리를 지닐 것이다.

그리고, 너희 주들이 지금 그러하듯이, 국가 연방에 속한 그 160개국들도 자국민의 투표로 언제라도 연방에서 탈퇴할 수 있는 권리를 가질 것이다(과거의 어느 때보다 그 국민들이 더 안전하고 더 풍족해지리라는 걸 생각하면, 나로서는 그들이 그렇게 하고 싶어할 이유를 찾지 못하겠지만).

그리고 이해가 더딘 사람들을 위해 다시 한번 통일된 세계연방이 가져올 결과들을 설명해주시겠습니까?

1. 전쟁과 살상에 의한 국가 간의 전쟁을 끝내고,

2. 참혹한 빈곤과 기아로 인한 죽음, 권력자들에 의한 민중과 자원의 착취를 끝내며,

3. 지구에 대한 체계적인 환경 파괴를 끝내고,

4. 더 크고 더 좋고 더 많은 것을 얻기 위한 끝없는 투쟁에서 벗어나며,

5. **모든** 사람에게 가장 고귀한 자기 표현에 이를 정도로 성장할 기회, **진실로** 동등한 기회를 제공하고,

6. 집이든, 일터든, 정치 체제든, 개인의 성관계든, 어디서나 사람들을 끌어내리는 모든 한계와 차별을 끝내게 될 것이다.

당신의 새로운 세계 질서는 부의 재분배를 요구하지는 않습니까?

그것은 아무것도 요구하지 않을 것이다. 그것은 자발적으로, 또 완전히 저절로 자원의 재분배를 낳을 것이다.

예컨대 **누구에게나** 적절한 교육이 주어질 것이며, **누구에게나** 일터에서 그 교육을 발휘할 공개된 기회, 그들에게 **기쁨**을 주는 직업을 택할 공개된 기회가 주어질 것이다.

누구든 필요하면 언제 어떤 방식이든 진료를 받을 수 있게 되고,

누구든 굶어 죽거나, 충분한 옷이나 적절한 잠자리 없이 살지 않게 될 것이다.

누구든 두 번 다시 **생존**이 문제되지 않도록, **모든** 인간 존재들이 소박한 안락과 기본 인간다움을 제공받도록, 누구에게나 기본 생존권이 보장될 것이다.

사람들이 그것을 벌기 위해 아무 일도 하지 않더라도요?

이런 것들을 굳이 벌어야 한다는 너희 사고방식이 **빚지지 않고 살아야 천국에 갈 수 있다**는 너희 사고방식의 토대다. 하지만 너희가 빚지지 않고 산다고 해서 신의 은총을 입을 수는 없다. 그리고 사실 그럴 필요도 없다. 너희는 이미 그곳에 있기에.

너희는 이것을 받아들일 수 없을 것이니, 그것은 너희가 줄 수 없는 것이기 때문이다. 너희가 조건 없이 **주는**(다시 말해 조건 없이 **사랑하는**) 법을 배울 때, 너희는 조건 없이 **받는** 법을 배우리라.

삶이란 것은 너희에게 그런 상태를 체험할 수 있게 해주는 일종의 운송 수단으로 창조되었다.

사람에게는 누구나 기본 생존권이 있고, 설사 그들이 **아무 일도** 하지 않더라도, 설사 그들이 **아무 기여도** 하지 않더라도, 인간다운 생존은 삶의 기본권 중 하나라는 사고방식으로 자신을 감싸도록 해보라. 나는 너희에게 모든 사람이 충분히 이런 생활을 할 수 있는 자원을 주었다. 너희가 해야 할 일은 나누는 것뿐이다.

하지만 그렇다면 사람들이 그냥 자신의 인생을 허비하고, 빈둥거리며, "자선금"이나 모으러 다니는 걸 막을 방도는 뭡니까?

첫째로, 어떤 삶이 허비되는 삶인지 심판하는 건 너희 일이 아니다. 70년 동안 시에 관해서 생각하며 빈둥거리는 것 말고는 아무 일도 하지 않던 사람이, 어느 날 갑자기 몇천 명의 사람들에게 깨달음과 통찰력의 문을 열어주는 단시(短詩) 한 편을 내놓는다면, 그것이 과연 허비되는 삶이냐? 평생 남에게 거짓말하고, 사기 치고, 남을 속이고, 협박하고, 조종하고, 해치기만 하던 사람이, 그래서 그 결과로 자신의 참된 본성 중 뭔가를 기억해낸다면, 아마도 몇 평생을 들여서 기억해내려고 애써왔을 뭔가를 기억해낸다면, 그래서 마침내 '다음 단계'로 진화한다면, 그것이 과연 허비되는 삶이냐? 그 삶이 과연 "쓸모없는" 것이냐?

다른 사람의 영혼이 밟아가는 여정을 심판하는 건 너희가 할 일이 아니다. 너희 일은 다른 사람이 어떤 존재였고 어떤 존재가 되지 못했는가가 아니라, '자신'이 누구인지 판단하는 것이다.

그래서 네가 사람들이 그냥 자신의 인생을 허비하고, 빈둥거리고, "자선금"이나 모으러 다니는 걸 막을 방도가 뭐냐고 묻는다면, 대답은 그럴 방도는 없다는 것이다.

하지만 당신은 진짜로 이것이 들어먹히리라고 생각하십니까? 당신도 기여하는 사람들이 기여하지 않는 사람들을 원망도 하지 않을 거라고는 생각하지 않으시죠?

아니다. 그들은 화낼 것이다. 그들이 계몽되지 않았다면 말이다. 하지만 계몽된 사람이라면 기여하지 않는 사람들을 분노가 아니라 큰 자비로 대할 것이다.

자비요?

그렇다, 기여자들은 비(非)기여자들이 가장 위대한 기회와 가장 장엄한 영광, 즉 창조할 기회와 '참된 자신'에 대한 **가장 고귀한 관념**을 체험하는 영광을 놓치고 있다는 걸 깨달을 터이고, 이것만으로도 그들의 게으름에 대한 벌로 충분하다는 걸 알 터이니. 사실은 그렇지 않지만 굳이 그런 벌이 필요하다면 말이다.

하지만 진실로 기여하는 사람들은 자기 노동의 과실을 가져가서 게으른 사람들에게 주는 것에 분통을 터트리지 않을까요?

너는 내 말을 듣고 있지 않구나. 모든 사람에게 최소한의 생존분이 주어질 것이다. 이것이 가능하기 위해서 더 많이 가진 사람들에게는 소득의 10퍼센트를 기부할 기회가 주어질 것이고.

소득이 정해지는 방식으로 말하면, 공개된 시장 원리에 따라 그 삶의 기여 가치가 평가될 것이다. 지금 너희 나라에서 그렇게 되고 있듯이.

그렇다면 "부자"와 "가난한 사람"은 **여전히** 있겠군요. 지금하고 똑같이! 그건 **평등**이 아닙니다.

하지만 그건 평등한 **기회**다. 모든 사람이 생존을 걱정하지 않고, 기본적인 생활을 할 수 있는 **기회**를 가질 것이기에. 그리고 모든 사람에게 지식을 획득하고 기술을 발달시키며, '즐거운 곳'에서 자신의 타고난 재능을 발휘할 동등한 기회가 주어질 것이기에.

'즐거운 곳'이라니요?

그때가 되면 사람들은 "일터"를 그렇게 부를 것이다.

하지만 그래도 여전히 부러움은 남지 않겠습니까?

부러움이라면, 그렇다. 하지만 질투라면, 아니다. 부러움은 더 나아지도록 너희를 몰아가는 자연스러운 감정이다. 두 살짜리 아이도 자기 오빠 손에는 닿는 문손잡이를 자기도 잡고 싶어서 용을 쓰기 마련이다. 여기에는 잘못된 것이 전혀 없다. 부러움은 결코 잘못된 것이 아니다. 부러움은 자극제이며, 순수한 바람이다. 부러움은 위대함을 낳는다.

반면에 질투는 다른 사람을 더 못하게 만들려는, 두려움에 쫓기는 감정이다. 그것은 흔히 원망에서 비롯된 감정이다. 그것은 분노에서 시작해서 분노로 끝난다. 그래서 질투는 사람을 말려 죽인다. 질투는 목숨을 앗아갈 수도 있다. 질투로 뒤엉킨 삼각관계 속에 있어본 사람이라면 누구나 이 사실을 안다.

질투는 죽이지만, 부러움은 태어나게 한다.

부러워하는 사람들에게는 **자기 나름의** 방식으로 성공할 수 있는 온갖 기회가 주어질 것이다. 누구도 정치, 경제, 사회적으로 억눌리지 않을 것이니, 인종이나 성별(性別)이나 성적(性的) 성향 때문에 억눌리지 않을 것이며, 출생이나 계급 신분, 나이 때문에 억눌리지도 않을 것이다. 어떤 이유든 간에 억눌리지 않을 것이다. 그냥 **어떤** 이유의 차별이든 차별 자체가 더 이상 용납되지 않을 것이다.

그리고 그렇다, 그럼에도 여전히 "부유한 자"와 "가난한 자"

는 있을 것이다. 하지만 더 이상 "굶주리는 자"와 "빈곤한 자"는 없을 것이다.

보다시피, 이런 동기가 삶에서…… **단순히 절망만을 걸러내지는 않을 것이다.**

하지만 비(非)기여자들을 "먹여 살리기에" 충분할 만큼의 기여자들이 있을 거란 걸 뭘로 보장합니까?

인간 영혼의 위대함으로.

호오?

명백히 암울한 너희 신념과는 달리, 보통 사람들도 그저 생존하는 수준에서 만족하지 않을 것이다. 덧붙여 두 번째 패러다임이 변하면, 즉 영혼이 바뀌면 위대해지려는 동기 전체가 변할 것이다.

무엇이 그런 변화를 일으킬까요? 지금껏 2000년의 역사를 거치면서도 일어나지 않았는데—

20**억 년**의 역사겠지—

어쨌든 그 역사를 거치면서도 일어나지 않은 일이 왜 지금 일어나야 하죠?

물질 생존에서 벗어나면, 약간의 안정을 얻으려고 악착같이 성공해야 할 필요성이 없어지면, 이루고 견디고 장대해져야 할 다른 어떤 이유도 존재하지 않을 것이다. **장대함 자체를 체험하는** 것 말고는!

그런데 그걸로 충분한 동기가 될까요?

인간의 영혼은 솟아오르기 마련이니, 참된 기회가 눈앞에 있을 때 가라앉지 않는다. 영혼은 더 낮은 자기 체험이 아니라 더 높은 자기 체험을 추구하기 마련이다. 한순간이라도 **참된 장대함**을 체험해본 사람이라면 누구나 이 사실을 안다.

권력은 어떻게 됩니까? 이 특별한 재편성에서도 과도한 부와 권력을 가진 사람들은 여전히 존재하는 겁니까?

금융 소득은 제한될 것이다.

아하—드디어 여기까지 왔군요. 그게 왜 될 수 없는지 제가 설명드리기 전에, 먼저 당신이 그것이 어떤 방식으로 운용될지 설명해주시겠습니까?

그러지. 수입에 최저 한도가 있듯이 최고 한도도 설정될 것이다. 첫째로 거의 모든 사람이 자기 수입의 10퍼센트를 십일조로 세계정부에 바칠 것이다. 이것이 내가 전에 말했던, 자발적인 10퍼센트 공제다.

그렇습니다…… 구식 "균등 과세"안이죠.

지금 너희 사회라면, 지금이라면, 그것이 세금 형태를 취할 테지. 모두의 공동선을 위한 자발적 공제가 너희를 가장 이롭게 한다는 걸 알 만큼 너희가 충분히 계몽되지는 못했으니. 하지만 내가 묘사해온 의식 변화가 일어난다면, 너희는 그처럼 열리고 배려하는 마음으로 자유롭게 내놓는 수확물의 공제를 의문의 여지 없이 타당한 것으로 여길 것이다.

당신에게 말할 게 있습니다. 당신 말을 좀 가로막아도 괜찮겠습니까?

상관없다. 말해봐라.

제게는 이 대화가 아주 어색하게 느껴집니다. 신과 이런 이야기를 나누리라고는 한번도 생각해보지 않았거든요. 신이 정치 과정을 추천하기까지 하다니요. 정말입니다. **신이 균등 과세를 주장한다**는 사실을 제가 사람들에게 어떻게 납득시킬 수 있겠습니까?

자, 나는 네가 그것을 계속 "세금"으로 보는 쪽을 고집한다는 걸 알고 있다. 하지만 이해는 한다. 너희가 가진 것 중 10퍼센트를 나누기 위해 그냥 내놓는다는 개념이 너희에게는 무척 낯선 것 같으니. 그렇지만 내가 이 문제에 대해 어떤 견해를 가진다는 게 왜 믿기 힘들단 말이냐?

저는 신이 그런 일들을 판단하거나, 그런 일들에 의견을 갖거나, 신경 쓰지는 않는다고 생각했거든요.

잠깐만, 내가 이해가 가게 해다오. 네가 **1권**이라고 부르는 지난번 우리 대화에서 나는 온갖 종류의 질문들에 대답했다. 인간관계를 풀어가는 것에서 적절한 생활 방식, 심지어는 다이어트에 대한 질문에 이르기까지. 그런 것들이 이 문제와 어떻게 다르단 말이냐?

저도 모르겠습니다. 그냥 다른 것처럼 **느껴집니다**. 제 말은, 당신이 정말로 정치적 관점을 가지고 계시냐는 겁니다. 당신은 혹시 당증을 가진 정식 공화당원이 아니십니까? 신은 **공화당원**이라는 게 결국 이 책이 내놓는 진실입니까?

너는 내가 민주당원이길 바랐느냐? 이걸 어쩌지?

한방 먹었군요. 아니요, 저는 당신이 **비정치적**이길 바랐습니다.

나는 비정치적이다. 나는 어떤 정치관도 가지고 있지 않다.

빌 클린턴처럼요.

멋지군! 이번엔 **네가** 한방 먹였어! 나는 유머를 좋아하지. 너는 그렇지 않느냐?

저는 신이 우스갯소리를 하거나 정치적이길 기대하지는 않았는데요.

혹은 인간적일 거라고도, 그렇지?

좋다. 그 문제에 관해서라면, 너를 위해 다시 한번 이 책과 1권의 맥락을 짚어보자.

나는 너희가 삶을 꾸려가는 방식에 어떤 선호(選好)도 가지고 있지 않다. 내 유일한 바람은 너희가 자신을 창조하는 존재로서 충분히 체험하는 것이다. 그리하여 '자신이 참으로 누구인지' 알 수 있게끔.

예, 저도 그건 알고 있습니다. 충분하고도 확실하게요.

내가 여기서 대답해왔던 모든 질문과 1권에서 응답했던 모든 의문은 창조하는 존재로서 너희가 되려 하고, 하려 한다고 말하는 것의 맥락 속에서 이야기되고 답해져왔다. 예컨대 1권에서 너는 내게 어떻게 해야 궁극적으로 바람직한 인간관계들을 맺어갈 수 있을지 많은 질문들을 했다. 기억하느냐?

그럼요. 기억하고 말고요.

너는 내 대답들이 심히 의문스럽다는 것을 알아차렸느냐?

너는 내가 그 문제에 대해 어떤 관점을 가졌을 거라고 믿기 힘들다는 걸 알아차렸는가?

전 그런 생각은 한번도 안 해봤는데요. 그 대답들을 그냥 읽었을 뿐인데요.

그럼에도 너도 알다시피, 나는 언제나 내 대답들을 네 질문의 맥락 속에 놓곤 했다. 다시 말해 네가 이러저러하게 되거나 하기를 바란다고 할 때, 그렇게 되려면 어떻게 해야 하는가라는 맥락 속에. 나는 그런 식으로 네게 그 방법을 보여주었다.

그렇습니다. 당신은 그러셨죠.

나는 지금 여기서도 같은 일을 하고 있다.

글쎄요…… 잘은 모르겠지만…… 신이 그런 걸 말하리라고 믿는 것보다는 이런 걸 말하리라고 믿는 게 더 어렵군요.

내가 여기서 이야기한 것들에 **동의하기가** 더 어렵다는 걸 깨달은 건 아니고?

저……

네가 그래서 그런 거라면 그건 아무래도 상관없다.

상관없다고요?

당연히.

신의 생각에 동의하지 않아도 괜찮다는 겁니까?

당연히. 그렇지 않으면 내가 너를 벌레처럼 짓뭉개기라도 할 것 같으냐?

사실 전 아직 그 정도로 멀리까지 생각이 미치지는 않았습니다.

봐라, 이 모든 것이 시작되고 난 이후로 계속해서 세상은 내게 동의하지 않아왔다. 세상이 시작된 이래로 '신의 방식'대로 행동해온 사람은 거의 없었다.

그건 사실일 겁니다.

너는 그게 사실이라고 장담해도 좋다. 몇천 년에 걸쳐서 몇백 명이나 되는 스승들을 통해 너희에게 남겨준 내 가르침들을 사람들이 따랐다면, 세상은 지금과는 전혀 다른 곳이 되었을 것이다. 그러니 만일 네가 지금 내 의견에 동의하고 싶지 않거든, 계속 그대로 밀고 나가라. 게다가 내가 틀릴 수도 있으니.

뭐라고요?

게다가 내가 틀릴 수도 있다고 했다. 오, 이런…… 어차피 네가 이 모두를 **복음으로** 받아들이는 건 아니지 않느냐?

당신 말씀은 제가 이 대화를 중요하게 여기지 않는다는 뜻입니까?

아, 미안. 잠시 그 자리에 멈춰라. 네가 그중 상당 부분을 놓쳐왔다는 뜻이었다. 다시 한 문단 뒤로 돌아가서 이렇게 바꾸자. 어차피 **너는 이 모두를 너 나름대로 편집하고 있지 않느냐?**

아, 그거 다행이군요. 사실 저는 한동안 거기에서 어느 정도 실제적인 지침들을 얻고 있다고 생각했거든요.

네 감정을 따르라는 것이 네가 얻고 있는 지침이다. 네 **영혼**에 귀를 기울이고, 너 **자신의 이야기**를 들어라. 내가 어떤 선택사항이나 견해나 관점을 네게 제시하더라도, 네가 그것을 자신의 것으로 받아들여야 할 의무는 전혀 없다. 만일 동의하지 못하겠으면, **동의하지 마라.** 바로 이것이 **이 훈련의 유일한 목적**이다. 다른 것들과 다른 사람들에 대한 네 의존을 통째로 **이 책에 대한 의존으로** 바꾸는 것이 목표가 아니라, 네가 **생각하도록** 만드는 것, **스스로** 생각하게 만드는 것이 목표다. 그리고 그것이야말로 바로 지금 이 순간의 '나'(神)다. 나는 **생각하는** 너다. 나는 소리 내어 생각하는 너다.

이 자료가 '가장 높은 출처'에서 나온 것이 아니란 말씀인가요?

물론 그것은 '가장 높은 출처'에서 왔다. 하지만 네가 아직도 믿지 못하는 한 가지 사실이 있으니, **'가장 높은 출처'는 바로 너라는** 점이다. 그리고 네가 아직도 확실하게 이해하지 못하는 한 가지 사실이 있으니, **그 모든 걸, 네 삶의 모든 것을, 지금 이 자리에서 창조하는 것도 너라는** 점이다.

네가…… 바로 '네'가…… 그것을 창조하고 있다. '내가 아니라 네가'.

그러니…… 순전히 정치적인 질문에 대한 대답 중에서 네 마음에 들지 않는 게 있는가? **그렇다면 그 대답을 바꿔라.** 지금 당장 그렇게 하라. 네가 그것을 복음으로 받아들이고, 그것을 **현실로** 만들며, 어떤 것에 대한 네 지금 생각을 네 **다음번** 생각보다 더 중요하고 더 타당하고 더 진실되다고 단정하기 전에.

네 현실을 창조하는 것은 언제나 네 **새로운 생각**임을 잊지 마라. 언제나 그러함을.

자, 이제 우리의 이 정치 토론에서 네가 바꾸고 싶은 것이 무엇인지 찾아냈느냐?

저, 아닙니다. 늘상 그랬듯이 전 기본적으로는 당신에게 동의합니다. 다만 이 모든 것을 어떻게 생각해야 할지 몰랐던 겁니다.

네가 원하는 대로 생각하라. 이해가 안 가느냐? **너희가 삶을 꾸려가는 방식이 본디 이렇다!**

좋습니다, 그래요…… 이해가 된 것 같습니다. 저는 이 이야기를 계속했으면 하는데요. 그게 어디까지 갈지 보기 위해서라도요.

좋다, 그렇게 해보자.

당신이 말씀하시려던 건……

내가 말하려던 건 계몽된 사회들에서는 사회 자체의 공동선(善)을 위해 쓰도록 자신이 받는 것(너희가 "수입"이라 부르는 것) 중에서 일정량을 떼놓는 게 꽤 흔한 관습이라는 사실이다. 우리가 너희 사회를 위해 검토해온 그 새로운 체제 하에서도 사람들은 해마다 벌 수 있다면 얼마든지 벌겠지만, 자신들이 번 것을 지니는 건 일정 한도로 제한될 것이다.

어떤 한도요?

모두가 동의한 임의적인 한도.

그렇다면 그 한도를 넘는 건요?

세계 자선 신탁에 **기부자의 이름으로** 기부될 것이다. 기부자가 누구인지 온 세상이 알 수 있도록.

기부자는 자신의 기부금 중 60퍼센트의 사용처에 대해 직접적인 통제권을 가질 것이기에, 그 돈의 상당 부분을 정확히 자신이 원하는 곳에 사용한다는 점에서 만족을 느낄 것이다.

나머지 40퍼센트는 세계연방이 입법화하고, 그것이 관장하는 정책에 배당될 것이다.

사람들이 일정 수입 한도 이상으로 얻는 것은 모두 그들 손을 떠나리라는 걸 알 때, 그 사람들을 계속 일하게 만드는 동기는 어떤 겁니까? 어떻게 해야 그들이 자신의 수입 "한도"에 일단 도달하더라도, 도중에 멈추지 않게 할 수 있습니까?

일부 사람들은 그렇게 할 것이다. 하지만 그런들 어떠냐? 그들이 멈추도록 내버려둬라. 세계 자선 신탁에 기부할, 수입 한도를 넘어서는 강제 노동이 꼭 필요한 건 아니니까. 군수물자의 대량생산을 청산함으로써 절약되는 돈만으로도 모든 사람의 기본 욕구는 충분히 충족될 테니까. 그 같은 절약에다 전 세계 소득의 10퍼센트인 십일조를 더한다면, 선택된 소수만이 아니라 사회 전체를 새로운 존엄과 풍요의 수준으로 끌어올릴 수 있다. 그리고 합의된 한도를 넘어서는 소득분의 기부는 모두에게 광범한 기회와 만족을 가져다줄 것이기에, 질투라든가 사회적 분노 같은 건 사실상 사라질 것이다.

그렇다, 일부 사람들은 일하길 그만둘 **것이다**. 특히 자신의 생명 활동을 **진짜** 노동으로 보는 사람들은. 하지만 자신의 생명 활동을 **순수한 기쁨**으로 보는 사람들은 결코 그만두지 않을 것이다.

모든 사람이 그런 일거리를 가질 순 없죠.

아니다. 모두가 그럴 수 있다.

일터에서의 기쁨은 직무와 전혀 무관하다. 그것이 관련이 있는 건 오로지 목적뿐이다.

아이의 기저귀를 갈려고 새벽 4시에 잠이 깨는 어머니들은 이 점을 완벽하게 이해하고 있다. 그녀는 아기에게 콧노래를 불러주고 아기를 어른다. 그래서 세상 사람들이 보기에 그녀는 전혀 일하는 것처럼 보이지 않는다. 하지만 그 일을 진정한 기쁨으로 만드는 것은 하는 일에 대한 그녀의 태도이며, 그 일에 관한 그녀의 의도이며, 그 일을 하는 그녀의 **목적**이다.

나는 모성에 대한 이 같은 예를 예전에도 사용했다. 자식에 대한 어머니의 사랑이야말로 이 책과 이 3부작에서 이야기하는 개념의 일부를 너희에게 이해시켜줄 만큼 그것들과 비슷하기 때문이다.

하지만, "무한한 잠재 소득"을 없애버릴 이유가 어디에 있습니까? 그렇게 되면 인간의 가장 위대한 기회 중 하나, 가장 영광스러운 모험 중 하나를 체험할 기회를 빼앗게 되지 않을까요?

그래도 너희는 여전히 어리석을 정도로 많은 돈을 벌 기회와 그런 모험을 가질 것이다. 개인이 지닐 수 있는 소득의 최고 한도는 아주 높을 것이다. 보통 사람들…… 열 명의 보통 사람들에게…… 필요한 액수보다 더 많을 것이다. 그리고 너희가 **벌**

수 있는 소득액에는 제한이 없을 것이다. 단지 개인 소비를 위해 지니는 액수가 제한될 뿐이다. 그 나머지, 예를 들면 연간 2,500만 달러(이것은 논지를 확실히 하기 위해 사용한 지극히 임의적인 수치다)가 넘는 나머지 모두는 인류 전체를 이롭게 할 정책과 사회보장에 쓰일 것이다.

그 이유? **왜** 그래야 하느냐고……?

지닐 수 있는 소득의 최고 한도는 이 행성의 의식이 바뀌었음을 말해주리니, 즉 그것은 삶의 가장 고귀한 목적이 가장 많은 부를 축적하는 데 있지 않고, 가장 많은 선을 행하는 데 있다는 깨달음을 반영할 것이며, 사실 부를 나누지 않고 **집중하는** 것이야말로 가장 끈질기고 노골적인 사회 정치적 딜레마들을 이 세상에 만들어낸 가장 큰 단일 요소였다는, 그에 연이은 깨달음을 반영할 것이다.

부, 다시 말해 무제한의 부를 축적할 기회야말로 자본주의 체제의 초석인데요. 지금껏 세상이 알아왔던 것 중에서 가장 위대한 사회를 만들어낸 자유기업과 자유경쟁 체제 말입니다.

문제는 너희가 진짜로 그렇다고 믿는다는 데 있다.

아니요, 전 믿지 않습니다. 하지만 그렇게 믿는 사람들을 대신해서 말한 겁니다.

그렇게 믿는 사람들은 끔찍한 망상에 사로잡혀서 너희 행성의 지금 현실이 어떤지 전혀 보지 못하고 있다.

미국만 해도 상위 1.5퍼센트가 하위 90퍼센트의 사람들보다 더 많은 부를 지니고 있다. 또 가장 잘사는 83만 4,000명의 순소득이 가장 못사는 8,400만 명의 순소득을 합친 것보다 더 많은 1조 달러에 육박한다.

그래서요? 그 사람들은 그만큼 열심히 일한 것 아닙니까?

너희 미국인들은 계급 지위를 개인이 노력한 결과로 보는 경향이 있다. "출세하는" 사람들도 있긴 하다. 그걸 보고 너희는 누구나 그렇게 될 수 있다고 가정하지만 그런 식의 관점은 너무 단순하고 유치하다. 그런 관점은 누구나 동등한 기회를 갖는다는 걸 전제로 하지만, 사실은 멕시코에서와 마찬가지로 미국에서도, 부유하고 권력 있는 자들이 자신들의 돈과 권력을 움켜잡고 어떡하든 그것을 더 늘리려고 애쓰고 궁리하는 판이다.

그래서요? 그게 뭐 잘못된 겁니까?

그들은 경쟁을 체계적으로 **배제하고**, 진정한 기회를 **제도적으로 최소화하며**, 부의 흐름과 성장을 집단적으로 **통제하는** 것으로 그렇게 한다.

그들은 온갖 방안을 짜내 이 일을 해낸다. 전 세계의 가난한 대중을 착취하는 불공정 노동 행위에서부터, 신참자가 성공 '대열'에 끼어들 기회를 최소화하는(그리고 거의 없애는) 상류층

인맥이라는 경쟁 관습에 이르기까지. 온갖 방안을 다 짜내서.

그러고 나면 그들은 대중을 규제받고 통제되고 복종하는 상태로 **더** 확실히 놓아두기 위해 전 세계의 공공 정책과 정부 정책들을 통제하려고 애쓴다.

전 부자들이 이렇게 한다고 믿을 수 없습니다. 그들 대부분은요. 아마 이런 음모를 꾸미는 사람들은 소수일 겁니다. 제 생각에는요……

대개의 경우에 그렇게 하는 것은 부자들 **개개인**이 아니다. 그런 일을 하는 주체는 그들이 그 대표로 있는 사회 체제와 제도들이다. 그런 체제와 제도들을 만든 사람들이 부유하고 권력 있는 자들이고, 그것들을 계속해서 지탱하는 사람들 또한 그들이다.

부자들 개개인은 그런 체제와 제도들 배후에 서 있기에, 부유하고 권력 있는 자들 편에 서서 대중을 억압하는 상황에 대한 모든 개인적 책임에서 벗어날 수 있는 것이다.

예컨대 미국의 의료보장 문제로 다시 돌아가보자. 몇백만에 달하는 가난한 미국인들이 예방 차원의 건강 진료에는 접근조차 못하고 있다. 그들은 어떤 **개인 의사**를 가리키면서, "이건 당신이 할 일이다, 이건 당신 잘못이다"고 말할 수 없다. 지구상의 가장 부자 나라에 사는 몇백만 명의 사람들이 응급실의 음산한 계단을 통하지 않고는 의사를 만나러 들어갈 수조차 없는 것이다.

어떤 **개인** 의사도 이 때문에 비난받을 필요는 없지만, 그럼에도 **모든 의사가 이득을 보는 것이 사실이다.** 의료직 전체와 관련 산업 전체가 가난한 노동자층과 실업자들에 대한 차별 대우를 **제도화한** 의료보험 제도로 유례가 없는 이윤을 누리고 있다.

그리고 이것은 "체제"가 부자를 더 부자로 만들고 가난한 사람을 더 가난하게 만들어내는 방식을 보여주는 단 한 가지 예에 지나지 않는다.

문제의 핵심은 그런 사회구조들을 지탱하고, **그것을 바꾸려는 모든 실제적 노력에 완강하게 저항하는** 사람들이 바로 그 부유하고 권력 있는 자들이라는 데 있다. 그들은 모든 사람에게 참된 기회와 진정한 존엄을 제공하려는 모든 정치 사회적인 접근을 가로막는다.

부유하고 권력 있는 자들 상당수가 개인으로 놓고 보면, 남들 못지않은 자비와 동정심을 가진, 확실히 꽤 괜찮은 사람들이다. 하지만 연간 소득 한도처럼 그들을 위협하는 견해를 제시해 보라(설령 연간 2,500만 달러처럼 황당하게 고액의 한도라 해도). 그러면 그들은 개인 권리의 박탈과 "미국 방식"의 손상과 "동기의 상실"에 대해 떠들어댈 것이다.

하지만 굶주리지 않을 만큼의 음식과 추위에 떨지 않을 만큼의 의복을 지니고, 최소한이나마 그럴듯한 환경에서 살 **모든** 사람의 권리는 어떻게 되는가? 사람들이 **어디서나** 적절한 진료를 받을 권리, 돈 있는 사람이라면 손가락 하나 까딱하는 걸로 쉽게 넘어갈 사소한 합병증으로 **고통받거나 죽지** 않을 권리는 어떻게 되는가?

말로 다 못할 만큼 가난한 대중들이 계속해서 체계적으로 착취당하면서 만들어내는 **노동의 과실을 포함하여**, 너희 행성의 자원들은 이 세상 모든 사람의 소유이지, 그 같은 착취를 해낼 만큼 부유하고 권력 있는 사람들만의 소유가 아니다.

자, 그런 착취가 어떤 방식으로 이루어지는지 보라. 먼저 너희 부유한 산업 자본가들은 아무 일거리도 없고, 사람들은 궁핍하고, 존재하는 건 적나라한 가난뿐인 국가나 지역으로 들어간다. 그들은 그곳에 공장을 세워 가난한 사람들에게 일거리를 제공한다. 대개 하루 열 시간, 열두 시간, 심지어 열네 시간짜리 일거리를, **인간 이하**는 아니라도 기준 이하의 임금으로. 자, 잘 들어라. 이 임금은 그 노동자들을 쥐새끼가 우글대는 자기 마을에서 벗어나게 해줄 만큼 충분하지는 않지만, 그들이 **먹을 것도 잠자리도 전혀 갖지 못하는** 것과는 대조되는 그런 식으로 살기에는 충분하다.

이런 점을 지적받으면 이 자본가들은 이렇게 말한다. "**이봐**, 그들은 **이전보다** 더 잘살게 되었다구, 안 그래? 우리가 **그 사람들 팔자를 바꿔준 거야!** 이제 그 사람들에게는 일거리가 있어. 보라구, 우리가 그들에게 **기회**를 준 거야! 그리고 우리는 모든 **위험**을 무릅쓰고 있어!"

하지만 한 켤레에 125달러씩 받고 팔 운동화를 만들어내는 사람들에게 시간당 75센트를 지불하는 데, 도대체 얼마나 큰 위험이 있는가?

이런 게 과연 순수한 의미에서 위험 감수이고 개발인가?

이 정도로 추잡한 체제는 **오직 탐욕으로 굴러가는 세상, 인**

간 존엄이 아니라 이윤 폭이 가장 중요한 고려 대상인 세상에서만 존재할 수 있다.

"그 사회의 기준에서 보면, 그 농민들은 **멋지게** 살지!"라고 말하는 사람들은 일급 위선자들이다. 그들은 물에 빠진 사람에게 밧줄을 던지긴 하지만, 그 사람을 **뭍으로 끌어올리려 하진 않는다**. 그러고 나서는 **돌덩이보다야 밧줄이 나은 거 아니냐**고 너스레를 떤다.

이 "가진 자들"은 사람들을 참된 존엄으로 끌어올리지 않는다. 그들은 세상의 "갖지 못한 자들"을 의존 상태로 만들기에 딱 좋을 만큼만 준다. 평생 그들을 진실로 힘 있게 만들기에는 충분치 않을 만큼만. 누구나 참된 경제력을 가졌을 때는 그냥 "체제"에 종속되는 것이 아니라, 그것에 **영향을 미칠 수** 있기 마련이지만, 그 체제를 만들어낸 사람들이 절대 원하지 않는 게 바로 이것이다!

그래서 음모는 계속된다. 대다수의 돈 많고 힘 있는 사람들에게 그것은 행동하는 음모가 아니라 **침묵하는 음모**다.

그러니 이제 가라, 너희 길을 가라. 가서 기업 책임자에게 음료수의 판매 증대에 대한 보너스로 7,000만 달러를 지급하더라도, 7,000만에 달하는 사람에게는 건강을 유지할 만큼의 음식은 물론이고, 그 음료수를 마셔보는 사치 따위는 허용치 않는 사회경제 체제의 추잡성에 대해서는 입을 굳게 **다물어라.**

그것의 추잡성을 보지 **마라**. 세상의 '자유시장 경제'란 건 이런 거라고 하면서, 너희가 그것을 얼마나 자랑스러워하는지 모두에게 말해줘라.

하지만 이런 말이 있다.

네가 완전한 사람이 되려거든
가서 네 재산을 다 팔아 가난한 사람들에게 나누어주어라.
그러면 너는 하늘에서 보화를 얻게 될 것이다.
하지만 그 젊은이는 이 말씀을 듣고 풀이 죽어 떠나갔다.
그는 많은 재산을 가졌기에.(《마태복음》 19 : 21~22 - 옮긴이)

19

지금껏 당신이 이렇게 화내시는 건 한번도 못 봤습니다. 신은 화내지 않죠. 이건 당신이 신이 아니라는 걸 말해줍니다.

신은 **모든 것이**고, 무엇이든 **된다**. 신이 아닌 것은 아무것도 없다. 그리고 신은 자신에 관해 체험하는 모든 것을, 너희에게서, 너희로서, 너희로 **하여** 체험한다. 네가 지금 느끼는 건 **너 자신**의 분노다.

당신 말이 맞습니다. 왜냐하면 전 당신이 말한 것에 전부 동의하니까요.

너는 내가 보내는 모든 생각을 너 자신의 체험과, 너 자신의 진실과, 너 자신의 이해와, '자신이 누구이고 무엇이 되고자 하는지'에 대한 너 자신의 판단과 선택과 선언이라는 여과 장치를 통해서 받아들인다는 사실을 알아두어라. 이 외에 네가 그것을 받을 수 있는 다른 방식, 네가 받게 되어 있는 다른 방식은 없다.

또 이 자리로 돌아왔군요. 당신 말씀은 이 모든 발상과 느낌들이 **당신 것**이 아니란 뜻인가요? 이 **책 전체**가 틀릴 수도 있다는 뜻입니까? 당신과 내가 이야기를 나누는 이 체험 전체가 단지 어떤 것에 대해 **내** 생각과 감정을 편집하는 것에 지나지 않는다는 말씀입니까?

어떤 것에 대한 네 생각과 느낌들을 **내가 네게 주고 있을** 가능성에 대해 생각해봐라. (너는 이런 것들이 어디에서 온다고 생각하느냐?) 내가 너와 함께 네 체험을 공동으로 창조할 가능성, 내가 네 판단과 선택과 선언의 일부일 가능성에 대해. 이 책이 만들어지기 이미 오래전에 내가 너를 다른 많은 사람들과 함께 내 사자(使者)로 삼기로 마음먹었을 가능성에 대해 생각해봐라.

그건 저로서는 믿기 힘들군요.

자, 그 문제라면 1권에서 모두 훑어보았다. 하지만 네가 그렇다 해도 나는 세상에 대고 말할 것이다. 그리고 그중에서도 특히 내가 보낸 스승들과 사자들을 통해 그렇게 할 것이다. 그리고 나는 이 책을 통해 너희 세상의 경제, 정치, 사회, 종교 체제가 미개하다는 걸 너희 세상에 이야기할 것이다. 나는 너희가 그것들을 최고로 여기는 집단 오만에 빠져 있음을 관찰한다. 나는 너희 중 상당수가 자신에게서 뭔가를 빼앗아갈 모든 변화, 모든 개선에 저항하는 걸 보고 있다. 그게 누구에게 도움이 될지 전혀 깨닫지 못하고.

다시 한번 말하노니, 너희 행성에서 필요한 것은 광범한 의식 변화, 너희의 인식 변화다. 삶의 모든 것을 다시 새롭게 존중하고, 만물의 상호 연관성을 깊이 이해하는 것이다.

좋습니다. 당신은 신이십니다. 세상이 그런 식이길 원하지 않는다면, 왜 당신은 그걸 바꾸지 않는 겁니까?

내가 전에 설명했듯이 애초부터 내 결정은 너희에게 너희가 원하는 대로 너희의 삶과, 따라서 너희 자신을 창조할 자유를 주는 것이었다. 만일 내가 너희에게 무엇을 창조하고, 어떻게 창조할지 말해주고, 그런 다음 그렇게 하도록 너희에게 강요하거나 요구하거나 시킨다면, 너희는 자신이 창조자임을 알 도리가 없다. 내가 그렇게 한다면, 내 목적은 이루어지지 않는다.

하지만 이제, 너희 행성에 무엇이 창조되었는지 잠시만 주목해보자. 그리고 그것이 너희를 좀은 화나게 만들지 않는지 살펴보자.

너희의 주요 일간지 중 하나를 골라 보통 날짜에서 안쪽 네 면만 훑어보자.

오늘 신문을 가져와봐라.

여기 있습니다. 1994년 4월 9일 토요일자 신문이군요. 신문 이름은 《샌프란시스코 크로니클San Francisco Chronicle》이구요.

잘했다. 아무 면이나 펼쳐봐라.

예. 여기 A-7면이 있군요.

좋다. 거기에 뭐라고 적혀 있는가?

제목은 '개발도상국들, 노동권 문제 논의'이군요.

아주 잘했다. 계속해라.

기사 내용은 선진국과 개발도상국 간에 노동권을 둘러싸고 벌어지는 소위 "해묵은 대립"에 대한 거구요. 몇몇 개발도상국 지도자들은 "노동권을 확대하려는 움직임이 그들의 저임금 상품들이 선진국 시장에 들어가는 걸 막는 비장의 무기가 될 수도 있다는 사실을 겁낸다"고 적혀 있군요.

이어서 이 기사는 브라질과 말레이지아, 인도, 싱가포르를 비롯한 여타 개발도상국들의 협상 대표들은 노동권에 관한 협약안을 기초할 권한을 지닌 세계무역기구WTO 설치를 반대했다고 하는군요.

그 기사에서 말하는 노동권이란 어떤 것이냐?

"노동자 기본권"입니다. 강제 노동 금지와 노동 현장의 안전기준 설정, 단체협상권 보장 같은 것들요.

그렇다면 그런 권리들이 국제 협약의 일부가 되는 걸 왜 개발도상국들이 원하지 않는 줄 아느냐? 내가 그 이유를 **말해주지**. 하지만 그 전에 그런 권리들에 반대하는 건 그 나라의 **노동자들**이 아니라는 사실을 분명히 해두자. 개발도상국의 "협상 대표"들은 **공장을 소유하고 경영하는** 바로 그 사람들이거나, 그 사람들과 긴밀한 동맹을 맺고 있다. 다른 말로 하면 그들은 부유하고 권력 있는 사람들이다.

미국에서 노동운동이 일어나기 전 시대에 그랬듯이, 그들 역시 지금 이 순간 노동자들에 대한 대대적인 착취로 이득을 보고 있다.

너는 그들이 미국을 비롯한 부자 나라들에서 엄청난 돈을 은밀히 지원받고 있다고 확신해도 좋다. 더 이상 자기 나라들에서는 부당하게 노동자들을 착취할 수 없는 이 부자 나라의 산업자본가들은 개발도상국들의 공장 소유주들에게 하청을 주고 있다(혹은 자기 공장을 직접 그 나라에 세워두고 있다). 이미 그 자체로도 추잡한 자신들의 이윤을 더 늘릴 요량으로, 아직도 무방비 상태에서 다른 사람들에게 악용당하고 있는 외국 노동자들을 착취하기 위해서.

하지만 그 기사는 노동자들의 권리를 세계 무역 협약의 일부로 삼도록 밀어붙이는 쪽이 우리 정부, 지금 행정부라고 말하는데요.

너희의 힘 있는 산업자본가들은 그렇지 않지만, 지금 너희 대통령인 빌 클린턴은 노동자의 기본권이 보장되어야 한다고 믿는 사람이다. 그는 대자본의 기득권에 맞서 용감하게 싸우고 있다. 못 가진 사람들 편에 섰던 다른 미국 대통령들과 전 세계 지도자들은 살해당했다.

클린턴 대통령이 살해될 거란 말씀입니까?

그를 공직에서 **몰아내려는** 엄청난 힘이 존재할 거란 이야기만 해두자. 그들은 그를 제거하는 일에 이미 착수했다. 그들이 30년 전에 존 케네디를 제거했듯이.

앞서 케네디가 그랬던 것처럼 빌 클린턴도 대자본이 싫어하는 온갖 일을 하고 있다. 세계적인 범위에서 노동자의 기본권을 요구할 뿐 아니라, 사실상 모든 사회문제를 놓고 참호로 에워싸인 기성 사회 바깥의 "못한 사람들" 편을 들고 있다.

예컨대 그는 미국 의료기관들이 누리게 된 과도한 진료비와 수수료를 지불할 여유가 있는 사람인가 아닌가에 관계없이, 사람은 누구나 적절한 예방 진료에 접근할 권리가 있다고 믿는다. 그는 또 이 요금들이 낮아져야 한다고 주장한다. 이 때문에 그는 미국의 돈 많고 힘 있는 사람들 중에서 또 다른 큰 집단—제약업자에서부터 보험업자들, 그리고 의료 관련 기업들에서 자기 직원들에게 상당한 보험 분담금을 제공해야 하는 기업 소유자들에 이르기까지—에게 그다지 인기를 얻지 못했다. 가난한 사람들에게 포괄적인 의료보장이 제공된다면 지금 많은 돈을 벌고 있는 상당수 사람들의 이득은 약간씩 줄 수밖에 없기 때문이다.

이것이 클린턴 씨를 도시에서 가장 인기 있는 인물이 되지 못하게 만드는 요인이다. 적어도 금세기에 이미 대통령을 제거할 능력을 가졌음이 판명된 그런 성분의 사람들 사이에서는.

당신 말씀은—?

내가 말하려는 건 "가진 자"와 "못 가진 자"의 투쟁은 지금껏 쉬지 않고 계속되어왔고, 너희 행성에 전염병처럼 번지고 있다는 사실이다. 그리고 박애주의적 이해가 아니라 경제적 이해가 세상을 움직여가는 한, 인간의 영혼이 아니라 몸이 인간의 가장 큰 관심사가 되고 있는 한, 그것은 앞으로도 계속 그럴 것이다.

당신 말이 옳은 것 같군요. 같은 신문 A-14면에 이런 제목이 있습니다. '독일, 경기 후퇴로 대중의 분노 확산.' 부제는 "전후 실업률의 높은 증가로 더 벌어져가는 빈부 격차"입니다.

그래, 그렇다면 그 기사 내용은 어떤 것이냐?

해고당한 기술자와 교수, 과학자, 공장 노동자, 목수, 요리사 들 사이에서 불만이 높아지고 있다는군요. 독일은 경기 후퇴에 직면해 있는데 "이 고난이 모든 사람에게 공평하게 나눠지는 건 아니라는 불만이 팽배"해 있다고 합니다.

맞는 말이다. 공평하게 나눠지지 않았다. 그 기사는 그 같은 대량 해고가 일어난 원인이 어디에 있다고 말하느냐?

여기서 말하는 분노하는 노동자들이란 "임금이 더 싼 나라로 고용주가 공장을 옮긴" 경우들이랍니다.

아하. 오늘자 너희 《샌프란시스코 크로니클》을 읽은 독자들이 A-7면과 A-14면 기사의 연관성을 파악해냈는지 궁금하군.

그리고 기사에 따르면 1차 해고 대상자는 여성이랍니다. 이렇게 적혀 있습니다. "독일 전체로는 실직자의 반 이상이 여성이고, 구동독 지역에서는 그 수가 3분의 2에 육박한다."

물론 그렇겠지. 너희 대다수가 보거나 인정하고 싶어하지 않지만, 내가 몇 번이나 지적했듯이 너희 사회경제 체제는 사람들을 범주에 따라 **체계적으로** 차별 대우한다. 너희가 그렇지 않다고 목소리를 높이는 그 순간에도, 실제로는 동등한 기회가 보장되지 않고 있는 것이다. 하지만 너희는 자신에 대해 좋게 느끼자면, 이런 환상을 믿어야 한다. 이 때문에 행여 누군가가 너희에게 진실을 보여주기라도 하면, 너희는 화를 낸다. 설사 그렇다는 증거를 너희 눈앞에 들이밀어도, 너희는 그 증거조차 완전히 부정할 것이다.

너희 사회는 눈 가리고 아웅 하는 자기기만의 사회다.

그만하고—오늘 신문에 **다른** 기사로 또 어떤 게 있느냐?

A-4면에 '주택 구입과 임대의 편중을 막으려는 연방의 압력, 다시 시작되다'란 기사가 있군요. "연방 주택과에서는 주택 구입과 임대에서의 인종차별을 없애기 위해 그 어느 때보다 진지한 노력을…… 강제할 계획을 세워두고 있다."

너희가 스스로 물어봐야 할 것은, 왜 그 같은 노력이 강제되어야 하는가다.

우리는 인종이나 피부색, 종교, 성(性), 출신 주(州), 신체장애, 가족 구성 따위를 이유로 주택 구입과 임대를 거부하는 일이 없도록 '공정 주택법'이란 걸 마련해두고 있습니다. 하지만 상당수의 지방정부들이 그런 편견을 없애기 위한 노력을 거의 하지 않고 있지요. 이 나라에는 지금도 여전히 제 재산 가지고 제 마음대로 못할 게 뭐냐는 식으로 생각하는 사람들이 많습니다. 집을 누구에게 임대할 것인가라는 문제까지 포함해서요.

하지만 임대 재산을 지닌 사람 모두가 그런 선택을 내릴 수 있다면, 그리고 그런 선택들이 특정 부류와 특정 범주의 사람들을 대하는 집단의식과 일상 태도를 반영하는 경향이 있다면, 그 결과 그 부류의 사람들 전체가 살 만한 집을 찾아낼 모든 기회를 체계적으로 박탈당할 수 있다. 게다가 **쓸 만한 주택을** 빌릴 수 없는 상황이기에, 부동산 귀족들과 빈민가 아파트 주인들은 수리 보수비 따위를 거의 주지 않거나, 일절 주지 않고서도, 그 끔찍한 주거 환경을 빌려주는 대가로 엄청난 임대료를 챙길 수 있는 것이다. 이렇게 해서 부자와 권력자들은 다시 한번 대중을 착취한다. 이번에는 "사유재산권"이라는 가면을 쓰고.

하지만 사유재산 소유자들도 어느 정도의 권리는 가져야 하지 않습니까?

하지만 그 소수의 권리가 다수의 권리를 침해할 때는?

이것이 바로 문명화된 모든 사회가 직면하고 있고, 지금까지 직면해왔던 문제다.

전체라는 더 높은 선(善)이 개인의 권리를 대신할 때가 왔는가? 사회가 자신에게 책임을 질 때가?

공정주택법은 이 물음에 대해 너희가 그렇다고 말하는 방식이고,

반대로 그런 법들을 따르고 실행하지 못하는 것은, 부자와 권력자들이 "아니다—중요한 것은 우리 권리뿐이다"고 말하는 방식이다.

너희의 지금 대통령과 그의 행정부는 다시 한번 그 문제를 강행하고 있다. 또 다른 전선에서라고 하더라도, 미국 대통령들이라고 해서 모두가 그렇게 기꺼이 부자와 권력자들에 맞섰던 건 아니다.

무슨 말인지 이해가 됩니다. 이 기사에 따르면 클린턴 행정부의 주택과 관리들이 그들의 짧은 재임 기간 동안에 행한 주택 구입과 임대 차별에 관한 조사가 **그 앞의 10년 동안에 이루어진 것보다** 더 많다고

하는군요. 워싱턴에 있는 국가 자문 기구인 '공정주택연맹'의 대변인은 공정주택법이 꼭 지켜지도록 하겠다는 클린턴 행정부의 다짐을 그들이 오랫동안 다른 행정부들에서 받아내려 애써왔던 약속이라고 평가했습니다.

> 그리고 그 때문에 너희 대통령은 부유하고 권력 있는 사람들 사이에서 훨씬 더 많은 적을 만들어내고 있는 것이다. 제조업자들과 산업자본가들, 제약 회사들과 보험회사들, 의사와 의료 관계자들, 그리고 투자 재산 소유자들 사이에서. 돈과 영향력을 가진 모든 사람 사이에서.
>
> 앞서 관찰했듯이 그가 공직에 머물러 있기 곤란한 시기가 올 것이다.

이 글을 적고 있는 1994년 4월에도 이미 그를 물러나게 하려는 압력이 커지고 있습니다.

> 1994년 4월 9일자 신문에서 네게 인간 종족에 대해 뭔가를 말해주는 또 다른 기사들이 있느냐?

잠시만요, 앞서 말한 A-14면에 주먹을 휘두르는 러시아 정치 지도자의 사진이 실려 있습니다. 그 사진 밑에 '지리노브스키, 의회에서 동료 의원을 폭행'이라는 제목이 있군요. 기사 내용은 블라디미르 지리노브스키가 "어제 또다시 주먹다짐을 일으켜 반대파 정치인을 때려눕히고", 그의 면전에다 대고 "난 네 놈이 감옥에서 썩도록 만들겠어! 네 놈 수염을 몽땅 뽑고 말겠어!"라고 퍼부었다는군요.

그런데도 너희는 **국가들이** 왜 전쟁을 일으키는지 궁금한가? 여기 대중 정치 운동의 주요 지도자 한 사람이 있다. 의사당 안에서 **자기 반대파를 때려눕히는** 것으로 자신의 됨됨이를 과시해야 했던 사람이.

너희는 이해하는 것이라곤 힘뿐인, 대단히 미개한 종족이다. 너희 행성에는 어떤 참된 법도 존재하지 않는다. '참된 법'이란 '자연법'이다. 설명할 수도 없지만, 또 설명하거나 가르칠 필요도 없는 법. 관찰하는 것만이 가능한 법.

참된 법이란 누구나 당연히 그 법의 지배를 받게끔 되어 있기에, 모두가 자유롭게 그 법의 지배를 받는 데 서로 동의하는 그런 법이다. 따라서 그들의 동의는 동의라기보다는 현실이 그렇다는 것을 서로 인정하는 것이다.

그런 법들은 강요될 필요가 없다. 부정할 수 없는 결과라는 단순한 방책이 그것들을 이미 강요하고 있기에.

네게 예를 하나 들어주마. 고도로 진화한 존재들은 망치로 자기 머리를 내리치는 짓을 하지 않는다. 다치기 때문이다. 또 그들은 같은 이유로 다른 사람의 머리도 망치로 내리치지 않는다.

진화된 존재들은 네가 어떤 사람의 머리를 망치로 친다면, 그 사람이 다친다는 사실을 알고 있다. 네가 계속해서 그렇게 하면 그 사람도 화가 날 것이고, 그런데도 네가 그 사람이 화낼 짓을 계속하면, 그는 결국 자기 망치를 찾아내서 네 등을 내리칠 것이다. 따라서 진화된 존재들은 다른 사람을 망치로 치는 건 자신을 망치로 치는 것과 같다는 사실을 깨닫고 있다. 네가 가진 망치가 더 크고 그 수가 더 많다 해도 결과는 마찬가지다. 얼마 안 가 너도 다치게 될 것이다.

이것은 누구라도 관찰할 수 있는 결과다.

진화되지 못한 존재들, **미개한** 존재들도 같은 것을 관찰한다. 하지만 그들은 그냥 신경 쓰지 않고 넘어간다.

진화된 존재들은 절대 "가장 큰 망치를 가진 사람이 이기는" 놀이를 하고 싶어하지 않는다. 미개한 존재들은 그 놀이밖에 하지 않는다.

덧붙여둘 것은 이것은 주로 남자들이 하는 놀이라는 점이다. 너희 종족 중에서 '망치로 다치게 하기' 놀이를 하고 싶어하는 여자들은 극히 드물다. 그들은 새로운 놀이를 즐긴다. 그들은 이렇게 말한다. "내가 망치를 가졌다면, 나는 그걸 두드려서 정의를 만들어내고 자유를 만들어내겠네. 나는 그걸 두드려서 이 세상 전체에 내 형제자매의 사랑을 만들어내겠네."

여자가 남자보다 더 진화했다는 말씀입니까?

나는 거기에 대해서 이런저런 판단을 내리고 있는 게 아니다. 단지 관찰하고 있을 뿐이다.

너도 알다시피, 진실이란 자연법처럼 관찰할 수 있는 것이다.

그렇지만 자연법이 아닌 모든 법은 관찰할 수 없다. 그래서 너희에게 설명해줘야 한다. 너희는 그것이 왜 너희 자신을 위해서 좋은지 설명을 들어야 한다. 그것은 너희에게 보여져야 한다. 이건 쉬운 일이 아니다. 왜냐하면 어떤 것이 너희 자신을 위해 좋은 것이라면, **그것은 당연히 스스로 명백하기** 때문이다.

스스로 명백하지 않은 것, 즉 자명하지 않은 것만이 설명이 필요하다.

자명하지 않은 것을 사람들이 믿게 만들려면 대단히 유별나면서도 단호한 사람이 필요하다.

이를 위해 너희가 발명해낸 것이 정치가들이다.

또 성직자들 역시 그렇게 해서 생겨났다.

과학자들은 그다지 말을 많이 하지 않는다. 그들은 대체로 그다지 수다스럽지 않다. 그들은 그럴 필요가 없다. 실험을 해서 성공하면, 그들은 그냥 자신이 한 것을 보여주기만 하면 된다. 결과가 스스로 말해준다. 그래서 과학자들은 대개가 조용한 편이며, 장황함에 빠지지 않는다. 그럴 필요가 없다. 자신들이 하는 일의 이유가 자명하기 때문이다. 게다가 뭔가 시도했다가 실패한다면, 그들은 아무것도 할 말이 없다.

정치가들은 그렇지 않다. 그들은 실패했더라도 말한다. 사실 그들은 더 많이 실패할수록 흔히 더 많이 말한다.

종교의 경우에도 같은 말을 할 수 있다. 그들도 더 많이 실패할수록 더 많이 말한다.

하지만 내가 너희에게 이르노니,

진실과 신은 같은 곳에 있다. 침묵 속에.

너희가 신을 찾아냈을 때, 너희가 진리를 발견했을 때, 너희는 그것에 대해 이야기할 필요가 없다. 그것은 자명하기에.

너희가 지금 신에 대해 많은 **이야기를 하는** 것은, 아마도 너희가 여전히 신을 찾고 있기 때문이리라. 그래도 괜찮다. 그래도 상관없다. 다만 너희가 어디에 있는지만 깨달아라.

하지만 스승들은 항상 신에 대해 말하죠. 사실 우리가 이 책에서 이야기하는 것도 전부 그런 거구요.

너희가 가르치는 것은 너희가 배우고자 선택하기 때문이다. 그리고 그렇다, 이 책은 삶에 대해서만이 아니라 나에 대해서도 이야기하고 있다. 그 점이 이 책을 그 문제에서 아주 좋은 예로 만들어준다. 네가 이 책을 쓰는 데 빠져 있는 건 **네가 아직도 신을 찾고 있기 때문이다.**

그렇습니다.

당연히 그렇다. 그리고 이 책을 읽는 사람들에게도 같은 말을 할 수 있다.

그런데 우리의 주제는 창조였다. 너는 이 장의 서두에서 지구에서 보는 것이 마음에 들지 않는다면, 왜 내가 그것을 바꾸지 않는지 물었다.

나는 너희가 하는 일에 어떤 판단도 내리지 않는다. 나는 단지 그것을 관찰할 뿐이며, 때때로 이 책에서 해왔던 것처럼 그것을 묘사할 뿐이다.

그런데 이번에는 내가 물어보자. 내 관찰과 내 묘사는 잊어버리고, 너는 네가 관찰한 너희 행성의 창조물들에 대해 어떻게 느끼느냐? 너는 단 하루치 신문기사들만으로도 다음과 같은 사실들을 드러낼 수 있었다.

•노동자들에게 기본권을 주지 않으려는 국가들이 있으며,

•불황에 직면한 독일에서는 부자는 더 부자가 되고, 가난한 자는 더 가난해지고 있고,

•미국 정부는 부동산 소유자들에게 공정주택법을 따르도록 강요해야 하며,

•러시아에는 국회의사당 안에서 반대파 정치인의 얼굴을 주먹으로 갈기면서, "난 네 놈이 감옥에서 썩도록 해주겠어! 네 놈 수염을 몽땅 다 뽑고 말겠어!"라고 퍼붓는 영향력 있는 정치 지도자가 있다.

그 외에 이 신문에서 너희 "문명화된" 사회에 대해 내게 보여줄 것이 더 있느냐?

저, 여기 A-13면에 '앙골라 내전으로 고통받는 민간인들'이란 제목이 있군요. 부제는 "반란군 점령지에서는 몇천 명의 민간인들이 굶주려도, 반란군 지도자들은 사치스러운 생활"이라고 되어 있군요.

그걸로 됐다. 이해가 간다. 그런데 이게 단 하루치 신문의 기사들이냐?

하루치 신문의 **한 섹션**입니다. 전 아직 A섹션에서 벗어나지 않았습니다.

그래서 내가 다시 한번 너희 세계의 경제, 정치, 사회, 종교 제도들이 **미개하다**고 말하는 것이다. 나는 이것을 바꿀 어떤 일도 하지 않을 것이다. 내가 설정한 이유들 때문에. 내가 너희를 위해 설정한 가장 고귀한 목적, 즉 너희 자신이 창조자임을 깨닫는 체험을 하려면, 너희는 반드시 이런 문제들에서 **자유선택권**과 **자유의지**를 가져야 한다.

그런데 몇천 년의 세월이 지났는데도 너희는 기껏 이 정도밖에 진화하지 못했고, 기껏 이런 것들밖에 창조하지 못했다.

그것이 너희를 화나게 만들지 않는가?

하지만 너희도 한 가지만은 좋은 일을 했다. 너희는 내게 와서 조언을 구했다.

너희 "문명"은 몇 번이나 되풀이해서 신에게 물었다. "우리가 어디서 길을 잘못 들었습니까?" "어떻게 해야 저희가 더 잘할 수 있습니까?" 다른 모든 경우에 너희가 내 조언을 체계적으로 무시해왔다는 사실이 내가 그것을 다시 한번 제안하는 것을 막지는 않는다. 나는 자상한 부모가 그러하듯이, 질문을 받을 때마다 언제나 도움이 될 관찰을 내놓을 것이고, 또한 설령 너희가 나를 무시하더라도 나는 계속해서 너희를 사랑할 것이다.

그래서 나는 이 자리에서 있는 그대로의 현실을 묘사하고 있으며, 너희가 어떻게 해야 더 잘할 수 있는지를 말해주고 있다. 나는 너희가 주의를 기울이길 원하기에, 너희가 어느 정도 분노를 느끼도록 만드는 방식으로 그렇게 하고 있다. 나는 그렇게 해왔다고 생각한다.

당신이 지금 이 책에서 되풀이해서 말했던 종류의 대중적인 의식 변화가 일어나려면 어떻게 해야 합니까?

서서히 깎여나가는 일이 벌어지고 있다. 조각가가 최종 조각품의 진정한 아름다움을 창조하고 밝히기 위해 깎아내듯이, 우리는 원치 않는 여분의 인간 체험인 화강암 덩어리를 조금씩 벗겨가고 있다.

"우리라고요?"

너와 내가. 이 책을 적는 우리 작업을 통해서. 그리고 다른 아주 많은 사람들, 모든 사자(使者)가. 작가, 예술가, 텔레비전과 영화 제작자, 음악가, 가수, 배우, 무용수와 선생, 주술사, 정신적 지도자들이. 또 정치가들과 지도자들(그렇다, 이들 중에도 아주 좋은 사람들이 있다, 대단히 진실한 사람들이 있다!), 미국 전역과 전 세계의 거실과 부엌과 뒤뜰의 어머니와 아버지와 할머니와 할아버지가.

너희는 선조들이요, 선발자들이다.

그리고 많은 사람들의 의식이 바뀌고 있다.

네 덕분에.

몇몇 사람들이 예견했듯이 전 세계적인 재난, 엄청난 재앙이 일어납니까? 사람들이 채 귀 기울여 듣기 전에, 지구에 떨어진 거대한 운석 때문에 지구의 지축이 바뀌고 대륙들 전체가 바닷속에 잠기는 일은요? 아니면 우리 모두가 하나임을 깨닫기에 충분한 시야를 갖기 전에, 외계 존재가 찾아와 두려움에 떨게 되는 일은요? 혹은 우리가 한 순간의 깨달음으로 새로운 삶의 방식을 찾아내기 전에, 우리 모두가 죽음의 공포에 직면해야 되는 건 아닙니까?

그런 무자비한 사건들은 필요하지 않다. 하지만 일어날 수도 있다.

그런 사건들이 **일어난다는** 겁니까?

너는 제 아무리 신이라도 미래를 예견할 수 있다고 생각하느냐? 내가 너희에게 이르노니, 미래는 창조할 수 있다. 너희가 바라는 대로 미래를 창조하라.

하지만 예전에 당신은 시간의 본질상 "미래"란 건 없다고 하셨습니다. 모든 것은 '찰나의 순간', '지금이라는 영원한 순간'에 일어나는 것이라구요.

그건 사실이다.

그렇다면, 지진과 홍수와 지구를 덮치는 운석들은 "지금 이 순간" 존재하는 겁니까, 아닙니까? 당신은 신이니 **모른다고** 하진 마십시오.

너는 이런 일들이 벌어지길 바라느냐?

물론 아니죠. 하지만 앞으로 일어날 일들 모두가 이미 **일어난** 일이고, 또한 **지금 일어나고** 있는 일이라고 하셨잖습니까?

그건 사실이다. 하지만 '지금이라는 영원한 순간'은 또한 **끝없이 변하는** 것이다. 그것은 모자이크와 같은 것이다. 언제나 존재하지만 끊임없이 변하는 모자이크. 너는 눈을 깜박일 수 없다. 네가 눈을 다시 떴을 때 그것은 달라져 있을 것이기에. 보라! 잘 보라! 알겠느냐? 그것은 거기서 다시 진행된다!

나는 끊임없이 변한다.

무엇이 당신을 변하게 만듭니까?

나에 대한 네 견해가! 그 모든 것에 대한 네 생각이 나를 변하게 만든다—**즉석에서.**

생각의 힘이 어느 정도인가에 따라 다르지만, 때로는 '전체All'(신을 말한다 - 옮긴이) 속에서 일어나는 변화가 무척 미세하여 사실상 구별할 수 없는 경우도 있다. 하지만 집중된 생각이나 **집단적 생각**이 있다면, 그때는 **거대한** 충격, 믿을 수 없을 만큼 큰 영향을 미칠 수 있다.

모든 것은 변한다.

그렇다면—당신이 말하는 종류의 전 지구적인 대재난은요? 그런 게 일어날 겁니까?

나는 모른다. 일어날 거냐고?

네가 결정하라. 잊지 마라, 너희는 **지금** 이 순간 자신의 현실을 선택하고 있다.

전 그런 일이 일어나지 않는 쪽을 선택하렵니다.

그렇다면 일어나지 않을 것이다. 그렇지 않은 경우만 빼고.

우린 다시 이곳으로 되돌아왔군요.

그렇다. 너희는 모순 속에서 사는 법을 배워야 한다. 그리고 너희는 '중요한 것은 아무것도 없다'는 최고의 진리를 이해해야 한다.

중요한 것은 아무것도 없다고요?

그것에 대해서는 3권에서 설명할 것이다.

음…… 좋습니다. 하지만 전 이런 문제들을 두고 기다리고 싶지 않은데요.

이미 여기에도 네가 흡수해야 할 것들이 많이 있다. 혼자만의 시간을 좀 가져라. 혼자만의 공간도 좀 가지고.

아직 떠나실 때가 아니지 않습니까? 당신이 제 곁을 떠나는 게 느껴집니다. 당신은 떠날 준비를 하실 때면 언제나 그런 식으로 말씀하셨죠. 몇 가지 다른 문제들에 대해서도 이야기하고 싶은데…… 예를 들면 말이죠, 외계 존재 같은 거요. 그런 게 정말 있나요?

그 문제 역시 사실상 3권에서 다루게 될 것이다.

제발 제게 힌트라도 주십시오. 약간이라도요.

우주의 다른 곳에 지적 생물체가 있는지 알고 싶다고?

물론 있다.

그들도 우리처럼 미개합니까?

일부 생명체들은 더 미개하지. 일부는 덜한 편이고. 그리고 또 다른 일부는 훨씬 더 진보했다.

그런 외계 생명체가 우리를 찾아온 적이 있습니까?

그렇다. 여러 번.

무슨 목적으로요?

조사하러. 때로는 가만히 도와주러.

그들이 어떻게 돕는다는 겁니까?

아, 그들은 이따금 후원해주지. 예를 들면 너희가 지난 75년 동안에 이룬 기술의 진보가 그 이전의 전체 역사 동안에 이룬 것보다 더 크다는 건 너희도 깨닫고 있겠지.

예, 그런 것 같습니다.

너는 CT 촬영에서부터 초음속 비행기, 심장 조절을 위해 너희 몸속에 심는 컴퓨터 칩에 이르기까지 그 모든 것이 전부 인간의 머리에서 나왔다고 생각하느냐?

음…… 당연히 그렇죠!

그렇다면 왜 인간들은 몇천 년 전에는 그런 것들을 생각해내지 못했느냐?

모르겠습니다. 기술이 쓸 만하지 않았겠지요. 제 말은 하나는 다른 하나를 가져온다는 겁니다. 하지만 맨 처음 기술이 없었던 거지요. 그것이 생기기 전에는요. 진화 과정이란 게 본디 그런 것 아닙니까?

너는 이 10억 년 동안의 진화 과정 중에서 지금부터 75년 전과 100년 전 어딘가에서 엄청난 "이해의 폭발"이 일어났다는 게 이상하지 않느냐?

너는 지금 지구에 살고 있는 많은 사람들이 라디오에서 레이더와 전자공학에 이르는 발달을 자신들이 살아 있는 동안에 보았다는 사실이 이상하다고 여겨지지 않느냐?

이런 일들이 갑작스러운 비약을 표현하고 있다는 생각이 들지 않느냐? 어떤 논리적인 경과로도 문제 삼을 수 없을 만큼 거대하고 불균등한 진전을?

지금 무슨 말씀을 하시는 겁니까?

내 말은 너희가 도움을 받았을 가능성에 대해 생각해보라는 것이다.

우리가 기술에서 "도움을 받고" 있다면, 왜 영적으로는 도움을 받지 못하고 있습니까? 왜 이 "의식 변화"와 관련한 지원은 받지 못하는 겁니까?

너는 받고 있다.

제가요?

너는 이 책이 무엇이라고 생각하느냐?

흐음.

게다가 새로운 발상과 새로운 생각과 새로운 개념들이 날마다 너희 앞에 놓이고 있다.

지구 전체의 의식을 바꾸고 영적 자각을 키우는 과정은 느린 과정이다. 시간이 걸리고 엄청난 인내가 필요하다. 몇 생애, 몇 세대에 걸칠 정도로.

그럼에도 너희는 서서히 돌아오고 있으며 천천히 변하고 있다. 변화는 조용히 이루어지고 있다.

그렇다면 당신 말씀은 외계 존재들이 그 면에서도 우리를 돕고 있다는 겁니까?

그렇다. 그들은 지금 너희들 중에 있다. 그들 중의 다수가. 그들은 오랫동안 너희를 도와왔다.

그럼 왜 그들은 자신들을 드러내지 않는 겁니까? 자신들을 밝히는 거요. 그렇게 되면 자신들의 영향력을 두 배는 더 크게 만들 텐데요.

그들의 목적은 그들이 보기에 너희들 대다수가 원한다고 여기는 변화를 창조하는 것이 아니라 그것을 돕는 데 있다. 강요하는 것이 아니라 촉진하는 데 있다.

그들이 자신들의 존재를 드러냈다면, 오로지 그들이 실재한다는 사실이 가진 힘만으로도 너희는 그들에게 크나큰 존경을 부여하고, 그들의 말에 크나큰 무게를 실어주기를 강요받게 되었을 것이다. 하지만 인간 대중 스스로가 자기 나름의 지혜에 이르는 쪽이 더 낫기 마련이다. 내면에서 오는 지혜는 다른 사람에게서 얻는 지혜처럼 쉽사리 버려지지 않는다. 사람은 누구나 자신이 들은 것보다는 자신이 창조한 것에 훨씬 더 오래 매달리기 마련이다.

우리가 그들을 보게 될까요? 이 외계의 방문자들이 진짜 외계인이라는 걸 알 날이 있을까요?

아, 물론이지. 너희 의식이 성장하고 너희의 두려움이 진정되는 날이 올 것이다. 그때가 되면 그들은 너희에게 자신들을 밝힐 것이다.

그들 중의 일부는 이미 그렇게 했다—극소수의 사람들에게만.

요새 와서 점점 더 지지를 받고 있는 견해, 사실 이들은 사악한 존재라는 견해는 어떻습니까? 우리에게 해를 끼치려는 존재들도 있나요?

사람들 중에 너희를 해치려는 사람들도 있느냐?

그럼요, 물론이죠.

이런 존재들 중에서 덜 진화된 일부를 놓고 너희는 그런 식으로 판단할지도 모른다. 그럼에도 내 충고를 잊지 마라. 판단하지 마라. 그 존재의 우주형(型)에서 보면 누구도 적절하지 않은 일을 하는 경우는 없다.

기술에서는 진보했지만 사고방식에서는 그렇지 않은 존재들도 있다. 너희 종족도 다소 그와 비슷하다.

하지만 이 악한 존재들의 기술이 그렇게 진보했다면, 우리를 파멸시킬 수도 있겠군요. 어떻게 해야 그들을 막을 수 있나요?

너희는 지금도 보호받고 있다.

우리가요?

그렇다. 너희에게는 너희 나름의 운명을 살 기회가 주어져 있다. 그 결과를 창조하는 건 너희 자신의 의식이다.

그게 무슨 뜻이죠?

그건 다른 모든 것에서처럼 여기서도 너희는 너희가 생각하는 것을 얻으리란 뜻이다.

너희는 너희가 두려워하는 것을 너희에게 끌어당기리라.

너희가 저항하는 건 지속되고,

너희가 살펴보는 건 사라진다—원한다면 그것을 다시 한번 재창조할 기회를 너희에게 주기도 하고, 아니면 그것을 너희 체험에서 영원히 제거하기도 하면서.

너희는 너희가 선택하는 것을 체험한다.

흐음. 제가 살아 있는 동안에는 그런 식으로 될 것 같지 않군요.

너희가 그럴 수 있는 힘을 믿지 못하기 때문이다. 너희는 나를 믿지 못한다.

그다지 쓸모 있는 생각은 아니지요.

확실히 아니지.

Conversations with God

20

왜 사람들은 당신을 믿지 못할까요?

자신을 믿지 못하기 때문이지.

왜 자신을 믿지 못하는 거죠?

그렇게 들었고, 그렇게 배웠기 때문이다.

누구한테서요.

나를 대변한다고 주장하는 사람들에게서.

이해가 안 갑니다. 왜 그렇게 하는 거죠?

왜냐하면 그것이 사람들을 통제하는 한 가지 방식이자 유일한 방식이기에. 너도 알다시피, 너희는 자신을 믿지 말아야 한다. 그렇지 않으면 너희는 너희의 모든 힘을 되찾을 것이다. 그건 도움이 되지 않는다. 지금 권력을 쥐고 있는 사람들에게 그건 전혀 도움이 되지 않는다. 그들은 너희 것인 권력을 쥐고 있다. 그리고 그들도 그 사실을 알고 있다. 그래서 인간 체험에서 가장 큰 두 가지 문제를 이해하고, 그런 다음 해결하려는 세상의 움직임을 막는 게 그들이 계속해서 권력을 쥘 수 있는 유일한 방법이 되는 것이다.

두 가지 문제의 해결이라뇨?

자, 나는 이 책에서 그 문제들에 대해 몇 번이나 되풀이해서 이야기했다. 요약해보면……

세상 문제들과 갈등들, 개인으로서 너희 각자의 문제와 갈등들의 전부는 아니라 해도, 그 대부분은 하나의 사회로서 너희가 다음과 같이 했을 때 풀리고 해결될 것이다.

1. '분리'의 개념을 포기한다.

2. '투명성'의 개념을 받아들인다.

두 번 다시 너희 자신을 서로 분리된 존재로 보지 말며, 내게서 분리된 존재로 보지 마라. 두 번 다시 누구에게든 완전한 진실이 아닌 것을 말하지 말며, 두 번 다시 나에 대한 **너희의** 가장 위대한 진리보다 못한 것을 받아들이지 마라.

첫 번째 것을 선택하면 두 번째 것은 따라 나올 것이다. 너희가 모두와 '하나'라는 사실을 느끼고 이해할 때, 너희는 진실 아닌 것을 말하거나, 중요한 자료를 알리지 않거나, 남들에게 완전히 투명하지 않은 어떤 것일 수 **없다**. 왜냐하면 **그렇게 하는 것이 너희를 가장 이롭게 하는 것임을 너희가 확신할 것이기에.**

하지만 패러다임을 이렇게 바꾸려면, 위대한 지혜와 위대한 용기, 대중의 결단이 필요하다. 두려움이 이 개념들의 심장부를 때릴 것이며, 그 개념들을 틀렸다고 주장할 것이기에. 두려움은 이 장대한 진실들의 핵심을 파먹어들어가, 그것들이 텅 빈 것처럼 보이게 만들 것이다. 두려움은 왜곡하고 멸시하고 파괴할 것이다. 그리하여 두려움이야말로 너희의 가장 큰 적이 될 것이다.

그럼에도 너희는 궁극의 진리, 즉 너희가 남들에게 한 짓이 자신에게 한 짓이며, 너희가 남들을 위해 하지 못한 것이 자신을 위해 하지 못한 것이고, 남들의 고통이 너희의 고통이고, 남들의 기쁨이 자신의 기쁨이어서, 너희가 그중 일부를 부인한다면 너희는 자신을 부인하는 것이라는 궁극의 진리를 지혜로 깨닫고 명백히 하지 않는다면, 또 그렇게 할 때까지는, 여지껏 갈망해왔고 언제나 꿈꿔왔던 사회를 갖지 못할 것이며, 만들어낼 수 없을 것이다. 이제 자신을 되찾을 때가 왔다. 이제 자신을 다시 한번 '참된 자신'으로 **고쳐보고**, 그리하여 다시 한번 자신을 투명하게 만들 때가 왔다. 너희가 투명해질visible 때, 너희와 신의 참된 관계가 투명해질 때, 우리는 나눌 수 없게indivisible 되리

라. 다시는 어떤 것도 우리를 나눌 수 없으리라.

그리하여 설사 앞으로 너희가 다시 분리의 환상 속에서 살면서 그것을 너희 자신을 새롭게 창조하는 도구로 사용하게 되더라도, 너희는 그 환상을 있는 그대로 보면서, 계몽된 육화(肉化)를 경험해갈 것이다. 다시 말해 너희를 기쁘게 해줄 '우리 자신'의 어떤 측면을 체험하기 위해 그것을 즐겁고 기쁘게 사용하겠지만, 그럼에도 더 이상 그것을 실체로 받아들이지 않는 상태에서 계몽된 육화(肉化)를 경험해갈 것이다. 이제는 너희 자신을 새롭게 재창조하기 위해서 망각이라는 방책을 사용할 필요가 없고, 분리를 **의식적으로** 사용하여, 단지 특정 목적과 특정 이유를 위해서만 '분리됨'을 명백히 하는 쪽을 **선택하게** 될 것이다.

그리고 그렇게 해서 너희가 완전히 계몽되면, 즉 다시 한번 빛으로 채워지면, 심지어 너희는 다른 사람들을 일깨우기 위해 물질계로 되돌아가기를 선택할 수도 있다. 너희는 너희 자신의 어떤 새로운 측면을 창조하고 체험하기 위해서가 아니라, 다른 사람들이 볼 수 있는 진리의 빛을 이 환상의 땅에 가져오기 위해서, 이 물질계로 되돌아올 수도 있다. 그렇게 되면 너희는 "빛을 가져오는 자"가 될 것이다. 그렇게 되면 너희는 '깨달음'의 일부가 될 것이다. 이미 이렇게 해온 사람들도 있다.

그들은 '우리가 누구인지' 알도록 도와주기 위해서 이곳에 왔나요?

그렇다. 그들은 계몽된 영혼, 진화된 영혼들이다. 그들은 더 이상 다음 단계의 더 높은 자기 체험을 추구하지 않는다. 그들은 이미 가장 높은 체험을 가졌다. 그들은 이제 오로지 그 체험 소식을 너희에게 가져다주기만을 바란다. 그들은 너희에게 "좋은 소식들"을 가져다준다. 그들은 너희에게 신의 길과 신의 삶을 보여줄 것이다. 그들은 "나는 길이요, 생명이니, 나를 따르라"고 말할 것이다. 그러고 나면 그들은 너희를 위해 신과의 의식적인 합일(合一), 즉 신적 의식이라는 영원히 계속될 영광 속에 사는 것이 어떤 것인지 보여주는 본보기가 될 것이다.

우리는 항상 결합되어 있다. 너희와 나는. **그렇지 않을** 도리가 없다. 그것은 그냥 불가능하다. 너희는 지금도 의식하지 못한 채 그 같은 결합을 체험하면서 살고 있다. 하지만 육체를 지니고 살면서도 '존재 전체'와 의식적으로 결합하고, **궁극의 진리**를 의식적으로 깨달으며, '참된 자신'을 의식적으로 표현할 수 있다. 너희가 이렇게 할 때, 너희는 다른 모든 사람들, 여전히 망각 속에서 사는 다른 사람들을 위한 본보기가 될 것이다. 너희는 살아 있는 깨우치는 자가 된다. 그리고 이렇게 함으로써 너희는 다른 사람들이 망각 속에서 영원히 길을 잃지 않도록 구해준다.

망각 속에서 영원히 길을 잃는 것, 이것이 바로 지옥이다. 하지만 나는 그렇게 되도록 내버려두지 않을 것이다. 나는 단 한 마리 양도 길을 잃게 내버려두지 않을 것이니, 목자를 보내리라……

나는 많은 목자들을 보내리라. 그리고 너 자신도 그들 중 한 명이 되길 선택할 수 있다. 그리고 네가 그들의 선잠에서 영혼들을 깨어나게 할 때, 다시 한번 '자신들이 누구인지' 일깨울 때, 하늘의 모든 천사가 이 영혼들을 위해 기뻐하리라. 한때 잃어버렸던 그들을 이제 다시 찾았기에.

지금 이 순간 우리 지구에도 이 같은 사람들, 신성한 존재들이 있다는 거군요. 제 말이 맞지요? 과거에만이 아니라 지금 이 순간에도요?

그렇다. 그런 사람들은 언제나 있어왔고, 앞으로도 항상 있을 것이다. 나는 너희를 스승도 없이 내버려두지 않을 것이다. 나는 양떼들을 버리지 않을 것이니, 언제나 그 뒤를 이어 내 목자들을 보낼 것이다. 그래서 지금 이 순간에도 너희 행성에는 많은 목자들이 있다. 그리고 우주의 다른 부분들에서도 마찬가지고. 이 존재들은 우주의 어떤 부분들에서 끊임없이 최고의 진리와 교류하고, 최고의 진리를 표현하면서 함께 살고 있다. 이것들이 내가 말한 계몽된 사회들이다. 그것들은 존재하며 그것들은 실재한다. 그리고 그 사회들은 너희에게 그들의 밀사를 보내왔다.

부처와 크리슈나와 예수가 우주인이란 말씀입니까?

그렇게 말한 건 너다. 내가 아니다.

사실입니까?

네가 이런 이야기를 들은 게 이번이 처음이냐?

아니요, 하지만 **진짜로** 그렇습니까?

너는 이 선각자들이 지구로 오기 전에 어딘가에서 존재하다가 소위 그들의 죽음 이후에 그곳으로 돌아갔다고 믿느냐?

예, 그렇습니다.

그렇다면 너는 그곳이 어디라고 생각하느냐?

저는 지금껏 그곳이 우리가 "천국"으로 부르는 곳이라고 생각해왔습니다. 저는 그들이 천국에서 왔다고 생각했지요.

그렇다면 너는 이 천국이 어디에 있다고 생각하느냐?

모르겠습니다. 아마도 다른 영역에 있겠죠.

다른 세상?

예…… 아, 알겠습니다. 하지만 저라면 그것을 영적 세계라고 불렀을 겁니다. 우리가 아는 식의 다른 세상, 다른 행성이 아니라요.

그것은 영적 세계다. 하지만 무엇 때문에 너는 그 영혼들, 그

성령들이 우주의 다른 어딘가에는 살 수 없거나 살려 하지 않으리라고 생각하느냐? **그들이 너희 세상에 왔을 때 그랬듯이 말이다.**

저는 그냥 한번도 그런 식으로는 생각하지 않았습니다. 저는 지금까지 이런 문제들을 그런 식으로는 한번도 생각하지 않았습니다.

"호레이쇼, 이 천지간에는 자네의 지혜로 상상할 수 있는 것보다 더 많은 것들이 있다네."(《햄릿》 1막 5장 – 옮긴이)

너희의 멋진 형이상학자, 윌리엄 셰익스피어는 이렇게 썼다.

그렇다면 예수는 우주인이었군요!

나는 그렇게 말하지 않았다.

말해주십시오. 그는 우주인이었습니까? 아닙니까?

내 아들아, 인내를 가져라. 너는 너무 미리 앞서가고 있다. 더 많은 것들이 있다. 훨씬 더 많은 것들이. 우리에게는 적어야 할 또 한 권의 책이 고스란히 남아 있다.

3권을 적을 때까지 기다려야 한다는 말씀입니까?

나는 처음부터 세 권의 책이 있을 거라고 네게 말했고, 네게 약속했다. 1권은 개인 삶의 진실과 도전들을 다루게 될 것이고, 2권은 한 가족으로서 이 행성에서의 삶의 진실들을 논의할 것이며, 그리고 3권에서는 영원한 의문들과 관계된 가장 큰 진실들을 포괄할 것이라고. 이 3권에서 우주의 비밀이 밝혀질 것이다.

그렇지 않은 경우만 빼고.

오, 맙소사, 제가 이보다 훨씬 더한 것들을 받아들일 수 있을지 모르겠습니다. 제 말은 당신이 늘 표현하듯이, "모순 속에서 사는" 데 정말로 지쳤다는 겁니다. 저는 그것이 그냥 그것이길 바랍니다.

그렇다면 그렇게 될 것이다.

그렇지 않은 경우만 빼고요.

바로 그거다! 바로 그거야! 네가 이해했어! 이제 너는 '신성한 이분법'을 이해하고 있다. 이제 너는 그림 전체를 보고 있다. 이제 너는 그 계획을 이해하고 있다.

지금까지 존재했고, 지금 존재하며, 앞으로 존재할 모든 것, 그 모두가 언제나 **바로 지금 존재할 것이다.** 그리하여 존재하는 전체는…… '존재한다'. 하지만 '존재하는' 전체는 계속해서 변화한다. 삶이란 계속되는 창조 과정이기에. 따라서 대단히 현실적인 의미에서 '존재하는' 것은 '존재하지 않는다'.

이 '있음'은 '결코 똑같지 않다'. 다시 말해 '있음'은 '없다'.

찰리 브라운(미국 만화가 찰스 슐츠의 만화 주인공－옮긴이)에겐 미안하지만, **맙소사**입니다. 그렇다면 어떻게 어떤 것이 어떤 것을 뜻할 수 있습니까?

그건 그렇지 않다. 하지만 너는 이번에도 앞서가고 있다! 때가 올 것이다. 내 아들아, 이 모든 것을 이야기하기에 좋은 때가. 3권을 읽고 나면 이것들 말고 더 큰 신비들도 이해될 것이다. 이제 모두를 다…… 그렇지……

'그렇지 않은 경우만 빼고요.'

맞았다.

좋습니다, 좋아요…… 됐습니다. 하지만 이따금씩, 혹은 이 책들을 읽지 못하는 사람들이 그 문제를 놓고 당장 그 자리에서, 바로 그 순간에 지혜로 돌아가고, 명확성으로 돌아가며, 신에게로 돌아가려 할 때 어떤 길을 택하면 됩니까? 우리는 종교로 되돌아가야 하나요? 그게 빠진 고리입니까?

영성(靈性)으로 돌아가라. 종교에 대해서는 잊어버려라.

그런 주장은 많은 사람들을 화나게 만들 것입니다.

사람들은 이 책 전체를 분노로 대할 것이다…… 그렇지 않은 경우만 빼고.

왜 당신은 종교를 잊으라고 말씀하시는 겁니까?

그것이 너희에게 좋지 않기 때문이다. 조직된 종교가 성공하려면, 사람들이 그것을 필요하다고 믿게 만들어야 한다. 하지만 사람들이 다른 어떤 것을 믿으려면, 그들은 먼저 자신에 대한 믿음을 잃어야 한다. 그러니 조직된 종교의 첫째 과제가 너희 자신에 대한 믿음을 잃게 만드는 것이다. 두 번째 과제는 너희가 지니지 않은 대답을 **종교가** 지니고 있다고 여기게 만드는 것이고, 세 번째이자 가장 중요한 과제는 너희가 그것의 대답을 아무 의문 없이 받아들이도록 만드는 것이다.

의문스러워할 때, 너희는 생각하기 시작한다! 생각하기 시작하면 너희는 '내면의 원천'으로 돌아가기 시작한다. 종교는 너희가 그렇게 하도록 내버려둘 수 없다. 자칫하면 종교가 고안해낸 것과 다른 대답에 너희가 직면할 수 있기 때문이다. 그래서 종교는 너희가 자신을 의심하도록 만들어야 한다. 거침없이 생각할 수 있는 너희 자신의 능력을 의심하도록.

종교가 부딪치는 문제는 이것이 너무 자주 불리한 결과를 낳는다는 데 있다. 만일 너희가 의심 없이는 자신의 생각을 받아들일 수 없다면, 너희는 종교가 주는, 신에 대한 새로운 발상 역시 의심할 수밖에 없지 않겠느냐?

그리하여 얼마 안 가 너희는 역설적이게도 이전에는 한번도 의심하지 않았던 내 존재까지도 의심한다. 너희가 **직관의 깨달**

음에 따라 살던 시절에는, 나를 전혀 그려내지 못한다 할지라도 내가 존재한다는 것은 명확히 알고 있었거늘!

불가지론자들을 만들어낸 건 종교다.

종교가 해온 일을 찬찬히 살펴본 명석한 사상가라면 누구라도 종교에는 신이 없다고 가정해야 하리라. 한때는 인간이 그 가장 눈부신 광채에 휩싸인 '존재'를 사랑하던 그 자리에, 인간의 가슴을 신에 대한 두려움으로 가득 채운 것이 종교이기에.

신 앞에 머리 숙여 절하도록 명령한 것도 종교다. 한때는 인간이 기쁨에 찬 뻗침으로 뛰어오르던 그 자리에.

신이 분노할지 모른다는 걱정을 인간에게 짐지운 것도 종교다. 한때는 인간이 자기 짐을 가볍게 하려고 신을 찾던 그 자리에.

인간에게 자기 몸과 그 몸의 가장 자연스러운 기능들을 부끄러워하라고 말했던 것도 종교다. 한때는 인간이 그런 기능들을 삶의 가장 큰 선물로 찬양하던 그 자리에.

너희가 신에게 이르려면 중개자를 가져야 한다고 가르친 것도 종교다. 한때는 너희가 삶을 선하고 진실되게 살기만 하면 직접 신에게 이를 수 있다고 생각했던 그 자리에.

그리고 인간들에게 신을 받들라고 **명령한** 것도 종교다. 한때는 인간들이 그렇게 하지 **않기란** 불가능하기에 신을 받들었던 그 자리에!

어디에서나 종교는 자신이 신의 **대립물**인 부조화를 만들어내고 있음을 경험했다!

종교는 인간을 신에게서, 인간을 인간에게서, 남자를 여자에게서 분리하여—실제로 몇몇 종교들은 신이 인간보다 뛰어나다고 주장하듯이 남자가 여자보다 **뛰어나다**고 말하고 **있다**—인류의 절반에게 지금껏 떠맡겼던 역할들 중에서 가장 큰 익살극을 위한 무대를 설치해왔다.

내가 너희에게 이르노니, 신은 인간보다 뛰어나지 않고, 남자는 여자보다 뛰어나지 않다. 그것은 "사물의 자연질서"가 아니다. 그것은 권력을 가진 사람들(즉 남자들) 모두가 남성 숭배 종교를 만들어냈을 때 원했던 방식일 뿐이다. 그 "신성한 경전"의 최종판에서 자료의 반을 체계적으로 잘라내고, 그 나머지를 그들의 남성 중심 세계상이라는 주형에 맞게 뒤틀어 남성 숭배 종교를 만들어냈을 때.

오늘날까지도, 어쨌든 여자는 더 열등하며, 어쨌든 하위 등급의 영적 시민이고, 어쨌든 신의 말을 가르치고 신의 말을 설교하는 목회자가 되기에는 "적합하지" 않다고 주장하는 것이 종교다.

애들처럼 너희는 아직도 어느 성(性)을 내 사제로 삼을지 정한 것이 나라는 억지를 부리고 있다.

너희에게 이르노니, 너희 모두가 다 사제들이다. 너희 한 사람 한 사람 모두가.

다른 사람보다 내 일을 하기에 더 "적합하지" 못한 사람이나 계급은 없다.

하지만 너희 남자들 중 다수는 너희 국가들과 아주 흡사하다. 권력에 굶주려 있는 그들은 권력을 함께 나누고 싶어하지 않는다. 그냥 행사하기만 바란다. 그래서 그들은 자신들과 똑같은 종류의 신을 고안해냈다. 권력에 굶주린 신. 권력을 함께 나누지는 않고, 그냥 그것을 행사하기만 바라는 신. 그러나 너희에게 이르노니, 신의 가장 큰 선물은 신의 권능을 함께 나누는 것이다.

나는 너희를 나처럼 만들 것이다.

하지만 우리가 당신처럼 될 순 없어요! 그건 신에 대한 불경입니다.

불경이란 건 너희가 그렇다고 배워온 것이다. 너희에게 이르노니, **너희는 신의 형상대로 신과 닮은꼴로 만들어졌다. 너희가 이곳에 온 것은 이 운명을 완수하기 위해서다.**

너희는 애쓰고 투쟁하고 결코 "그곳에 이르지" 못하기 위해서 이곳에 오지 않았다. 더구나 나는 너희가 완수할 수 없는 임무를 너희에게 지우지도 않았다.

신의 선함을 믿고, 신이 만든 창조물인 신성한 너희 자신을 믿어라.

당신은 이 책 앞부분에서 제 관심을 끄는 이야기를 하셨던 적이 있습니다. 이제 책이 다 끝나가는 마당이긴 하지만, 그 대목으로 다시 돌아가고 싶군요. 당신은 "절대권력은 절대로 아무것도 요구하지 않는다"고 하셨지요? 이건 신의 본성을 말하는 겁니까?

이제야 네가 이해했구나.

나는 "신은 모든 것이고, 무엇이든 된다. 신이 아닌 것은 아무것도 없다. 그리고 신은 자신에 대해 체험하는 모든 것을 너희에게서, 너희로서, 너희로 하여 체험한다"고 말했다. 내 가장 순수한 형태에서 나는 '절대자'다. 나는 '절대 전부'이며, 따라서 나는 절대로 아무것도 필요하지 않고 원하지 않으며 요구하지 않는다.

나는 너희가 이 절대로 순수한 형태를 가지고 만들어내는 대로의 존재다. 그것은 마치 너희가 마침내 신을 보고 "자, 이렇게 하면 어떻습니까?"라고 말하는 것과 같다. 하지만 너희가 나를 어떻게 생각하든지 간에, 나는 '내 가장 순수한 형태'를 잊을 수 없으며, 항상 그것으로 되돌아갈 것이다. 그 나머지 모두는 허구다. 그것은 너희가 **지어내고 있는** 것이다.

나를 질투하는 신으로 만들려는 사람들이 있다. 하지만 '모든 것'을 갖고 있고 '모든 것'일 때, 도대체 누가 질투하겠는가?

나를 분노하는 신으로 만들려는 사람들이 있다. 하지만 어떤 것도 나를 다치거나 위태롭게 할 수 없을 때, 도대체 무엇으로 나를 화나게 만들겠는가?

나를 복수하는 신으로 만들려는 사람들이 있다. 하지만 존재하는 모든 것이 나일 때, 내가 누구에게 복수하겠는가?

그리고 왜 내가 단지 창조한다는 이유만으로 나 자신을 벌하겠는가? 설혹 너희가 우리를 분리된 존재로 생각한다 하더라도, 왜 나는 너희를 창조하고, 너희에게 창조할 힘을 주고, 너희에게 너희가 체험하고 싶은 것을 창조할 자유선택권을 주고, 그런 다음 "잘못된" 선택을 했다고 해서 너희를 영원히 벌하겠는가?

너희에게 이르노니, 나는 그 같은 일을 하지 않을 것이다. 그리고 바로 이 진실 속에 너희가 신의 압제에서 벗어날 수 있는 자유가 있다.

사실 압제는 없다. 너희의 상상을 빼고는.

너희가 원하면 언제라도 너희는 집으로 돌아올 수 있다. 너희가 원하면 언제라도 우리는 다시 함께 있을 수 있다. 너희와 나의 합일(合一)이 가져다주는 황홀경을 다시 식별하는 일은 너희 몫이다. 떨어지는 모자에서, 네 얼굴을 스치는 바람에서, 여름밤 반짝이는 밤하늘 밑에서 우는 귀뚜라미 소리에서.

맨 처음 본 무지개와 갓 태어난 아기의 맨 처음 울음소리에서. 장엄한 일몰의 마지막 빛과 장엄한 삶의 마지막 숨결에서.

나는 시간이 끝나는 마지막 순간까지, 언제나 너희와 함께 있을 것이다. 너희와 나의 합일은 완벽하다. 그것은 언제나 그러했고, 언제나 그러하며, 언제나 그러할 것이다.

너희와 나는 하나**다**. 지금도, 그리고 앞으로도 영원히.

이제 가라, 가서 너희의 삶이 이 진실을 진술하는 것이 되게 하라.

너희의 낮과 밤들이 너희 내면에 있는 가장 고귀한 관념의 반영이 되게 하라. 너희의 '지금' 순간들이 신이 너희를 통해 명백하게 드러낸 장엄한 황홀경으로 가득 차게 하라. 너희가 만나는 모든 사람에게 영원하고 조건 없는 사랑을 표현하는 것으로 그렇게 하라. 어둠 속의 빛이 되라. 그러나 어둠을 저주하지는 마라.

빛을 가져오는 자가 되라.

네가 바로 그런 사람**이다.**

그러니 그렇게 되라.

맺는말

이 여행을 끝까지 함께 해줘서 고맙다. 여러분 중 그렇게 하기가 쉽지 않았던 이들도 있었으리란 건 나도 잘 알고 있다. 이 책에 제시된 발상들 중 상당수가 이 책을 보기 전까지 우리가 지녔던 많은 믿음들과 우리가 행동해온 일부 방식들에 도전하고 있기 때문이다. 이 책은 새로운 믿음들을 창조하고, 새로운 행위들을 드러내 보이고, 새로운 세상 이치를 껴안으라고 우리에게 촉구한다. 우리는 삶과 삶의 방식들을 새로운 사고방식으로 바라보라는 강렬하면서도 절박한 부름을 받고 있는 것이다.

이것이 이른바 "신사상 운동new thought movement"이다. 신사상 운동이란 어떤 조직이나 사회의 한 부류가 아니라, 사회 전체가 한 존재 방식에서 다른 존재 방식으로 옮겨가는 "과정"을 말한다. 이것은 한 원숭이가 고구마를 물에 씻어 먹자 다수의 원숭이가 그 행동을 따라 하고, 그 수가 일정 수준을 넘어서자 심지어 그 무리와 멀리 떨어진 다른 원숭이 무리들까지 같은 행동을 하게 된다는, 100번째 원숭이 이론이다. 이것은 '바람직한 변화를 얻기 위한 충분한 수나 양'에 관한 것, 예컨대 어떤 새로운 문화 행태를 하는 개체 수가 일정량을 넘어서면, 그 집단과 전혀 무관한 집단들에까지 동일한 문화 행태가 시공간을 초월해 확산된다는 것이다. 나는 이 책에서 이런 내용을 나에게 주어진 그대로 정확하게 펼쳐보였다. 이 운동을 활성화하고, 변화를 일으킬 일정한 인원 수를 형성하고, 이어서 그런 전환을 낳는 데 도움을 주기 위해서.

우리는 그런 전환을 이루어내야 한다. 왜냐하면 우리는 더 이상 지금까지 살아오던 방식대로 살아갈 수 없기 때문이다. 인간 종족으로서 우리 자신을 이끌어왔던 관념들과 구조들은 우리에게 도움이 되지 못했다. 사실 그것들은 우리를 거의 파괴하다시피 해왔다. 이제 우리는 바뀌어야 한다. 우리 자식들에게, 또 그들의 자식들에게 넘겨줄 만한 세상을 갖고 있으려면, 어쨌든 우리는 바뀌지 않을 수 없다.

그럼에도 나는 우리 자신에게 크나큰 희망을 품고 있다는 사실을 이야기해야 할 듯싶다. 나는 인간 종족으로서 우리의 가장 장대한 가능성들이 현실화되는 것을 그토록 오랫동안 막아오던 장애물들을 제거할 유례없는 기회가 바로 지금이라고 믿는다. 나는 개인만이 아니라 마침내 집단의식까지도 성장하고 있는 현실을 사방에서 목격하고 있다. 이 행성에서 우리 체험의 엔진에 연료를 공급하는 에너지가 되는 것이 이 집단의식이다. 이 때문에 집단의식이 어떤 수준에 있는가가 대단히 중요한 문제가 된다.

이제 나는 집단의식을 끌어올리는 것이《신과 나눈 이야기》가 의

도하는 신성한 목적임을 알고 있다. 이 이야기들은 나에게만 주어지기로 예정된 것이 아니다. 오히려 나를 통해 세상 전체에 주어지기로 되어 있었던 것이다. 이 이야기들이 여러분을 통해서도 똑같은 목표를 추구하는 것과 마찬가지로. 그런데도 여러분은 현재 지점에서 이 책의 메시지들이 멈추도록, 다시 말해 여러분 마음속에서 그 여행을 끝내도록 놔두겠는가? 아니면 나와 함께 사자가 되어 그것들을 더 많은 이들에게 알리겠는가?

인류의 현 상황과 관련해서 재미있는 사실은, 대다수 사람들이 나처럼 만사가 제대로 굴러가지 않고 있다고 본다는 점이다. 그런데 대다수 사람들이 그 점에 동의하는데, 왜 우리 모두가 거기에 대해 뭔가 의미 있는 일을 함께 하지 못하는가? 이것이 인류를 괴롭히는 문제다. 어떻게 해야 우리는 개별 자각을 집단행동으로 바꿀 수 있을까?

나는 우리가 그렇게 하기 위해서는《신과 나눈 이야기》의 메시지에 따라 살고 그 메시지를 확산하는 것뿐만 아니라, 비슷한 변화와 해결책들을 추구하고 같은 목적을 지닌 집단이나 단체들과 함께하는 것이 필요하다고 생각한다. 그래서 나는 여기에 그런 집단 세 곳을 소개하고 싶다(물론 이 밖에도 다른 많은 집단들이 있다).

만일 여러분이 이 책의 내용에 동의한다면, 내 친구 데니스 위버가 창설한 '생태경제학 연구소'와 접촉해 후원해보라. 이 연구소는 생태학과 경제학은 서로 적이 아니며, 오히려 이 양자를 결합시켜 통일된 접근 방식을 취하는 것만이 지구에서 우리 삶을 개선할 수 있는 유일한 길이라는 생각을 지도 원리로 삼고 있다.

지금 이 순간에도 데니스의 연구소는 많은 에너지와 시간을 들여 전 세계 경제 분야에서 일하는 사람들과 지구 생태 개선 활동을 펴는 개인 및 단체들이 서로 협력하고 교류할 수 있는 길을 개척해가고 있다. 데니스는 생태 운동과 경제 운동이 불화를 겪을 필요가 없으며, 서로 상반된 목표를 가진 것도 아니라고 믿는다.

필요한 것은 우리의 사업 방식과 우리의 생산물들과 우리의 서비스들을 생태적으로도 경제적으로도 건전하게 만드는 것이다. 이런 사고방식을 분명히 하기 위해 데니스는 '생태경제학ecolonomics'이라는 용어를 만들어냈다. 이것은 경제적 이익과 생태적 민감성은 본디부터 배치되는 것이 아니며, 앞으로도 영원히 그럴 필요가 없다는 그의 믿음을 5음절로 나타낸 용어다. 전자에 좋다고 해서 그것이 자동으로 후자에 재난일 필요는 없는 것이다.

이 발상에 힘을 실어주고 싶은 사람은 다음 주소로 연락하면 된다.

The Institute for Ecolonomics

Post Office Box 257

Ridgeway, CO 81432

어떤 방식으로 참여할 수 있을지 알려주는 정보를 받아볼 수 있을 것이다.

내 주의를 끌고 감탄을 자아낸 또 하나의 단체가 마이클 러너가 창설한 '윤리와 의미 재단'이다. 마이클과 나는《신과 나눈 이야기》2권에서 제기된 여러 문제들에 대해 이야기를 나누어왔는데, 마이클은 미국 사회의 근본을 변화시키기 위한, 이기주의와 냉소주의에서 배려와 연대로 패러다임을 바꾸기 위한 운동을 일으킬 매개체로 이 재단을 만들었다고 했다.

마이클은 기업의 생산성이나 효율성, 입법 활동이나 사회 활동이 더 이상 부와 권력을 얼마나 극대화시키는가로만 평가받지 않고, 아끼고 보살피는 관계들을 얼마나 유지해주고, 윤리와 영성, 생태 면에서 우리 능력을 얼마나 극대화하는가로도 평가받을 수 있도록, 우리 사회의 규정들 자체를 바꾸고자 한다.

그의 재단은 지역 지부들도 가지고 있는데, 그중 일부는 관급 계약을 맺는 기업들의 경우 먼저 그 기업이 어느 정도로 사회적 책임을 다했는지를 검토하고 나서 그 일을 맡길지 결정해야 한다는 운동을 펴고 있다. 말하자면 경제적 필요와 개인의 권리 양쪽 다에 초점을 두고, 기업이나 정부가 어느 한쪽에만 무게중심을 두는 것에 반대한다.

마이클은《의미의 정치학》의 저자다. 나는 이 책을 적극 추천한다. 코넬 웨스트가 이 책의 뒤표지에서 말했듯이 "이것을 읽을 용기를 갖기를" 바란다. 이런 문제들에 대해 더 자세히 알려면 이 재단에서 발간하는 잡지《티쿤Tikkun》을 읽어보면 된다.

놀랍도록 큰 자극을 주는 이 잡지를 신청하거나 재단 활동에 대해 더 자세히 알고 싶은 사람은 다음 주소로 연락하면 된다.

The Foundation For Ethics and Meaning

26 Fell Street

San Francisco, CA 94103

Telephone (415) 575-1200

내가 알게 된 세 번째 집단은 코린 맥러플린과 고든 데이비드슨이 창설한 '선견지명을 갖춘 지도자 양성 센터'다. 코린과 고든은 내가 추천하고 싶은 도서 목록 중 상위에 속하는 두 권의 책, 《영성의 정치학》과 《새벽의 건설자들》을 함께 집필한 공동 저자들이기도 하다. 그들의 교육 센터가 추구하는 것은 영적 통찰력을 가지고 사회문제들에 대한 혁신적이고 통합된 해결책을 찾는 데 있다. 센터는 개인과 단체들을 위해 가치 중심의 지도자 훈련과 자문, 공개 프로그램들을 제공한다. 그들의 발상 중 나를 가장 흥분시키는 것이 사람들을 분열시키는 문제들을 해결하기 위한 시민공청회 프로그램이다. 다음 주소로 연락하면 여러분도 이런 활동의 일원이 될 수 있다.

The Center for Visionary Leadership

3408 Wisconsin Ave NW

Suite 200

Washington, D.C. 20016

Telephone (202) 237-2800

online at CVLDC@netrail.net

아마 내가 그랬듯이 이 세 단체 모두를 후원하고 싶어할 사람들도 있을 것이다. 여러분이 어떤 식의 선택을 하든, 내가 바라는 것은 "계란으로 바위 치기" 같은 선입견들이 틀린 것임을 여러분이 알게 되는 것이다. 이것이 "하지만 내가 뭘 할 수 있지?"라는 푸념에 대한 답이다. 여러분이 할 수 있는 많은 일들이 있고, 그것들을 할 수 있는 많은 장소들이 있다.

그러니 이것은 행동하라는 부름이고, 더 많은 지원군을 전선에 보내달라는 요청이다. 그리고 이것은 이 세상을 사랑과 치유와 찬미로 가득 차게 하고 싶다는 공동의 바람으로 묶인 영적 노동자군을 형성하는 일에 함께하자는 초대다.

《신과 나눈 이야기》 시리즈에서 내게 주어진 말들을 읽고 난 지금, 이제 나는 더 이상 예전과 같을 수 없다. 그리고 여러분도 더 이상 그럴 수 없다. 여러분과 나는 이제 우리의 예전 믿음들과 행동방식들을 직시해야 하는 절벽 가장자리에 서 있다.

아마 이 책의 일부 내용들에 불편해할 사람들이 많을 것이다. 따지고 보면 우리 인간은 언제나 자신을 가장 위대하고 우월하며 계몽된 종이라고 공언해왔다. 《신과 나눈 이야기》는 우리가 지금 있다고 주장하는 지점을 보고, '어허, 미안하지만 그렇지가 않네'라고 말한다. 이 책들은 우리가 가고 싶다고 선언하는 지점을 살펴보고 '아니야, 그쪽은 그대들이 갈 길이 아니야. 그럴 거라고 생각하지 마'라고 말한다.

그래서 이 책들에서, 특히나 이 2권에서 얼마간 불편한 느낌을 받을 수도 있다. 하지만 삶은 우리의 안전지대가 끝나는 데서 시작하니, 불편함은 언제나 성장을 뜻한다.

물론 성장하는 과정에서 남들이 제시한 새로운 발상들 모두를 우리가 받아들이는 건 아니다. 그리고 나 또한《신과 나눈 이야기》3부작에서 제시된 발상들을 "복음"으로 받아들이라고 말하는 것이 아니다. 신이 말씀하셨듯이 보물은 질문 속에 있지, 대답 속에 있지 않다. 말하자면 이 책의 대답들을 받아들이지 말고, 끊임없이 그와 같은 질문들을 던져보라고 요구하는 것이다.

《신과 나눈 이야기》가 우리 앞에 내놓는 질문들은 우리를 곧장 절벽 가장자리로 데려갈 것이다. 우리 안전지대의 가장자리만이 아니라 우리 이해와 믿음과 체험의 가장자리이기도 한 그곳으로. 그 질문들은 우리를 새로운 체험에 도전케 한다.

만일 여러분이 그런 체험을 공동 창조하는 과정에 함께하고 싶다면, 또 이 과정에서 반응하는 것이 아니라 주도하는 자신을 보고 싶다면, 자신이 사자 가운데 한 명, 메시지를 받는 자일 뿐 아니라 보내는 자 중 한 명임을 알고 싶다면, 그렇다면 새로 창설된 우리 부대에 가입하라. 빛을 가져오는 자가 되어 앞에서 언급했던 시도들과 단체들(또는 여러분이 알고 있는 다른 훌륭한 일이나 집단들)을 후원하라.

여러분에게 알려주고 싶은 집단이 하나 더 있다. 낸시와 내가 세운 '재창조' 집단이 그것이다. 우리의 목적은 사람들을 자신으로 되돌리는 것, 그래서 세상을 바꾸는 것이다.

우리 활동은 신청한 모든 이들에게 보내주는 월간 회보의 발간에서 시작되었다. 그리고 《신과 나눈 이야기》의 메시지를 미국 전역과 전 세계로 확산하는 일을 계속해왔다. 여러분이 자신을 재창조하는 바로 그 순간에도, 여러분이 접하는 세계에서 변화의 참된 대리인이 되라고 권하는 것이 우리의 궁극 과업이다.

삶의 모든 것이 재창조 과정이고, 그 과정은 여러분의 영혼에서 시작된다. 여러분의 영혼은, 지금이 한 단계 높은 수준에서 삶의 가장 역동적인 과정—변화와 창조—에 몰두할 시기인지 아닌지 알고 있다. 나한테는 지금이 그런 시기다.

내가 우리 재단의 목표 중 하나는 '영성과 함께 다스림의 통합에 관한 1차 국제 심포지엄'을 후원하고 개최하는 것이라고 공공연하게 선언해온 이유가 이것이다. 내가 이런 생각을 하게 된 것은, 사람들이 저급한 사고방식과 깊은 두려움에서가 아니라 고귀한 영적 이해의 자리에서 자신들을 다스리기로 결정한다면, 세상은 하루아침에 바뀔 수 있다고 보기 때문이다.

우리는 1999년에 그런 심포지엄을 개최할 계획을 가지고 있다. 우리는 그 심포지엄에서 제출될 논문들과 사례 보고와 토론들이 이미 시작되고 있는 과정, 즉 선의와 고상한 의도를 가진 사람들이 함께 모여서 우리를 분열시키는 문제들을 해결하고, 우리 사이의 차이를 칭찬하며, 우주의 이 놀라운 곳에 사는 장대하고 영광스런 존재로서 우리를 묶어주는 그 모든 체험들을 풍요롭게 만드는 과정을 키우고 퍼뜨리고 추진하는 촉매가 될 수 있기를 기대한다.

또한 우리 재단은 세계 전역에서 워크숍과 세미나, 묵상회, 강연회 등을 비롯한 다양한 프로그램들을 조직하고 있다. 우리는 재단이 후원하는 모든 프로그램들의 참여비를 낮게 유지하고, 그중 20% 이상을 장학 기금으로 적립하여 최대한 많은 사람들이 경제 사정에 상관없이 프로그램들에 참여할 수 있게 해놓고 있다. 이것이 낸시와 나, 그리고 우리 친구들 몇몇이 패러다임을 바꾸기 위해 결정한 활동 방식이다.

또한 나는 지금까지 여러분에게 "패러다임 전환"에 참여할 수 있는 몇 가지 방법들을 제시하고자 해왔다.

《신과 나눈 이야기》 3권은 우주의 지각 있는 존재들의 진화 과정과, 우주의 고도로 진화된 문명의 운용 방식과 그 구조를 다룸으로써, 1, 2권보다 훨씬 더 멀리 나아간다. 요컨대 새로운 방식으로 삶을 살아가고자 하는 사람들에게 놀라운 모델을 제시한다.

우리 회보는 그렇게 하기 위한 방법, 따라서 패러다임을 바꾸고 새로운 현실을 창조하는 자가 되기 위한 방법들을 다루고 있다. 이런 정보는《신과 나눈 이야기》에 대해 전 세계 독자들이 물어 온 질문에 대답하는 형식으로 제시되어 있다. 또 회보에는 재단 활동에 대한 소식들과 그런 활동들에 참가할 수 있는 방법들도 담겨 있다.《신과 나눈 이야기》의 에너지와 "연결되어 있기" 위한 가장 좋은 방법은 편지다. 회보를 받아보려면 다음 주소로 편지하면 된다.

ReCreation

The Foundation for Personal Growth

and Spiritual Understanding

Postal Drawer 3475

Central Point, Oregon 97502

Telephone (541) 734-7222

online at Recreating@aol.com

http://www.conversationswithgod.org

연회비 25불은 이 회보의 제작과 우송 비용으로 쓰이거나 앞에서 말한 활동들을 지원하는 데 쓰인다. 연결되어 있고 싶지만 지금 당장 그럴 여건이 되지 않는 사람들은 장학 기금으로 대신할 수 있으니 우리에게 그냥 편지만 보내주면 된다.

이제 여기서 내 개인적인 이야기 하나를 하면서 끝맺을까 한다.

1권이 출판되고 나서 내 삶에 대해 언급한 내용을 읽고 많은 사람들이 이해와 자비와 사랑으로 가득한 편지들을 보내주었다. 그게 나한테 얼마나 중요한 의미가 있는지는 말할 필요도 없을 것이다. 이따금 나는 그런 편지들에서, 이 책들을 받아쓰고 나서 내 인생이 어떻게 바뀌었느냐는 질문을 받곤 한다. 지면상 여기서 자세히 대답할 수는 없지만, 대단히 큰 변화를 겪고 있다는 것만은 자신 있게 말할 수 있다.

나는 내면으로도 또 외면으로도 새 사람이 된 것처럼 느낀다. 나는 내 아이들과 다시 한 번 애정 어린 관계를 나누기 위해 이사를 했고, 그녀의 삶과 사랑이 내게는 그야말로 가르침의 은총이 되는 참으로 놀라운 여성과 결혼했다. 또 나는 많은 사람들이 용서할 수 없는 짓이라고 불러온 행동들을 되풀이해온 과거의 나 자신을 용서했다. 나는 과거의 나 자신과 화해했을 뿐 아니라, 지금의 나 자신, 지금 되고자 선택하는 나 자신과도 화해했다. 나는 내 어제가 아니라는 사실, 내가 지금 이 순간 가장 장대한 전망으로 살 때 가장 멋진 내일을 창조한다는 사실을, 마침내 알게 된 것이다.

여러분이 그런 치유와 성장에 나와 함께했으며, 나아가 수많은 편지로 나를 도와주기까지 했듯이, 그리고 이제 이 두 번째 책을 나와 함께 여행했듯이, 전 인류를 위한 가장 장대한 전망을 만들어내는 일에 여러분이 다시 한 번 나와 손잡기를 바란다.

이 일은 우리에게 많은 것을 요구한다. 하지만 많이 주어진 사람일수록 많이 요구받기 마련이다. 우리는 안전지대의 가장자리로 떠밀릴 수도 있지만, 바로 그 가장자리에 모험이 있다는 사실을 우리 모두 잊지 말아야 한다. 가장자리는 새로운 기회가 있는 곳이고, 참된 창조가 시작되는 곳이다. 그리고 로버트 케네디의 말처럼 우리가 새로운 세상을 추구하고자 한다면 바로 이곳이 여러분과 내가 만나야 할 곳이다.

프랑스 시인이자 철학자인 기욤 아폴리네르는 다음과 같이 썼다.

"가장자리로 와."
"안 돼. 우린 무서워."
"가장자리로 와."
"안 돼. 떨어질 거야!"

"가장자리로 와."

그래서 그들이 오자
그는 그들을 떠밀었다.

그러자 그들은 하늘을 날았다.

자, 이제 우리 함께 날아보도록 하자.

닐 도날드 월쉬

찾아보기

ㄱ

가난 212, 240, 241, 249, 250, 268, 280, 281, 335, 336, 352, 353, 367~370, 372, 378, 388

가장 고귀한 생각 300

가족 78, 102, 105, 197, 235, 243, 247, 248, 263, 281, 283, 381, 409

가치 56, 87, 173, 203, 205, 206, 208, 212, 213, 219, 221~224, 226, 228, 231, 234, 277, 314, 338, 352

가치판단 186

감사 88, 113, 183, 268, 345

감정 70, 154, 158, 219, 326, 353, 361

강간 92, 171, 189, 263, 264

거만 164

거짓 49, 57, 120, 176, 200, 233, 245, 276, 322~324, 326, 350

걱정 341, 352, 412

건강 24, 25, 238, 239, 241, 368, 371

경범죄 92

경쟁 104, 215, 318, 366~368

계몽 105, 189, 251, 319, 320, 327, 346, 351, 356, 363, 404, 406

계몽된 사회 189, 320, 327, 363, 406

고기 185

고도로 진화된 사회 221, 224, 225

고통 53, 83, 84, 91, 93, 105~107, 110, 111, 139, 151, 244, 369, 388, 403

고해 96, 97, 111

공간 115, 119~124, 133, 134, 159, 322, 393

공격 206, 253, 256, 293, 332

공산주의 240, 281, 288, 338

공정함 320

공포 97, 105, 111, 187, 337, 391

과거 44, 46, 66, 69, 97, 125, 126, 128, 129, 130, 196, 201, 203, 205, 209, 211, 225, 226, 277, 406

관계 24, 49, 59, 86, 119, 166, 193, 272, 274, 321, 403

관점 77, 121, 128, 201, 203, 207, 210, 232, 251, 269, 338, 357, 359, 361, 367

교류 48, 59~61, 322, 406

교육 84, 195, 197, 198, 204, 211, 214, 216, 218, 222, 224, 226~229, 316, 349

교육제도 200, 207, 228

구원 124, 125
굶주림 212, 343
궁극의 실체 59
궁극의 진리 49, 62, 295, 403, 405
귀결 84, 86, 87, 100
규칙 73, 74, 76, 94, 100, 138, 178, 180, 216, 285~287
균형 179~183, 202, 234, 272, 283, 289, 337, 347
그릇된 42, 106
그리스도의 의식 58
그리스도 체험 109, 110
근심 323
금기 172, 188
금욕 96, 97, 178, 182
기대 45
기도 37, 59, 63, 66, 162
기쁨 46, 80, 87, 89, 110, 111, 129, 142, 143, 146, 148, 157, 172, 174, 181, 183, 187, 189, 190, 216, 262, 300, 349, 364, 365, 403, 412
기술 217, 233, 240, 242, 352, 379, 395, 396, 399
기시감 69, 100, 122
기억 38, 42, 44, 51, 53, 58, 80, 88, 108, 109, 214~216, 220, 270, 273, 274, 301, 322, 326, 350, 351, 358
기적 55, 58, 176, 177, 239, 294, 337, 339
깨달음 30, 33, 34, 39, 59, 60, 86, 90, 100, 183, 276, 350, 366, 391, 404, 411

ㄴ

나무 72, 154, 239, 294
나이 든 영혼 70
내면의 소리 61
노동자들의 권리 377
뇌 220
느낌 46, 47, 49, 50, 63, 66, 70, 158, 190, 215, 264, 374

ㄷ

담배 238, 239
대립물 412
대죄(大罪) 92
대중 의식 162
대학살 106, 109
도전 51, 181, 221, 317, 329, 331, 409
독신 178
독재자 101, 244, 332, 333
돈 25, 142, 143, 179, 181, 183, 212, 241, 242, 249~252, 259, 312, 313, 315~317, 319, 340, 363~365, 367, 369, 371, 377, 378, 383
동성애 184, 186, 187
두려움 50, 97, 141, 158, 161, 162, 221, 222, 261, 262, 264, 322, 325, 326, 353, 391, 398, 403, 412
딜레마 366

ㄹ

루돌프 슈타이너 226

ㅁ

마음 39, 40, 43, 44, 47, 50, 65, 81, 107, 130, 171, 190, 191, 223, 228, 242, 243, 264, 275, 284, 322, 341, 356

말 27, 28, 42, 46, 50, 65, 154, 170, 189, 192, 270, 301

명상 37, 59, 64, 66, 192

모세 54, 55

모순 142, 238, 303, 333, 393, 409

몸 45, 49, 56, 63, 138, 157~160, 179, 183, 187, 188, 190, 191, 203, 208, 213, 215, 223, 224, 262, 263, 269, 311, 341, 342, 379, 412

물음 329, 382

물질 36, 54, 122, 124, 133~136, 153, 157~160, 162, 181, 183, 213, 239, 260, 270, 313, 339~343, 355, 404

미국 80, 98, 109, 163~165, 195, 201, 206, 207, 228, 234, 236, 240~242, 249, 250, 254, 258, 282, 284, 336, 347, 367~369, 377, 378, 382, 388, 390, 410

미래 66, 69, 121~126, 128, 130, 296, 300, 391

미하일 고르바초프 338

민족주의 107, 206

믿음 265, 411

ㅂ

바람 38, 45, 102, 276, 282, 353, 358

바탕 139, 155~157, 162, 163, 165, 166

배신 176

법칙 84, 162, 186, 285, 296, 299

변화 103, 236, 257, 263, 288, 295, 337, 338, 347, 354, 356, 375, 390, 392, 396, 397, 409

병 25, 53, 81, 156, 235, 282, 295, 305, 323

보상 87, 281, 310, 339

보안 319

보편 진리 163

복음 361, 362

복종 42, 106, 178, 254, 368

부러움 139, 353

부모 95, 187, 189~191, 199, 200, 202, 219, 221, 226, 269, 274, 389

부정 45, 150, 151, 165, 188, 294, 319, 380, 384

부정적인 느낌 49, 66

부정적인 생각 49

부처 111, 406

분리 57, 59, 105~107, 110, 166, 244, 248, 287, 295, 402, 404, 413, 415

분리 의식 287

불안 256, 260

불일치 71, 103, 105, 211

불평 235, 282, 283, 313, 319, 337

비난 87, 106, 112, 113, 196, 220, 275, 278, 282, 368

비판적 사고 199, 200, 204, 207, 209, 216

빌 클린턴 357, 378

빛 264, 299, 316, 404, 416

ㅅ

사랑 25, 31, 32, 36, 48, 52, 53, 63, 73, 80, 86~88, 94, 102, 113, 115, 142~145, 148, 149, 151, 153, 158, 171, 174~176, 181, 182, 184, 185, 189, 190, 208, 215, 222, 226, 228, 243, 247, 248, 262, 263, 274~276, 284, 285, 291, 296, 299~301, 307, 327, 339, 350, 365, 385, 389, 412, 416

사랑의 법칙 285, 296, 299

사랑 표현 189

사자(使者) 152, 374, 390

사탄 278

살인 92, 171, 257, 285

살해 244, 378

삶 24, 25, 36, 37, 39~41, 43, 46, 52, 53, 58~60, 65, 74, 80, 81, 86~88, 102, 105, 110, 111, 115, 117, 123, 126~130, 136~138, 144, 146, 152~154, 156, 160, 167, 168, 171, 173, 174, 177~181, 183, 187, 188, 190, 195, 203, 216, 217, 219, 224, 227, 235, 245, 259, 260, 273, 288, 295, 300, 301, 309, 312, 319, 324~326, 331, 339~342, 350~352, 354, 358, 362, 366, 375, 387, 391, 405, 409, 412, 416

삶의 목적 53, 58, 87, 88, 177, 181, 273, 342

상대계 116

상대성 68, 86, 100, 120, 272

상상 40, 57, 67, 68, 134, 135, 152, 155, 157, 173, 191, 218, 228, 315, 318, 320, 408, 416

상실 321, 369

상처 139, 175, 181

새로운 의식 296, 339

생각 28, 42, 45, 47, 49~52, 63~66, 68, 79, 87, 89, 101, 110, 122, 135, 151, 154, 162, 179, 181, 184, 185, 189, 198, 199, 202, 205~207, 210, 211, 214, 215, 218, 219, 222, 226, 228, 238, 247, 252, 267~270, 272, 275, 276, 293, 300, 301, 322, 326, 332, 350, 360~362, 373, 374, 381, 392, 396, 397, 399, 400, 408, 411, 412, 415

생존 105, 163, 259, 271, 288~290, 295, 300, 319, 341, 349, 350, 352, 354, 355

선각자 39, 62, 65, 146, 178, 277, 293, 407

선과 악 90, 115

선택 25, 33, 39, 42~45, 47, 58, 65, 81, 83~85, 91, 102, 108, 123, 127, 140, 145, 147, 151, 166, 177, 186, 214, 220, 225, 237, 248, 262, 263, 269, 274, 275, 279, 291, 329, 343, 347, 361, 364, 374, 381, 387, 389,

393, 399, 403~405, 415
성경 186
성공 105, 142, 144, 145, 149, 150, 229, 254, 295, 339, 342, 353, 355, 367, 386, 411
성교육 204
성기능 장애 189
성 에너지 153, 182
성욕 191, 192
성장 33, 46, 107, 177, 178, 181, 182, 219, 237, 272, 277, 286, 336, 342, 348, 367, 398
성적 표현 190
성행위 25, 141, 147~149, 153, 160, 170, 173, 174, 186, 187, 189, 192, 193, 313
세계공용보수체계 317, 318
세계정부 245, 250, 334, 337, 345, 347, 355
세상 25, 53, 77, 79, 91, 98, 103, 104, 109, 110, 112, 142, 156, 157, 161, 165, 200, 201, 203~206, 208, 211, 212, 213, 215, 220, 221, 236, 237, 239, 245, 247, 252, 253, 259~261, 263, 267, 269, 284~286, 291, 292, 299, 316, 318, 319, 323, 324, 329, 333, 334, 337, 338, 341, 343, 345, 346, 360, 363, 365, 366, 370, 371, 374, 375, 379, 385, 402, 407, 408
섹스 142, 143, 145, 146, 148, 149, 154, 156, 161, 166, 169~172, 178, 181~187, 191, 193, 213, 214, 340
셰익스피어 176, 184, 408
수명 242
수치 141, 189~191, 213, 214, 366
순환 137, 336
숭배 88, 93, 413
스승 148, 178, 182, 360, 374, 387, 406
스트레스 187
시간 23, 33, 35~37, 39, 43~45, 47, 59, 62, 67~70, 76, 78, 86, 89, 92, 99, 100, 115~121, 123, 126, 128~130, 133, 134, 136, 140, 148, 164, 181, 185, 191, 240, 242, 255, 264, 310, 336, 370, 391, 393, 397, 416
시간여행 69
시공간 연속체 119, 121, 123, 124
시야 74, 79, 80, 243, 250, 309, 391
신비 216, 300, 410
신성로마 가톨릭교회 95
신성한 57, 81, 110, 126, 127, 129, 130, 158, 167, 172, 272, 300, 333, 406, 409, 413, 414
신성한 관계 272
신성한 이분법 167, 333, 409
신의 의지 81~83, 100
신체 142, 327, 381
실재 47, 161, 397, 406
실체 59, 159, 160, 342, 404
실패 24, 57, 150, 214, 240, 241, 253, 258, 386
심판 87, 196, 325, 350, 351

십계명 286

ㅇ

아담과 이브 90, 91, 112, 113
아우슈비츠 107, 109
아인슈타인 119~121
악 86, 90, 113, 115, 184, 196, 265, 399
악마 84, 85, 87, 94, 101, 268
알코올 239
앎 86, 216, 272, 273
앙골라 내전 388
약속 23, 27, 115, 140, 195, 247, 254, 383, 409
양지법 316
어둠 416
어린이 234
업 270, 318
업보 270
에너지 40, 63, 69, 124, 133~135, 153~162, 165, 166
여신 66, 160, 168, 185
역사 32, 108, 165, 201, 202, 205, 207, 209, 279, 293, 338, 354, 395
역설 37, 324, 411
연옥 91~94, 96, 97, 325
연합헌장 254, 255
열대우림 212, 310
열정 141, 153, 167
영감 35, 59, 130, 296, 347
영매 69
영성 150, 151, 223, 273, 347, 410
영적 진화 182
영혼 37, 44~47, 49, 50, 59, 65, 70, 85, 89, 91, 92, 94, 97, 100, 102, 115, 122, 124, 126, 130, 148~150, 158, 178~182, 185, 209, 214, 223, 264, 265, 269, 270, 276, 284, 342, 351, 354, 355, 361, 379, 404~407
영혼의 바람 45
영혼의 언어 47, 50
예배 64, 66
예수 54~58, 62, 109, 275~277, 305, 406, 408
옳고 그름 173
완벽 24, 45, 48, 72, 88~91, 98, 100, 113, 130, 138, 233, 263, 269, 270, 275, 276, 286, 312, 317, 322, 327, 365, 416
외계 생명체 394
외계인 398
외부 세계 87, 260, 261
욕구 88, 105, 146, 178, 179, 183, 188, 190, 193, 261, 288, 293, 339, 342, 343, 346, 364
용기 48, 276, 338, 339, 403
용납 104, 106, 107, 174, 316, 353
용서 59, 92, 93, 96, 113, 292, 300
우연 43, 102, 134, 158, 163
우연의 일치 102

우울 138
우주 40, 42, 54, 68, 75, 79, 89, 102, 115, 117~121, 134~137, 152, 154, 156, 161, 166~168, 217, 224, 289, 295, 394, 398, 406, 408, 409
우주의 비밀 409
우주인 406, 408
운 81, 158, 164, 165
운명 122, 182, 208, 399, 414
운명 예정론 122
원자폭탄 201, 207, 210
원죄 91, 112
원축복 112
윈스턴 처칠 254
유머 358
육신 139, 214, 262
육체 122, 138, 143, 148, 160, 167, 178~181, 183, 209, 405
음과 양 138, 152, 153
의도 45, 113, 153, 162, 167, 365
의료보장 240, 368, 378
의무 191, 280, 291, 361
의식(意識) 23, 43, 44, 57, 58, 69, 71, 101~103, 106~111, 123, 156, 162, 165~167, 172, 182, 223, 243, 259, 260, 263, 264, 272, 273, 286~288, 292, 295, 296, 304, 339, 346, 356, 366, 375, 390, 396~399, 404, 405
의식(儀式) 59, 64~66, 96
의식 변화 288, 356, 375, 396
의심 258, 411
이기심 280
인간 가족 243, 283
인간관계 25, 60, 228, 271, 272, 321, 357, 358
인내 218, 291, 397, 408
인디언 109
인생 23, 24, 102, 103, 111, 148, 187, 217, 274, 329, 350, 351
인정 138, 184, 191, 207, 209, 228, 300, 338, 380, 384
일치 77

ㅈ

자각 69~71, 100, 109, 128, 129, 152, 167, 174, 177, 216, 217, 223, 272, 273, 339, 397
자기 부정 151
자기 이해 245
자기 창조 223
자기 표현 128, 348
자신에게 최선 66
자신이 누구인지 53, 74, 76, 88, 102, 130, 236, 270, 273
자연 81, 181, 310
자연법(칙) 84, 384, 385
자연스러운 52, 105, 167, 216, 311, 353, 412
자원 239, 248, 249, 253, 256, 289, 294, 333~335, 337, 343, 346,

348~350, 370
자위 146~148
자유 28, 47, 80, 83, 141, 147, 158, 163, 166, 171, 177, 209, 234, 261, 320, 333, 356, 366, 371, 375, 384, 385, 416
자유선택권 83, 91, 389, 415
자유의지 32, 123, 389
잘못된 45, 78, 81, 95, 112, 134, 190, 236, 259, 275, 281, 353, 367, 415
잠 100, 259, 263, 341, 349, 365, 370, 405
잠재력 108
재난 139, 156, 311, 390, 392
재산 165, 181, 183, 259, 313, 317, 372, 381~383
재앙 390
저항 97, 138, 229, 254, 255, 260, 369, 375, 399
적자생존 319
전생 140
전쟁 76, 77, 103, 107, 115, 156, 204, 206, 207, 212, 247, 252~257, 259~261, 263, 331, 332, 337, 338, 348, 384
절대계 86, 100
젊은이들 152, 211~214
정부 179, 207, 232~238, 245, 249~251, 254~256, 258, 268, 278~284, 286, 287, 293, 295, 296, 316, 318~320, 324, 332, 334, 336, 337, 345~347, 355, 368, 377, 381~383, 388
정신 44~47, 50, 65~67, 87, 88, 100, 165, 173, 179~181, 203, 212, 245, 284, 322, 337, 390
정의(正義) 104, 139, 163, 213, 235, 237, 334, 385
정체성 181, 188, 189, 191
정치 115, 169, 202, 212, 229, 231, 233, 243, 245, 248, 251, 253, 258, 269, 279, 284, 295, 296, 315, 316, 320, 329, 338, 339, 343, 347, 349, 353, 356~358, 362, 366, 369, 374, 383, 384, 388, 389
정치가 202, 386, 390
조건 없는 사랑 32, 208, 416
조심 45, 118, 215, 276
조지 부시 338
존재 28, 40~43, 48, 51, 56~58, 66~70, 72, 75, 79, 84~87, 89, 90, 100, 102, 105, 109, 110, 113, 116, 120, 121, 123~127, 129, 131, 133, 134, 136, 138~140, 145, 152, 154, 157~162, 166, 168, 179~183, 186~189, 191, 193, 194, 205, 208, 209, 215, 218, 219, 224, 228, 229, 232, 235, 236, 253~255, 257, 261, 262, 269, 270, 272, 275, 277, 278, 284, 286, 287, 290, 293, 295, 300, 313, 317, 324, 325, 332, 333, 336, 340, 342, 343, 347, 349, 351, 355, 358, 370, 371, 378, 384, 385, 391, 392, 394, 397~399, 402, 405~407, 409, 411, 412, 415
존 케네디 378

종교 78, 79, 95, 97~99, 104, 150, 151, 163, 179, 208, 329, 374, 381, 386, 389, 410~413

좌절 279, 280, 323

죄 71, 82, 90~98, 100, 142, 144, 146, 190, 219, 268, 300

죄의식 142~144, 190, 191

죄인 90

죽음 68, 80, 81, 86, 89, 111, 262, 265, 340, 348, 391, 407

죽임 104

즐거움 146, 148~150, 174, 187, 215

지각 51

지구 105, 117~121, 155, 156, 161~164, 231, 240~243, 247, 294, 309, 311, 314, 315, 332, 348, 368, 387, 390, 391, 396, 397, 406, 407

지구 전체의 의식 397

지금이라는 영원한 순간 68, 391, 392

지식 81, 90, 113, 145, 197~199, 210, 227, 352

지옥 79, 85, 89, 91, 92, 96~98, 150, 170, 178, 206, 212, 244, 249, 279, 291, 325, 328, 405

지혜 44, 88, 111, 113, 129, 151, 197~199, 210, 227, 276, 294, 338, 397, 398, 403, 408, 410

직관 166, 216, 262, 411

진동 133~135, 154, 155, 158, 160, 162, 168

진리 28, 42, 45, 47, 49, 50, 62, 66, 76, 109, 115, 131, 138, 151, 163, 200, 273, 295, 296, 299, 302, 305, 320, 322, 326, 338, 342, 386, 393, 403~406

진리를 말하는 다섯 단계 28, 326

진리의 빛 404

진화 89, 100, 126, 150~152, 178, 182~186, 209, 216, 219, 221, 224, 225, 287, 289, 293, 342, 351, 384, 385, 389, 395, 398, 404

질문 25, 32, 101, 106, 126, 152, 161, 169, 175, 178, 184~187, 207, 224~226, 231, 243, 260, 269~271, 273, 285, 309, 310, 312, 357~359, 362, 389

질병 25, 81, 156, 235, 242, 282, 323

질투 88, 353, 364, 415

집단의식 102, 103, 105~108, 156, 236, 267, 288, 381

집착 183, 256

ㅊ

참된 자신 45, 46, 108, 127, 129, 269, 270, 343, 351, 403, 405

창조 24, 39, 41~44, 46, 47, 51~53, 59~61, 63, 65, 66, 70, 75, 76, 84, 85, 88, 90, 101~103, 105, 107~110, 119, 127~130, 135, 139, 141, 152, 153, 155, 159, 160, 162, 163, 167, 180, 181, 183, 184, 187, 200, 204, 205, 215, 223~226, 234, 253, 260, 262, 269, 270, 272,

273, 280, 285, 339, 340, 343, 350, 351, 358, 362, 374, 375, 387, 389, 390, 391, 397~399, 404, 409, 414, 415

책임 48, 84, 106, 107, 163, 165, 216, 217, 219, 220, 223, 224, 268, 287, 317, 368, 382

천국 78~80, 85, 89, 94, 96, 100, 101, 110, 111, 134, 150, 349, 407

체험 23~25, 27, 39, 42, 44~46, 48, 50~53, 59, 66, 69~71, 74, 80, 86, 89, 100~103, 105~110, 112, 113, 115~117, 122~130, 137, 140, 141, 145, 148, 150, 152, 153, 157, 158, 160, 162, 166, 167, 173, 177~179, 182~185, 187, 190, 209, 215, 217, 225, 227~229, 256, 260, 262, 264, 270, 272~274, 284, 302, 328, 329, 333, 340, 342, 350, 351, 355, 358, 365, 373, 374, 389, 390, 399, 402, 404, 405, 415

체험의 목적 101

축하 46, 145, 191, 192

치유 45, 49, 54, 73, 162, 300, 301

침묵 324, 371, 386

ㅋ

크리슈나 109, 406

ㅌ

탄생 279, 284

탄트라 148

텔레비전 179, 390

토양 부식 311

퇴보 171

투명성 223, 312, 319~323, 326, 327, 402

투쟁 24, 163, 259, 260, 288, 290, 341, 342, 348, 379, 414

ㅍ

파괴 47, 49, 105, 209, 212, 299, 336, 348, 403

판단 41, 43, 46, 49, 51, 74, 87, 101, 127, 139, 146, 151, 183, 184, 186, 187, 203, 225, 268, 270, 274, 276, 282, 290, 322, 351, 357, 374, 385, 387, 398

패거리 의식 107, 109

편견 221, 381

평등 106, 235, 283, 290, 313, 319, 334, 337, 345, 352

평등한 기회 345, 352

평생 69, 146, 265, 342, 350, 371

평화 80, 111, 129, 156, 223, 247, 260~263, 300, 332, 333, 338, 345, 347, 348

폭력 213, 215, 222, 331, 332

ㅎ

하나됨 110, 160, 163, 166

하나임 391

학살 106, 109

한계 127, 146, 173, 273, 278, 286, 349

합일 405, 416

해리 트루먼 98

핵심 개념 216~218, 224

행동 30, 33, 36, 42~46, 51~53, 57, 60, 61, 64, 85~87, 89, 91, 101, 105, 112, 123, 139, 151, 154, 167, 171~175, 180, 183~185, 189, 209, 211, 213, 214, 232, 237, 255, 292, 295, 299, 300, 304, 316, 343, 360, 371

행복 68, 111, 125, 153, 260~262, 319

현실 39, 40, 42~44, 47, 51, 57, 61, 66~68, 85, 98, 100, 116, 128, 129, 139, 162, 167, 245, 263, 270, 273, 275, 286, 362, 367, 384, 389, 393, 409

현재 44, 104, 127, 128, 225, 236, 248, 252, 254, 269, 319, 335, 341

형제애 110, 163, 165

형제자매의 사랑 385

화폐 255, 319, 321

환경 24, 45, 128, 228, 258, 262, 263, 269, 281, 300, 309, 311, 312, 336, 348, 369, 381

환상 59, 60, 155, 311, 337, 380, 404

회전 117, 118

회피 189

흡연 238

희생자 104

희열 148

히틀러 78, 79, 81~83, 89, 100, 101, 106~113

히틀러 체험 106~110

힘 40, 42, 84, 104, 105, 130, 139, 163, 167, 179, 194, 203, 213, 237, 241~245, 248, 254, 264, 274, 276~278, 283, 287, 289, 290, 301, 304, 332~334, 337, 347, 371, 378, 384, 392, 397, 400, 402, 415